D0881544

Episodios de una Guerra Interminable

EL LECTOR DE JULIO VERNE

colección andanzas

Episodios de una Guerra Interminable

PLAN DE LA OBRA

I
Inés y la alegría
El ejército de la Unión Nacional Española y la invasión del valle de Arán,
Pirineo de Lérida, 19-27 de octubre de 1944

II
El lector de Julio Verne
La guerrilla de Cencerro y el Trienio del Terror,
Jaén, Sierra Sur, 1947-1949

III
Las tres bodas de Manolita
El cura de Porlier, el Patronato de Redención de
Penas y el nacimiento de la resistencia clandestina contra el franquismo,
Madrid, 1940-1950

IV
Los pacientes del doctor García
El fin de la esperanza y la red de evasión de jerarcas nazis
dirigida por Clara Stauffer,
Madrid-Buenos Aires, 1945-1954

V
La madre de Frankenstein
Agonía y muerte de Aurora Rodríguez Carballeira
en el apogeo de la España nacionalcatólica,
Manicomio de Ciempozuelos (Madrid), 1955-1956

VI
Mariano en el Bidasoa
Los topos de larga duración, la emigración económica interior y los 25 años de paz,
Castuera (Badajoz) - Eibar (Guipúzcoa), 1939-1964

A Luis.
Otra vez, y nunca serán bastantes

Hoy, cuando a tu tierra ya no necesitas,
Aún en estos libros te es querida y necesaria,
Más real y entresoñada que la otra;
No esa, mas aquella es hoy tu tierra.
La que Galdós a conocer te diese,
Como él tolerante de lealtad contraria,
Según la tradición generosa de Cervantes,
Heroica viviendo, heroica luchando
Por el futuro que era el suyo,
No el siniestro pasado al que a la otra han vuelto.

Lo real para ti no es esa España obscena y deprimente
En la que regentea hoy la canalla,
Sino esta España viva y siempre noble
Que Galdós en sus libros ha creado.
De aquella nos consuela y cura esta.

Luis Cernuda, «Díptico español»,
Desolación de la Quimera (1956-1962)

ALMUDENA GRANDES

EL LECTOR DE JULIO VERNE

La guerrilla de Cencerro y el Trienio del Terror

Jaén, Sierra Sur, 1947-1949

1.ª edición: marzo de 2012

Diseño de la colección: Guillemot-Navares
Reservados todos los derechos de esta edición para
Tusquets Editores, S.A. - Cesare Cantù, 8 - 08023 Barcelona
www.tusquetseditores.com
ISBN: 978-84-8383-388-9
Depósito legal: B. 3.194-2012
Fotocomposición: Moelmo, SCP
Impresión y encuadernación: Romanyà-Valls
Impreso en España

Índice

A mi amigo Cristino Pérez Meléndez,
que de pequeño vivía en la casa cuartel de Fuensanta de Martos
y era muy canijo.
Y de mayor, dio la talla en todo, pero no fue guardia civil

Y a mi amiga Ángeles Aguilera Moya,
que es de Alcalá la Real,
y no en vano se apellida casi igual que Pepe el Portugués

4

(Interpretación del pesimista)

Nada es lo mismo. Nada
permanece.
Menos
la Historia y la morcilla de mi tierra:

se hacen las dos con sangre, se repiten.

Ángel González, «Glosas a Heráclito»,
Muestra, corregida y aumentada, de algunos procedimientos narrativos y de las actitudes sentimentales que habitualmente comportan (1976)

I
1947

La gente dice que en Andalucía siempre hace buen tiempo, pero en mi pueblo, en invierno, nos moríamos de frío.

Antes que la nieve, y a traición, llegaba el hielo. Cuando los días todavía eran largos, cuando el sol del mediodía aún calentaba y bajábamos al río a jugar por las tardes, el aire se afilaba de pronto y se volvía más limpio, y luego viento, un viento tan cruel y delicado como si estuviera hecho de cristal, un cristal aéreo y transparente que bajaba silbando de la sierra sin levantar el polvo de las calles. Entonces, en la frontera de cualquier noche de octubre, noviembre con suerte, el viento nos alcanzaba antes de volver a casa, y sabíamos que lo bueno se había acabado. Daba igual que en uno de esos viejos carteles de colores que a don Eusebio le gustaba colgar en las paredes de la escuela, pudiéramos leer cada mañana que el invierno empieza el 21 de diciembre. Eso sería en Madrid. En mi pueblo, el invierno empezaba cuando quería el viento, cuando al viento se le antojaba perseguirnos por las callejas y arañarnos la cara con sus uñas de cristal como si tuviera alguna vieja cuenta que ajustar con nosotros, una deuda que no se saldaba hasta la madrugada, porque seguía zumbando sin descanso al otro lado de las puertas, de las ventanas cerradas, para cesar de repente, como empachado de su propia furia, a esa hora en la que hasta los desvelados duermen ya. Y en esa calma artera y sigilosa, a despecho de los libros y de los calendarios, aunque no estuviera escrito en ningún cartel, la primera helada caía sobre nosotros. Después, todo era invierno.

El hielo cubría el patio con una gasa blancuzca y sucia, como una venda vieja sobre los raquíticos troncos de los árboles que flanqueaban el pozo, y a la luz aún imprecisa del amanecer, otorgaba una misteriosa relevancia a cada guijarro, perfiles nítidos que se destacaban del suelo encrespado, erizado de frío. También a mi nariz, que se despertaba en mi cara como un apéndice helado, casi ajeno, antes que yo mismo. Entonces sacaba una mano para tocarla, como si me extrañara encontrarla allí, entre mis ojos y mi boca, y el contraste de temperatura me dolía al mismo tiempo en la nariz y en la punta de los dedos. Para evitarlo, metía la cabeza entera bajo las sábanas calientes, ablandadas de calor, y me volvía a dormir, y ese sueño era mejor que el primero, pero, como casi todo lo que es mejor en esta vida, duraba poco. La puerta del cuarto que compartía con mis hermanas quedaba en su mitad, al otro lado de la cortina verde, pero la ventana me correspondía a mí, y por eso madre me despertaba siempre antes que a ellas. Al mismo tiempo que la luz, percibía su voz, vamos, Nino, arriba, que ya es hora, y un instante después, sobre la frente, el beso leve, apresurado, que inauguraba sin remedio la mañana.

Todos los días comenzaban igual, los mismos pasos, las mismas palabras, el pequeño ruido de sus dedos al abrir las contraventanas y aquel beso también pequeño, la piel de mi madre rozando mi piel apenas, una delicadeza que nacía de la prisa y no se parecía a la estruendosa, repetida presión de los labios que me daban las buenas noches como si quisieran quedarse impresos para siempre en mis mejillas. Todos los días comenzaban igual, pero la primera helada, sin cambiar nada, lo cambiaba todo. En otras casas del pueblo, empezaban a mirar al monte con el ceño fruncido, un solo gesto de preocupación en muchos rostros diferentes. En la mía, que no era tal, sino tres habitaciones de la casa cuartel de Fuensanta de Martos, todos nos portábamos mejor, porque sabíamos que al empezar el invierno, mi madre dejaba de estar para bromas.

—Quién me mandaría a mí casarme con este, a ver, quién me lo mandaría, con lo bien que estaba yo en mi pueblo, joder...

Eso era y no era verdad. Ella había nacido al borde del mar, en un caserío de pescadores, tan cerca de Almería que casi parecía un barrio de las afueras de la ciudad. Allí nunca hacía frío. Yo lo sabía porque su hermana pequeña se había casado a principios de marzo, y nos había invitado a la boda. De entrada, la noticia no me impresionó, porque habíamos recibido otras ofertas semejantes y siempre habían sido en vano, pero aquella vez fue distinta a las demás. Primero, porque madre decidió ir, volver a su pueblo después de más de diez años de ausencia. Después, porque decidió llevarnos con ella. En 1947, aquel viaje representaba todo un acontecimiento para cualquier familia de la Sierra Sur.

—¿Y padre por qué no viene? —me atreví a preguntar cuando ya estábamos sentados en el coche de línea que nos llevaría desde Fuensanta hasta Martos, mientras le miraba por la ventanilla, plantado en la acera, diciéndonos adiós con la mano.

—Porque no.

—¿Y por qué no?

—Porque no puede.

—¿Tiene que trabajar?

—Claro.

Aquella mañana, mi pueblo había amanecido con un palmo de nieve. En Martos, la nevada no había cuajado, pero hacía mucho frío. Lo sé porque el autobús nos dejó al lado de la estación con más de veinte minutos de retraso, y llegamos al tren corriendo, pero a pesar de la carrera, de los sudores y el ajetreo de los bultos en los que llevábamos regalos para la novia y su familia, no entramos en calor.

Madre nos arreaba como si fuéramos ovejas mientras avanzaba por los pasillos, buscando a la pareja de la Guardia Civil que viajaba en el convoy con un papel escrito a máquina en la mano. Era la primera vez que me montaba en un tren sin mi padre, y aunque procuraba disimularlo, porque su ausencia me había convertido en el único hombre de la familia, tenía miedo de todo. Cuando venía él, era distinto. Cuando él iba por delante con su uniforme, el tricornio y el arma reglamentaria, los pasajeros nos abrían paso y los revisores, en lugar de pedirnos el billete, se apresuraban a levantar a quien hiciera falta para que pudiéramos sentarnos todos juntos, pero esta vez padre no venía, y yo no acababa de confiar del todo en los dos papeles escritos a máquina que nos había dado dentro de un sobre al despedirse de nosotros en la puerta del coche de línea. Sin embargo, todo salió bien. Madre conocía a uno de los dos guardias que viajaban en aquel tren, un cabo que había pasado por Fuensanta antes de ser trasladado a la Comandancia de Jaén, y él ni siquiera necesitó leer el papel para llamar al revisor, explicarle que éramos la familia de un compañero, acomodarnos a todos y darme un puñado de caramelillos de menta, muy fuertes, de esos que pican a la vez en la lengua y en el paladar.

—Para que los repartas con tus hermanas —me dijo sonriendo, pero Dulce escupió el primero un segundo después de metérselo en la boca, y Pepa ya se había dormido en los brazos de madre cuando intenté darle uno, así que me los fui comiendo todos yo solo.

Fue un viaje plácido, tranquilo, muy distinto del que haríamos a la vuelta, pero cuando el tren arrancó, yo seguía tiritando de frío. Una hora después, el cielo estaba azul, el sol brillaba, y me desabroché el abrigo casi sin darme cuenta. Al rato, ya no lo aguantaba.

—Estoy sudando, madre —le dije, mientras me quitaba también el jersey—. ¿Esto es por las calderas del tren, o...?

—No —contestó ella, sonriendo como si acabara de quitarse un peso de encima.

—Pues hace calor.

—Y más que va a hacer.

Entonces empezamos a ver flores, flores en invierno, enormes matas verdes salpicadas de manchas rojas, rosas, blancas o moradas, flores grandes y bonitas, como las que se compran en las tiendas, creciendo solas al borde de la vía del tren. Madre las iba señalando con el dedo, pronunciaba sin dudar sus nombres soleados, misteriosos, y mientras la escuchaba, adelfa, hibisco, buganvilla, yo pensaba en las amapolas, en las margaritas y en esas otras flores azules, tan diminutas que ni siquiera tenían nombre, que eran todas las que había en mi pueblo, y sólo en primavera. En las estaciones, la gente iba a cuerpo, en mangas de camisa o con una chaqueta fina, sin abrochar, y yo los miraba, miraba aquel jardín, un verano perpetuo, y de repente lo entendía todo, el mal humor de mi madre, sus juramentos de renegada sin esperanzas, aquel asombro amargo que la llevaba a preguntarse en voz alta, todos los años, cuando llegaba el hielo y con él los días de la vida difícil, qué pintaba ella en Fuensanta de Martos. Pero las cosas no siempre son como parecen y eso también lo descubrí en aquel viaje.

Adelfas, hibiscos, buganvillas. Cuando tres días después volví a verlas, tan bellas, tan inútiles, creciendo solas junto a la vía del tren que me devolvía a Jaén, a Martos, a las nieves de la sierra, había aprendido que los nombres no se mastican, que las flores no se pueden comer. Había visto el mar, pero también cómo las olas se iban llevando, de una en una, la alegría de mi madre. Había descubierto que ella no exageraba al decir que en su pueblo un hombre tenía bastante para trabajar con un tomate y un racimo de uvas al día, y que había pobres mucho más pobres que nosotros. Padre nos estaba esperando en el andén de la estación, muy abrigado. Me alegré tanto de verle que bajé la ventanilla para gritar su nombre, moviendo mucho los brazos en el aire, y no sentí la bienvenida del frío, que se cebó en mi nariz, en mis orejas, para celebrar mi retorno a sus dominios. Madre ni siquiera le preguntó cómo es que estaba allí y no en el pueblo, en la parada del coche de línea, donde esperábamos encontrarle. Él le dijo que nos había echado mucho de menos, y ella se abrazó a él como si todavía fueran novios, como si aún no se hubieran casado, como si nosotros no hubiéramos nacido y no estuviéramos allí delante, mirándoles, oyendo a mi madre decir que no, que no, que no vuelvo, Antonino, te juro que no vuelvo...

—¿Y tú qué, Nino? —mi padre dejó a mi hermana Pepa en el suelo, me cogió por los hombros, me besó—. ¿Te ha gustado el mar?

—Mucho, padre, es tan grande... Es enorme.

Eso le dije y él sonrió como si fuera exactamente lo que estaba esperando escuchar. Entonces comprendí que ya no iba a decirle nada más. Que no iba a contarle que mis primos me habían robado los zapatos, que me los había quitado para jugar descalzo, como ellos, en la playa, y no los había vuelto a ver hasta que madre se enteró, y en lugar de regañarme, salió a la calle hecha una fiera para traerlos enseguida, cada uno con su calcetín dentro, igual que los había dejado yo al lado de una barca. Que no iba a contarle que la tía María del Mar vendía los huevos que ponían sus gallinas porque eran demasiado caros para que se los comieran sus hijos, ni que madre nos daba pan con queso a escondidas para que no le pidiéramos la merienda a la abuela. Que no iba a contarle que el día de la boda, en la puerta de la iglesia, se me había acercado un hombre moreno y delgado, como todos los de por allí, para preguntarme si yo era el hijo del guardia civil, y aclararme luego que no me lo había preguntado por nada, sólo porque se alegraba de no ser mi padre. Aquel hombre, un viejo pretendiente de madre, se me había quedado mirando con una sonrisa atravesada, tirante, que parecía más alta por un lado que por el otro y daba miedo, pero eso tampoco se lo conté a nadie.

El hombre que había viajado con nosotros en el tren de

vuelta, también era moreno y delgado, pero estaba muy sucio. Llevaba la camisa desgarrada por un costado y una herida vieja, marcada por un reguero de sangre seca, en una esquina de la frente. Iba de pie, con la vista fija en el suelo, aunque volvía la cabeza de vez en cuando hacia su izquierda para mirar por la ventanilla con una expresión de tristeza muda, reservada, como si se estuviera despidiendo de aquel paisaje pero no quisiera que nadie se diera cuenta. De vez en cuando, sacaba un pitillo del bolsillo del pantalón con la mano izquierda, se lo llevaba a la boca, pedía fuego con un gesto de la cabeza al guardia que iba sentado al lado de madre, y al mirarle me daba cuenta de que todo le temblaba, la mano, el brazo, los labios al chupar de la boquilla. No dijo nada en todo el viaje. Tampoco miró nunca al guardia que iba de pie, a su lado, su mano derecha esposada a la mano izquierda que asomaba bajo una manga de color verde aceituna.

Era un preso, o quizás no todavía, quizás acababan de detenerle y no había entrado aún en ninguna cárcel. Yo lo sabía porque una vez, yendo con padre a Jaén, había visto una escena parecida, aunque el preso era entonces una mujer que iba sentada, llorando sin hacer ruido, la cabeza escondida entre los brazos. Por eso me impresionó menos que aquel hombre. Por eso, y porque aquella vez a nadie le habían entrado ganas de mear.

—Necesito ir al servicio, Macario, no puedo más.

El guardia esposado interrumpió a su compañero, que iba charlando tranquilamente con mi madre, las manos libres, y él respondió moviendo la cabeza con un gesto de desánimo, para insinuar un contratiempo que no alcancé a comprender.

—Aguanta un poco, hombre —al hablar, lo hizo en un tono casi suplicante—. En la próxima estación...

—Que no, Macario, que no. Que me voy a mear encima.

—Anda que... ¡Hay que joderse! Claro, tanta agua, tanta agua...

—¿Y qué quieres, si me lo ha dicho el médico? —era un guardia joven, simpático, y su emergencia, a juzgar por la expresión de angustia que se le estaba pintando en la cara, muy auténtica—. Me conviene beber mucho porque tengo piedras en el riñón.

—¿Sí? Pues con una te daba yo en la cabeza —Macario, en cambio, era de la edad del teniente de Fuensanta, calvo y barrigón, aunque ni siquiera tenía insignias de cabo—. A ver, tú me dirás qué hacemos. Como no te lo lleves al baño...

—¿Yo? Ni hablar. Pues sí, era lo que me faltaba, que me viera este a mí las vergüenzas.

Entonces, Macario miró a su alrededor y sus ojos se detuvieron en mí.

—Yo no puedo sustituirte —le dijo a su compañero—, ya sabes lo que dicen las ordenanzas, aunque... En fin, si no puedes más, y al chaval no le importa...

—¡Qué le va a importar! —mi madre me miró, sonrió, y yo no entendí ni sus palabras ni su sonrisa—. Con lo amables que han sido con nosotros. Anda, Nino, ve...

—¿Adónde? —le pregunté, pero ella me empujó hacia delante sin decir una sola palabra más y antes de que pudiera darme cuenta, el guardia mayor ya había liberado a su compañero de sus ataduras para esposarme al hombre que temblaba.

—No debería hacer esto, ¿sabe? —Macario se volvió hacia mi madre mientras yo empezaba a sudar como nunca en mi vida—. Pero, en fin, en los servicios...

—No se preocupe, no hace falta que nos explique nada —madre seguía sonriendo, y yo sudaba, oía la respiración del prisionero y sudaba, notaba el tacto de su mano, el roce del puño de su camisa, y sudaba, me parecía escuchar los latidos de su corazón y sudaba, sudaba tanto como si me estuviera secando por dentro—. Mi hijo ha nacido en una casa cuartel y no ha vivido nunca en otro sitio.

—Ya se le nota, no crea, tan formalito, tan obediente... Y así se foguea, ¿no? —sólo entonces, Macario empezó a hablar conmigo—. Porque tú, de mayor, querrás ser guardia civil, como tu padre, ¿o no?

Yo de mayor voy a ser guardia civil, decía siempre Paquito, el hijo de Romero. Menuda suerte, tenerlo todo gratis, montar en el tren sin pagar, entrar en el cine sin comprar entrada, y en el fútbol, ya no digamos, ¿o no? Pues anda que los toros, ver las corridas en los burladeros del callejón, como los apoderados, y sin pagar un duro... Yo, desde luego, guardia, afirmaba con la cabeza y tanta seguridad como si tuviera ya el tricornio encajado sobre la frente, para poder llevarle a mi mujer de vez en cuando unos kilos de patatas, o un par de melones de esos que dejan los vecinos en la puerta de la casa cuartel, y que se ponga tan contenta como mi madre, y para no tener que gastarme ni un duro en la feria, mientras mis hijos montan gratis en todos los cacharritos y a mí me invitan a las consumiciones, que anda que no se ahorra, como dice mi padre...

—Todavía no sé lo que quiero ser de mayor —le respondí yo a Macario aquel día, y me di cuenta de que algo en mi manera de decirlo, quizás la entonación o el volumen, muy bajo, casi un susurro, hizo que el hombre esposado a mi izquierda me mirara. Yo también le miré, y me di cuenta de que era tan joven como el guardia que había ido al baño. Tenía los ojos oscuros, la nariz aguileña, la piel blanca, sonrosada en las mejillas, los labios muy finos, tensos, tirantes, y una alianza que brillaba tanto como si fuera nueva en el dedo anular de la mano esposada a la mía.

—¡Pues guardia, hombre! —Macario se echó a reír, su prisionero cerró los ojos antes de volver a mirar por la ventanilla, y yo miré todavía el perfil de su cabeza, el pelo manchado de barro, pegado a la nuca, el cuello de su camisa blanca, tan sucia que parecía gris—. ¿Dónde vas a estar mejor?

Su compañero volvió del baño, y un instante después, yo volví a estar sentado entre mis hermanas, él esposado a su prisionero, como si no hubiera pasado nada. Sí había pasado, pero ya no importaba, porque estábamos en Jaén, porque habíamos vuelto a casa, y por eso, tampoco se lo conté nunca a mi padre.

En Almería había aprendido que las cosas no son como parecen y en las primeras estribaciones de la sierra, mientras el paisaje se iba ondulando, acatando de olivo en olivo la voluntad de las montañas que se elevaban al fondo, volví a pensarlo. La Pava, porque ya estábamos en casa y podíamos llamar al coche de línea por su nombre, avanzaba siempre cuesta arriba. Yo miraba por la ventanilla, recordaba la explosiva belleza de las flores que bordeaban un desierto llano, pedregoso, donde nada más crecía, y me alegraba de haber nacido tan lejos del mar. Desde la carretera, los montes parecían sólo piedra y arbustos, rocas yermas bajo un cielo inclemente, pero quienes habíamos nacido entre ellos los conocíamos bien, y conocíamos la riqueza que escondían para quien fuera capaz de encontrarla.

Porque en los montes no brotan las adelfas, no hay hibiscos tropicales, ni buganvillas con racimos de flores rojas, rosas, blancas o moradas, pero hay perdices y conejos, liebres y codornices, patos que vuelan o nadan en los lagos. Los arroyos que bajan de las cumbres con tanta prisa como si la nieve los persiguiera, acunan truchas que engordan en su agua dulce, fría, y a veces, en las pozas donde a la fuerza se remansan, se instalan tumultuosas familias de cangrejos. En las orillas, crecen caracoles entre algunas hierbas que curan enfermedades, y por todas partes espárragos silvestres que al final de la primavera están maduros, como las moras en verano, antes de que el otoño siembre el suelo de setas comestibles. El invierno es peor, pero en invierno bajan los jabalíes que huyen del hielo, y los ciervos se desorientan, se alejan de la manada y, con suerte para los cazadores, se pierden de vez en cuando. En los montes hay cuevas donde resguardarse del frío, sotos umbríos donde escapar del calor, colmenas repletas de miel en los huecos de los árboles, y agua de sobra para beber, para lavar y hasta para bañarse. Hay muchas cosas en el monte para quien sepa encontrarlas. Por eso, y aunque por una razón o por la contraria nadie lo dijera nunca en voz alta, todos sabíamos que los montes de mi pueblo estaban llenos de gente.

Fuensanta de Martos era bastante más pequeño que el pueblo de mi madre, y sin embargo, allí no había más Guardia Civil que un cabo y dos guardias, que vivían mejor que nosotros porque tenían más espacio. Nuestra casa cuartel no era mucho más grande que la suya, pero el mando había ido ordenando que se levantaran tabiques y más tabiques, para hacer cada vez más pequeños los cuartos, pero también la oficina, los calabozos y la sala de banderas. Así había conseguido meter en ella a ocho familias, cinco guardias, un cabo, un sargento y el teniente, que era el jefe de todos ellos y también de los guardias de Los Villares y de Valdepeñas de Jaén, porque mi pueblo no era el más grande ni el más importante de la sierra, pero ocupaba el centro geográfico de la comarca.

En teoría, don Salvador era todo un personaje y una de las máximas autoridades militares de la Sierra Sur, pero en Fuensanta nadie se lo tomaba muy en serio. Su señora se daba mucho pisto, y aprovechaba cualquier oportunidad para aclarar que su marido no era guardia, sino teniente del Ejército de Tierra, y que le habían destinado allí para poner orden. En cuanto acabe con los bandoleros, añadía, nos volvemos a Málaga capital a vivir como unos señores, en un chalet con jardín y vistas al mar. Nadie se atrevía a reírse de ella en su cara, pero sus delirios tampoco impidieron que Cuelloduro bautizara a su marido como Michelín, porque era bajo y rechoncho, igual que el muñeco de los neumáticos. Yo había sabido todo esto desde siempre, pero hasta que no fui al pueblo de mi madre, no hice la cuenta de que en el mío había un guardia civil por cada doscientos habitantes, y sin embargo, ni siquiera eso estropeó mi alegría por haber vuelto a casa.

Cuando me bajé de la Pava tenía hambre y sueño, el cansancio acumulado en muchas horas de viaje, pero me fijé en que la nieve estaba sucia. De la deslumbrante perfección de aquel blanco infinito que me había despedido unos días antes, apenas sobrevivían algunos parches oscuros, condenados a convertirse en barro contra los muros orientados al norte, donde nunca daba el sol. Todavía nevaría un par de veces más, pero el frío fue aflojando lentamente, con una delicadeza que jamás nos concedía al regresar, a favor de un verano que resultó largo, caluroso y seco. Lo recuerdo bien, como recuerdo todos los acontecimientos de un año que inauguró la que, durante mucho tiempo, sería la época más importante de mi vida. Como si también pudiera presentirlo, o quizás para hacerse perdonar por haberme enfrentado tan pronto a la crueldad de las paradojas, 1947 me hizo un regalo antes de perderse en el limbo de los calendarios.

El hielo no esperó a diciembre, pero mi madre sí lo esperaba a él. Cuando entré en la cocina, tiritando no tanto por la temperatura como por el desconcierto, el estupor que sucedía a su primer zarpazo, me la encontré sentada al lado del fogón, refunfuñando como de costumbre, con el ceño fruncido. Se había envuelto en una capa vieja de mi padre y no pude ver qué estaba haciendo, pero cuando llegué a su lado, me sonrió. Sostenía en las manos una funda nueva, dos trozos de manta superpuestos, cortados a la medida de una botella de gaseosa y cosidos por el borde con una hebra de lana en puntadas muy seguidas y apretadas. De la base colgaba una pieza redonda, a modo de tapa, que iría rematada con un ojal hecho a la medida del botón que permitiría cerrarla por abajo, para conservar el calor del agua hirviendo sin riesgo de quemaduras.

—Mira, ¿te gusta? —la sonrisa de madre se hizo más grande y encontró una manera de brillar también en sus ojos.

—Sí, es muy bonita —y sólo entonces lo entendí—. ¿Es para mí?

Cuando la vi asentir con la cabeza, sentí una alegría salvaje que también era orgullo, gratitud y una expectativa de felicidad, el anticipo de la que sentiría al llegar a la escuela con mi propia botella metida en su funda. No encontré palabras para expresar una emoción tan compleja, y por eso me abalancé sobre ella, la abracé con todas mis fuerzas y la besé tantas veces que estuve a punto de tumbar la silla con nosotros dos encima.

—¡Suéltame, Nino, que nos vamos a caer! —pero se reía.

—Gracias, madre —acerté a decir por fin—. Gracias, gracias, millones de gracias...

—Nada de eso. En enero cumplirás diez años, ¿o no? Eres mayor, y mucho más responsable que tu hermana, y a ella se la hice cuando tenía tu edad, así que... Pero tienes que prometerme que cuidarás bien de ella. No la pierdas de vista, no la dejes tirada en cualquier parte para irte a jugar y no la pongas en ningún sitio de donde se pueda caer. Si la rompes, o te la roban, hasta el año que viene no te daré otra. Los cascos cuestan dinero, ya lo sabes.

—No te preocupes, madre, que la cuidaré muy bien. ¿Dónde está?

—Todavía no la he comprado, ni siquiera me ha dado tiempo a terminar la funda. No he hecho el ojal, ni he cosido el botón, pero si quieres, puedes estrenarla esta noche. Y de momento, para ir a la escuela...

Señaló la chimenea con la cabeza y miré por última vez, sin rencor y sin nostalgia, la piedra negra, plana, que certificaba el final de mi verdadera infancia.

—No, no merece la pena. Seguro que hoy no hace tanto frío.

Los alumnos de la escuela de mi pueblo sólo reconocíamos dos grupos de niños, los pequeños y los mayores, clasificados según un criterio muy distinto al que empleaba don Eusebio para dividirnos en cursos y grados. Piedras y botellas, esa era la ley suprema que imperaba sobre edades, estaturas o conocimientos. Los niños pequeños eran todos los que salían de casa apretando contra su pecho con las dos manos una piedra caliente, liada en trapos. Los mayores, en cambio, habían merecido la confianza de tutelar una botella de gaseosa rellena de agua hirviendo, que la funda casera, fabricada con un resto de manta gruesa, suavizada por el uso, convertía en una fuente de calor muy agradable. Las botellas conservaban la temperatura durante mucho más tiempo que las piedras, y al sentarse en el pupitre, daba gusto colocárselas sobre las piernas, hacerlas rodar arriba y abajo o ponerlas en el suelo para sujetarlas con los tobillos. Yo lo había visto hacer muchas veces, mientras intentaba apurar sin resultado el calor de la piedra apenas tibia que volvía a llevarme a casa cada tarde, para que madre la desnudara, la pusiera de nuevo a la orilla del fuego, y volviera a liarla en tiras de sábanas viejas para entregármela en el mismo momento en que me mandaba a la cama, el otro lugar donde los mayores se distinguían de los pequeños según la ley de la piedra y la botella.

Aquel día estaba tan excitado ante la perspectiva de cambiar de categoría, que salí de casa con las manos metidas en los bolsillos, y ni siquiera tuve frío en la escuela, pese a que don Eusebio consideró que había llegado el momento de encender la estufa pequeña y única con la que contábamos, para sentarse a su lado después de advertirnos, como de costumbre, que no pensáramos mal, porque el egoísta no era él, sino sus huesos, que presentían la vejez en el empeño de no calentarse nunca. Y aquella noche, por primera vez en mi vida, me alegré al abandonar el paraíso de la cocina, que madre había aprendido a calentar combinando la chimenea con los rescoldos del fogón y el brasero, que manejaba mejor que nadie, porque llevaba mi botella nueva entre las manos. Ella la había rellenado con un embudo, había metido a presión el tapón de corcho que padre había tallado con su navaja para que encajara perfectamente, y había sellado la unión haciéndola girar bajo una vela encendida. Después, cuando la cera ya se había vuelto blanca y sólida alrededor del gollete, la metió en la funda, la abrochó, me la dio y casi la dejé caer al suelo, tan ardiendo estaba que la puse entre las sábanas antes de desnudarme, y cuando me reuní con ella, toda la cama estaba caliente.

Y sin embargo, aquella noche no pude dormir. Quizás fueron los nervios, la novedad de no sentir el grito helado de mis pies al final de las piernas, quizás fuera el destino, pero cuando mis padres se levantaron de la mesa camilla, todavía estaba despierto. Escuché cómo apagaban la luz, cómo cerraban la puerta y cómo entraban en su cuarto, contiguo al mío, porque habían movido los tabiques tantas veces que las paredes de la casa cuartel eran muy finas, porosas como esponjas, y no sabían guardar secretos. Por eso me enteré de que mi madre se había metido en la cama vestida, y escuché una por una las confusas instrucciones que mi padre ejecutaba con resignación, antes de que él dijera algo que yo no debería haber oído.

—A ver, Antonino, ponte boca arriba que te voy a coger... No, así no, hombre. Así, muy bien... Hay que ver, hijo mío, qué suerte tienes, es que eres como una estufa, ahora los pies... No, dobla las rodillas...

—¡Ay! Los tienes helados, Mercedes.

—Pues claro. Si no, de qué te crees que iba a hacer yo tanta gimnasia. Aguanta un poco, hombre... Bueno, voy a empezar a desnudarme.

—Ya era hora.

—¿Y qué quieres? Yo lo paso muy mal, Antonino, soy de Almería, ya lo sabes, si te molesta, haberlo pensado antes.

—¿Qué, puedo apagar ya la luz?

—Ea, apágala, sí.

En el silencio que se abrió a continuación, mi cama empezó a hacerse más blanda, más mullida, y yo sentí que me iba hundiendo en ella como si mi cuerpo estuviera relleno de una espuma tibia, sonrosada. Mis ojos, cerrados por fuera, empezaron a cerrarse también por dentro, pero antes de que se igualaran del todo, mi padre volvió a hablar, y yo a escucharle.

—Mercedes —él estaba muy despierto.

—Qué —ella le respondió sin embargo con una voz pastosa, rescatada del sueño.

—Me preocupa Nino —y a partir de ese momento, ninguno de los tres pudimos dormir.

—¿Nino? ¿Por qué? Don Eusebio dice que va muy bien en la escuela.

—No, si el chico listo sí es, muy despejado, eso ya lo sé. Pero crece muy poco.

—Ya crecerá más.

—O no. Y lo que me da miedo... Si sigue así, no va a dar la talla, Mercedes. Y si no da la talla, no va a poder entrar en el Cuerpo.

—¿Pero qué estás diciendo, Antonino? Te recuerdo que tu hijo todavía tiene nueve años.

—¿Y qué? Más vale prevenir que curar, ¿no? Si de mayor mide más de uno sesenta, puede ser guardia civil, pero si no llega... Por eso he pensado que lo mejor es que aprenda a escribir a máquina.

—¿Qué?

—Escribir a máquina, Mercedes, y luego que estudie francés, y al acabar la escuela... Pues no sé, Contabilidad, o algo por el estilo. Así podría hacer oposiciones para secretario de Ayuntamiento, o de oficinista, en la Diputación. Si es bajito pero listo, aunque no dé la talla, nadie se reirá de él, y podrá ganarse la vida mejor que yo, ¿o no?

—Mira, Antonino, yo no sé quién te ha metido a ti esas ideas en la cabeza, pero te voy a decir...

—No me digas nada, Mercedes. Tú hazme caso y no me des consejos.

La sentencia rotunda, fulminante, con la que mi padre ponía fin a todas las discusiones, instauró en su dormitorio un silencio que tardó mucho tiempo en conquistar mi interior, estrujado por media docena de ideas agridulces y contradictorias, el frío de unas esposas atenazando mi mano izquierda y, un poco más allá, la respiración de un hombre moreno y delgado, sucio y herido, un reguero de sangre seca en la frente, una alianza de recién casado en la mano derecha.

En los malos tiempos, los niños crecen deprisa. Los de mi infancia fueron los peores, y a los nueve años yo ya tenía muy claro que no quería ser guardia civil, que no quería volver a viajar esposado a un prisionero, que no quería vivir en una casa cuartel, que no quería darle miedo a la gente, ni saber que escupían al suelo en cuanto les daba la espalda, ni que me hicieran la pelota el alguacil y el boticario, ni tener que hacérsela yo a don Justino y al alcalde, ni aguantar la chulería de ningún sargento borde y malencarado, y no digamos ya que mi mujer tuviera que aguantar los humos de la señora de un teniente gordo al que le olieran los pies. Yo no quería ser guardia civil, no quería compartir un único retrete con todos los culos de otras siete familias, ni detener a mis vecinos, ni llevarlos esposados por la calle, ni preguntar a mis hijos al día siguiente qué tal les había ido en la escuela y escuchar cómo me decían que bien, muy bien, y que fuera mentira.

A los nueve años, yo quería conducir coches de carreras, mudarme a Granada, o a Madrid, y si no, vivir como Pepe el Portugués, tener una casilla pequeña, al pie de la sierra, y una huerta, un caballo, unos pocos animales, unos pocos amigos y estar lejos, lejos del pueblo, lejos del teniente y de su señora, lejos del alcalde y de don Justino, lejos del alguacil y del boticario, lejos, para subir al monte a pescar truchas y a coger setas a la luz del día y cuando yo quisiera, y no volver a casa de madrugada, con la capa tiesa de hielo, escarcha en el bigote y un catálogo de juramentos entre los labios, o no volver. Eso quería yo, y sin embargo, nunca se me había ocurrido que no tuviera la oportunidad de elegir no ser guardia civil.

Romero, el compañero de mi padre, era hijo de guardia. Sanchís, el sargento que se quedaría como jefe de puesto cuando Michelín se volviera a Málaga y que no me caía nada bien, porque era un atravesado que disfrutaba amenazando a la gente con la impunidad que le garantizaba su pasado de héroe de guerra, también se había criado en una casa cuartel. En la misma situación estaba Curro, que sólo tenía veintidós años y como le sobraba sitio, porque aún no se había casado, me dejaba ir a estudiar a su casa, tres habitaciones contiguas a las nuestras. Pero la historia de mi padre era distinta.

Él había nacido en Valdepeñas de Jaén, muy cerca de Fuensanta de Martos, y no se había movido de allí hasta que le tocó hacer la mili en Melilla. Fue entonces cuando empezó a escribirse con la hermana de otro recluta que se llamaba casi igual que él, Antonio, y a la que al principio le cayó en gracia por un malentendido. Ella creía que sólo había un pueblo llamado Valdepeñas en el mundo y pensó que allí, con tantas viñas, tantas bodegas, nunca faltaría trabajo. Por eso, y aunque desde el primer momento él le confesó que era jornalero sin tierras, igual que su padre, y que su abuelo, y que su bisabuelo, y así hasta Adán y Eva poco más o menos, ella se dijo que con él no estaría mal. Al terminar la mili, mi padre volvió a la península en el Melillero, y con la excusa de recibir a su hermano, que venía en el mismo barco, mi madre fue al puerto de Almería para conocerle. Cuando se enteró de la verdad, y fue Jaén y no Ciudad Real, y fueron olivos y no viñas, y almazaras en lugar de bodegas, él ya la había besado y a ella le había gustado, así que se casaron y para no tener que elegir entre el mar y la sierra, se fueron a vivir a un lugar equidistante y ajeno, igual de nuevo para los dos.

Hasta ahí, me sabía la historia. Había visto muchas veces una fotografía que madre guardaba en la cómoda, padre y ella vestidos de domingo, muy jóvenes los dos, muy sonrientes, con mi hermana Dulce recién nacida y envuelta en mantillas a pesar de la luz, el sol que se filtraba a través de una parra en un patio cuadrado, pequeño y limpio. Cuando me la enseñó por primera vez, madre me explicó cómo era aquella casa que habían alquilado en Valderrubio, un pueblo de Granada rodeado de plantaciones de remolacha, con varias fábricas de azúcar que pagaban el trabajo de un obrero serio y cumplidor mejor que los terratenientes de Valdepeñas, y sin necesidad de capataces que fueran todos los días a la plaza del pueblo a humillar a los hombres señalándoles con el dedo, hoy trabajas tú, hoy tú no trabajas... La primera vez que vi aquella foto, madre me lo explicó todo muy bien y que allí habían sido muy felices, más que en ningún otro lugar, en ningún otro momento. Quizás por eso, y porque aquella felicidad duró muy poco, dos años escasos, nunca volvió a darme detalles, y cuando sacaba la foto para mirarla, decía solamente, qué bien nos fue allí, qué felices éramos entonces, y cerraba los ojos un instante, como si quisiera apreciar mejor aquel recuerdo, o porque le dolía el tiempo que había vivido después.

Hasta ahí, me sabía la historia. De lo que pasó más tarde, apenas conocía frases a medias, razonamientos inconclusos que no llegaban a la categoría de enigmas pero que tampoco tenía recursos suficientes para resolver. Había estallado una guerra que había partido España en dos mitades, y mis padres estaban en una, y sus dos familias en la otra. Él se alistó voluntario para que no le pasara nada a su mujer ni a su hija pequeña, fue a parar a una compañía de la Guardia Civil y luego, ya, allí se quedó. En medio de la guerra y en aquella casa de Granada de la que no conservaba ningún recuerdo, nací yo, hijo fortuito, inoportuno, de un permiso. Y padre, que me conoció con más de un año, habría dado cualquier cosa a cambio de que le destinaran lejos de su pueblo, pero no había podido evitar que sus superiores se enteraran de que conocía la Sierra Sur como la palma de la mano, así que le habían mandado a Fuensanta de Martos, a dos pasos de Valdepeñas de Jaén, donde la guerra no había terminado todavía por más que don Eusebio se empeñara en contar en voz alta los años de paz en algunas fechas señaladas.

Mi padre era guardia civil por casualidad, no porque mi abuelo lo hubiera sido antes que él, y por esa misma razón, nunca se me había ocurrido pensar que estuviera esperando que yo siguiera sus pasos, pero tampoco imaginaba que se preocupara tanto por mí. Su inquietud, conmovedora y angustiosa a la vez, me desorientó por dentro, como si al escucharle hubiera mordido el relleno ácido de un pastel dulce, el corazón podrido de una fruta verde. Él no podía dormir porque pensaba en mí, y yo no dormía porque en el centro de sus desvelos latía la decepción de ser mi padre, de haber engendrado a un niño que crecía muy poco, menos que su hermana, menos que los hijos de los otros guardias, menos que sus compañeros de la escuela.

Yo no tenía la culpa. A mí me habría gustado ser tan alto como Paquito, el hijo de Romero, que había acabado el verano anterior con pantalones de dos colores, porque a mitad de agosto su madre ya le había sacado el dobladillo y tuvo que echarle una pieza, empalmando una tira de una capa vieja de su padre, para conseguir que los bajos se le acercaran a las rodillas. Los míos apenas se movieron del sitio durante todas las vacaciones. Madre decía que era una suerte, y sonreía, pero los dos sabíamos que a ella le habría encantado rematar con un trozo de tela verde mis pantalones grises, y a mí, ir hecho un mamarracho de dos colores, igual que Paquito.

Yo no tenía la culpa, pero aquella noche me sentí culpable, y sin embargo, igual que la grandiosidad del mar había afirmado mi alegría de ser de tierra adentro, la amargura de hacer sufrir a mi padre vino envuelta en la certeza de su amor, todo el amor que cabía en aquel hombre serio y taciturno, que no era aficionado al pan milagroso de los besos y abrazos que su mujer repartía sin que se agotaran nunca, y que sonreía poco, jamás como en la fotografía que le hicieron en aquellos tiempos en los que fue feliz.

El intrincado hallazgo del amor de mi padre, la llama secreta que ardía entre las tinieblas de su preocupación y mis centímetros, me calentó la cama cuando la botella no conservaba ya otra temperatura que la de mi cuerpo. Entonces, por fin me dormí, y al despertarme, comprobé que aquella noche había vuelto a helar. Paquito entró en mi casa corriendo cuando todavía no me había dado tiempo a terminar el desayuno, para enseñarme su botella nueva, en una funda gris, jaspeada, que era más fea que la mía, de rayas azules y blancas. Si un día antes hubiera podido contemplar aquella escena por un agujero, si hubiera podido verme en el instante en que respondí al desafío del hijo de Romero levantando mi propia botella con las manos y la arrogancia de un pistolero más veloz que su enemigo, me habría estremecido de orgullo y de placer. Pero la noche anterior había escuchado algo que nunca debería haber oído, y aquella mañana, todo lo que estaba derecho había amanecido torcido.

Yo era bajito, muy bajito, canijo, como dijeron mis primos de Almería antes de robarme los zapatos, hasta sin saber que así era como me llamaban mis amigos. Incluso ellos, que nunca comían carne, eran más altos que yo. Mi padre lo sabía sin que nadie se lo hubiera contado, y lo sabía mi madre, que me había concedido la gracia de ascender desde la piedra hasta la botella cuando aún no lo esperaba. Y por más que intenté convencerme de que las confidencias de uno y la decisión de la otra habían coincidido por azar, no logré desprenderme de una sospecha incómoda, humillante, y cuando me fui a la escuela con Paquito, estaba seguro de que la botella que apretaba entre los brazos no era un galardón que yo me hubiera ganado, sino una amorosa treta con la que madre intentaba que no me sintiera inferior a los demás.

Hasta aquel día, el futuro no había existido para mí. Desde entonces, tuvo la forma exacta de una barra graduada, rematada por un tope que iba subiendo y bajando de cabeza en cabeza cuando la usaban en el cuartel para medir a los quintos. ¿Dónde estás hoy, Nino?, me preguntó el maestro varias veces. Yo me enderezaba contra el respaldo de la silla, levantaba la cabeza, miraba al encerado y le pedía perdón por haberme distraído, pero no me atrevía a decirle la verdad, a contestarle que estaba atrapado sin remedio en el futuro.

—Don Francisco Romero, levántese —el hombre más sabio de Fuensanta de Martos sólo nos trataba de usted cuando presentía que no íbamos a estar a su altura—. ¿Siete por cinco?

—Treinta.

—No.

—¿Treinta y seis?

—Cero.

—No, no, espere, porque entonces tienen que ser treinta y cinco.

—A ver, qué remedio... ¿Y siete por seis...? ¿Siete por seis? —don Eusebio se impacientaba, se desesperaba, perdía la compostura mientras hacía estallar sus puños sobre la mesa—. ¡No cuentes con los dedos, animal, que te estoy viendo! Las manos a la vista, ¿siete por seis? Don Antonino Pérez, deje de soplar a su compañero y ayúdelo en voz alta. ¿Siete por seis?

—Cuarenta y dos.

—¿Siete por siete?

—Cuarenta y nueve, siete por ocho, cincuenta y seis, siete por nueve, sesenta y tres, y siete por diez, setenta.

—Muy bien. Pero no crea que no me he dado cuenta de que lleva toda la mañana en Babia. ¿Qué pasa, que sólo nos espabilamos a la hora de delinquir? Pues le voy a poner un cinco pelado, para que se entere...

Paquito no se sabía las tablas de multiplicar, pero daba igual, porque era muy alto, y daría la talla, y sería guardia civil como su padre, como su abuelo. Miguel, el hijo del boticario, no era ni tan burro ni tan alto como él, tampoco tan estudioso como yo, pero heredaría la farmacia, y le llamarían don Miguel, y viviría tranquilo, despachando aspirinas. Y yo... Yo no quería ser secretario del Ayuntamiento, ni oficinista en la Diputación, yo quería conducir coches de carreras, y si no, arrendar un molino, como el Portugués, y tener un huerto, y un caballo, y vivir lejos del pueblo para subir al monte cuando me diera la gana, a coger setas y a pescar truchas, y sin embargo iba a tener que aprender a escribir a máquina, y a hablar francés, y las matemáticas se me daban bien, se me daban bien la gramática y las ciencias naturales, pero no sabía si iba a poder con la máquina, y sin embargo sabía que tenía que poder, porque lo que no podía era decepcionar a mi padre dos veces seguidas, y si diera la talla y dijera que no quería ser guardia, probablemente no pasaría nada, pero como no la iba a dar, tendría que trabajar en una oficina aunque no quisiera, y a lo mejor me llamarían don Antonino, y mi padre estaría orgulloso de que me ganara la vida mejor que él, pero me la ganaría peor, porque las cosas nunca son como parecen.

Cuando salí de la escuela, creí que la cabeza me iba a estallar, tantas horas llevaba pensando en lo mismo. Estaba seguro de que al volver a casa, madre me sonreiría, me besaría tanto como siempre, más quizás, me anunciaría que padre había tenido una idea y luego llegaría él, lo despacharía todo con un par de frases, yo haría como que no sabía nada, diría que todo me parecía muy bien, le daría mucho las gracias, y estaría sentado delante de una máquina de escribir antes de darme cuenta. Eso era lo que iba a pasar, y sin embargo, no pasó nada, excepto que el mundo se puso boca abajo.

Había pasado otras veces, tantas que casi pude respirarlo en el aire antes de leerlo en algunos rostros, sonrisas que no veía desde antes del verano, y la taberna de Cuelloduro llena y vacía al mismo tiempo, los parroquianos en la calle, cada uno con su vaso en la mano, pagando rondas por turnos. No necesitaba saber nada más, porque la madre de Paquito salió a buscarnos, y nos cogió a cada uno de la mano para tirar de nosotros como si todavía fuéramos críos chicos, sin molestarse en darnos ninguna explicación.

—A casa, vamos, deprisa, y sin rechistar.

—¿Pero qué ha pasado, madre?

—¡He dicho que sin rechistar!

El mundo se había puesto boca abajo, y aquella noche, padre no volvió a casa hasta mucho después de la hora de cenar. No hubo conversación, ni máquina de escribir, ni promesas ni disimulo, sólo el rumor constante de las quejas de madre, por una vez olvidada del frío.

—Y quién me mandaría a mí casarme con un guardia civil, a ver, quién me lo mandaría, con lo bien que estaba yo en mi pueblo para que me dejen viuda con tres hijos cualquier día de estos...

Aquella tarde ni siquiera nos dejó salir a jugar al patio. Estuve todo el tiempo sentado a la mesa de la cocina, haciendo los deberes y ninguna pregunta, porque sabía de sobra que mi madre no iba a ser más elocuente que la de Paquito, pero mi hermana Dulce, que se había enterado de todo, me lo contó en un susurro.

Que a la una de la tarde, con la cara descubierta y a plena luz del día, como en los buenos tiempos, los del monte habían cortado la carretera para asaltar al alcalde de Alcaudete.

Que alguien les había avisado de que llevaba encima veinticinco mil pesetas para pagar al contratista que le estaba haciendo una casa nueva a su suegro.

Que cuando acababan de quitarle el dinero, vieron venir por la carretera a un hombre con pinta de muerto de hambre, y al preguntarle qué hacía por allí, les explicó que venía de buscar un jornal, pero que no habían querido cogerle en ninguna cuadrilla de las que ya habían empezado a varear la aceituna.

Que al mirarle bien, las alpargatas reventadas, los dedos gordos al aire, la piel quebradiza, amarillenta, los de arriba comprendieron que nadie quería darle trabajo porque estaba enfermo.

Que su jefe hizo entonces lo que tantas veces había hecho Cencerro, sacar cuarenta duros del fajo de billetes del alcalde, pedirle a aquel hombre que recordara lo que estaba a punto de pasar, y darle doscientas pesetas después de reconocer en voz alta que las necesitaba más que ellos.

Que cuando el jornalero se fue, encerraron al chófer y a su pasajero dentro del coche, tiraron las llaves al suelo, les advirtieron que les dejaban con vida para que pudieran contarlo, gritaron ¡Viva la República!, y no tardaron ni cinco minutos en desaparecer.

Que cuando llegaron los guardias de su pueblo, el alcalde había dicho, como todos, como siempre, que no había reconocido a ninguno de los hombres que le habían robado y que, por el acento, no debían de ser de por aquí.

Que por supuesto, los guardias de Alcaudete no se lo habían creído.

Y que hacia las cinco y media, cuando estaba recogiendo las mesas de la comida, el dueño de una venta de Castillo de Locubín, había encontrado en una esquina un billete de veinte duros debajo de una piedra, y en él, escrita a pluma, para que no pudiera borrarse nunca, una frase que se había hecho famosa en toda la provincia de Jaén, «Así paga Cencerro».

—Pero Cencerro está muerto, Pepe, y tú lo sabes.

—¿Muerto? No, qué va a estar muerto... —estábamos los dos solos y nadie podía escucharnos, pero miré hacia atrás una vez más, porque no podía creer que estuviera hablando en serio—. ¿Es que no te has enterado de que antesdeayer cortó la carretera y consiguió dinero de sobra para pasar el invierno? ¿No te han contado todavía que volvió a dejar una propina de las de antes en una venta de su pueblo?

—Pero no pudo ser él —insistí, con el aplomo que prestan sólo unas pocas certezas, la muerte siempre.

—Claro que fue él. Firmó el billete, ¿o no? —sólo entonces se echó a reír, y justificó su risa como si me estuviera haciendo un favor—. Cencerro es mucho más que un nombre, Nino, es un símbolo. Tomás Villén Roldán está muerto, sí, lo sé, sé lo mismo que tú, que se suicidó el 17 de julio, en Valdepeñas, y lo llevaron muerto a su pueblo, y todos los vecinos vieron su cadáver. Eso es verdad, pero sólo eso. Tomás Villén Roldán era Cencerro, pero ahora Cencerro es más grande que él. Seguirá vivo mientras haya alguien en el monte que lleve su nombre, y por lo visto lleva dos días resucitado, ya lo sabes.

—Cualquiera diría que te alegras.

—¿Yo? —y se volvió hacia mí con el índice apoyado en el pecho, las cejas arqueadas como dos signos de interrogación—.

¿Cómo voy a alegrarme yo de una cosa así, con la que se nos va a venir encima?

En eso llevaba razón, pero, de todas formas, con él nunca podía estar seguro de nada. Pepe el Portugués era la persona más especial de todas las que conocía, aunque a mi alrededor nadie más pareciera darse cuenta. Al principio, creía que era portugués de verdad, porque el nombre de su pueblo, Torreperogil, me sonaba rarísimo, hasta que padre me dijo que no, que si lo pensaba bien me daría cuenta de que ese nombre significaba Torre de Pedro Gil, y que estaba en la provincia de Jaén, igual que el nuestro, aunque hacia el norte, más allá de Úbeda. Descontando a los guardias y al maestro, que no podían escoger un destino, semejante distancia le convertía en el único forastero permanente de Fuensanta de Martos, pero no era especial sólo por eso.

—¿Y a ti por qué te llaman el Portugués? —le pregunté una de las primeras veces que hablamos los dos solos.

—¡Ah! Eso no lo sé, es el mote de mi familia. La gente dice que mi abuelo sacó una vez a bailar en las fiestas del pueblo a una chica que venía con un feriante y era portuguesa... O igual el portugués era él, vete a saber, ya no me acuerdo. El caso es que al feriante le sentó mal, se pelearon, y mi abuelo se quedó con ese mote.

—Pero entonces sí que lo sabes —objeté, muy sorprendido.

—No —hizo una pausa para mirarme y echarse a reír, en uno de esos quiebros repentinos a los que era tan aficionado—. Sólo sé lo que dice la gente, pero eso no siempre es la verdad.

Pepe había visto mucho mundo. Nunca había estado en Portugal, pero sí en Francia, y en Madrid, y en Valencia, y en Barcelona, y en Marruecos. Había visto el mar muchas veces, aunque no le gustaba hablar de eso porque decía que todos los sitios son iguales. Yo sabía que no tenía razón, pero tampoco le llevaba la contraria, porque cuando decía que no le gustaba hablar de algo, no había manera de sacarle ni una sílaba. Eso lo había aprendido yo enseguida, el mismo día que le conocí.

—¡Alto! ¡Manos arriba!

Paquito y yo estábamos sentados en la orilla del río, con los pies en el agua. Habíamos ido hasta allí andando, los dos solos, después de la procesión del Corpus, porque aquel día no había clase y hacía, a cambio, mucho calor. El molino viejo era uno de nuestros sitios favoritos precisamente porque estaba abandonado. La dueña, doña Angustias Mariamandil, una de las vecinas más ricas del pueblo, vivía en un cortijo aislado, un poco más arriba, y nunca se había preocupado de alquilarlo porque no necesitaba el dinero. El camino desde el pueblo era una cuesta muy empinada, mucho más incómoda que los senderos que llevaban a otras pozas, y como nunca había nadie, podíamos bañarnos desnudos y volver a casa con la ropa seca. No habíamos hecho nada más grave, más peligroso que eso, y sin embargo, cuando nos volvimos muy despacio, con las manos en alto, nos encontramos con un hombre que estaba apuntándonos con una escopeta.

—¿Pero qué hacéis vosotros aquí? —Pepe el Portugués bajó el arma al darse cuenta de que sólo éramos unos niños—. ¡Largo! Esto es propiedad privada.

—¡Mentira! —dije yo a voces, para que se diera cuenta de que no era el único que sabía gritar—. El molino está abandonado, pero es de los Mariamandiles. Y el río, de todos.

—¡Ah! ¿Sí, eh?

Y en ese momento, aunque había abandonado las amenazas junto con la escopeta que dejó apoyada en una piedra, Paquito salió pitando. Yo, en cambio, me quedé a esperarle, porque ya había montado en tren, y había visto el mar, y tenía una reputación que defender, aunque fuera muy bajito o precisamente por eso.

—¿Y el otro? —Pepe miró a su alrededor cuando llegó a mi lado, pero mi amigo había escapado a tal velocidad que ya no se le veía.

—Es un cagado.

—Ya... —sonrió como si le hubiera divertido mucho mi respuesta—.Y tú no, ¿verdad?

—Pues no.

—¿Cuántos años tienes?

—Nueve.

—Nueve... —me midió con los ojos, desde la cabeza hasta los pies—. No eres muy alto para tu edad.

—No, pero tampoco soy un cagado.

—Está bien, está bien... —y levantó las manos en el aire, como si ahora fuera yo quien le estuviera apuntando con un arma—. De todas formas, siento mucho haberos dado un susto, pero en los tres días que llevo aquí, desde que arrendé el molino, no había visto a nadie. Y como dicen que la sierra está llena de bandoleros...

—Es verdad, aunque en el pueblo hay gente que no los llama así.

—¡No me digas! —abrió mucho los ojos, como si nunca se le hubiera ocurrido que pudiera existir otro nombre para ellos—. ¿Y cómo los llaman?

—Pues guerrilleros. O maquis. Pero eso lo dicen los rojos.

—Y en tu casa no sois rojos, supongo.

—¡No, qué va! —me eché a reír ante tamaño disparate—. Yo vivo en la casa cuartel. Mi padre es guardia civil.

—Mira... —volvió a sonreír—, qué buen amigo me he echado. ¿Y cómo te llamas tú?

—Antonino, pero me dicen Nino para no confundirme con mi padre, que se llama igual —no pensaba decirle nada más, pero pensé que iba a enterarse enseguida, porque en mi pueblo nadie llamaba a nadie por su nombre—. Aunque también me dicen el Canijo.

—Yo me llamo Pepe —me ofreció la mano, como si estuviera presentándose a una persona mayor, y al estrecharla, mis dedos encontraron que era grande y fuerte, la piel áspera, como la de los hombres acostumbrados a trabajos duros—. Y ahora que nos hemos conocido, me vuelvo arriba. Tengo mucha faena por delante.

—Puedo ayudarte, si quieres —ya había empezado a subir hacia su casa, pero se paró y se volvió a mirarme—. Hoy no hay clase, no tengo nada que hacer.

Estuve con él más de dos horas, clasificando los trastos amontonados en la vivienda y en el molino, quemando en una hoguera los muebles viejos, apolillados, y poniendo cristales nuevos en las ventanas. No nos había dado tiempo a arreglar más que una cuando Paquito vino corriendo a buscarme, y me dijo que me preparara para la bronca que me iba a caer por haber estado toda la tarde fuera de casa. Por el camino, me preguntó qué había hecho, y se lo dije, y me preguntó por qué, cómo se me había ocurrido desperdiciar una tarde libre trabajando a cambio de nada, y no fui capaz de contestarle. Tampoco pude contarle mucho más. Mientras estaba con él, había tenido la sensación de que no parábamos de hablar, pero las preguntas de Paquito me hicieron comprender que había sido yo quien había hablado casi todo el tiempo. Pepe sólo me había dicho que le gustaba el monte, que no le importaba vivir aislado, lejos del pueblo, y que había decidido cambiar de aires porque había tenido un disgusto muy gordo con su novia, pero que no le gustaba hablar de eso. Y yo no había podido sacarle ni una palabra más.

La bronca que me echó madre hizo los honores a las advertencias de Paquito. Antes de mandarme a la cama, me advirtió que estaba castigado sin salir hasta que a ella le pareciera bien decidir lo contrario, y sin embargo, el domingo siguiente volví a subir a casa de Pepe. Padre había ido con Romero a hacerle una visita de rutina, la misma que hacían un par de veces por semana a todos los vecinos que vivían fuera del pueblo, y el nuevo habitante del molino le había caído en gracia.

—Es un chico muy serio, muy formal —tenía ganas de hablar, y empezó a hacerlo antes de probar el gazpacho—, y sin embargo simpático, no creas. Está preocupado por ti, Nino, porque como Paquito te dijo que madre se había enfadado... Parece que tiene buena mano con los olivos, las olivas, como él dice. A eso se dedicaba en su pueblo, y cuenta que le iba bien, pero tenía una novia, y por lo visto, cuando ya les habían echado las amonestaciones, la tía fue y se casó con otro.

—Por algo sería —replicó mi madre, que era mucho más desconfiada que su marido aunque no llevara un tricornio sobre la cabeza.

—Pues sí, por las perras, como siempre. ¿Qué te crees, que no hemos pedido informes? Y no se le ha olvidado, no, que se acuerda de todo como si ella le hubiera dejado plantado anoche mismo. Por eso se marchó de su pueblo, y ahora lo que quiere es vivir tranquilo. Le hemos dicho que esté con los ojos muy abiertos, que se fije en todo, en fin, lo de siempre, que informe de las huellas, de los cambios, de los restos de hogueras que pueda encontrar... ¡Y teníais que haberle visto, el susto que se ha llevado el pobrecillo! A lo mejor no ha sido buena idea venir aquí, nos ha dicho al final —e improvisó una mueca compungida que sus propias carcajadas deshicieron en un instante—, tendría que haberlo pensado mejor.

—¿Y qué quieres? —madre también sonrió—. Si os dedicáis a meterle miedo a la gente...

—No es miedo, Mercedes, es precaución, y ya le hemos dicho que tampoco es para tanto, que estamos seguros de que la base de Cencerro está por la parte de Valdepeñas, y el molino viejo tan apartado que igual se tira allí la vida entera sin ver a nadie. Y a propósito, Nino... Me ha dicho también que, si quieres ir a buscarlas, igual el domingo te puede dar un par de truchas para madre, ¿eh? —me guiñó un ojo y yo le devolví una sonrisa a cambio—, para que le perdone por haberte entretenido el día del Corpus. Me dijo que le habías ayudado mucho y la verdad es que necesita ayuda, pobre hombre.

—Pues que se la busque en otro sitio —su mujer intentó resistirse—. Nino está castigado.

—¡Pero, madre, si me va a dar unas truchas!

—Sí, claro... Truchas de esas he visto yo muchas, pero lo que es comerlas, todavía no le he hincado el diente a ninguna. Así que, si es por eso...

—Mercedes, déjale ir.

—Que no, Antonino, que no, que no sabes el susto...

—¡Mercedes! —él levantó la voz y ella renunció a terminar la frase—. Hazme caso y no me des consejos.

—¡Ea! Pues lo que tú digas.

Mi madre se enfadó, mi padre siguió comiendo, y yo me callé porque me convenía, pero ya entonces pensé que el Portugués parecía cualquier cosa menos un pobre hombre. Con el tiempo descubriría que, igual que sabía hacer hablar a la gente sin revelar nada de sí mismo, también tenía el don de decirle a cada uno lo que quería oír. Que no hubiera querido contarme a mí la historia de su novia y a padre se la hubiera relatado después con pelos y señales no me extrañaba tanto, porque yo era un crío y él no, pero nadie que hubiera crecido en la casa cuartel de Fuensanta de Martos podía aceptar sin atragantarse que un cobarde recibiera a los extraños con una escopeta cargada entre las manos. Cobardes en mi pueblo había muchos, y cuando se tropezaban con un desconocido, lo que hacían era encerrarse en su casa, echar la tranca de la puerta, levantar los colchones de las camas para apoyarlos contra las ventanas, y apagar todas las luces. Luego, los que sabían rezar, rezaban, y los que no sabían, también. Pepe el Portugués no tenía mucha pinta de saber rezar, y tampoco necesitaba que la Guardia Civil fuera a avisarle de que en el monte había bandoleros. Ya me lo había dicho él a mí sin que yo le preguntara nada.

El domingo, sin embargo, empecé a dudar de mis propias dudas al encontrármelo en misa de doce, repeinado y vestido de limpio. Me extrañó tanto verle así que me volví varias veces para que mi extrañeza creciera al comprobar que estaba muy atento y respondía al cura cuando tocaba, sin hacer mucho caso de los susurros y las miradas de las mozas, que celebraban en grupitos, como si fueran tontas, la aparición de un nuevo soltero. Luego, madre me dio un capón y ya no me volví más, pero cuando salimos, me estaba esperando.

—Ayer cogí cuatro truchas, y bien gordas —me dijo, cuando volvió a ponerse la gorra que se había quitado, con demasiada ceremonia para mi gusto, al saludar a mi madre—. Vente como a las siete, o las siete y media, y te las llevas.

—Puedo ir antes —me ofrecí—, después de comer, y así te ayudo.

—No, ¿para qué? —entonces se dio la vuelta y echó a andar, como si no tuviéramos nada más que hablar—. Ya lo tengo todo arreglado, y antes hará mucho calor.

Intenté ir tras él, pero madre, ganada para su causa por la metamorfosis de aquellas truchas de piel resbaladiza y carne sonrosada que, contra todos sus cálculos, acababan de dejar de ser una hipótesis, no me lo consintió.

—Mira que eres cansino, hijo mío... ¿No te ha dicho que vayas a las siete? Pues a esa hora vas y ya está.

—¿Y qué, llevas mucho tiempo esperándome?

A las siete menos cuarto, cuando me encontró sentado en el porche de su casa, llevaba allí casi dos horas.

—No —le mentí—. Acabo de llegar.

—Ya —él se rió—. Me alegro. Entra conmigo, anda, y te doy eso.

Las truchas estaban dentro de un barril de agua fría, al fondo de una despensa larga y sombría como una cueva. Mientras él escogía las tres más gordas, les sacaba las tripas y las iba ensartando en un alambre, me dio tiempo a recorrer la casa y a descubrir que estaba tan arreglada por dentro como me había parecido desde fuera, mientras curioseaba por las ventanas para matar el tiempo entre baño y baño.

—¿Quién te ha limpiado esto?

—Nadie.

—¿Nadie?

—Pues no, porque no está limpio... —se secó las manos con un trapo y me tendió el alambre, las truchas tiesas y brillantes como tres cuentas en el collar de una giganta—. Sólo está ordenado. Es un truco de hombre solo, ¿sabes? Si tienes pocas cosas y siempre están en orden, todo parece limpio y no hace falta limpiar... —entonces recorrió con un dedo la superficie del aparador, uno de los pocos muebles que habíamos salvado del fuego el día del Corpus, lo miró, me enseñó el cerco oscuro que surcaba la yema, y se echó a reír—. ¿Lo ves?

En ese instante, mientras me reía con él, empecé a pensar que tal vez vivir en Granada, o en Madrid, conduciendo coches de carreras, no fuera un plan tan bueno como parecía. En ese instante, se me ocurrió que quizás yo fuera más feliz viviendo como un hombre solo con muy pocas cosas, teniéndolas siempre en orden y no limpiando jamás. Cuando le conocí, Pepe el Portugués aún no había cumplido treinta años. Era delgado pero fuerte, flexible y ágil, y se pasaba los días al aire libre, trabajando sin camisa en el huerto, en los olivos, o andando por el monte. Los dedos del sol habían dibujado hebras amarillas, caprichosas, en su pelo castaño, que brillaba a la luz tanto como su piel morena y lisa, y cuando sonreía, enseñaba unos dientes blanquísimos, que serían perfectos si una de las paletas no estuviera partida, quebrada en diagonal como la hoja de un cuchillo, pero hasta eso le sentaba bien.

—Espérame un momento, ¿quieres? Me lavo un poco, me pongo una camisa limpia y me bajo contigo al pueblo.

El primer día que estuve allí me había fijado en la única cosa cara que había en aquella casa, una maleta buena, grande, de cuero marrón, que seguía estando en el mismo sitio, cerca de la cama. Cuando echó a andar, creí que iba hacia ella, pero le vi levantar el colchón y escoger una de las dos camisas que estaban acostadas encima del somier, antes de volver a ponerlo todo en su sitio, estirando las sábanas con mucho menos cuidado del que puso en colocar la colcha para que pareciera que la cama estaba hecha.

—Otro truco de hombre solo, ¿no?

—Justo. No es que así las camisas queden bien, pero tampoco quedan mal del todo, y no tengo que plancharlas.

Mientras bajábamos juntos la cuesta, le comparé con mi padre, con los otros guardias, con los hombres que conocía, y comprendí que no se parecía a ninguno, y algo más. Nunca en mi vida me había sentido tan cerca de nadie como me sentí aquella tarde de Pepe el Portugués, pero lo que me pasaba era todavía más grande, y tan confuso que no sabía qué nombre ponerle. Era la primera vez que me enfrentaba a la distancia que separa a los ídolos de los modelos, y si alguien me hubiera preguntado si admiraba al hombre que caminaba a mi lado, habría contestado que sí, pero no habría dicho la verdad completa. Yo admiraba a otros hombres, desde lejos y en secreto, aunque me habría dejado matar antes de reconocerlo en voz alta, aunque ni siquiera me atrevía a afirmarlo ante mí mismo porque sabía que estaba mal, que no debía hacerlo, que era peor que un pecado. Les admiraba, pero no cambiaría mi vida por la suya. Y sin embargo, mientras Pepe me contaba que no tenía mujer porque los hombres como él no se casan nunca, yo no quería parecerme a él, sino ser él, abandonar mi vida para instalarme en la suya, y vivir en el molino viejo, y planchar la ropa durmiendo encima, y pasarme los días al sol y sin camisa, y sonreír con un diente partido, y no tener que preguntarme siquiera de dónde venía mi habilidad para fascinar a la gente, para hacerles hablar a mi antojo y lograr que se fiaran de mí hasta quienes desconfiaban de su propia sombra.

—Mírame ahora —Pepe se paró delante de la primera casa del pueblo y se señaló el cuerpo con un dedo—. ¿A que parece que se me ha arrugado por el camino?

Me eché a reír, él correspondió invitándome a tomar una gaseosa, nos sentamos en la puerta del bar de la plaza como dos amigos, dos iguales, dos camaradas disfrutando en paz de la última luz de un domingo de mayo, y cuando volví a casa con las truchas, el jubiloso recibimiento de mi madre me importó menos que la memoria de aquella alegría. Pepe el Portugués ya se había convertido en una de las personas más importantes de mi vida, un deslumbramiento que desbordó todos los límites para imponerme una distancia casi temerosa. Por eso, aunque aquel verano fui muchas veces, y siempre solo, al molino viejo, nunca le llamé, ni entré en su casa sin avisar. Esperaba a que él me encontrara, y cuando no había suerte, me conformaba con imitarle delante de mis amigos.

—Miguel, dile a tu hermana que salga...

Paquito, que ya había cumplido diez años con su correspondiente estirón, se había enamorado de Encarnita, que tenía doce, más o menos la misma estatura, y ninguna sensibilidad hacia las pretensiones que cada tarde ardían hasta consumirse, para renacer intactas de sus cenizas al día siguiente.

—Que no, que ya me ha dicho que no quiere ni verte.

—Díselo tú, Canijo, que salga con tu hermana y con las otras, y jugamos a algo todos juntos.

—A mí déjame en paz, Paquito.

—¿Sí? Pues cuando te guste a ti alguna, te vas a enterar...

—¿Yo, de qué? —y entonces, sin levantarme del suelo, conseguí mirarle desde muy arriba—. Los hombres como yo no nos casamos nunca.

—¡Mira tú que también, el tontopollas este!

Todavía estaban riéndose de mí cuando Pepe el Portugués apareció al final de la calle y se acercó despacio, con los pulgares enganchados en los bolsillos del pantalón, la barbilla alta.

Parecía uno de esos pistoleros que salían en las portadas de las novelas que vendía la Piriñaca y que siempre prometían mucho más de lo que daban, porque aunque Curro, que las compraba todas, no quisiera prestármelas, de vez en cuando conseguía despistarle para coger una, meterla dentro de mis libros, y leerla mientras hacía que estudiaba. Entonces buscaba ansiosamente las descripciones de mujeres en corsé que su dueño usaba como pretexto para no dejármelas, y nunca las encontraba, sólo tiros y más tiros, emboscadas y duelos que siempre parecían uno solo contado muchas veces. Pero aunque el Portugués se pareciera en su manera de andar a esos aventureros que se llamaban Jack o Billy, no era igual que ellos, porque no me defraudaba nunca.

—Te estaba buscando, Nino. ¿Tienes algo importante que hacer?

—No —contesté enseguida, y me levanté del suelo como impulsado por un muelle, sin tomarme la molestia de volver la cabeza para contemplar la mirada de envidia que compartían Paquito y Miguel—, qué va.

—Pues vente conmigo, anda. Tengo una cosa para ti... Pero despídete de tus amigos, ¿no?

—Adiós —dije, y por fin les miré, y ya no se reían.

Cuando habíamos andado un trecho, se volvió y me dijo que no me hiciera ilusiones.

—Es sólo una cesta de brevas, para tu madre, pero se me ha ocurrido que igual preferías que ellos no se enteraran de tan poca cosa.

Aquel día era 15 de julio de 1947, víspera de la Virgen del Carmen, y todo estaba en su sitio todavía. Lo recuerdo porque ningún habitante de la Sierra Sur olvidará jamás lo que pasó al día siguiente, ni aquella noche, ni el día que llegó después, y recuerdo que al llegar al molino viejo, vi una sábana blanca, seca, tiesa ya de sol, colgada en el tendedero, y a cambio, en cada ventana, una sombra de oscuridad desconocida.

—¿Y eso?

—¡Ah! —contestó mientras abría la puerta sin mirarme—. He puesto cortinas.

—¿Cortinas? —volví a preguntar, como si fuera la primera vez que oía esa palabra—. ¿Para qué quieres cortinas, si vives aquí tú solo?

—Porque a veces no estoy solo, y no me gusta que nadie me espíe.

Entró delante de mí y fue derecho a la cocina como si quisiera dejarme a solas con mi sonrojo, el violento incendio de la vergüenza que devoró en un instante toda mi cabeza, de oreja a oreja y desde la frente hasta la nuca, para publicar mi culpa, porque yo le había espiado alguna vez, por casualidad, sin mala intención, me había quedado un rato mirándole por la ventana, nada más que eso, sólo por ver qué hacía, a qué se dedicaba cuando estaba solo en casa, y tampoco es que hubiera descubierto gran cosa. Una tarde le vi sentado a la mesa, de espaldas a mí, escribiendo en un papel mientras consultaba de vez en cuando un par de libros abiertos ante él. Otra vez le había visto con dos personas a las que no conocía, un hombre y una mujer, pero apenas había podido fijarme en ellos, porque cuando llegué se estaban despidiendo y tuve que echar a correr para que no me pillaran. En aquella época, a los fuensanteños, valientes o cobardes, no nos gustaban mucho los desconocidos, pero no me quité de en medio por eso, sino para evitar que el Portugués me descubriera agazapado detrás de una piedra, igual que una vecina chismosa.

Quizás, después de todo, me había visto aquel día, quizás nunca, pero cuando volvió de la cocina con una cesta de mimbre llena de brevas, no quiso apreciar en mí los intensos colores del pecado, y para demostrarlo, dejó la fruta en la mesa, fue hacia una ventana y levantó un pico de la cortina con los dedos para que la luz del día se apagara al estrellarse en el grueso tejido azul marino.

—Bueno, dime por lo menos si te gustan.

—Sí —de mi garganta brotó la voz de otro, apenas un hilo débil, atormentado, pero al verle sonreír, carraspeé y seguí adelante—. No están mal, pero son muy oscuras.

—De eso se trata, ¿no?

—¿Las has hecho tú?

—¿Yo? ¡No, yo no sé coser! Me las ha hecho Filo.

—¿Filo? —el asombro me congeló con tanta eficacia que antes de terminar de pronunciar aquel nombre, mi rostro había perdido hasta la memoria del calor—. ¿Filo la Rubia?

—Claro, ¿cuál iba a ser si no?

—¡Ah! ¿Pero tú la conoces?

—Pues no mucho, pero sí, la conozco... Viene por aquí a ofrecerme huevos, y a veces se los compro, o se los cambio por otra cosa. Como me dio la impresión de que con la recova no saca mucho, le pregunté si sabía coser, me dijo que sí, y le encargué las cortinas.

—Es guapa, ¿verdad?

—¡Joder! —se echó a reír y yo me reí con él—. Sí que lo es...

Filo la Rubia tenía el pelo negro, una melena como una cascada de bucles oscuros que brillaban como si estuvieran empapados en aceite y le llegaban hasta la cintura. Tal vez por eso, o porque todavía era una niña, o porque a los doce años ya tenía los ojos tan grandes, el cuello tan largo, la nariz tan fina y los labios tan llenos que daba miedo tocarla, cuando acabó la guerra no le afeitaron la cabeza, como hicieron con su madre, con sus hermanas, con su cuñada, con sus tías, con sus primas. Entonces, al cortijo donde vivía le llamaban aún el de los Rubios, aunque ya no vivía allí ningún hombre, todos muertos o huidos, alguno, decían, hasta en América. Pero donde no había hombres, estaba Filo, que al día siguiente se paseó por el pueblo con la cabeza pelada y llena de trasquilones que se había hecho ella misma con las tijeras de la cocina, para que nadie se confundiera, o para no tener que agradecerle nada a ningún falangista metido a peluquero, aunque lo único que consiguió fue que la sentaran en una silla, en medio de la plaza, y la raparan del todo, de verdad. Las Rubias, viudas y huérfanas que a fuerza de estar solas le habían cambiado el nombre a su cortijo, eran así, fuertes, valientes y orgullosas de su desdicha. Y todas tenían muy mala leche, pero a Filo daba gusto verla.

Mi madre le compraba huevos a escondidas por más que mi padre se lo tuviera prohibido, pero a él le gustaba tanto comérselos que cuando mojaba el pan en la yema y veía su color, y el de la clara, hinchada como un buñuelo blanco alrededor del cráter anaranjado, espeso, meneaba la cabeza con un gesto de satisfacción que desmentía sus protestas. Has vuelto a comprarle huevos a Filo, Mercedes, decía solamente, y mi madre lo confirmaba sin inmutarse, pues sí, porque no tienen ni punto de comparación con los de la Piriñaca, y además, de alguna manera tendrá que ganarse la vida la muchacha, ¿o no?, para que mi padre insistiera con la boca llena, lo que tú digas, pero yo soy guardia civil y un día de estos vamos a tener un disgusto... Filo vendía los mejores huevos que podían comprarse en Fuensanta de Martos porque se levantaba de noche y andaba durante toda la mañana, kilómetros y más kilómetros de cortijo en cortijo, comprando lo que acababan de poner las gallinas para revenderlo en el pueblo por las tardes. Por eso, porque sus yemas eran naranjas y no amarillas, porque sus claras se recogían sobre sí mismas en lugar de desparramarse al caer en el aceite hirviendo, porque su sabor era tan diferente como si no vinieran del mismo animal, era muy fácil distinguir los huevos que traía Filo de los que se vendían detrás de un mostrador. Y por eso a mi padre no le quedaba más remedio que tolerar que su mujer tuviera tratos con una roja.

La recova, el modesto negocio de los más pobres, los que no tenían más que sus piernas y el campo para subsistir, había existido siempre. Sin embargo, con la resaca de la victoria y la excusa de que era difícil distinguir a las recoveras de los extraperlistas, alguien que trabajaba en algún despacho de la capital y pretendía hacer todavía más imposible la vida de las mujeres rapadas, decidió prohibirla cuando todavía andaban afeitándole la cabeza a las rezagadas. Los cortijeros protestaron, porque si nadie les compraba los huevos, se echarían a perder los que no pudieran consumir ellos mismos. Todo el mundo sabía que no podían dejar abandonadas las tierras, los animales, para salir a venderlos, pero la Guardia Civil siguió deteniendo a las mujeres que llevaban cestas por la carretera, volcando en el suelo lo que no les cabía en los bolsillos, llevándoselas a dormir al calabozo, y durante algún tiempo, los huevos se pudrieron en los gallineros. Hasta que un día, el hambre y la desesperación pudieron más que el miedo.

Ese día, Catalina la Rubia se sentó a descansar a media tarde al lado de la Fuente de la Negra. Llevaba una cesta cubierta con un paño, y en ella, dos docenas de huevos que había conseguido de fiado. Y no recorrió el pueblo, no voceó su mercancía por las calles, no alardeó de su calidad, ni de su precio, como antes, pero en un rato los había vendido todos, y al día siguiente pudo pagar su deuda y comprar otro tanto. Entonces ya había corrido la voz, y las mujeres se acostumbraron pronto a andar dando rodeos para asegurarse de que nadie las seguía, de que nadie podría ir luego a denunciarlas por el delito de comprar seis huevos de recova, pero todo era más difícil, más complicado que antes, porque había que esquivar las carreteras, andar campo a través y sentarse cada tarde en una piedra distinta. Por eso, y aunque muy pronto los del monte empezaron a dar tanta guerra que los guardias tuvieron que aflojar en el asunto de los huevos, Catalina le pasó pronto el negocio a su hija pequeña, Filomena, que se convirtió en la recovera más próspera de Fuensanta de Martos porque aceptaba encargos, y de un día para otro, traía patatas, o tomates, o brevas, como las que me dio aquella tarde Pepe el Portugués.

—Tu madre me dijo que le gustan mucho y mis higueras van muy retrasadas, así que... Pero ven mañana a traerme la cesta, que tengo que devolvérsela a Filo.

Aquella vez no me acompañó al pueblo. Se quedó en la puerta, como si quisiera estar seguro de que me marchaba, y entonces volví a ver la sábana.

—¿Quieres que te la quite de la cuerda? —me ofrecí, cuando pasé a su lado—. Está seca.

—No, no —y avanzó unos pasos hacia mí, como si quisiera reforzar su negativa—. Déjala ahí. Ya no me cabe más ropa debajo del colchón.

Sonreí, y me marché a casa muy contento, porque tenía un motivo para volver a verle. Al día siguiente, me llevé la cesta a la procesión, pero cuando la Virgen estaba todavía muy lejos de la ermita, Sanchís, que se había quedado de guardia en el cuartel, se cruzó en su camino y paró a la comitiva sin contemplaciones. Luego, pasó todo muy deprisa. Mi padre no tuvo tiempo de cambiar más de dos frases con él, pero a mi madre le bastó escuchar una de su marido para cogernos a los tres y obligarnos a volver corriendo a casa.

—Estamos acuartelados —nos advirtió mientras se quitaba el pañuelo, los zapatos, con un gesto de cansancio prematuro, como quien se prepara para un largo asedio—. Está terminantemente prohibido salir de la casa, ni al patio, ¿entendido?

—¿Qué pasa, madre? —Dulce se me adelantó, y pensé que, pasara lo que pasara, no nos enteraríamos hasta el día siguiente, como de costumbre, pero esa vez me equivoqué.

—Han encontrado a Cencerro. Estaba en las afueras de Valdepeñas con otro al que llaman Crispín, en casa de un amigo suyo, uno que le dicen Gregorete, por lo visto.

—Se escapará —la noticia me había sorprendido tanto que ni siquiera me di cuenta de que estaba hablando en voz alta—. No pueden cogerle.

Cuando vi cómo me miraba mi madre, cómo me miraba

mi hermana, las dos con la boca abierta, mudas de asombro, comprendí que más me habría valido guardarme mis profecías para mí mismo.

—Lo que quiero decir —intenté arreglarlo— es que ojalá le cojan, pero que no creo, porque se escapa siempre, ¿no?

—Nada es para siempre, Nino —respondió madre, con un acento que me persuadió de que no iba a llevar las cosas más lejos—. Cencerro sólo es un hombre, igual que padre, que cualquier otro. Y ningún hombre puede escapar eternamente.

Él sí, pensé, pero no dije nada más.

Cuando a padre le tocaba subir al monte a dar una batida, madre no se acostaba hasta que volvía. Esas noches, yo tampoco dormía. Me quedaba despierto, boca arriba en la cama, con los ojos abiertos, mirando al techo y escuchando el silencio, al acecho de cualquier ruido, hasta que reconocía sus pasos, su voz apagada, ronca de cansancio, dándole las buenas noches a Romero, y después, el repiqueteo de los besos entreverados de quejas con los que le recibía su mujer, yo ya no puedo más, una noche de estas me voy a morir de angustia, esto no puede seguir así, Antonino... A veces me levantaba y les miraba por la rendija de la puerta. Él, tiritando en invierno, empapado en otoño o sudando en verano, pero agotado de cansancio en cualquier estación del año, se desplomaba encima de una silla para que ella le quitara las botas y contaba siempre lo mismo, nada, que no hay manera, me cago en la puta que parió a Cencerro y en toda su parentela, y yo sabía que tenía razones para hablar así, sabía que tenía razones para maldecirle, y un destino de mierda, un sueldo de mierda, una vida de mierda, como decía después, pero cuando volvía a la cama, me quedaba dormido enseguida porque habían sobrevivido los dos, mi padre y su enemigo, y sabía que lo que hacía estaba mal, muy mal, que no debería pensar, sentir así, pero no podía evitarlo.

Yo admiraba a Cencerro. Le admiraba porque era el más poderoso, el más listo, el más valiente de todos los hombres que conocía. Le admiraba porque todas las mujeres de la Sierra Sur suspiraban por él, tan rubio, decían, tan guapo, tan fuerte. Le admiraba porque hacía lo que le daba la gana, porque entraba y salía de su casa, de su pueblo, del mío y de los demás, cuando le venía bien, porque los guardias no podían con él, porque no podía el ejército, porque su cabeza era la más cara de toda la provincia de Jaén y él, en lugar de achantarse, acusaba el incremento de su precio subiendo la cantidad de sus propinas, esos billetes de cincuenta, de cien, y hasta de quinientas pesetas que firmaba con su nombre y que nunca aparecían, porque sus dueños los escondían para guardarlos como si fueran un tesoro, o se los vendían a alguien dispuesto a pagar más de lo que valían por la firma del más grande, la pesadilla de los civiles, la leyenda del monte, «Así paga Cencerro». Y así pagaba, así compensaba el sufrimiento, el acoso y las palizas que sufrían los suyos, las redadas y los golpes que soportaban sin despegar los labios o abriéndolos solamente para mentir, sí, es él, y al día siguiente los periódicos de la capital traían en la portada la fotografía de un hombre muerto, «Peligroso bandolero abatido a tiros por la Guardia Civil», para que mi padre se desesperara, para que se desesperaran Romero y Sanchís mientras el imbécil del teniente, que era malagueño y nunca había visto la cara de Tomás Villén, ni la de sus hermanos, ni la de su mujer, ni la de su hija Virtudes, que se disfrazaba de pastor para subir y bajar del monte cuando le daba la gana a ella también, igual que su padre, se paseaba por Fuensanta de Martos sonriendo como un imbécil, como lo que era, porque todos los que sabían algo, sabían que le habían vuelto a engañar y que el hombre del periódico no era Cencerro, que aquel muerto ni siquiera se le parecía, y no es que eso fuera muy gracioso, pero los parroquianos de Cuelloduro se partían de risa mientras cantaban a dos voces la canción prohibida, aquella inocente melodía de letra tontorrona que estaba de moda en toda España, pero en la Sierra Sur era más subversiva que *La Internacional.*

—A ver —el tabernero carraspeaba antes de levantar las manos en el aire, para dirigir el coro desde detrás del mostrador—. A la de tres. Una, dos y tres, tengo una vaca lechera...

—Lechera —respondían los que se encargaban de la segunda voz.

—No es una vaca cualquiera...

—Cualquiera.

—Se pasea por el prado, mata moscas con el rabo, tolón, tolón —y ahí se juntaban todos—, tolón, tolón...

A veces, ni siquiera les daba tiempo a acabar la segunda estrofa, la que había convertido aquella letra tan tonta en un arma, un himno, una canción de amor para un hombre legendario.

—Un cencerro le he comprado...

—Comprado.

—A mi vaca le ha gustado...

—Gustado.

—Se pasea por el prado, mata moscas...

El tiempo que tardaba un chivato en ir corriendo desde la taberna de Cuelloduro hasta la casa cuartel, la distancia más frecuente entre las carreras populares de Fuensanta de Martos, no daba para más. Por eso, a aquellas alturas, el primero que se hubiera enterado, Michelín o Sanchís, Romero o mi padre, solía entrar en la taberna hecho una furia, con la mano sobre la culata de la pistola y los labios temblando de rabia.

—¡Silencio! —y miraba a su alrededor como si los cantantes representaran una temible amenaza.

—Con el rabo...

—¡He dicho que silencio! ¿No me habéis oído?

Una vez, antes de subirse al monte, Enrique Fingenegocios llegó hasta el tolón, tolón, y Sanchís desenfundó la pistola para incrustar una bala en el techo de la taberna. Desde entonces, y aunque Cuelloduro se había negado a reparar lo que él llamaba la herida de guerra de su local, el oído de todos sus parroquianos había mejorado mucho.

—¡Esta canción está prohibida y lo sabéis de sobra!

—¿Pero cómo va a estar prohibida —terciaba el director del coro, tras el parapeto del mostrador—, si la ponen en la radio a todas horas?

—A mí, la radio me toca mucho los cojones. Y como vuelva a oír esta puta letra una sola vez, el coro entero va derecho al calabozo. Estáis avisados.

Después, aunque se marchara andando de espaldas para no perderlos de vista, las sonrisas volvían a florecer discretamente en los labios que, unos minutos más tarde, empezarían a difundir por todo el pueblo aquella escena sombría y ridícula, toda la Benemérita en pie de guerra contra *La vaca lechera,* aquella bobada musical que muchos fuensanteños seguirían silbando, tarareando y canturreando, solos o en compañía, mientras se reían a carcajadas, aunque sólo fuera porque estaban hartos de llorar, y lo daban todo por bien empleado mientras Cencerro estuviera vivo y en el monte, escupiendo desde arriba.

A veces hacía algo más que escupir, eso también lo sabía, porque me tocaba ir al funeral, y los guardias muertos dejaban huérfanos como yo, viudas como mi madre. Pero no sólo morían guardias, y entonces ella nos encerraba en la casa y no nos dejaba salir ni siquiera al patio, porque había otro entierro, y yo jamás le preguntaba si padre había tenido algo que ver con él. Prefería no pensarlo porque los suyos eran más, porque caían como moscas con un tiro en la espalda, porque siempre estaban desarmados y siempre los mataban por la espalda, y siempre decían luego que habían intentado escapar, pero eso nunca lo había visto nadie, nunca lo había escuchado nadie, nunca podía probarlo nadie. Era mejor no pensar, porque en las novelas que Curro le compraba a la Piriñaca, yo había aprendido ya que los hombres valientes siempre matan de frente, que matar a personas desarmadas es de cobardes, y matarlos por la espalda todavía peor, pero en mi pueblo a todos los mataban así, a todos menos a Laureano, el hijo de Pesetilla, que no tenía más que diecisiete años y ningún arma aparte de su garganta, pero se dio la vuelta y se lio a dar gritos para que tuvieran que matarle mirándole a la cara, como si supiera que le iban a matar igual.

Eso lo sé porque estábamos cenando y oímos los gritos, una voz ronca de hombre maduro, desfigurada por la rabia, Viva la República, Muera Franco, Abajo la Falan... Entonces sonó un tiro, luego otro, después nada. Padre se levantó para averiguar qué había pasado y madre empezó a murmurar para sí misma, como si rezara, ese no era de aquí, no era de aquí, no conozco esa voz, no puede ser de aquí... Pero cuando volvió, él tenía la cara blanca y un nombre en los labios, Laureano, y ella dijo que no, que no, que no podía ser, que Laureano no era más que un crío y que no podía acordarse de la República, apenas de la guerra, que era imposible... Padre la miró y se calló de pronto. Estaría pensando lo mismo que él, lo mismo que Dulce, lo mismo que yo, que no hacía ni un año que a Pesetilla lo habían matado por la espalda mientras intentaba escapar, y que aquella misma noche, su hijo Elías se había subido al monte con su primo Juan el Pirulete, con Arturo Salsipuedes y con Nicolás Saltacharquitos, que era el marido de su hermana Fernanda. Eso sí lo habría recordado Laureano, y lo recordaban Dulce y mi padre, y lo recordaba yo. Madre lo recordó también cuando miró a su marido para decir algo que me impresionó de verdad.

—Esto no se va a acabar nunca, Antonino, ¿me oyes?, nunca. Por cada uno que matáis, se van para arriba siete, y cuando matéis a esos siete, ya habrá en el monte catorce...

Él le pidió que se callara, pero ella negó con la cabeza porque no había terminado de hablar.

—Esto es una guerra peor que la guerra, Antonino, y moriremos todos, mira lo que te digo. Nos matarán a todos y esto no se habrá acabado todavía.

Luego nos marchamos a Almería y poco después, cuando llegó el deshielo, la partida de Cencerro mató en una emboscada al compañero de Sanchís, un cabo que se apellidaba Martínez y tenía mujer, dos hijos, y un carné de Falange del que todos los guardias, excepto el sargento, opinaban que le gustaba demasiado alardear. Y el día del funeral, al ir hacia la iglesia, vimos a la madre de Laureano apoyada en la puerta de su casa sin hombres, vestida de negro de arriba abajo, con los brazos cruzados debajo del pecho, mirándonos, y cuando volvimos, allí seguía, tan quieta que parecía que no respiraba, que ni siquiera había pestañeado en el tiempo que había durado la misa. Y no nos dijo nada, no hizo el menor gesto, no despegó los labios, sólo nos miraba, apoyada en la puerta de su casa, con los brazos cruzados debajo del pecho, sin llorar, sin sonreír, sin moverse nos miraba, y en sus ojos quietos, tan serenos como los de una estatua, cabía todo, un mundo entero de amor y de odio, de dolor y de rencor, de debilidad y de firmeza, de desesperación y de convencimiento, de fe, de venganza. Entonces, antes de que llegara Izquierdo a sustituir a Martínez, pensé que madre tenía razón, que aquello era una guerra y que no se iba a acabar nunca, porque sólo terminaría el día que Cencerro bajara del monte, y no iba a bajar para que lo mataran igual que a Laureano, y a todos los que habían muerto antes, y a los que morirían después que él.

Esto es una guerra y no se va a acabar nunca. El 16 de julio de 1947, festividad de la Virgen del Carmen, mientras yo remoloneaba tirado en la cama sin saber qué hacer, cómo matar el tiempo, las horas que faltaban para que Cencerro se escapase de una vez y yo pudiera ir por fin al molino viejo, a devolverle la cesta de Filo a Pepe el Portugués, dos hombres atrincherados dentro de una casa de Valdepeñas de Jaén, a solas con sus armas y las ciento cincuenta mil pesetas que habían reunido para poder marcharse a Francia con sus camaradas, libraban una batalla feroz contra una compañía entera de la Guardia Civil. Se llamaban Tomás Villén Roldán y José Crispín Pérez, pero hacía muchos años, más de ocho, que nadie les llamaba por sus nombres de pila.

—¡A cenar! —cuando abrí los ojos, me encontré con los de madre, que me zarandeaba suavemente—. ¿Pero cómo has podido quedarte dormido, si no son ni las nueve y media?

—Y yo que sé, cómo no me dejas salir, ni hacer nada... ¿Y padre?

—No ha vuelto todavía.

El tiroteo había empezado a la hora de la siesta. Los guerrilleros habían bajado del monte al amanecer, a la misma hora y por la misma trocha que el traidor que los vendió había indicado a la Guardia Civil, y se habían colado en la casa por un ventanuco abierto en la fachada trasera, que daba al río. Al cruzarlo, habían visto a lo lejos a dos molineros, vestidos con mono azul, desatrancando la rueda de ramas y hojarasca, pero su presencia no les alarmó, porque estaban acostumbrados a verlos, a dejarse ver por ellos, y nunca había pasado nada. Los hombres que vieron aquel día no eran molineros, sino guardias civiles disfrazados con la ropa de los auténticos, que ya estaban detenidos. Sin embargo, fueron pasando las horas y no pasó nada hasta que, a eso de las cuatro de la tarde, un guardia llamó a la puerta y nadie le abrió. Entonces empezó el jaleo. Los guardias tomaron posiciones, rodearon la casa, intentaron acercarse, pero no pudieron. Dentro sólo había dos hombres, fuera, cada vez más, porque empezaron a llegar refuerzos, policías locales, somatenes, falangistas armados, y por fin un destacamento militar, pero la tarde fue cayendo y nada cambió. Los guerrilleros disparaban a su antojo sobre cualquiera que se atreviera a cruzar la calle, y el teniente coronel Marzal, que había venido desde Jaén, muy ufano, para ponerse al mando de las operaciones, advirtió a sus subordinados que se estaba poniendo de un humor de perros.

—¿No quieres postre?

—No, no tengo hambre.

—¡Pues, ea, a la cama!

—Pero, madre, ¿cómo voy a irme a la cama, si me acabo de levantar? Deja que me quede un rato...

Cuando empezó a anochecer, los sitiadores ya lo habían intentado casi todo, hasta enviar una embajada con bandera blanca, formada por cuatro enlaces de la guerrilla que habían sido delatados por el mismo traidor que entregó a Cencerro, y que entraron sólo para escuchar que sus ocupantes preferían morir a rendirse. Ellos mismos lo anunciaron a gritos, desde dentro, mientras los parlamentarios comprendían que había llegado su hora, que al menos se iban a ahorrar el paseo nocturno por los alrededores de su pueblo, porque los de fuera les disparaban cada vez que intentaban abrir la puerta, por más que asomaran el trapo blanco antes que el cuerpo. Poco después, la casa explotó. Los asaltantes habían hecho rodar hasta la fachada bidones de gasolina armados con dinamita, pero cuando empezaron a avanzar entre escombros y cadáveres, los recibieron a tiros. No entendían nada. Tardaron demasiado tiempo en comprender que Cencerro y Crispín habían hecho un agujero en la pared para refugiarse en la casa de al lado, y entretanto, se hizo de noche.

—Acuéstate, Nino, ya está bien... Es casi la una de la mañana.

—¿Y padre?

—¡Y yo qué sé! Deja de preguntarme de una vez.

Estaba muy nerviosa y mis preguntas no la ayudaban a tranquilizarse, pero yo también estaba nervioso, y por primera vez, asustado. Tenía tanto miedo de lo que pudiera pasar, que me arriesgué a preguntar una vez más.

—Bueno, pero dime sólo una cosa. ¿Está en Valdepeñas?

—No, gracias a Dios... El teniente ha tenido que ir, claro,

con Sanchís y con Izquierdo, que para eso son jefes, pero creo que tu padre se ha librado. Parece que está por aquí, patrullando en la carretera vieja.

El 17 de julio, madrugó la batalla. Al amanecer, los asaltantes volvieron a amontonar bidones de gasolina y cargas de dinamita contra la fachada de la segunda casa, y todo volvió a empezar, las explosiones, las llamas, los escombros. También los tiros, y con ellos el estupor, la incredulidad, la lentitud de reflejos que había consentido a Cencerro escaparse tantas veces. Al fondo de aquella casa había un corral, y en él, una cueva sin salida hasta la que llegaba un río de papelitos verdes. Eso tampoco lo entendieron al principio, y cuando lo lograron, les costó trabajo creerlo. Estaban pisando ciento cincuenta mil pesetas, ciento cincuenta billetes de banco partidos en dieciséis trozos cada uno, el pasaporte que no iba a llevar nunca a Francia a Cencerro y a Crispín, pero que tampoco serviría para pagar al hijo de puta que los había vendido, ni para celebrar su muerte con champán.

—Que dice madre que te levantes, que son más de las once.

—Ahora voy —intenté darme la vuelta en la cama, pero Dulce siguió sacudiéndome—. Bueno, que sí, que ya me levanto... ¿Se sabe algo?

—No, todavía no. Padre vino muy tarde, casi a las cuatro, se acostó, durmió hasta las ocho y se volvió a ir, pero de Cencerro no se sabe nada.

El tiroteo aún duró un par de horas, pero cesó de pronto, cuando ya estaban otra vez a vueltas con la gasolina, con la dinamita. El camino parecía por fin despejado, pero nadie se atrevió a avanzar. Estaban seguros de que los hombres de la cueva seguían vivos y creyeron que era una trampa. En eso también se equivocaron. ¡Viva la República!, chillaron al unísono dos voces desde allí, antes de empezar a cantar, arriba, parias de la Tierra, en pie, famélica legión... Cuando Cencerro y Crispín entonaron a gritos *La Internacional*, el teniente coronel Marzal se cagó en Dios. En ese momento, se dio cuenta de que antes de ganar aquella batalla, ya la había perdido, porque hay muertes que valen más que muchas vidas juntas. Y comprendió que Cencerro y Crispín iban a morir, que se estaban despidiendo, pero que no había logrado acabar con ellos, con todos esos niños que seguirían llamándose Tomás, y que tendrían hermanos que se llamarían José Crispín, y que antes o después sabrían por qué se llamaban así. No debería haber permitido que sus enemigos eligieran su muerte, pero tampoco había podido impedirlo, y por eso hizo lo único que podía hacer, ordenar fuego a discreción, aunque midió mal el tiempo. Él nunca había cantado aquel himno y se precipitó al ordenar un alto el fuego prematuro, que le consintió escuchar todavía el último verso del estribillo, y después, aún dos tiros más, que resonaron dentro de la cueva y no fuera, porque ya no estaban destinados a sus hombres.

—Pues yo tengo hambre, madre.

—Pues te aguantas, y si no, haberte levantado antes.

—Dame un poco de pan. Aunque sea sin manteca ni nada...

—¡Que no! Ya está hirviendo el puchero, ¿es que no lo ves? Si te hartas ahora, no comerás luego, y tienes que comer porque estás en edad de crecer. Así que tómate la leche y andando.

—¿Sí? Pues no sé adónde voy a ir andando, si no me dejas salir ni al patio...

Los cadáveres de Tomás Villén Roldán y José Crispín Pérez estaban juntos, apoyados en la pared del fondo de la cueva. Los dos se habían abrazado antes de suicidarse disparándose un tiro en la sien con las últimas balas que les quedaban. La Guardia Civil no pudo rescatar nada más que sus cuerpos, rodeados de billetes rotos y cargadores vacíos, pero, a falta de algo mejor, se dispusieron a sacar partido de sus despojos. Primero llevaron los cadáveres a la plaza de Valdepeñas, y allí, a la vista de los vecinos, lavaron las cabezas con una manguera, para que nadie se atreviera a desmentir su identidad. En ese momento, y ante la mirada complaciente de los guardias, uno de los falangistas del pueblo registró los bolsillos de Cencerro para ver si era verdad lo que decían, que siempre llevaba encima un reloj de los buenos. Era verdad, porque lo encontró, y se lo quedó. Después, cuando los cadáveres ya no dieron más de sí, echaron a cada uno en un camión, y el primero fue a Castillo de Locubín, el pueblo de Cencerro, y el segundo a Martos, el pueblo de Crispín. Por el camino, los militares y los civiles que los acompañaban fueron cantando *La vaca lechera.*

Para entonces, ya habían dado las dos de la tarde y a alguien se le ocurrió que habría que convocar también a las fuerzas vivas de los pueblos de los alrededores. A los de Valdepeñas, Alcaudete y Alcalá la Real, les tocó ir a Castillo de Locubín. Los de Torredonjimeno, Los Villares y Fuensanta, tendrían que ir a Martos, y era una orden. Cuando mi padre se enteró, no me había dado tiempo ni a acabarme la sopa.

—¡Antonino! —al verle entrar en casa, mi madre se levantó con tanto ímpetu que tiró la silla al suelo y ni siquiera se paró a levantarla—. Gracias a Dios...

Pero él apenas le devolvió el abrazo. Tenía la cara desencajada, los labios apretados y una mirada extraña, turbia, casi líquida. Y tenía mucha prisa.

—Fuera de aquí todo el mundo —murmuró mientras nos miraba por turnos, primero a mi hermana mayor, luego a mí, por fin a la pequeña—. Largaos ahora mismo. Dulce, tú vete a casa de Encarnita, que a nadie le extrañará, porque no sales de allí. Y tú, Nino, te llevas a Pepa.

—¿Pero adónde? —pregunté, tan estupefacto como si en aquel momento la Tierra hubiera decidido empezar a girar en sentido contrario.

—Yo qué sé, al molino, al río, a casa del maestro, a donde sea, ahora mismo, vamos.

—Pero, padre, si no he acabado de comer, y tengo mucha hambre...

Hasta aquel momento, no me lo había tomado en serio, no había podido, porque aquella escena no era sólo insólita, sino también estrictamente opuesta a la que se había repetido tantas veces sin ninguna variación, ningún cambio. Entonces recordé que no era la primera vez que mi padre desobedecía una orden.

Hacía poco más de un año que a Romero y a él les habían asignado un servicio de cuatro días, cuatro noches durmiendo fuera de casa, en los cortijos más alejados del pueblo, un destino rutinario, también el más peligroso que podía encomendarse a una pareja en aquella época, en aquel lugar. Pero ellos no podían elegir y les había tocado, así que cuando me levanté, estaban ya preparados para salir, con sus morrales, sus cantimploras y unos bocadillos para el viaje. Tenían que llevar también, aunque yo no lo vi, un formulario oficial que los cortijeros, obligados a alojarles y a darles de comer durante el servicio, debían completar con su firma, la fecha y la hora, para justificar su estancia en todos los puntos del itinerario. Aquel día era lunes. Lo sé porque, antes de marcharse, padre me dio un beso y se despidió de mí hasta el viernes. Lo que no sé, porque nadie me lo contó, fue cómo lo hicieron, pero cuando volví de la escuela, a la hora de comer, me lo encontré escondido en su dormitorio, con todas las persianas bajadas. Madre me dijo que como se me ocurriera abrir la boca, me echaba de la casa para siempre y se hacía a la idea de que no me había parido. Yo me asusté porque nunca la había oído hablar así, y le prometí que no iba a decir nada. Ni a Paquito, insistió ella. Ni a Paquito, respondí yo, pero ¿y su padre? Su padre está igual que el tuyo, así que punto en boca, ¿entendido? Y no pasó nada más hasta que el viernes, de madrugada, padre se vistió, se puso el tricornio, la capa, cogió el morral y el fusil, y se fue de casa a las seis de la mañana. A las nueve menos cinco, cuando Paquito y yo salimos de la casa cuartel para ir juntos a la escuela, nos los encontramos en la puerta, con la capa perdida de polvo, y mientras nos besaban, nos dijeron que estaban bien, pero muy cansados.

Aquello había ocurrido más de un año antes, en una temporada de calma, de esas en las que a los guerrilleros no se les ocurría dar señales de vida, y yo había guardado el secreto tan bien que hasta se me había olvidado, quizás porque quedarse en casa, con todas las persianas echadas, no representaba mucho en comparación con los tiroteos que arruinaban mi cena, los chillidos que me habían desvelado tantas, demasiadas veces. En las novelas del oeste, los pistoleros que se escondían en el dormitorio de alguna de las chicas que bailaban can-can en el Saloon, no eran cobardes, sólo astutos, y mucho mejores que los que disparaban a la gente por la espalda. Pero el día que Cencerro se mató, en el instante que tardé en soltar la cuchara y ponerme de pie, recordé de golpe aquella misteriosa insubordinación de mi padre y me di cuenta de que todo era distinto.

En mi pueblo, cuando algo se movía en el monte, por muy lejos que empezara el movimiento, las mujeres buscaban a sus hijos, los encerraban en casa y no los dejaban salir ni al patio hasta que hubiera transcurrido, al menos, un día entero de normalidad. En todas las casas sucedía lo mismo, en las de los falangistas y en las de los comunistas, siempre igual, los niños encerrados sin salir, por lo que pudiera pasar, porque aquello era una guerra que no se iba a acabar nunca. Madre nunca nos había dado explicaciones, y sin embargo, aquella vez su marido habló, y lo hizo en serio.

—No os pueden encontrar aquí. Por vuestro propio bien. ¿Está claro?

Le miré a los ojos y encontré en ellos una pesadumbre desconocida no sólo por su intensidad, sino también por su naturaleza confusa, híbrida de tristeza, de rabia, de vergüenza. Mi padre nunca me había parecido tan pequeño, y nunca tan grande, nunca tan humillado, ni tan orgulloso, y jamás había ejercido una autoridad semejante a la que aquella tarde me arrancó al mismo tiempo, ni un segundo, la curiosidad de los labios y el cuerpo de la silla.

—Por la puerta no podéis salir, mejor por la ventana. Voy a ver si hay alguien fuera.

Cuando le vi entrar en su dormitorio, cogí a Pepa de la mano y me acerqué a madre, le tiré de la manga, me puse de puntillas para hablarle al oído, e improvisé con cautela un acento cómplice para avanzar una hipótesis descabellada, que sin embargo era la única que me ayudaba a comprender lo que estaba pasando.

—¿Es que padre es rojo, madre?

Ella, distraída hasta entonces de puro asustada, se volvió deprisa, abrió mucho los ojos, levantó la mano en el aire, como si fuera a darme un cachete, y me habló en un susurro brusco y frenético, sin levantar la voz.

—¡No digas tonterías, Nino! ¿Cómo va a ser rojo padre, si es guardia civil?

Aquella idea absurda, que durante un instante había iluminado mi entendimiento con un resplandor temible y salvaje, se desvaneció tan deprisa como había nacido, aunque aquella tarde escapamos de nuestra casa como si fuéramos los hijos de un rojo, por la única ventana que no daba al patio común, sino al trasero. Allí estaban el almacén y los corrales, a los que sólo se podía acceder a través de un portillo que comunicaba con el patio grande, y de dos ventanas. Una pertenecía a la vivienda contigua a la nuestra y estaba en un cuarto que Curro apenas usaba. Padre nos ayudó a saltar por la otra desde su dormitorio, y luego salió con nosotros, para abrir con su llave la puerta que daba a la calle.

—¿Y eso? —cuando me dio un beso para despedirse de mí, se fijó en la cesta que llevaba en la mano.

—Es del Portugués —le contesté—. Me la dio el otro día, con unas brevas para madre, y tengo que devolvérsela.

—Pues si alguien te pregunta, se lo dices. Cuida de tu hermana, y no os mováis hasta que vayamos a buscaros.

—¿Y si Pepe no está en casa?

—Os quedáis allí de todas formas.

La cuesta del molino viejo nunca me pareció tan empinada como aquella tarde. Pepa, que sólo tenía cuatro años, andaba muy despacio y se paraba para quejarse a cada rato, pero no era sólo eso. La muerte de Cencerro, que en aquel momento me parecía el fin del mundo, el final de la vida que había vivido, de cuantas cosas había conocido, me pesaba más que el cuerpo de mi hermana, que a mitad de camino se plantó para obligarme a llevarla en brazos, pero no tanto como el enigmático comportamiento de mi padre que, rojo o no, actuaba como si se hubiera vuelto loco, y ni siquiera eso era lo peor. Hacía mucho calor, el sol hervía sobre mi cabeza y mis tripas hacían ruido, tenía hambre, y sed, Pepa lloriqueaba y se removía entre mis brazos porque no sabía adónde íbamos, no entendía lo que pasaba, y sin embargo, nada era tan pesado, nada tan oscuro, tan terrible como el presentimiento de que no encontraríamos a Pepe el Portugués al final del camino.

—¿Nino? —al escuchar su voz, dejé a mi hermana en el suelo, sonreí y cerré los ojos—. Nino, ¿eres tú?

—¡Sí, soy yo!

Apareció en lo alto de la cuesta, con la escopeta entre las manos, y ya no entendí por qué había dudado, por qué había temido por él. Quizás porque era forastero, porque vivía solo, porque no tenía las mismas raíces que nosotros, aunque eso tampoco significaba nada. En ese mismo momento, en casas viejas de familias numerosas, en mi pueblo y en los pueblos vecinos, habría gente, sobre todo hombres pero también alguna mujer, recogiendo cuatro cosas, una muda limpia, algo para comer, una foto o un libro. Algunos, los que más miedo tuvieran, aprovecharían quizás el sopor de la siesta, las calles desiertas, el sol hirviendo, furioso, sobre las puertas y las ventanas cerradas. Otros esperarían a que atardeciera, pero por la noche, cuando fueran a buscarlos, no encontrarían a ninguno en su casa.

Siempre era así, siempre igual, el monte y el llano respiraban a la vez, un solo aire, y cuando las cosas se torcían arriba, los de abajo pagaban las consecuencias si no eran lo bastante rápidos, lo bastante audaces y valientes como para subir una cuesta que ya nunca volverían a bajar. La vida en el monte era dura, pero en el llano podía ser peor o dejar de ser en cualquier momento, porque los que huían todavía no eran guerrilleros, pero los guerrilleros no podían vivir sin ellos y los guardias lo sabían, sabían que les daban comida, cobijo, medicinas, y por eso iban a buscarlos de noche, les decían que sólo los llevaban a declarar, y luego les animaban a adelantarse, a alejarse unos pasos, ya puedes irte pero echa por ahí, que te veamos bien, y entonces los mataban por la espalda, y al día siguiente decían que habían intentado escaparse. Yo sabía todo eso, como lo sabía Paquito, como lo sabía Miguel, y sus padres, y sus madres, sus hermanos, sus vecinos, todos lo sabíamos, todos hacíamos como que no sabíamos nada y yo el que más, pero lo sabíamos todo, también que aquella noche habría redada, que al día siguiente la guerrilla tendría algunos apoyos menos en el llano y, a cambio, algunos hombres más en el monte. Sin saber por qué, yo temía que Pepe el Portugués fuera uno de ellos, y sin embargo estaba en su molino, y muy contento de vernos.

—¿Y esta niña tan guapa? —vino a nuestro encuentro con las manos vacías, y cogió a Pepa en brazos para subir el último tramo de la cuesta.

—Es mi hermana pequeña. Mi padre me ha obligado a traerla.

—¿Sí? —volvió la cabeza para mirarme con el ceño fruncido—. ¿Y por qué?

—Pues no sé... Él tenía que ir a Martos pero no quería que nos quedáramos en el cuartel. Sabes lo de Cencerro, ¿no?

Pepe estaba en su casa, tan tranquilo, con mi hermana en brazos, pero de todas formas le miré con atención y vi que en su cara no se movía ni un músculo más de los imprescindibles para contestarme.

—Que lo han matado en Valdepeñas. Sí, ya me he enterado.

—No lo han matado —cuando le corregí, fue el Portugués quien me miró con atención—. Se ha matado él, que no es lo mismo.

Se quedó un momento callado, estudiando mi cara como si no la conociera, en la suya una expresión que estaba a punto de ser risueña aunque sus labios ni siquiera llegaron a curvarse.

—Eso lo has dicho tú.

Entonces, mi hermana se quejó de que tenía mucha hambre, y no tuve tiempo de añadir que sí, que lo había dicho yo, y que volvería a decirlo todas las veces que hiciera falta, que Cencerro había muerto igual que había vivido, con más cojones que Dios y que el Diablo juntos. Seguramente, luego me habría arrepentido, porque todas las palabras que estuve a punto de decir cuando Pepa me interrumpió, las escuché algunas veces, y las imaginé muchas más, al pasar por delante de la taberna de Cuelloduro. De todas formas, aquella tarde me faltaron ánimos para insistir, porque yo también estaba muerto de hambre.

—¿No habéis comido? Yo tampoco. Ahí dentro tengo un pan y una ristra de chorizos. Podemos asarlos aquí fuera, si queréis. Creo que alcanzarán para los tres.

Luego, muchos años después, comprendí que pretendía provocar exactamente lo que estaba a punto de ocurrir, pero en aquel momento, y aunque me di cuenta de que antes de encender el fuego quitaba de la cuerda una manta roja que no pintaba nada tendida a secar a mediados de julio, sólo pensé que el Portugués era el único al que podía habérsele ocurrido una idea tan estupenda. Cuando entré en la despensa a buscar leña, vi que tenía patatas, un poco de tocino y, sobre la mesa de la cocina, aliñada ya, una fuente de pipirrana que él mismo sacó enseguida, para compartirla con nosotros mientras el fuego se convertía en brasas. Nos la ventilamos tan deprisa, que aún tuvimos que esperar un buen rato hasta que la primera tanda de chorizos estuvo a punto. Cuando íbamos a empezar con la segunda, escuchamos el ruido de un motor que se acercaba, y un grito.

—¡A ver! —un capitán del Ejército de Tierra nos apuntaba con una pistola—. ¿Qué está pasando aquí?

Bajó el arma al calibrar el enemigo con quien se enfrentaba, un hombre desarmado y dos niños que comían chorizos asados con pan.

—Nada —Pepe se levantó, se acercó a él—. Bueno, estamos asando...

—Chorizos, ya lo veo —enfundó el arma y empezó a refunfuñar—. Pues ya podrían estar comiendo otra cosa, porque hoy no es día para hacer hogueritas. Les hemos tomado por bandoleros.

—Lo siento, yo... No se me ha ocurrido —el Portugués parecía la imagen misma de la inocencia—. Los niños tenían hambre, yo no había preparado nada, y...

—¿Son hijos suyos?

—No, son de un amigo, Antonino Pérez, que es guardia civil, del cuartel de Fuensanta. Han venido a pasar el día. Este sitio es muy tranquilo, y ahí abajo hay unas pozas muy buenas para bañarse.

El capitán se nos quedó mirando y volvió a gritar.

—¡Sempere, ven un momento!

El único camino por el que un coche podía llegar hasta allí terminaba abruptamente al otro lado de un repecho. Por él apareció un guardia de Castillo de Locubín al que yo no recordaba haber visto nada más que una vez, pero que me sonrió como si me hubiera visto muchas más.

—A sus órdenes, mi capitán.

—¿Tú conoces a estos niños?

—Claro, son los hijos de Antonino...

—Muy bien —el capitán levantó la mano para mandar callar a Sempere y se dirigió a Pepe en un tono distinto, casi amable—. Pues nada, a seguir comiendo, pero no me vuelva a hacer esto, ¿de acuerdo? Si la cosa está tranquila, no pasa nada, pero cuando se tuerce, si vemos humo en el monte, aunque sea tan abajo, nos ponemos muy nerviosos. Yo he preguntado pero, a lo peor, el próximo no pregunta.

—Descuide, capitán. No se me olvidará.

—Eso espero. Y que aproveche.

—Si ustedes gustan...

Ya se habían alejado un par de pasos cuando la oferta del Portugués les animó a girar sobre sus talones.

—Pues, hombre, ganas me dan —y el capitán sonrió por primera vez—. Alimentan sólo con olerlos, pero... No, mejor no. No vamos a dejar a los hijos de un compañero sin comer, ¿eh, Sempere?

Sempere asintió con la cabeza y ningún entusiasmo.

—Bueno —celebró Pepe cuando volvimos a quedarnos los tres solos—, pues menos mal que han dicho que no, ¿verdad?

Después de reírnos, seguimos comiendo chorizos hasta hartarnos, y cuando madre vino a buscarnos, habíamos pasado una de las mejores tardes de nuestra vida. Para adivinar que la noche sería peor, no hacía falta nada más que mirarla a la cara.

De aquella noche eterna y espantosa, recordaría después sólo el final, que también fue malo, amargo, triste, pero no tanto como lo peor, porque las paredes de la casa cuartel no sabían guardar secretos, y en el silencio absoluto de las horas del miedo, las gargantas encogidas de terror, sus paredes delgadas, casi porosas, se empapaban de gritos, protestas afiladas, inútiles, y ruidos de cuerpos chocando contra las esquinas y más gritos, voces conocidas que aún podían pronunciar frases con sentido y luego sólo alaridos, vocales despojadas de significado, letras largas, elásticas, salvajes como gruñidos de animales de otro mundo, nada más que ruido, y más golpes de cuerpos derrumbándose, un estrépito de cuerpos cayendo como fardos, como muebles, como piedras, piedras que chillaban, que se quejaban, que sólo eran capaces de emitir una vocal sola, larga, interminable, y un instante de silencio, el espejismo de paz que rompía la voz del teniente, llevaos a este y traedme al de antes, la finura de su acento atravesando la pared, impregnando mis oídos como una maldición, una amenaza, una promesa del infierno que volvería a renacer en un instante, y más gritos, más golpes, más ecos de un dolor cada vez más desnudo, más exhausto, más dolor, y no me peguéis más, si yo no sé nada, ya os he dicho que no sé nada, no me peguéis más, entonces escuché un ruido distinto, liviano, dulce y todavía más terrible, el ruido de los pies de mi hermana Pepa sobre las baldosas, ¿qué está pasando, Nino?, ¿qué hacen, qué es esto?, no puedo dormir, las lágrimas temblaban en su voz pequeña, apenas una hebra aterrorizada y sucia que hizo crecer la mía, no es nada, Pepica, una película como las que ponen en la plaza esos hombres que vienen con el camión, todos los veranos, y mi voz sonaba mejor mientras mentía, sólo están poniendo una película, igual que me había mentido Dulce a mí unos años antes, ven, límpiate los mocos, para entonces ya había escuchado tantos golpes que era capaz de distinguir unos de otros, ¿de verdad es una película, Nino?, pues claro, ¿qué iba a ser si no?, y sabía cuándo les pegaban puñetazos y cuándo eran patadas, ¿puedo acostarme aquí, contigo?, cuándo se caían y cuándo los tiraban, sí, anda, ven, y hasta percibía el roce de la tela arrastrándose sobre el suelo, pantalones o faldas que se escurrían hasta encontrar un muro, un rincón que ya no les dejaba retroceder más, vamos a cantar, ¿quieres?, mi hermana lloraba y yo seguía escuchándolo todo, sabiéndolo todo, ahora que vamos despacio, y era imposible porque los calabozos no estaban lejos pero había paredes, puertas cerradas, ahora que vamos despacio, y ya no sabía lo que oía y lo que me imaginaba, vamos a contar mentiras, tralará, pero cuando empezaba a dudar de mis oídos, vamos a contar mentiras, tralará, todo volvía a empezar, vamos a contar mentiras, no me peguéis más, si yo no sé nada, por favor, por vuestra madre, no me peguéis más, por el mar corren las liebres, y por el mar corrieron, por el monte las sardinas, hasta que mi hermana se quedó dormida, pegada a mí, abrazada a mi cuerpo como un náufrago se abraza a una tabla, pero yo seguí cantando bajito la canción más larga que conocía, salí de mi campamento, para escuchar mi voz, salí de mi campamento, y no la de mi padre, con hambre de seis semanas, tralará, ¿y tú qué te crees, que tu hermano no sabe lo que está pasando aquí?, con hambre de seis semanas, tralará, si a él le importara, no permitiría que te pasara esto, ¿o no?, con hambre de seis semanas, entonces, ¿por qué le proteges?, me encontré con un ciruelo, ¿por qué no nos dices lo que sabes?, me encontré con un ciruelo, ¿por qué no nos cuentas de una vez dónde está?, cargadito de manzanas, tralará, ¡tu puta madre te lo va a contar, cabrón!, cargadito de manzanas, tralará, y más ruido, más cuerpos cayendo, más voces ahogándose, cargadito de manzanas, y aquella vocal sola, larga, interminable, empecé a tirarle piedras, una vez, y otra, y otra más, hasta que todo se acabó, empecé a tirarle piedras, las lágrimas y las canciones, y caían avellanas, tralará, las verdades y las mentiras, y caían avellanas, tralará, la resistencia de los que pegaban y la de los que recibían los golpes, y caían avellanas, y yo no me había dormido todavía.

Después, oí que alguien estaba vomitando en el patio, al pie de mi ventana, y creí que era mi padre, aunque debía ser Curro porque poco después se abrió la puerta, y oí sus pasos, lentos, pesados, pero no los de mi madre, que le esperaba sentada en la mesa de la cocina, como siempre, aunque aquella noche no se levantó a recibirle, ni se arrodilló ante él para quitarle las botas.

—Estarás contento —dijo solamente, en un tono tan áspero, tan seco como el esparto.

—No me digas nada, Mercedes, por favor. Esta noche no me digas nada.

—¿Quieres comer algo?

—No.

—No se puede vivir así, Antonino, así no se puede vivir, porque mañana es fiesta, pero pasado habrá que ir a la compra, y me tocará hacer cola con las mujeres, con las madres, con las hermanas de esos a los que les acabáis de romper todos los huesos, y no tendré valor para mirarlas a la cara, ¿me oyes?, me faltará el valor, y tus hijos saldrán a la calle, a jugar, y los otros niños no querrán ni rozarse con ellos, les tratarán como a unos apestados, y tú no te enterarás de nada, claro, tú, como llevas uniforme, pues...

No era la primera vez que escuchaba aquel discurso, aquella voz monótona que se deshilaba en cada sílaba, porque apenas llegaba entera al final de cada palabra pero conservaba las fuerzas justas para pronunciar la primera sílaba de la palabra siguiente y agonizar de nuevo, muy despacio. Había escuchado otras veces discursos semejantes pero ninguno había terminado como aquel.

—¿Qué te pasa, Antonino? —porque de repente, madre volvió a ser ella, a hablar como ella, y sus pies a resonar veloces sobre el suelo—. ¿Qué tienes?

No hubo respuesta, sólo un sonido ronco, gutural, anacrónico, como si el tiempo se hubiera vuelto loco, como si el ruido de los calabozos hubiera resucitado por su cuenta para instalarse en la cocina de mi casa, donde nadie acompañaba a mis padres. Por eso me levanté, por eso pasé por encima de mi hermana Pepa, la empujé luego hacia la pared, para que no se cayera, y fui de puntillas hasta la puerta, que por fortuna o por desgracia no estaba cerrada del todo. Así, por primera, por última vez en mi vida, vi llorar a mi padre.

—Tú no has estado en Martos, Mercedes, tú no lo has visto... —levantó la cara, hasta entonces escondida en el hueco de sus brazos, cruzados sobre la mesa, y los surcos que las lágrimas habían dejado en su cara sin afeitar me impresionaron más que la caverna de la que brotaba su voz—. Pero yo estaba allí, quieto, callado, sin hacer nada, como la mierda de hombre que soy...

—Calla, Antonino —mi madre levantó la vista y miró a su alrededor como si temiera que pudieran brotar orejas en la pared, pero no me vio—. Que te pueden oír.

—En aquella plaza había dos hombres con cojones, sólo dos, y yo no era ninguno de ellos.

—Baja la voz, Antonino, por Dios.

—Sólo había dos hombres con cojones, y uno estaba muerto, y el otro era el capitán que mandó parar la música...

—Cállate, Antonino, calla, calla...

Madre se las arregló para amordazar a su marido envolviéndole entre sus brazos, y así, como si fuera uno más de sus hijos, se lo llevó a la cama. Yo me resigné a volver a la mía, y aunque pegué el oído a la pared, no logré descifrar más que palabras sueltas de un susurro entrecortado que aún no se había agotado cuando me quedé dormido. Por la mañana, no vi a mi padre, y mi madre, con los ojos hinchados de las noches peores, se comportó como si no hubiera pasado nada del otro mundo. Estaba seguro de que aquella mañana tampoco nos dejaría salir, si acaso al patio, pero no le quedó más remedio que vestirnos de domingo para llevarnos a misa, porque aquel día, 18 de julio, era fiesta nacional, el undécimo aniversario del Alzamiento.

—Lo que te perdiste ayer, Canijo.

Madre salió de casa con el tiempo justo, y nos llevó a la iglesia casi corriendo, para no tener que saludar a ningún conocido. Habría dado lo mismo que fuéramos más despacio, porque las calles estaban desiertas, la mitad de las casas cerradas a cal y canto, y nadie a quien esquivar en las aceras. Algunas fachadas, sin embargo, gritaban sin palabras, porque aquel día, Fuensanta de Martos habría tenido que ser de dos colores, el rojo y el amarillo de las banderas de papel que bailaban en el aire por todas partes, expandiéndose desde la plaza como los hilos de una tela de araña bulliciosa y festiva, pero era de tres. Todas las familias que tenían motivos para estar de luto habían decidido hacer la colada precisamente esa mañana, y las ropas negras puestas a secar en los balcones combatían la alegría de los papeles de colores con el duelo, público y clandestino al mismo tiempo, por los héroes de Valdepeñas de Jaén.

—Y usted... —Romero se paró delante de la mujer de Pesetilla, que era la única que se había atrevido a salir a la puerta de su casa para vernos pasar—. ¿No sabe que hoy es fiesta, señora? ¿No ha encontrado nada mejor que tender en la cuerda esta mañana?

—No —ella contestó con voz serena, como si esperara esa pregunta y tuviera preparada la respuesta desde hacía mucho tiempo—. Bastante sabéis vosotros que en mi casa ya no hay ropa de ningún otro color.

—Pues le voy a decir una cosa...

Pero no le dijo nada, porque Sanchís la cogió de un brazo y la obligó a seguir adelante. Al verle, me di cuenta de que tenía que haber pasado algo muy grave, y creí que no me iba a enterar nunca, pero Paquito se puso detrás de mí en la fila de la comunión y murmuró, lo que te perdiste ayer, Canijo, lo que te perdiste... Le pregunté si él había estado en Martos y me contestó que sí, con sus padres y sus hermanos. Lo demás me lo contó por la noche, en la verbena.

—Cuando estábamos todos allí, formados, o sea, mi padre

formado con el tuyo y con los otros guardias, y mi madre y nosotros cerca, en primera fila, llegó un camión y dejó caer al Crispín en el centro de la plaza. Es una pena que no nos tocara ir a Castillo de Locubín, porque allí hicieron lo mismo con el Cencerro, que por cierto, el teniente le dijo a mi padre que tirando a rubio sí era, pero ni guapo ni nada, un hombre corriente, bajito, y de casi cincuenta años, así que, ya ves, lo que son las mujeres, como para fiarse... La verdad es que a mí me hubiera gustado más verle a él, pero nos tocó ir a Martos, a ver al Crispín. Total, que cuando su cadáver ya estaba en el suelo, el comandante hizo una señal con la cabeza y empezó a sonar la música. Habían llevado a la banda y se lió a tocar pasodobles, ¿sabes?, y la gente salió a bailar alrededor del bandolero, mujeres, niños, nosotros no porque mi madre no nos dejó, no sé por qué, le parecería mal, estando mi padre allí, de pie, al sol, no sé... Y entonces, un tío que llevaba el uniforme de los requetés, se subió encima del Crispín, a llevar el ritmo, y no veas qué risa, era muy gracioso... Pero enseguida, otro, con uniforme también, pero de capitán del Ejército de Tierra, salió al centro de la plaza moviendo los brazos y ordenó que la música se parara, y gritaba tanto que el director de la banda le hizo caso. El comandante se cabreó, claro, porque él no era nadie para mandar allí, por muy capitán del ejército que fuera, que estaba de vacaciones, además, ni siquiera de servicio, y se fue para él, y el muy gilipollas le dijo que aquello era indigno, un espectáculo miserable, que éramos todos unos cobardes y que no iba a permitir que siguiéramos divirtiéndonos de esa manera, y se liaron los dos a gritos y, no veas, se echó todo a perder, porque, claro, se llevaron al capitán detenido, y la música volvió a sonar, pero ya no fue lo mismo... Ahora, que me ha dicho mi padre que a ese se le va a caer el pelo. ¡Pues no llegó a decirle el tío a un comandante de la Guardia Civil que respetaran el cadáver del bandolero, ya que ni siquiera habían sido capaces de matarlo! Le van a echar del ejército, eso por descontado. El sargento va diciendo además que lo más seguro es que lo metan en la cárcel porque es que, parece mentira, pero la verdad es que sigue habiendo rojos por todas partes...

Aquella noche, las lágrimas de mi padre me picaron en los ojos, porque yo tampoco fui capaz de decirle nada a Paquito, como nunca me atreví a darle las gracias a él por el espectáculo que había querido ahorrarnos. Al día siguiente, nos enteramos de que la función de Castillo de Locubín había tenido un epílogo distinto y ejemplar, de una dignidad pequeña, trágica, a la altura del mito que la vida y la muerte habían labrado en el destino de un hombre corriente. Las dos hijas mayores de Tomás Villén Roldán, Rafaela, de veinte años, y Virtudes, de diecisiete, cavaron con sus propias manos la tumba de su padre en el corralillo de los ahorcados, fuera de los muros del cementerio. Antes le lavaron, le besaron y le amortajaron con una sábana blanca que les dio una vecina. Luego lo cubrieron de tierra, le pusieron unas flores silvestres encima, se cogieron del brazo y se fueron a su casa, tan frescas, sin acercarse al cura que las había mirado con los brazos cruzados mientras trabajaban, esperando la ocasión de negarles el permiso para enterrar al difunto en la tumba de la familia. Los curiosos que le rodeaban tenían la misma esperanza, pero las hijas de Cencerro no les dieron ese gusto, y escogieron por su propia voluntad la compañía de los suicidas, como si la tierra consagrada no fuera lo bastante buena para su padre.

—Valor, desde luego, tienen —comentó el mío cuando nos lo contó.

—Y a quién salir, también —remató mi madre, con el cazo en la mano.

Después, el verano fue largo, caluroso y seco, bueno para los del monte y para los del llano. Tres muertes sucesivas, la de Cencerro y las de los compinches del hombre que le había entregado, trajeron consigo lo que de verdad parecía el fin del mundo, de todas las cosas que habíamos conocido siempre, de los encierros sin salir ni al patio y de las ropas negras sobre las fachadas de las casas, de las palizas en los calabozos y de las sonrisas de los que ya estaban hartos de llorar. Así pasó el verano y llegó el otoño. Así pasó el otoño y llegó el hielo. Así estrené mi primera botella de agua caliente, un casco de gaseosa dentro de una funda hecha con dos trozos de una manta a rayas azules y blancas. Y fue ese mismo día cuando el mundo se puso boca abajo para volver a ser el de antes, el de siempre.

En eso, Pepe el Portugués tenía razón, Cencerro había resucitado. Daba igual que ya no se llamara Tomás Villén Roldán, que tuviera otra cara, otro nombre, otra edad, otro aspecto, que nadie supiera quién era ni de dónde había salido. Era Cencerro y estaba vivo, el alcalde de Alcaudete lo sabía, y el dueño de una venta de Castillo de Locubín, también. Lo sabía la madre de Paquito, que había venido a la escuela a buscarnos para llevarnos al cuartel de la mano como si fuéramos críos pequeños, y lo sabía la mía, que nos tuvo un día y medio encerrados en casa.

Cuando me dejó salir, lo primero que hice fue ir a buscar al Portugués para enseñarle mi botella nueva. Me lo encontré en las afueras del pueblo y le acompañé a casa del herrero, a recoger un azadón que tenía encargado. Luego, me propuso que volviéramos dando una vuelta por el camino viejo y nos sentamos en una peña, a mirar el monte, como si desde allí pudiéramos resolver el enigma de la segunda vida de Cencerro, pero lo que vimos fue algo muy distinto.

Una caravana de vehículos militares se acercaba muy despacio por aquella carretera abandonada, llena de socavones y de baches, como si pretendiera darnos a todos, por sorpresa, la noticia macabra de que aquello seguía siendo una guerra y nunca se iba a acabar.

—Sabes lo que significa esto, ¿no? —Pepe el Portugués lo preguntó sin mirarme, con el ceño fruncido.

—Pues no —admití—. ¿Lo sabes tú?

—Claro. Vamos, te acompaño al cuartel. Dentro de un rato, nadie va a poder andar por la calle. Si han venido aquí es porque alguien les ha ido con el cuento de que el nuevo Cencerro es de Fuensanta.

Sentí un escalofrío al escucharle, y fue tan intenso que ni siquiera me pregunté cómo se las arreglaría para saberlo todo, siempre, y parecer un pobre hombre al mismo tiempo.

Los camiones llegaron a mediados de noviembre, desembarcaron a una veintena de hombres de tres cuerpos armados diferentes, y se marcharon de vacío cuatro días después. La redada fue tan brutal como la del 17 de julio, pero esta vez la violencia no dio resultado más allá de las ventanas rotas, de las puertas destrozadas, de los huesos astillados y de los cuatro vecinos, los dos hermanos Fingenegocios, Lorenzo y Enrique, que se le escaparon a Sanchís por un pelo, y una pareja de recién casados, Celestino Cabezalarga y Asun la del Machillo, que Fuensanta de Martos perdió para que los ganara el monte. Una vez más, Pepe el Portugués tenía razón. El mando estaba convencido de que su principal enemigo, el hombre que había asumido el apodo y el estilo de Cencerro para que Cuelloduro invitara a tres rondas seguidas de vino y torreznos en un alarde de esplendidez sin precedentes, era fuensanteño, y necesitaba descubrir su identidad para poner un precio a su cabeza. Sin dinero no había traidores, y sin traidores no había caídas, pero no se puede confesar lo que no se sabe, y en mi pueblo nadie sabía nada de nada, más allá de las conjeturas a las que mi padre se entregaba en todos sus ratos libres.

—Tiene que ser Regalito. Tiene que ser él, porque si no...

—¡Qué va a ser él, hombre, qué va a ser! Si no es más que un crío.

—¡Y dale, Mercedes, tú siempre igual, siempre con lo mismo! Más crío era su hermano Laureano, ¿no?, y acuérdate. Elías debe tener ya veintiún años, y es el único... Porque el Pirulete es espabilado, pero no tiene cabeza para que se le ocurra algo así, y Salsipuedes, ya no digamos. Saltacharquitos... No sé. Ese es bragado, sí, y tiene muy mala hostia, pero el listo es Regalito, siempre lo ha sido, ¿o no?

—Pues yo creo que será ese nuevo que le dicen Antonio el Guapo, mira lo que te digo.

—¡Antonio el Guapo, Antonio el Guapo! —mi padre imitaba a mi madre con una vocecilla burlona, los ojos en blanco, porque la sola mención de aquel nombre le sacaba de quicio—. ¡Mira que sois tontas las mujeres, Mercedes, que es que no tenéis remedio! Antonio el Guapo no puede ser Cencerro porque Antonio el Guapo no existe, a ver si te enteras de una vez.

—Ea, porque tú lo digas. Pero a mí, Paquita Miracielos me ha contado que una conocida suya le vio la otra noche, en un cortijo, y que es... —y arracimaba todos los dedos de la mano derecha, se la llevaba a la boca, se besaba las yemas—, para que te enteres.

—¡Ah! ¿Sí? ¿Y quién ha sido la afortunada, si puede saberse?

—¡A mí me lo iba a decir! Sólo faltaba que yo te lo contara a ti y fueras con Romero a detenerla...

—Mira, te voy a decir una cosa —y al ponerse serio, el guardia Pérez echaba la silla hacia atrás, para que el chirrido de las patas sacara a su mujer de quicio antes incluso que sus palabras—. Lo que pasa en este pueblo es que faltan hombres jóvenes, eso es lo que pasa. Que como la mitad está en el monte, y las de izquierdas no se acuestan con los de derechas, andan todas removidas y viendo visiones. Y que el día menos pensado, Paquita Miracielos se va a morir de un calentón, ni más ni menos.

—¡Antonino! —mi madre era incapaz de reprimir una expresión de escándalo antes de soltar la contraseña que, en teoría, debería advertir a mi padre de que había niños delante sin que nosotros nos enteráramos, aunque hasta mi hermana Pepa la había descubierto ya—. Que hay ropa tendida...

Pero él seguía a lo suyo, como si fuera el único que no hubiera descifrado la alusión de su mujer.

—Y además, que Cencerro es Regalito y punto final. Porque no puede ser otro...

Cuando los expertos que habían venido de Jaén se rindieron al súbito fracaso de sus técnicas tradicionales y hasta de las más sofisticadas, comprendieron que se enfrentaban a una situación nueva en aquella guerra nueva y vieja. Entonces vinieron otros de Madrid, y hasta un comisario de la Brigada Político-Social que por lo visto era muy famoso. Será por las orejas, comentó mi madre, porque las tenía tan grandes como si llevara una chuleta de ternera pegada a cada lado de la cara, pero mi padre dijo que no, que se había ganado un montón de medallas desarticulando grupos comunistas. Eso habría sido en la Puerta del Sol, porque con los de mi pueblo, desde luego, no pudo.

El monte y el llano respiraban a la vez el mismo aire, y los de arriba bajaban a ver a sus mujeres, a sus hijos, a dormir en su cama de vez en cuando, y subían los de abajo, ellas vestidas de hombre para que nadie las conociera, y todos, por una razón o por la contraria, declaraban en voz alta que esos encuentros eran mentira, chismes, pura leyenda, pero todos sabíamos lo que ocurría, y llevábamos la cuenta de los milagrosos embarazos de las mujeres sin hombre que no salían de su casa, todas esas mujeres decentes que se ponían coloradas al improvisar un desparpajo que no tenían, y tartamudeaban como si la lengua les estorbara dentro de la boca mientras le contaban a sus vecinas que un día no habían podido aguantar más y se habían acostado con un vendedor ambulante. Todas, menos Carmen la Rosa, la mujer de Cencerro, que cuando se quedó viuda ya llevaba seis años en la cárcel por decir la verdad.

—Que esa es otra —mi madre tampoco dejaba pasar la ocasión de recordarlo en voz alta—, meter presa a una mujer por ser decente.

—No está presa por eso, Mercedes, sino por hacer propaganda subversiva.

—¿Propaganda subversiva? ¿Decir que te acuestas con tu marido es hacer propaganda subversiva? Y ponerle los cuernos, ¿qué es? ¿Apoyar a Franco? Pues sí que, tanto cura y tanta misa, y luego...

—Que te calles, Mercedes, que no sabes de lo que hablas.

—Pues no me callo porque no me da la gana, ea. Lo único que hizo la Rosa fue decir que la había dejado embarazada su marido. ¿Eso es para ir a la cárcel? ¿Ser decente, y querer al marido de una, y acostarse con él es para ir a la cárcel, Antonino? —mi padre no se atrevía a contestar y su silencio la envalentonaba todavía más—. Y muy bien que hizo la muchacha, primero por decir la verdad, y luego porque habría que haberos oído, llamándole cornudo sin necesidad...

Hacía varias semanas que Carmen la Rosa no se dejaba ver por el pueblo cuando, en 1941, la Guardia Civil de Castillo de Locubín la detuvo en una redada. Estaba embarazada de ocho meses, y cuando le preguntaron en el cuartelillo, declaró con la cabeza muy alta que el niño era de Cencerro. ¿De quién si no?, añadió, y desde entonces no había vuelto a poner los pies en la calle. Parió a su único hijo varón en la cárcel y luego, por si aún no habían tenido bastante, le puso de nombre Tomás, igual que su padre, pero ninguna otra había llegado tan lejos. En mi pueblo, todas preferían pasar por adúlteras y sostenerlo contra viento y marea, aunque unos meses después acabaran pariendo un niño con la mismísima cara de su marido.

En 1947, en la Sierra Sur, todos sabíamos cómo eran las cosas, lo supimos hasta que aquel comisario de Madrid se marchó de vacío, igual que los camiones que le habían precedido. No se puede contar lo que no se sabe, y si en mi pueblo no se sabía nada, era porque en el monte nadie había podido irse de la lengua. Por eso, porque sólo alguien muy inteligente podía combinar semejante alarde de chulería con la extrema prudencia de no darse a conocer ni siquiera entre sus compañeros, mi padre siempre estuvo convencido de que el Cencerro de Fuensanta de Martos era Elías el Regalito.

—Y escogió al alcalde de Alcaudete, claro —mientras más lo decía, más se convencía—. No le valía otro, porque tenía que vengar la matanza de Navidad del año pasado. El dinero era lo de menos, podrían haber asaltado a otro, a cualquiera que tuviera perras, pero no. Tenía que ser alguien de Alcaudete, y el alcalde, mejor que mejor, para que nos enteremos bien de que en el monte vuelve a haber un jefe.

—¿Y ese que le dicen el Pleitista? —descartado Antonio el Guapo, mi madre insistía a la desesperada, con una terquedad que yo apenas podía explicarme al recordar que a Carmela la Pesetilla sólo le vivían dos de los cinco varones que había parido, Regalito y Fernando, su primogénito, que estaba preso cerca de Sevilla, trabajando en el canal del Guadalquivir—. ¿No decías tú que tenía mucho mando ese?

—Sí, pero es de Alcalá.

—¿Y qué? ¿Por qué tiene que ser de Fuensanta? ¿Si no saben nada, por qué saben que es de este pueblo?

—Porque lo saben.

—Ya... Pues también podría ser Cristobita, que se crió aquí, aunque naciera en Lopera.

—¿Quién? —mi padre fruncía el ceño, como si ya no supiera identificar a los vecinos por sus nombres propios—. ¡Ah, Pocarropa! No, quita, qué va a ser... Ese es valiente, pero muy atolondrado, y además, lleva arriba mucho tiempo, desde el principio, y nunca nos ha llamado la atención. No, tiene que ser Regalito, que te lo digo yo, porque además, fue él quien estuvo...

—¿Quién estuvo dónde?
—No, nada, nada.
Don Eusebio, el maestro, siempre decía que Elías Sánchez Sánchez, hijo de primos segundos, era al mismo tiempo el mejor y el peor alumno que había tenido en su vida. El mejor porque poseía una cabeza tan rápida y habilidosa como los dedos de un prestidigitador, y era capaz de asimilar conocimientos a gran velocidad pero sólo después de desmenuzarlos y comprenderlos perfectamente. El peor porque era el único al que había tenido que echar de la escuela, y de la manera más tonta, solía añadir, que a él no le habían dado ninguna vela en aquel entierro.
Don Eusebio había llegado a Fuensanta en los días de las mujeres rapadas y el baile de los cementerios, cuando a los de mi pueblo se los llevaban a fusilar a Martos, y a los de Martos a Torredonjimeno, y a los de Torredonjimeno a Los Villares, y a los de Los Villares los traían a mi pueblo. Él venía del suyo, una aldea de Palencia donde sólo se habían enterado por los periódicos de que en el resto de España había una guerra. Quizás por eso le resultó tan fácil no ver, no oír, no saber nada de lo que pasaba de madrugada, los camiones que se cruzaban en la carretera, las descargas de los fusiles contra las tapias, el resonar apresurado y silencioso de los zapatos de las mujeres que llegaban después para intentar recuperar los cuerpos, y casi nunca los encontraban ya, y volvían a sus casas más cansadas, más despacio, más muertas que vivas. Eso fue lo que le reprochó Elías, que había perdido a un hermano en aquel viaje, y el maestro le dijo que no volviera más.
En aquella época, Regalito no era sólo el mejor alumno que tenía, sino también el más raro, el más especial de todos. El hijo de Pesetilla sólo había ido a la escuela durante unos años, de pequeño, pero después había empezado a asistir por las tardes a las clases gratuitas que el maestro de antes de la guerra daba en la Casa del Pueblo, hasta que los dos comprendieron

a la vez que así no hacía más que perder el tiempo. Desde entonces estudiaba por su cuenta. El maestro le daba libros, hablaba con él, resolvía sus dudas, le ponía a prueba, y todos los años, en junio, le acompañaba a Jaén, donde su alumno se examinaba por libre en el instituto y aprobaba siempre con buena nota. Hasta que se acabó todo, al maestro lo fusilaron en el cementerio de Martos, como a los demás, y Elías cometió el error de intentar salvar algún mueble de aquel naufragio.

Cuando le abordó un domingo, a la salida de misa, don Eusebio se sorprendió tanto que apenas logró reaccionar. No se lo esperaba, nadie habría esperado algo así de un muchacho como él, un invisible, de una familia de invisibles, la flamante casta de los que sólo aspiraban a vivir como si fueran sombras, hombres y mujeres borrosos, corpóreos a su pesar, que habrían dado cualquier cosa por adquirir la feliz sustancia de los camaleones y volverse pared al pasar junto a una pared, y hacerse madera con los troncos de los árboles, aire al cruzar una calle, para que nadie les reconociera, para que nadie se acordara de que existían, para que a nadie se le ocurriera pronunciar sus nombres en ciertas casas, ciertas noches sombrías que se iban espesando, volviéndose rojizas, ásperas, puntiagudas, alrededor de una sola palabra, escarmiento. Nadie habría esperado algo así, pero Elías esperó a don Eusebio, se presentó ante él, y le dijo que quería sacarse el bachillerato, y que no podía hacerlo solo. No me dejan matricularme por mi cuenta, le explicó, como si el maestro no lo supiera, pero si usted me presentara... En aquel momento, ya se había formado un corro considerable de vecinos atónitos y expectantes, entre los que estaba mi madre conmigo en brazos. Ella lo recordó en voz alta después, muchas veces, que don Eusebio se quedó callado, que miró a su alrededor, y luego a Elías, y otra vez a la derecha, a la izquierda, al suelo, al cielo, y salió de aquel atolladero por una puerta que nadie imaginaba y que nadie entendió, salvo aquel que se hallaba al otro lado.

La guerra de los treinta años, dijo solamente, y según mi madre, Elías se la contó de cabo a rabo, cuándo empezó, cuándo terminó, y por qué, y quiénes lucharon, y un montón de nombres de batallas. Luego, siempre según ella, le preguntó qué era ene a dos no sé qué, y Elías contestó que la fórmula de algo muy raro, y después le recitó los ríos de España y un montón de cosas más, incluso algo de San Anselmo, y eso que en su casa eran ateos, que Elías nunca había ido a la catequesis ni había hecho la comunión cuando le tocaba, pero hasta a eso supo contestar. Don Eusebio era maestro, tenía delante a un muchacho de catorce años que se lo sabía todo y no podía negarse, no podía decir que no. Bueno, accedió por fin, pásate por mi casa mañana por la tarde, a ver qué podemos hacer. Durante unos meses hicieron mucho, hicieron tanto que don Eusebio le puso el mote que desplazaría ya para siempre al de su padre, Regalito, y cuando alguien le preguntaba por qué, contestaba que Elías era un regalo, sí, pero relativo, y los dos se echaban a reír.

Los vecinos se acostumbraron a verlos al caer la tarde, en la carretera vieja, recorriendo siempre el mismo tramo, arriba y abajo, con un libro que iba cambiando de manos al ritmo de las preguntas y las respuestas, don Eusebio, que tendría ya más de cincuenta años, con traje y corbata, Elías limpio y bien peinado, con una camisa distinta de la que usaba para trabajar en el campo, y era como si nunca se cansaran de andar y de hablar, de hablar y de andar, porque a veces la noche les sorprendía como si hubieran perdido la facultad de medir el tiempo.

Don Eusebio había encontrado a su mejor alumno y Regalito al maestro que necesitaba, pero aquellos eran días de dos caras, complicados días de sonrisas hipócritas y silencios de piedra, días de sálvese quien pueda, en los que levantarse de la cama por la mañana era un triunfo, y volver a ella sano y salvo por la noche, una hazaña similar. Para culminarla, la regla de oro consistía en acatar la voluntad del terror, reducir la vida al mínimo y no hacer nada, no saber nada, no decir nada, mirar sin ver, escuchar sin oír, y no comprender. Quizás en las ciudades fuera distinto, pero en un pueblo como Fuensanta de Martos, ese vivir apenas, vivir sin sentir, era el único recurso al alcance de quienes aspiraban a una supervivencia que nada ni nadie podía garantizarles. Quizás, en una ciudad, un adolescente como Regalito habría tenido algún futuro. Quizás habría podido seguir estudiando, sacarse el bachillerato, ir a la universidad, hacerse con un título, quizás, pero en mi pueblo eso era imposible y él lo sabía, aunque seguramente, el día que escogió para echarlo todo a perder ni siquiera se paró a pensarlo.

Se acercaba el verano de 1941 y hacía mucho calor, eso lo sé porque también me lo contó mi madre. Lo demás lo aprendí después, cuando empecé a ir al cortijo de Las Rubias tres tardes a la semana. Doña Elena lo sabía porque se lo había contado la señorita Rosa, que seguía siendo la maestra de la escuela de las niñas, y estaba presente cuando Elías se revolvió en la silla como si acabara de picarle una avispa. Don Eusebio no se dio cuenta porque todavía estaba regañando al hijo de la Potajilla, que aquel día había ido a clase con el uniforme de verano de los pobres de mi pueblo, unos pantalones cortos con un tirante atravesado en diagonal, sólo sobre un hombro, y sin camisa, porque su madre ya la había guardado para que durara más, y tener algo que ponerle el invierno siguiente.

¿A usted le parece bien venir a la escuela así, medio desnudo, señorito? Severino el Potajillo era muy pequeño. No tendría más de seis o siete años y no entendía por qué el maestro le llamaba de usted, ni por qué le estaba regañando. Pues dígale a su madre que si a ella no le importa traerle presentable, a mí sí que me importa, y con esta indumentaria, no voy a volver a admitirle en mi clase, ¿está claro? No podía estar claro, porque como el crío no se estaba enterando de nada, se echó a llorar. Entonces, Regalito ya había descubierto algo que no sospechaba. Él nunca iba a la escuela porque por las mañanas trabajaba en el campo, pero ya faltaba muy poco para la fecha del examen, y don Eusebio había convencido a Pesetilla de que le diera el día libre, y le había colocado en un pupitre alejado del resto, junto a su mesa. La señorita Rosa había conseguido las preguntas del examen de reválida del año anterior y había entrado en el aula de los niños para explicarle a Elías la forma de contestarlas, pero no le dio tiempo a terminar, porque el mejor alumno de don Eusebio se levantó, se acercó a su maestro, y sin levantar la voz, sin chillar, sin enfadarse, le preguntó por qué estaba diciendo esas cosas. Usted conoce a este niño, sabe cómo viven en su casa, y que a su padre lo fusilaron, que su madre trabaja como una mula y no da abasto, porque tiene cuatro más. ¿Por qué le maltrata, si usted no es así, si yo le conozco y sé que usted es un buen hombre, un buen profesor, una persona decente?

Doña Elena, que también era maestra aunque ya no la dejaran dar clase, decía que eso fue lo que don Eusebio no pudo perdonarle nunca a Elías. Que si en lugar de hablarle así, con tanta serenidad, hubiera salido en defensa del Potajillo a gritos, le habría mandado callar, le habría dicho que volviera al pupitre y no habría pasado nada. Pero el candor de Elías, la decepción que no evitaba la cortesía de sus preguntas, la limpia condición de su censura, resultaron demasiado humillantes para un hombre que no se atrevía a mostrarse en público tal y como era en realidad, un hombre débil, pequeño, que en la carretera vieja, por las tardes, escogía sus propias palabras para hablar de historia y de filosofía, de poesía y de ética, con un chico muy inteligente que sin embargo no había podido adivinar la naturaleza ambigua, parcial, tramposa, de las verdades que aprendía en cada paseo. Don Eusebio no pudo sostener la mirada de Elías. No podía hacer otra cosa que echarle de la escuela y eso hizo, con el rostro menos coloreado por la indignación que por la vergüenza. No vuelvas más por aquí, le advirtió al final, y Regalito le miró a los ojos y le dijo que no se preocupara, que no pensaba volver nunca más. Después, como ya estaba matriculado, se fue a Jaén, hizo el examen y contestó bien a todas las preguntas, pero nunca salió su nota.

Desde entonces, cuando coincidían en algún sitio, don Eusebio procuraba esquivar a su antiguo alumno, y si no lo lograba, los dos se cruzaban sin saludarse, como si nunca se hubieran conocido. Hasta que una noche de primavera de 1946, los guardias fueron a buscar a Elías, y como no lo encontraron en casa, se llevaron a Pesetilla. Esa misma noche, su hijo se subió al monte, y allí seguía.

—Tiene que ser él —decía mi padre a todas horas, un año y medio después—. Tiene que ser Regalito, porque además fue él quien estuvo...

De ahí no pasaba, en ese punto se quedaba atascado, y si madre le preguntaba, movía la mano derecha en el aire, para dejar claro que no pensaba decir nada más. Pero casi nunca le preguntábamos, porque sabíamos en qué estaba pensando y todos teníamos motivos para cambiar de conversación, aunque yo no podía contarle los míos a nadie.

Los hijos del capitán Grant. Era un libro gordo, encuadernado en tela roja, con una ilustración en colores pegada sobre la portada, unos niños rubios, un señor con aspecto de sabio despistado, un capitán de barco y dos marineros andando sobre el hielo con unos artilugios de hierro pegados a los zapatos, en un paisaje imposible con palmeras al fondo, una playa con gaviotas y un barco a lo lejos, ante una montaña sobre la que asomaban unos indios con plumas en la cabeza.

—¿Qué es esto? —pregunté, y hablaba para mí, pero a mi espalda, Pepe el Portugués había vuelto a entrar en su casa.

—Un libro.

La gente siempre dice que en Andalucía hace buen tiempo, pero en mi pueblo, en agosto, nos asábamos de calor. El sol caía sobre nosotros como el instrumento de una vieja venganza, y era algo más que la luz que rebotaba en las paredes encaladas como si pretendiera deshacerlas gota a gota, más que la temperatura que desataba los chorros de sudor que nos empapaban la ropa en el instante en que nos atrevíamos a asomar un pie a la calle, era algo duro, sólido, metálico, como un martillo de llamas sobre la cabeza, un invisible baño de fuego que ardía con la misma crueldad por encima y por debajo de la piel. Ese era el martirio que madre procuraba evitarnos cuando nos prohibía salir después de comer, pero yo ya pasaba bastantes días encerrado sin pisar ni el patio gracias al ratón de los del monte y al gato de los del cuartel, así que en cuanto la oía roncar, abandonada a las delicias de esa siesta a la que yo nunca le había visto la gracia, esperaba un cuarto de hora y me escapaba por la ventana, que para eso estaba en mi mitad del dormitorio.

—¿Adónde vas?

Cuando estaba libre de servicio, Curro era el único que me veía salir. Él estaba enamorado sin remedio de Isabel Mariamandil, la nieta de doña Angustias, una chica muy rara, callada y discreta, con un aire monjil que la hacía parecer mayor de lo que era y que jamás le había dado esperanzas. Isabel tenía veinte años, pero vivía como si fuera una anciana, porque se pasaba la vida en el cortijo, cuidando de su abuela, y apenas paseaba por el pueblo, no salía con sus amigas, no llevaba tacones, ni lazos en el pelo, y nunca iba a bailar, ni al cine. Todos creíamos que le traía sin cuidado seguir soltera de por vida, y por eso, su enamorado solía quedarse suspirando por las tardes en la casa cuartel, y sacaba partido del calor que recluía al teniente en su dormitorio para atentar contra el decoro de la vivienda común colgando una hamaca de dos clavos, uno en la fachada de su casa y otro en un pilar del porche que recorría todo el patio. Luego se tumbaba allí, a la sombra, para leer novelas de pistoleros, y levantaba la vista con pereza al verme pasar a su lado.

—Voy a bañarme en el río —contestaba yo en un susurro, para que no me oyeran en mi casa.

—Un día de estos te vas a derretir, Canijo.

—¡Shhhh! —yo pedía silencio con un dedo sobre los labios y, aunque sabía que no era un chivato, apresuraba el paso—. Ya verás como no.

No me derretía, pero, a veces, al llegar a la mitad de la cuesta sentía algo parecido, porque ya no sabía qué hacer conmigo mismo, y la camisa me daba calor, pero si me la quitaba, me mataba el sol, y los tobillos me pesaban, los empeines de mis pies hinchados se clavaban en el borde de las alpargatas para convertir cada paso en un suplicio, y la tentación de no llegar hasta arriba, de tumbarme a la sombra de un árbol y esperar a la fresca allí tirado, sin hacer nada, era cada vez mayor, pero me resistía pensando en el placer que sentiría al entrar en el río, la imaginaria cortina de vapor que se desprendería de mi cuerpo apenas rozara el agua fría que bajaba de la sierra, y así, con la imaginación más que con las piernas, lograba llegar hasta arriba. Entonces sólo tenía que bajar, recorrer unos metros de pendiente favorable a la sombra de los árboles y desnudarme en un segundo. Me metía en el agua muy despacio y reservaba la cabeza para el final, porque me gustaba tocarla, tan caliente, con las manos húmedas y heladas, antes de zambullirme del todo para brindarle el toro imaginario de aquella felicidad a los que preferían perder el tiempo durmiendo en un charco de sudor. De vez en cuando, como si pretendiera demostrarme a tiempo que los dos éramos de la misma clase, Pepe el Portugués aparecía en calzoncillos, con una toalla al hombro y una sonrisa en los labios que quería decir que aquellas pozas eran suyas, pero que no le importaba compartirlas conmigo. Aquella tarde, sin embargo, él ya estaba en remojo cuando yo llegué al río.

—Desde las dos de la tarde llevo aquí —me dijo, y sentado en una piedra oculta por el agua, con la espalda apoyada en una losa plana y las piernas estiradas, parecía un emperador en su trono—. Tengo los dedos arrugados como garbanzos, pero cualquiera sale, con la que está cayendo...

Cuando salimos, yo también parecía una legumbre recién cocida y, lo que era aún mejor, estaba tiritando de frío. Por eso me tumbé al sol, tan furioso todavía que no necesitó más de diez minutos para achicharrarme, pero esperé cinco más, y volví a bañarme, y volví a salir, hasta que el Portugués interrumpió aquel círculo verdaderamente vicioso con una de sus buenas ideas.

—Tengo hambre —y al escucharle, escuché el sonido de mis propias tripas—. ¿Subimos a comer algo?

Desde que compartimos aquellos chorizos que atrajeron sobre nosotros la atención de toda una patrulla del ejército, las meriendas formaban parte del protocolo de mis visitas al molino viejo, aunque la oferta de Pepe no había vuelto a ser tan suculenta. Sin embargo, trucos de hombre solo, en su despensa siempre había embutidos, pan, y con suerte, algún tomate maduro. Con estos ingredientes y un poco de aceite, el Portugués hacía unos bocadillos exquisitos de pan con tomate y cualquier cosa, según la receta que le había enseñado en la mili un sargento catalán. Aquella tarde fueron de queso curado, y estaban tan ricos que me comí el mío y la mitad del suyo, antes de sentarme a hacer la digestión en el sofá que Pepe había rescatado de la basura de la parroquia. Cuando nos lo encontramos en la calle, le dije que sólo iba a servir para hacer leño, porque estaba desvencijado y le faltaba un brazo, pero él había arreglado las patas y habían quedado bastante bien. El muelle saltado en medio del asiento no tenía remedio, pero dejaba dos plazas aprovechables a los lados, y total, como vivo solo, concluyó él, me sobra una. Era muy cómodo además, porque al recostarme junto al único brazo superviviente, sucumbí a un sopor dulce y delicioso, del que me despertó el eco impertinente de unos nudillos en el cristal.

—¿Quién coño tendrá que venir...? —la voz del Portugués, empastada de sueño, se recuperó enseguida cuando Sanchís, el compañero de mi padre, nos dedicó un saludo militar desde el otro lado de la ventana—. ¡Joder, y qué querrá este ahora!

Levantó una mano en el aire, para pedirle que esperara, y fue a la cocina a lavarse la cara, antes de ponerse una camisa que podía llevar varios días enganchada por el cuello al respaldo de una silla, pero no estaba sucia del todo.

—No me gusta este tío —murmuró para sí mismo mientras se la abrochaba.

—A mí tampoco —pero eso sólo era una parte de la verdad. La que me callé era que le tenía tanto miedo que si hubiera seguido viéndole al otro lado de la ventana, ni siquiera me habría atrevido a abrir la boca.

—Tú quédate aquí —antes de salir, me miró como si lo supiera—. Lo más seguro es que sólo tenga ganas de joder un poco.

Asentí con la cabeza aunque no pudiera verme, porque en eso también estaba de acuerdo con él.

Miguel Sanchís era hijo de un guardia civil y se había criado en una casa cuartel, pero no se parecía a sus compañeros. A los treinta y un años, ya era sargento y todo el mundo estaba seguro de que llegaría mucho más arriba, porque aunque no había pasado por ninguna Academia, tenía una hoja de servicios apabullante, dos Medallas Militares individuales con distintivo rojo, otra con distintivo blanco, una condecoración de Sufrimientos por la Patria, y un sobrenombre, «el ángel de las mujeres», que se había ganado en Madrid, donde salvó a muchas mientras trabajaba para la quinta columna, durante la guerra. Más alto que mi padre, y más apuesto que ninguno de sus compañeros, Sanchís era el hombre más atractivo de Fuensanta de Martos.

Quizás por eso, porque Paquita Miracielos y sus amigas no podían soportar la idea de que el galán oficial del pueblo fuera un guardia civil, había corrido tanto la leyenda de Antonio el Guapo, un guerrillero que había llegado de Madrid al final del verano, después de que una bailaora de la que estaba perdidamente enamorado le hubiera tenido escondido durante años en un tablao, al ladito de la Puerta del Sol, donde trabajaba el comisario de las orejas grandes. Cuando Dulce me lo contó, pensé que padre tenía razón, porque cambiando el tablao de Madrid por un Saloon de, digamos, Wichita, lo que contaban de aquel hombre parecía copiado del héroe de una novela del Oeste. Dicen que sólo con mirarle, se le corta a una la respiración, me explicaba la tonta de mi hermana mientras apretaba la almohada contra su cuerpo como si pretendiera asfixiarla, yo no quiero ni pensar en encontrármelo una noche por ahí, con el fusil, ¿te lo imaginas? ¡Ohhh! Qué horror, qué miedo, ¿no? La sonrisa de boba que se le pintaba en la cara al decirlo, sólo se explicaba porque ni siquiera ella, que vivía en la casa cuartel, podía celebrar que el hombre más guapo fuera también el más atravesado de Fuensanta de Martos, y él único que, pese a su legendario heroísmo, encajaba de cerca, y como un guante, con la terrorífica imagen que la Guardia Civil proyectaba de lejos.

Yo, que siempre había vivido entre ellos, llevaba la cuenta de sus debilidades, las contradicciones de quienes se dedicaban a cultivar el miedo de la gente igual que un panadero hace pan o un hortelano siembra patatas para recogerlas después, y sabía que en las noches de redada, Curro vomitaba al pie de mi ventana antes de acostarse, y que mi padre agachaba la cabeza cuando mi madre le preguntaba si se había quedado contento, y que Carmona, tan delgadito, tan poca cosa, se había cagado encima la noche en que vio al teniente aplicarle la ley de fugas a Laureano, y que a partir de aquella noche, ese mismo teniente se ocupaba de que a Carmela la Pesetilla la dejaran en paz. Yo vivía con ellos, era uno más en el cuartel, y les había oído hablar muchas veces, repetirse los unos a los otros los mismos consejos, las mismas frases que circulaban de boca en boca sin desgastarse jamás, no tengas remordimientos, no hay que tener remordimientos, nosotros no tenemos la culpa, la culpa es suya, son ellos los que están fuera de la ley, pero seguían vomitando, y agachando la cabeza, y cagándose encima, y es que esto no se puede tolerar, a ver, si no fuéramos nosotros, serían otros, qué le vamos a hacer, ¿quiénes son los que dan las órdenes?

El teniente se emborrachaba casi todas las noches, Arranz, absolutamente todas, Romero les seguía de cerca, Izquierdo fumaba grifa que le pasaba un primo suyo que era legionario, y los demás se consolaban con la idea de que ellos sólo cumplían órdenes, de que la responsabilidad era de otros, de los que vivían en Madrid, los que trabajaban en grandes despachos con calefacción en invierno y ventiladores en verano, los que nunca se destrozaban los pies de peña en peña ni se manchaban las manos de sangre. Esos podían contar la historia como les conviniera, podían celebrar los años de paz que se cumplían cada mes de abril recordando las iglesias en llamas, los curas destripados, las monjas violadas, el terror de las hordas marxistas que habían precipitado su intervención sagrada y salvadora. En Madrid habría gente que creería que en 1939 se había acabado la guerra, pero en mi pueblo todo era distinto. En mi pueblo, los hombres se echaban al monte para salvar la vida, y la autoridad perseguía a las mujeres que intentaban ganársela con la recova, a las que recogían esparto en el monte, a las que lo trabajaban y hasta a las que vendían espárragos silvestres por las carreteras, porque para ellas todo estaba prohibido, todo era ilegal, todo un delito y la supervivencia de sus hijos un milagro improbable. Así eran las cosas en mi pueblo, donde te podían matar por la espalda cualquier noche por haber dado de comer a tu hijo, a tu padre, a tu hermano, sólo por eso, eso bastaba para legalizar cualquier muerte, eso convertía a cualquiera en un bandolero peligroso, un enemigo público feroz, aunque no hubiera cogido un fusil en su vida. Esa era la ley y era una ley injusta, una ley odiosa, una ley atroz y bárbara, pero la única ley, y los guardias civiles quienes la aplicaban.

Ellos sólo cumplían órdenes, pero sabían la verdad, y que si algún día se daba la vuelta la tortilla, los que legislaban desde un despacho iban a tener preparado un avión para salir huyendo, mientras que a ellos no les esperaba otro destino que las tapias del cementerio y con razón, la razón de una guerra que no iba a terminar nunca. Lo sabían, y además de remordimientos, tenían miedo, miedo de las represalias, de la venganza que podía cebarse en ellos, dejarles secos en cualquier momento. De ese miedo nacía el odio que les hacía crueles, pero que no dejaba de convivir con un miedo diferente, semejante a su vez al de los vecinos a quienes hostigaban, el miedo que les impedía rebelarse contra las órdenes que recibían, detener en algún punto la espiral de terror en la que ellos también estaban atrapados sin remedio, negarse a apretar el gatillo mientras una persona temblorosa y desarmada les ofrecía la espalda un instante antes de caer muerta en el suelo. Ese era el miedo que se convertía en vergüenza ante el insólito espectáculo de cualquier hombre valiente, como aquel capitán del ejército que mandó parar la música en Martos mientras un requeté bailaba encima del cadáver de Crispín, y que, y hasta yo me daba cuenta de eso, no tenía por qué ser un rojo, pero sí era, sin duda, admirable, mucho más valioso que todos los que se quedaron mirándole sin hablar, sin hacer nada aparte de aguantarse las náuseas hasta el final del espectáculo. Mi padre solía decir que daría cualquier cosa por cambiar de destino, y todos sabíamos que era verdad. Todos sus compañeros habrían preferido vivir en otro pueblo, en otra provincia llana y tranquila, sin sierras, sin montes, sin guerrilla. Todos menos Martínez, hasta que lo mataron. Todos menos Sanchís.

Él, con el pelo muy negro, los ojos muy verdes, su cuerpo de atleta, la piel bronceada y un perfil que parecía copiado de una estatua griega, disfrutaba de su trabajo hasta tal punto que había logrado convertirse en un hombre feo. El secreto estaba en su boca, el gesto mecánico, violento, que tensaba sus labios gruesos, bien dibujados, para desfigurarlos en una línea sutil que expresaba un desprecio incondicional por todas las cosas. Sanchís no respetaba nada y nada le daba miedo, pero le entusiasmaba que le temieran los demás, y sabía cómo hacerlo. Y si ahora me voy sin pagar, ¿qué pasaría?, preguntaba en los bares donde siempre acababan invitándole, y paraba a cualquiera en medio de la calle sin motivo alguno, para mandarle a comprar tabaco, como si todos los vecinos fueran sus criados, o para señalarle con el dedo y hacerle una advertencia que no significaba nada en realidad, tú, ándate con ojo... Se partía de risa cuando le veía salir corriendo, pero su risa también era desagradable, gruesa y pellejuda como la de un sapo. Los demás guardias no tenían más remedio que respetarle porque era sargento, pero el teniente no le perdía de vista y siempre estaba temiendo que se pasara de la raya. Chulerías, las justas, Sanchís, le decía siempre, y él acataba esa recomendación con un gesto de la cabeza, pero en cuanto la autoridad le daba la espalda, volvía a las andadas, tú, tráeme un botellín, tú, límpiame los zapatos, tú, ven aquí ahora mismo si sabes lo que te conviene... Miguel Sanchís sólo tenía una debilidad, que se llamaba Pastora y era tan singular, tan especial como él.

—Pues está un rato buena... —decía mi padre a veces, cuando la veía cruzar el patio, y mi madre se ponía tan nerviosa que hasta le pegaba en el brazo un puñetazo blando, exasperado.

—¡Pero cómo va a estar buena, Antonino, no digas tonterías! Si es coja, ¿te enteras?, ¡coja!

—¿Y eso qué tiene que ver?

—¿Que qué tiene que ver? ¡Pues que tiene una pierna más larga que la otra, hombre! ¿Te parece poco?

—Será, pero está muy buena.

Pastora no era guapa de cara, aunque tenía unos ojos preciosos, negros y enormes, que brillaban como el agua mansa de un pozo muy hondo, porque su nariz era fina pero muy larga, y su boca también grande, de labios desproporcionadamente delgados para su tamaño. El pelo oscuro, liso y sin gracia, que llevaba siempre recogido en un moño, enmarcaba un rostro demasiado afilado, de mejillas hundidas y pómulos salientes, que sin embargo la hacían misteriosamente bella cuando giraba la cabeza no del todo. Pero el gancho que tiraba de los ojos de todos los hombres de Fuensanta cuando Pastora pasaba por delante, no estaba en su cabeza, sino en su cuerpo, que tampoco era perfecto, sino mejor, porque mi madre tenía razón pero esa razón no servía de nada.

La mujer de Sanchís había nacido con dos piernas estupendas, aunque una fuera más larga que la otra, y puede que, para el gusto de un escultor, el resto de sus medidas también discreparan en exceso, los pechos demasiado grandes, la cintura demasiado estrecha, las caderas demasiado redondas, el culo demasiado musculoso por el perpetuo esfuerzo de tirar de su pierna derecha, ese pie en el que siempre llevaba el mismo tipo de zapato negro y feo, con una cuña que lo igualaba con la zapatilla que se calzaba en el izquierdo a diario o con el zapato de tacón que se ponía cuando se arreglaba, pero así y todo, tenía algo que no poseía ninguna otra mujer de Fuensanta de Martos, ni siquiera Filo la Rubia, o Milagros, la hija del alcalde, a pesar de su belleza.

A los nueve años, yo era muy pequeño para explicarlo, pero me daba cuenta de que a Filo, a Milagros, se las podía mirar como se mira un cuadro, como se escucha música, como se saborea un dulce, como un placer amable, exquisito y sin embargo apacible, limpio, luminoso. Pero mirar a Pastora era distinto, y eso era lo que mi madre no entendía. Pastora cruzaba el patio con ese bamboleo que no podía evitar, y yo la miraba, porque tampoco podía evitarlo, y sentía calor, un sonrojo repentino y culpable, como si verla moverse fuera pecado, y me daba cuenta de que ella no hacía nada para provocar esa reacción, de que no se teñía de rubia y se pintaba rabillos, como Ana la Doble, ni se ponía blusas de una talla más chica de la que le convenía, como la hermana mayor de Paquita, Sole Miracielos, a la que habíamos visto con los botones a punto de estallar un montón de veces, porque como era la dependienta de la panadería, nunca elegíamos un bollo a la primera y la mareábamos con el dedo encima de la vitrina, este, no, aquel, no, mejor una rosca, para que se agachara a la izquierda, y a la derecha, y a la izquierda otra vez, con la tela tirante sobre el pecho y las pinzas en la mano. Pastora no hacía ninguna de esas cosas. Ella no necesitaba teñirse, ni pintarse, ni llevar ropa ceñida, para producir un efecto oscuro, caliente, que daba gusto y vergüenza al mismo tiempo.

—Y a ver de qué un hombre tan guapísimo ha tenido que casarse con una coja que no puede tener hijos, encima —rezongaba mi madre cuando se cansaba de discutir con su marido—, como si no hubiera tenido donde elegir. Pues porque es un atravesado, por eso, un tío siniestro, más raro que... A saber lo que harán esos dos cuando estén solos.

—Mujer —decía mi padre—, eso me lo supongo.

—Pues no estaba pensando en lo que tú crees, Antonino.

—Puede, pero lo otro también me lo supongo.

Sanchís le regalaba a su mujer montones de zapatos de tacón, abiertos y cerrados, de todas las formas, de todos los colores, y se le caía la baba cuando iba con ella por la calle. Pastora era la única cosa de este mundo capaz de relajar su rostro, de arrancar de las esquinas de su boca el perpetuo rictus de mala hostia que le inspiraba todo, que le inspirábamos todos menos ella. Y cuando iba con él, ella también cambiaba, y se convertía en una mujer sociable, que hablaba y sonreía como las demás, porque en la casa cuartel siempre estaba sola, y no le gustaba mezclarse con las familias de los otros guardias. Mi madre quedaba con la de Paquito, y con la mujer de Carmona, para ir a la compra o al mercadillo, o para dar un paseo por la tarde cuando llegaba el buen tiempo. La mujer de Izquierdo, que tenía seis críos y a su suegro enfermo, se apuntaba cuando podía, y la del teniente, delirando de grandeza, tenía otras amigas más representativas, como la alcaldesa y la mujer del médico. Pero

Pastora siempre estaba en casa, y rechazaba muy cortésmente cualquier invitación a abandonarla si su marido no iba con ella. Tampoco tenía amigas en el pueblo.

—Claro —decían mi madre y las demás, dándose codazos, cuando salía el tema—, como ella, de soltera...

Yo recordaba vagamente el día en que Sanchís y Pastora llegaron a Fuensanta, cuatro, quizás cinco años antes de que llegara el Portugués. Unos meses después, un criador de caballos que vino al pueblo a entregar un animal, le contó a su cliente que conocía a Pastora desde niña, porque era de un pueblo cercano al suyo, en Ciudad Real, y le preguntó cómo había venido a parar aquí. Él le contó que era la mujer de un guardia civil, y el hombre se quedó con la boca abierta por el asombro. Hay que ver, murmuró luego, lo que es el destino, pasarse la vida entrando y saliendo de una comisaría, llegar a dar con los huesos en la cárcel, y todo para acabar viviendo en una casa cuartel... No quiso añadir nada y tampoco volvió por el pueblo, pero no hizo falta más. La mujer de Carmona ató cabos, y no tuvo que decirlo dos veces para que todas sus amigas estuvieran de acuerdo con ella en que Pastora había sido puta y por eso le daba vergüenza mezclarse con las mujeres decentes.

Puta o no, Pastora rezumaba sexo, lo desprendía como un halo invisible al ritmo cojitranco de sus pasos, pero con su marido tenía bastante. Unos pocos días antes de que apareciera en el molino viejo por sorpresa, para amenazar con echarnos a perder la tarde, yo les había visto besarse como nunca había visto besarse a nadie, y fue en plena verbena, a la luz de las bombillas encendidas, hileras de luz amarilla que alternaban con el revoloteo de las banderas de papel. Paquito acababa de contarme lo que había pasado en Martos y yo, por no mirarle, me fijé en ellos, apoyados en una pared, muy juntos, quietos, callados. Sanchís tenía una copa de coñac en la mano y bebió, se la pasó a su mujer y ella también bebió, un trago largo, antes de devolvérsela. Eso me llamó mucho la atención, porque las mujeres en mi pueblo no bebían, vino en las comidas quizás, las más atrevidas, como mucho, una caña de cerveza los domingos, al salir de misa, pero coñac no, jamás. Sanchís vació la copa, se giró para dejarla en el alféizar de una ventana y al volverse otra vez, vio que Pastora le estaba mirando. Entonces, él también la miró, se miraron en silencio y, sin cruzar una palabra, cada uno inclinó la cabeza hacia delante y sus bocas se acoplaron entre sí, como si nunca hubieran tenido otro destino ni más sentido que aquel beso que les mantuvo absortos, dedicados por completo a él, durante mucho tiempo, minutos enteros devorándose con los ojos cerrados, los brazos abandonados a su propio peso, el cuerpo inmóvil, olvidado de todo lo que no fuera la boca, su boca en otra boca, y el cuello de Pastora estirado, su cabeza ladeada en su mejor perfil, el relieve de la lengua de su marido tensando y destensando su mejilla, exhibiendo su impúdico buceo a través de la piel y de la carne. Yo nunca había visto a nadie besarse así. Tampoco, a plena luz, delante de la gente, una mano como la que Sanchís avanzó hacia el cuerpo de Pastora y que la recorrió entera sin que ella hiciera nada por evitarlo, desde el muslo hasta el pecho sobre el que se cerró en el instante en que yo sentí sobre la cabeza una mano distinta.

—¿Qué miras tú, sinvergüenza? —mi madre me levantó por la axila después de darme un capón—. ¡Ea, a bailar!

Cuando me levanté, ellos se marchaban ya, cogidos del brazo, y pensé que, fuera lo que fuese lo que iban a hacer a continuación, ni mi padre ni mi madre serían capaces de suponerlo en su vida.

Aquella noche, mientras se besaba con su mujer, Sanchís casi me cayó bien, pero cuando vino a buscar a Pepe el Portugués, Pastora no estaba con él, y Curro, que era su pareja desde que mataron a Martínez, tampoco. Había venido al molino él solo, y los guardias civiles siempre iban de dos en dos. Por eso, cuando me despejé lo suficiente como para pensarlo, me asusté. Mi padre decía siempre que Sanchís era un fanático, un loco incontrolado y peligroso, pero cuando me levanté del sofá y fui hasta la ventana dando un rodeo para ver qué estaba pasando fuera, comprobé enseguida que me había asustado en vano. Pepe me daba la espalda pero debía de estar hablando y no para defenderse, porque el guardia asentía con la cabeza y una expresión serena, los labios relajados, las manos en los bolsillos. Entonces vi una mancha roja encima de los retales de tela azul que habían sobrado de las cortinas y que el Portugués guardaba en un cesto por si alguna vez servían para algo. Lo cogí, y al darle la vuelta, leí un nombre, Julio Verne, y aquel título, *Los hijos del capitán Grant,* estampado en letras doradas sobre una ilustración a color que mostraba a una extraña comitiva en un paisaje imposible, helado y tropical al mismo tiempo. Aquella imagen me intrigó tanto que seguía mirándola cuando Pepe volvió a entrar en una casa donde nunca había habido libros a la vista.

—¿De dónde lo has sacado?

—Eso... —y se acarició la barbilla con la mano, como si necesitara pararse a pensar—. Creo que se lo dejó aquí uno de Torredonjimeno con el que he ajustado las olivas. Se le debió caer del morral, porque me lo encontré tirado ahí fuera, el otro día.

—¿Y qué tal?

—¿Qué tal qué?

—El libro —insistí, mientras él seguía mirándome como si no me entendiera—. Que qué tal es, que si es bueno...

—¡Ah! —sonrió—. Y yo qué sé. No lo he mirado bien, yo... Bueno, apenas sé leer, ¿sabes? Junto las letras, eso sí, pero con mucho trabajo, y por eso no me gustan los libros.

Eso no era verdad. Yo sabía que no era verdad, porque en los tiempos en los que su casa no tenía cortinas, le había visto una vez por la ventana, escribiendo en un papel con algo que parecía una estilográfica, y tenía varios libros abiertos sobre la mesa, los consultaba deprisa, cogía uno, pasaba las páginas hasta encontrar lo que buscaba, escribía y lo volvía a dejar, y seguía escribiendo hasta que buscaba otro con los ojos, y lo cogía, y volvía a consultarlo, y a escribir otra vez. Eso no puede hacerlo nadie que no sepa leer, que no sepa escribir perfectamente, mejor de lo que podía hacerlo yo a los nueve años, y lo sabía, pero no quise pillarle en aquella mentira porque con él nunca estaba seguro de nada, y me dio miedo calcular lo que podría llegar a contarme si le obligaba a decirme la verdad. Por eso, y porque yo no vivía en Madrid, sino en Fuensanta de Martos, porque mi padre era guardia civil, porque estábamos en agosto de 1947, seguí mirando aquel libro como si de verdad creyera que su propietario accidental era analfabeto.

—Es una novela —dije solamente—. Y tiene buena pinta. Me gustaría leerla.

—¿Sí? —y me miró como si nunca hubiera oído nada tan raro—. ¿Con lo gorda que es? —asentí con la cabeza y nos echamos a reír—. Bueno, pues llévatela. Si alguien la reclama, con decir que no la he encontrado... Pero antes, trae, que quiero ver una cosa.

Me quitó el libro de las manos, lo puso boca abajo sosteniéndolo por las tapas y lo movió de un lado a otro, como si creyera que de su interior podría caer algo valioso.

—Nada —me lo devolvió con un gesto ambiguo, que parecía una sonrisa pero no terminaba de serlo—. A la gente le gusta esconder dinero en los libros. Se me había ocurrido que igual llevaba dentro algún billete de mil pesetas, pero no ha habido suerte.

Y sin embargo, en aquel libro estaba escrita la suerte de varias personas, buena y mala suerte para conocidos y desconocidos, aunque yo sólo la descifraría al llegar al final de la historia que iba a empezar a leer aquella misma noche.

—¿Y qué quería el sargento? —le pregunté al Portugués antes de despedirme de él.

—Miel —me contestó, y ya estaba tan tranquilo como siempre.

—¿Miel?

—Sí. Por lo visto, a su mujer le gusta mucho.

Un excéntrico científico francés, llamado Jacques Panagel visita a Mary y Robert Grant, hijos de un famoso capitán británico al que se creía muerto en un naufragio, para entregarles un mensaje hallado dentro de una botella descubierta en la barriga de un pez gigantesco. El documento, escrito por el propio capitán Grant, aporta una prueba de que sigue vivo en algún lugar de América del Sur. Por eso sus hijos, asesorados por el profesor y exultantes de esperanza, organizan una expedición de salvamento a bordo de un magnífico barco, el *Duncan*, que estaba a punto de zarpar del puerto de Bristol a las órdenes de Lord Glenarvan cuando escuché la voz del Portugués en la cocina de mi casa.

—Buenas noches, Mercedes, venía a ver a su marido.

—¡Pepe! —mi madre se alegró mucho de verle aunque no le trajera ningún regalo—. Pasa, siéntate, por favor. Antonino no está, pero ya no puede tardar mucho. ¡Nino! Ven, mira quién ha venido...

Hacía dos días que no le veía pero apenas pude hablar un momento con él, porque cuando le estaba contando el principio del libro, llegó mi padre. Pepe se le acercó, le dijo en un susurro algo que no pude interpretar y se marcharon enseguida, juntos y muy serios. Lo que pasó después me lo contó Paquito, como siempre, y sin embargo, gracias a Verne lo comprendí mejor, con más color, más intensidad, más detalles que otras veces. Con la misma exactitud con la que veía, gracias a unos ojos sagacísimos que no estaban en mi cara, las peleas y tempestades que habían agitado por dentro a un hombre tranquilo que había estado en la Patagonia o en Australia las mismas veces que yo. Ninguna.

Pepe el Portugués había venido a contarle a mi padre que

aquella misma tarde, mientras recorría el monte de árbol en árbol, buscando alguna colmena con la que complacer a Pastora, había visto a dos hombres armados, solos, en un paraje escarpado, más o menos a la altura de las cuevas de la Virgen pero mucho más arriba. Como había sido él quien le había pedido que le informara de todo, a él era a quien había venido a buscar, pero mi padre le llevó inmediatamente a ver al teniente, que reunió a los siete hombres que estaban a su mando, le animó a que repitiera la historia con todos los detalles que pudiera recordar, y pidió voluntarios. Sanchís e Izquierdo, sargento y cabo, fueron los únicos que dieron ejemplo y un paso al frente, así que el teniente escogió a los demás, y decidió que sólo Carmona y Arranz, un guardia mayor al que le faltaba poco para jubilarse, tendrían la suerte de quedarse en el pueblo. Él iría a la cabeza y el Portugués les acompañaría para guiarlos. Antes de salir, el sargento le dio un fusil, por si las moscas, y él torció el gesto. Preferiría no llevar nada, dijo, porque es que yo... Yo no sé... No tengo experiencia en estas cosas... Estaba muerto de miedo, y los guardias se rieron de él, y le dieron palmadas en la espalda y un trago de coñac, antes de prometerle que no tendría que disparar.

Aquella noche de agosto, quieta, tranquila, la luna estaba en cuarto creciente y se veían muchas estrellas. Su luz ayudó al Portugués a orientarse. Él era un hombre de monte, y no necesitaba senderos para ascender con seguridad. Les llevó muy deprisa y sin contratiempos, ningún tropezón, ninguna caída, ningún ruido que pudiera alertar al enemigo, hasta un lugar donde pudieron ver las sombras de dos hombres armados, sentados en el suelo. Los guardias tomaron posiciones, empuñaron los fusiles, se concentraron en el objetivo y en ese instante, como si pudiera olerlos, detectar su presencia con alguna remota facultad animal, uno de los dos hombres se levantó, escopeta en mano, sin saber muy bien en qué dirección mirar, hacia dónde apuntar, de qué defenderse.

Luego, todo se hizo veloz, frenético y confuso, difícil de entender, como la densidad del aire cuando empieza a oler a muerte. El teniente dio el alto y recibió a cambio un tiro que no le acertó, pero le pasó cerca. Entonces, Sanchís, que competía con Carmona por el título de mejor tirador del cuartel de Fuensanta, disparó y mató en el acto, de un disparo en la cabeza, al hombre que estaba de pie. Michelín quiso dejar constancia de que le debía la vida, pero en un instante, el que tardó en volverse y decir dos palabras, gracias, Miguel, volvió a arriesgarla, porque sus hombres recibieron dos tiros más, muy seguidos. El sargento disparó de nuevo, y de nuevo a la cabeza del otro, que cayó con las manos abiertas, levantadas en el aire. Y cesó el tiroteo.

Sólo unos segundos después, cuando el oxígeno volvió a llenar del todo sus pulmones, y la sangre recuperó la calma con la que solía fluir dentro de sus venas, y dejaron de escuchar los latidos de su corazón en el hueco de su cabeza, empezaron a comprender lo que habían visto, lo que habían hecho, lo que había pasado. Romero fue el primero en decirlo en voz alta, hay otro tirador, tiene que haber, como poco, un tercer tirador. Los que no se habían dado cuenta todavía, comprendieron en ese momento que el padre de Paquito tenía razón, pero no se movieron. El primer muerto podría haber hecho fuego sobre el teniente, pero el segundo había caído con las manos en alto, y eso significaba que había alguien más arriba, en un puesto tan ventajoso que había podido elegir el momento para disparar sobre ellos a placer.

¿Qué pasa?, Pepe el Portugués estaba muy nervioso pero nadie podía perder el tiempo en darle explicaciones. ¿Qué ha pasado?, insistió, ¿por qué estamos aquí parados? ¡Calla de una puta vez!, le gritó el teniente, y cuando su voz se apagó, todos oyeron un rumor pequeño y muy lejano ya, como una cascada de piedrecitas desprendiéndose del suelo batido por la carrera de unos pies, o de unas patas, y podría ser un conejo, o una liebre, pero ellos pensaron en otra clase de presa, y aunque se les estaba escapando, aunque se les había escapado ya, el teniente ordenó fuego y todos dispararon sus fusiles a la vez sin saber muy bien hacia dónde apuntar, sobre qué o sobre quién estaban tirando, con la única excepción de mi padre, que juró y perjuró durante toda su vida que él giró la cabeza a la derecha y vio una silueta, un hombre joven, rápido y con flequillo, que se perdía detrás de una peña, donde los demás no pudieron ver absolutamente nada.

Puede ser y puede no ser, pero no te preocupes, Antonino, le dijo el teniente, estamos todos muy nerviosos, en estos casos suelen pasar cosas así... Pero es que yo le he visto, mi teniente, insistió él, le juro por mis hijos que le he visto. Y yo te creo, Antonino, te creo, pero estaba mirando al mismo sitio que tú y no he visto nada. Mi teniente, por favor, Pepe el Portugués intervino de nuevo en una conversación donde nadie le esperaba, ¿puedo irme ahí detrás, a mear? Todos se le quedaron mirando a la vez, y Sanchís se echó a reír. ¿Qué pasa, necesitas ayuda?, le dijo, y Michelín no le regañó por burlarse de un vecino, como otras veces, porque aquella noche, hubiera pasado lo que hubiese pasado, aquel indeseable le había salvado la vida. Pues claro que puedes ir a mear, Pepe, a donde quieras, el monte es tuyo... Luego, sin esperarle, avanzaron por fin, examinaron los dos cadáveres y reconocieron al último en caer. La víctima desarmada de Sanchís era un zapatero de Valdepeñas que se llamaba Sotero, aunque todo el mundo le conocía por Comerrelojes, porque siempre iba con prisas y llegaba con antelación a cualquier cita. Al verle, el teniente respiró, porque era un hombre de Cencerro, uno de sus íntimos, de los que se fueron al monte con él en el 39. Y ya no dejé que Paquito me contara nada más.

—Eso es mentira —le interrumpí, muy ofendido.

—¿Mentira? —él se ofendió tanto como yo—. Pregúntale a tu padre, a ver si es mentira, anda.

—Lo de los bandoleros y el tiroteo sí, eso me lo creo, pero lo del Portugués, que no quisiera coger el fusil, y que pidiera permiso para mear y todo eso...

—Pues es verdad.

—No puede ser. Yo le conozco mucho mejor que tú, para que te enteres, y no es ningún cobarde.

—Pues lo parece.

Y en ese momento, cuando estaba a punto de insistir con los puños en su cara, una misteriosa prudencia me indujo a ceder.

—No, si... Al final tendrás tú razón y será un cobarde. Lo que pasa es que, como en el molino anda siempre con la escopeta y eso...

—Ya, pero una cosa es cazar conejos y otra es luchar con bandoleros, ¿no?

—Sí —admití, con la cabeza muy lejos—. Claro que sí.

La verdad era que no me había gustado nada enterarme de que Pepe el Portugués se había comportado como un chivato, aunque el teniente le diera las gracias por su colaboración y dijera que era un vecino ejemplar, y todo eso. Él era un hombre solitario, que hacía su vida y no se metía en la de los demás, y me costaba mucho trabajo aceptar que de verdad hubiera visto a dos hombres en el monte y, en lugar de seguir su camino, hubiera venido al cuartel a denunciarlos. Él no era así, y mucho menos como lo habían dibujado las burlas de Paquito. El Portugués era mi amigo, y yo le había visto hablar con aquel capitán, el día de los chorizos, y con Sanchís, unos días antes del tiroteo, sin descomponerse, sin romper a sudar ni lanzarse a hablar a lo tonto, gimoteando con los hombros encogidos, como hacían los cobardes de mi pueblo. Pero eso era sólo una pequeña parte del misterio. La más grande, y la más complicada de resolver, era la presencia del tirador que había precipitado las muertes de Sotero Comerrelojes y de su primo Fermín Pilatos, los hombres del monte que habían quedado atrapados entre dos fuegos de los cuales uno, por fuerza, tenía que venir de su lado. Mi padre y sus compañeros se resistieron a reconocer que les hubieran tendido una trampa, pero no tardaron más de un día y medio en comprender que eso era exactamente lo que había pasado.

—¡Me cago en vuestra puta madre y en todos vuestros putos muertos, cabrones! —antes de que padre llegara a casa, nos asomamos a la puerta para ver al sargento fuera de sí, chillando como un energúmeno en medio del patio—. ¡Hijos de la gran puta, os vais a enterar! Voy a acabar con todos vosotros, con todos, os voy a reventar la cabeza uno por uno...

Entonces disparó su fusil al aire, tres veces. Cuando lo bajó, Izquierdo se lo quitó y mi padre le dijo que se fuera a su casa a tranquilizarse, que ya no había nada que hacer. Luego, entró en la nuestra.

—Hala, Mercedes, deja salir a los niños, que no les va a pasar nada. En la taberna de Cuelloduro ya están cantando *La vaca lechera,* y todas las viudas han decidido ponerse a la vez de alivio de luto.

—Pero ¿qué...?

Mi madre no entendía una palabra, y yo tampoco, excepto que en casa de Pesetilla, y en la de Chapines, en la de Fingenegocios, en la del Machillo y en alguna más, habría ropa morada, del color de la República, puesta a secar en los balcones de la fachada, donde otras veces era toda negra.

—Habéis visto a Sanchís, ¿no? —continuó mi padre—. Pues eso. Nos acabamos de enterar de que lo que hizo antesdeanoche fue ejecutar a dos compinches del hombre que entregó a Cencerro y a Crispín. Por encargo de los propios bandoleros, claro.

—¿Comerrelojes? —mi madre, que conocía la identidad de una de las víctimas del sargento, abrió mucho los ojos mientras mi padre asentía con la cabeza—. Pero no puede ser... Si yo me acuerdo, cuando vinimos a vivir aquí... ¿No era amigo de Cencerro?

—Sí, y no sólo eso. Dicen que, después de Hojarasquilla, aquel que mataron en Frailes con los pantalones bajados, porque no se le ocurrió mejor idea que ir de putas y una de ellas le denunció, arriba no había otro más antiguo.

—Pero, entonces...

—Entonces... A ver cómo te lo cuento, porque es complicado, Mercedes... —mi padre se sirvió un vaso de vino, se sentó a la mesa y, mientras bebía, siguió hablando con mucha calma, como si lo que estaba contando no le gustara, pero tampoco tuviera mucho que ver con él—. Verás, el primer traidor, el auténtico, como si dijéramos, no fue Comerrelojes, sino uno de Castillo de Locubín que trabajó como enlace durante muchos años y se subió al monte hace unos meses, Toribio el Carambita se llama. Dicen que Cencerro confiaba en él más que en su padre, porque habían vivido puerta con puerta desde niños, para que veas cómo son las cosas. ¿Y qué pasó? Pues lo de siempre, que Comerrelojes y él andaban liados con la misma mujer. Como el marido está preso, el Carambita casado, y el otro en el monte, ella se las apañaba para que no coincidieran nunca, claro, pero se ve que le gustaba más el de arriba, y por eso, cuando Toribio le contó que iba a vender a Cencerro a cambio de una pila de dinero y de quedarse limpio para poder marcharse lejos los dos juntos, ella fue y se lo contó a Comerrelojes. Pídele la mitad a cambio de no abrir la boca y nos vamos juntos tú y yo, debió decirle...

—Anda que... Carmen la Rosa en la cárcel por ser decente, que es lo que yo digo, porque a ver...

—¡Mercedes! No empieces con eso, que así no acabamos nunca.

—Ya, ya, si no digo nada, sólo que hay que ver, la tía esa, también...

—Pues sí, pero esto es lo que hay. Total, que Comerrelojes habló con un primo suyo, le ofreció una parte o a lo mejor ni eso, a lo mejor el primo se enteró y se la exigió a él a cambio de tener la boca cerrada, vete a saber... —mi padre rellenó el vaso y siguió hablando en un tono tan relajado como si estuviera contando un chiste—. El caso es que se fueron a por Carambita, le pillaron a solas en un olivar, monte arriba, le amenazaron con denunciar sus planes en el campamento, que era lo mismo que condenarle a muerte, y le pidieron la mitad de la recompensa a cambio de estarse callados. Carambita hizo como que aceptaba el chantaje, pero había hecho un trato con el mando a través de los guardias de su pueblo y no dijo ni mu, porque tonto no es, claro... Total, que el día del Carmen ya estaba quitado de en medio pero con la mitad del dinero encima, por lo visto. Después, cobraría el resto en alguna parte, que de eso no nos han contado nada porque, oficialmente, no se ha pagado ni un céntimo, como comprenderás, pero lo que importa es que desapareció de Castillo de Locubín, y hasta hoy. No fue a buscar a su querida porque se olería el pastel a tiempo, y Comerrelojes se quedó en la estacada. Todo esto lo ha ido contando la mujer de su primo, el otro al que mató Sanchís con él, que le decían Pilatos.

—¿Pilatos? —ella sonrió—. Hay que ver, la cabeza que tienen algunos... Porque eso se lo habrán puesto ahora, ¿no?

—Pues no, Mercedes, eso era de toda la vida. Si le hubieran puesto el mote ahora, le llamarían Judas, digo yo...

—¡Ay, es verdad! Tienes razón.

—¿Sí? Pues no me interrumpas más, anda... —y padre completó la crónica del otro gran acontecimiento del verano de 1947—. La mujer de Pilatos ha contado también que, muerto Cencerro, no sabían dónde meterse. A nosotros no podían venir a pedirnos protección, desde luego, pero tampoco podían volver a su campamento, porque después de lo que había pasado, habrían sospechado de ellos, y con razón, claro está. Total, que decidieron esconderse durante el verano para marcharse luego por su cuenta... —al llegar a ese punto, se quedó callado y miró a su mujer, como si la invitara a poner el punto final.

—Y los del monte los descubrieron enseguida.

—Digo yo, porque buenos son esos para enterarse de algo después que nosotros... Así que los localizarían al mismo tiempo, antes quizás. Carambita se les había escapado, eso sí, a ese no creo que lo cojan ya, pero a estos dos debían de tenerlos vigilados, esperando un buen momento para cargárselos. Estaban bien situados para hacerlo, desde luego. Y cuando nos vieron llegar, se dijeron, pues estos van a hacernos el trabajo... Bueno, eso se diría uno solo, porque yo creo que no había más. Y creo que fue el Regalito, porque le vi correr a lo lejos, y fue sólo un momento, pero le reconocí por el flequillo.

—Eso no lo sabes, Antonino. Tú crees que le viste, pero igual sólo te lo imaginas porque, a saber, tan lejos, y de noche, y corriendo...

—Le vi, Mercedes.

—O no, porque de los que estaban contigo no le vio ninguno más.

—Te digo que le vi, y le vi.

—Mira, Antonino...

—No miro nada, Mercedes. Tú hazme caso y no me des consejos.

—Ea, pues lo que tú digas.

En aquel momento, a mediados de agosto, aquella discusión que mis padres liquidaron con sus respectivos estribillos, no tuvo ninguna importancia porque yo no había llegado ni a la página cincuenta de un libro que tenía casi setecientas, y porque aquella misma tarde, al salir a la calle, aprendí que nadie llora jamás por un traidor. Las muertes de Comerrelojes y Pilatos se convirtieron enseguida en un simple contratiempo que no iba a amargar el verano ni a los del monte ni a los del llano, ni siquiera a Sanchís, que sanó muy deprisa de una herida por la que, al fin y al cabo, sólo había sangrado su orgullo.

Dos menos. Eso era lo que pensaba, lo que decía todo el mundo, por una vez de acuerdo los parroquianos de Cuelloduro con los habitantes de la casa cuartel. Dos traidores menos, dos bandoleros menos, y todos tan contentos. Por una vez, la cuenta cuadraba, los números tenían el mismo valor en todos los cálculos, y los guardias lamentaban tan poco como sus enemigos la muerte de dos hombres a quienes ni siquiera les debían la entrega de Cencerro, porque nunca habían hecho un trato con el mando de Jaén. Comerrelojes no era más que un chantajista frustrado, un desmañado proyecto de traidor, pero él o su primo muy bien podían haber matado a alguien en una escaramuza o en una represalia. Y hasta si no había sido así, y aunque no hubieran llegado a disparar un tiro en su vida, el mundo sería un lugar más limpio sin dos hombres capaces de negociar con quien se disponía a vender por dinero a su mejor amigo.

—¿O no? —le pregunté al Portugués cuando me lo encontré por la calle.

—Puede ser, pero ya sabes lo que dicen tu padre y sus compañeros, sin dinero no hay traidores...

—Y sin traidores, no hay caídas, ya, ya lo sé... —lo había escuchado tantas veces—. Pero yo creo que no hay nada peor, nada más sucio en el mundo que un traidor.

—¿Aunque sirva para cazar a Cencerro?

—Aunque sirva para eso.

—Bueno, hombre... —sonrió, me miró con atención, ensanchó la sonrisa—. Eso lo has dicho tú.

Llevaba en la mano un tarro de miel y le acompañé a entregárselo a Sanchís, que todavía estaba de muy mal humor pero cambió de cara al ver lo contenta que se ponía Pastora, y acabó pagándoselo mejor de lo que había previsto. Me invitó a una gaseosa para celebrarlo, y en la puerta del bar de la plaza, mientras le veía sonreír, saludando a unos y otros, pensé que era una suerte que el mejor tirador de la patrulla a la que habían engañado los del monte fuera precisamente Miguel Sanchís, porque así nadie podría sospechar nunca de Pepe el Portugués. Y ya me había enterado de que el teniente le había dado las gracias, de que le había dicho que era un vecino ejemplar y todo eso, pero de todas formas era él quien les había guiado hasta la trampa y yo no sabía qué era mejor, saber o no saber, pensar o no pensar, creer que Pepe era de verdad un cobarde que juntaba las letras con dificultad, o empezar a sufrir por él.

Aquella tarde no decidí nada porque aún me lo podía permitir. Todavía no llevaba ni cincuenta páginas de un libro que tenía casi setecientas, y aunque me gustaba mucho leer, en verano no adelantaba tanto como en invierno, porque tenía que bañarme en el río, ir a pescar, jugar al fútbol con mis amigos por las tardes y sentarme en el patio con Paquito, después de cenar, para disfrutar del tonto pero extraordinario placer de estar fuera de casa por la noche. Por eso, la travesía del *Duncan* fue casi tan larga como el resto del verano, y ya estaba mediado septiembre cuando Robert y Mary Grant pudieron por fin abrazar a su padre. Asistí a su reencuentro con tristeza, la sensación de orfandad que siempre me dejaban los libros que me habían gustado mucho, sobre todo porque no sabía de dónde iba a sacar otro parecido, si Curro sólo leía novelas de pistoleros, mi madre novelitas rosas, y mi padre nada de nada. Don Eusebio sólo le prestaba los libros que había en la escuela a los mayores, para que los demás no nos distrajéramos a la hora de los deberes, pero yo sacaba buenas notas, ya no era de los pequeños, y a lo mejor, si hablaba con él, podría leer algún otro ejemplar de la lista de obras de Julio Verne que estaba repartida entre las dos solapas, *La isla misteriosa, De la Tierra a la Luna, La vuelta al mundo en ochenta días...*

Mientras examinaba la cubierta que antes apenas era el soporte de la historia donde había sido tan feliz, me pareció que la tapa posterior era más gruesa que la delantera, como si tuviera algo dentro. Abrí el libro con cuidado sobre la cama, y vi que la guarda de papel blanco, amarillento ya por el paso del tiempo, que estaba pegada en el cartón, tenía una esquina levantada. Metí la punta de un dedo y la despegué con facilidad. Estaba tocando un papel y pensé en el Portugués, imaginé la cara que pondría cuando le dijera que iba a ser yo quien le invitara a lo que quisiera, cuando le enseñara el billete de mil pesetas que había sido capaz de recaudar donde él no había sabido encontrar nada. Pero lo que saqué del libro no era dinero, sino un papel blanco, rectangular, doblado por la mitad, y en su interior, cuatro palabras escritas a lápiz, «Sotero López Cuenca, Comerrelojes».

Pero el libro no es suyo, fue lo primero que pensé, y ya había empezado a sudar, y tenía frío en una noche cálida, veraniega aún. El libro no es suyo, se le cayó a uno de Torredonjimeno con el que ha ajustado las olivas, y puede ser de otro, de cualquiera, incluso de algún bandolero al que le hubiera dado por bajar a dormir cerca de allí, y seguía sudando, y sentía cada vez más frío, y de golpe calor, y frío a la vez, como si mi cuerpo se hubiera vuelto loco, y el libro no era de Pepe el Portugués, porque Pepe el Portugués no tenía libros en casa, pero los tuvo una vez y yo lo sabía, yo lo había visto, y las manos me sudaban, mis dedos estaban dejando una huella húmeda en la tela roja de la contraportada, entonces solté el libro, pero el papel seguía ahí, abierto sobre la cama, con el nombre de uno de los traidores, sus dos apellidos, su apodo, y yo no podía dejar de mirarlo, y no estaba muy seguro de lo que significaba porque sólo era un papel escrito a lápiz, pero sabía que no era bueno, que nada que vinculara a un habitante del llano con los hombres del monte sería nunca bueno para él, aunque los nombres no hirieran, no mataran, aunque sólo fueran el rastro de un lapicero sobre un trozo de papel y nada en el mundo fuera peor, tan sucio, tan digno de desprecio, como los actos de un traidor.

Cuando lo recordé, empecé a comprender, respiré hondo y rompí aquel papel en ocho trozos sin ser consciente siquiera de estar eligiendo un bando. Un amigo es un amigo, y un bien precioso, un tesoro por el que merece la pena correr riesgos y yo no iba a correr ninguno. El Portugués tampoco, porque además el libro no era suyo, no era suyo y no era suyo, y si lo era, nadie se iba a enterar. Asunto concluido, me dije a mí mismo con palabras de mi madre, y volví a pegar con saliva la guarda de papel amarillento sobre la cubierta de cartón, y me metí la culpa de Pepe en el bolsillo, muy al fondo, para repartirla al día siguiente, pedacito a pedacito, en ocho agujeros diferentes, y al desprenderme de cada uno de ellos, pensaba que no estaba haciendo nada malo, porque no es malo creer en los amigos, aceptar que son cobardes, chivatos, analfabetos.

Así era el mundo, mi mundo, el lugar donde yo había crecido, donde había vivido durante nueve años, una ciénaga donde los valientes, los leales, los inteligentes, tenían que dejar de serlo si no querían morir jóvenes, y la autoridad se apoyaba en la traición, y los traidores lo eran siempre por dinero, y los héroes vivían como animales mientras los cobardes, los chivatos, los analfabetos, comían caliente y dormían en sus camas, amparados por el respeto de las personas decentes. Así era el mundo, o al menos así era para mí, que no tenía la suerte de ver las cosas claras, como Paquito, al que le parecía divertido que la gente bailara encima de los cadáveres, y juraba que Laureano había gritado mientras intentaba escaparse, y estaba tan convencido de que cada uno de los muertos de mi pueblo se había merecido ese final, que ni siquiera se preguntaba si su padre habría tenido algo que ver con sus muertes. Yo debería haber sido como él, debería haber pensado, haber sentido lo mismo que él, pero no podía, y no sabía por qué, pero sí que era peor para mí, y que Paquito vivía mejor, más tranquilo, más feliz, aunque sólo fuera porque, en las noches de jaleo, su padre llegaba a casa tan borracho que ni siquiera tenía fuerzas para echarse a llorar sobre la mesa de la cocina.

Así era el mundo, y yo no tenía la culpa. Tampoco conocía otro y sólo podía elegir entre lo peor y lo peor, que Pepe el Portugués fuera de verdad el pobrecillo que aparentaba ser delante de los otros y sobreviviera, o que fuera en realidad el hombre a quien yo conocía y muriera joven, cualquier día, porque en mi pueblo, y más que los olivos, se cultivaban las traiciones, las delaciones, el miedo y los fusiles. Vivíamos en el centro de una guerra que no se iba a acabar nunca y eso parecía bastar para explicarlo todo, para justificarlo todo, para convertir una ciénaga en un lugar habitable. Cuando tiré el último papelito, apenas dos trazos ilegibles, en el buzón de correos, me dije que no estaba haciendo otra cosa que acatar la ley del único mundo que conocía. Pero las cosas no siempre son como parecen y con Pepe el Portugués nunca podía estar seguro de nada.

—Oye, Nino... —el primer día de clase, al salir de la escuela, me lo encontré en la puerta, esperándome—. Aquel libro que te llevaste de casa, hace un mes y medio, ¿te acuerdas?

—Sí —le dije, y me cogió del brazo para apartarme de los demás, antes de seguir hablando en un murmullo.

—¿Lo tienes todavía?

—Claro.

—Bueno, pues me lo vas a tener que devolver... —le miré con las cejas fruncidas y no me hizo esperar—. Ya sé de quién es. Ayer, María Cabezalarga vino a preguntarme si lo había visto. Me dijo que era de su hermano, que se lo había dejado el maestro antes del verano y lo habían estado buscando por todas partes porque tenía que devolverlo. Por lo visto, Julián se lo prestó a un amigo, y ese a otro amigo, y... Total, que el último que lo tuvo lo perdió al lado de mi casa, pero le dio vergüenza contárselo a Cabezalarga, y ya ves. La pobre María estaba tan angustiada que le prometí que se lo devolvería hoy mismo. ¿Te lo has acabado?

—Sí —y sonreí enseñando todos los dientes, mientras sentía que mi estómago se vaciaba, como si el bulto que me acompañaba a todas partes desde que leí el nombre de Comerrelojes en aquel papel, se hubiera desvanecido en un instante—. Me ha gustado mucho. Pensaba quedármelo para leerlo otra vez, pero si me acompañas a casa, te lo doy ahora mismo.

—Vale —el Portugués también sonrió—. Y si te ha gustado tanto, a lo mejor puedo conseguirte otro, ¿eh?

Una semana después, mi padre me dijo que subiera al molino al salir de la escuela, porque se había enterado de que allí había algo para mí.

—Pero cuídalos bien, que me los ha prestado Filo y se los tenemos que devolver.

Era *La isla misteriosa,* dos tomos encuadernados en tela azul con unas ilustraciones chulísimas en la portada, pero ni siquiera la emoción que prometían la silueta de un volcán humeante y la astuta expresión de unos hombres que parecían oler el peligro mientras avanzaban por el laberinto verde de la selva, llegó a representar para mí un regalo comparable a la incertidumbre que me permitió seguir pensando todo, y nada, y lo mejor de Pepe el Portugués, aunque ya nunca volví a defenderle en voz alta cuando Paquito se reía de él. Ni siquiera cuando cayó la primera helada, y resucitó Cencerro, y llegaron los camiones, y se marcharon de vacío sin impedir que Celestino Cabezalarga, el hermano mayor de Julián y de María, que nunca había pisado la taberna de Cuelloduro, se echara al monte por sorpresa con su mujer, para impregnar de coherencia la historia del libro perdido y recuperado. Para aquel entonces, en Fuensanta de Martos nadie se acordaba ya de las extrañas muertes de Comerrelojes y Pilatos, el tenebroso epílogo de un mundo que parecía haberse extinguido para siempre cuando resucitó de pronto con la terquedad de esos olivos viejos que no se pueden arrancar sin que dejen en la tierra una raíz pequeña, desdeñable en apariencia, pero capaz de brotar y rebrotar una, y otra, y otra vez, sin rendirse jamás. Nadie excepto mi padre, que tampoco cejaba.

—Yo te digo a ti que Cencerro es Regalito —y todas las noches arremetía de la misma manera contra la silenciosa censura de su mujer—, y que fue él quien nos tendió la trampa en agosto, él y sólo él, que yo le vi y le reconocí por el flequillo, me acuerdo perfectamente...

En noviembre, su terquedad tenía otro significado, y quizás por eso, mi madre ya no le llevaba la contraria en voz alta. A Cencerro muerto, Cencerro puesto, y desde el asalto al alcalde de Alcaudete ninguna otra cosa tenía importancia. En el monte, la disciplina no era la misma que en los cuarteles, y los jefes siempre iban por delante de sus hombres. Por eso, y aunque todos prefirieran ahorrarse el margen de error que asumirían si le dieran la razón ante los demás, los compañeros de mi padre se fueron convenciendo poco a poco de que quizás él llevara razón, porque si había sido Elías quien les había engañado en verano, Elías tenía que ser quien les desafiaba al borde del invierno. Yo esperaba que en cualquier momento alguien se preguntara por el papel que hubiera podido jugar el Portugués en todo aquello, pero algunos nombres valen por sí mismos más que el hombre que los lleva, y el prestigio del viejo Cencerro, del Cencerro auténtico, jugaba a favor de Pepe y en contra de mis temores. Si habían tardado ocho años en coger al primero, no iban a acabar con el segundo tan fácilmente. Los camiones se habían ido de vacío, los del monte tenían dinero de sobra para pasar el invierno, los días cada vez eran más cortos y el hielo levantaba cada madrugada una muralla invisible que el sol del mediodía no era capaz de derribar. Hasta que sus poderes se invirtieran, la partida estaba en tablas. Así había sido antes y así volvería a ser ahora, porque el mundo se había puesto boca abajo y nadie conocía aún la forma de enderezarlo.

Así, en una paz difícil, que crecía como la nata sobre la leche de una violencia aplazada, terminó 1947. Así empezó 1948, se acabaron las vacaciones de Navidad, y yo cumplí por fin diez años. Ese día, madre hizo chocolate y picatostes para invitar a mis amigos a merendar, porque como nos llamábamos igual, el día de mi santo celebrábamos sólo el de mi padre. Miguel me regaló unos lápices de colores, Paquito una peonza, y Alfredo, el hijo de Izquierdo, que tenía once años pero venía con nosotros, me dijo que ya me traería algo y nunca lo hizo, aunque padre me dijo luego que no le echara cuenta, porque en su casa eran muchos y no podían andar comprando regalos para los amigos de todos. Pepe el Portugués llegó tarde, cuando ya estábamos jugando en el patio con mi balón nuevo, que no era de reglamento, nunca lo eran, pero aquel año casi lo parecía, porque tenía los polígonos muy bien pintados de negro sobre la goma. Él me trajo dos regalos, su caña de pescar vieja y un libro nuevo, *Veinte mil leguas de viaje submarino,* envuelto en papel de celofán y todo.

—Te lo compré en Martos el otro día —me dijo, muy satisfecho del abrazo que le di al abrir el paquete y descubrir la furia de un pulpo gigantesco que asfixiaba el *Nautilus,* su capitán, Nemo, ya un viejo amigo para mí—. Yo creo... Bueno, me han dicho que es el mejor de todos. Y como es tuyo, puedes quedártelo para siempre y leerlo todas las veces que quieras.

—¡Pero si todavía no ha podido tener tiempo de terminarse el otro! —se equivocó mi padre, muy sorprendido, y movió la cabeza de una manera que no supe interpretar, hasta que aquella noche, después de cenar, me pidió que saliera de casa con él.

—¿Adónde vamos? —pregunté, para disimular que lo había adivinado al ver cómo nos seguía madre sin decir nada.

—Aquí mismo —dijo, colocándome delante del poste que estaba enfrente de la puerta—. Y ahora quédate quieto que te voy a medir... Muy bien.

Yo cerré los ojos antes de que él sacara la navaja y, como todos los catorce de enero de cada año, recé en silencio, a una velocidad frenética, todas las oraciones que conocía en el tiempo que le llevó hacer una muesca en la madera. Era inútil. Yo lo sabía, él también, y sin embargo, cuando me apartó del poste, abrió los ojos igual que los había abierto un año antes, como si la distancia entre las dos últimas rayas le hubiera impresionado tanto que ya no pudiera gobernar sus párpados.

—Mira —dijo, con una sonrisa que no logró disipar del todo la preocupación de ser mi padre—. ¡Cuánto has crecido, Nino!

Pero no era verdad. Había crecido poco, siempre crecía poco y seguía siendo bajito, muy bajito, canijo, como me llamaban mis amigos y mis primos de Almería. Aquel día, eso fue todo. Todavía esperó una semana para anunciar en la mesa con un acento risueño y satisfecho, tembloroso sin embargo de impostura, que llevaba mucho tiempo pensando en mí y que, ya que me gustaba tanto leer, se le había ocurrido que no podría hacer nada mejor que aprender a escribir a máquina.

—Porque tú, de mayor, no querrás ser un simple guardia civil como tu padre, ¿verdad? Tú, con lo listo que eres, sabiendo escribir a máquina y poco más, puedes llegar hasta a trabajar en la Diputación, no te digo más... —me miró de reojo y procuré poner buena cara, pero no se me ocurrió nada que decir—. Pero, bueno, ¿te has tragado la lengua? Di algo, hombre. ¿Qué te parece mi idea?

—Muy bien, padre —adiós a los coches de carreras, adiós a una casa como el molino viejo, adiós a los trucos de los hombres solos que no se casan nunca—. Me parece una idea buenísima.

Me sonrió, y le vi tan contento que ni siquiera me arrepentí de haberme entregado tan alegremente al sacrificio.

—Yo creo que sí, que es algo que te puede cambiar la vida.

En eso llevaba razón, aunque él aún no lo sabía.

Y yo tampoco.

II
1948

Marisol siempre hablaba de sí misma completando su nombre con sus dos apellidos, Rodríguez Peñalva, pero en el pueblo todo el mundo la conocía como Mediamujer. El mote se lo había puesto Cuelloduro, en una de esas tardes tontas en las que cultivaba la malevolencia mientras mataba el tiempo recostado contra la puerta de su taberna. La pereza solía afinar su ingenio, nunca tanto como en aquel momento, mientras Marisol bajaba la cuesta con su hermana, las dos muy tiesas, cogidas del brazo y apresurando el paso a duras penas sobre sus zapatos de tacón altísimo, estiletes pensados para las lisas aceras de las ciudades y no para los chinos redondos que atribulaban las calles de mi pueblo, donde no los llevaba nadie excepto ellas, tambaleándose siempre con más riesgo que elegancia. Yo no las vi, pero me las puedo imaginar, avanzando como si pisaran huevos, vestidas, supongo yo, de color crema, o rosa pálido, o azul celeste, cada una con su rebeca de punto fino y botones de nácar echada sobre los hombros, un collar de perlas diminutas, otras tantas en las orejas, y la barbilla alta, la cara vuelta hacia fuera para no dar facilidades al enemigo. Aquel día, él no las necesitó para fulminarlas.

—Ahí van las mediasmujeres. Con las dos, todavía se hace una tía buena.

Al escuchar su mote, Marisol apretaba los párpados con tanta fuerza como si alguien le hubiera exprimido un limón encima de los ojos, y escupía sus dos apellidos apretando los dientes para recalcar muy bien cada sílaba, Ro-drí-guez-Pe-ñal-va, me-lla-mo-Ma-ri-sol-Ro-drí-guez-Pe-ñal-va, pero todos seguíamos llamándola Mediamujer, porque en Fuensanta de Martos nadie había inventado aún el remedio capaz de desactivar un mote bien puesto, y aquel, además de afilado, era certero.

Las señoritas Rodríguez Peñalva, Sonsoles y Marisol, nombres cuidadosamente escogidos en el santoral para distinguirlos de los que se repetían entre las muchachas corrientes, sólo se llevaban once meses, pero eran tan diferentes que apenas parecían hermanas. La mayor era alta, bastante fea de cara y delgada sólo en apariencia, porque tenía el pecho y las caderas tan bien marcadas que cuando se arreglaba parecía el maniquí de un escaparate. La menor se parecía a su padre, jefe del mío y origen del cuerpo corto y rechoncho, culibajo, de la más guapa de sus hijas, esbelta y plana hasta la cintura pero inmensa a partir de ahí. Eso era lo que había visto Cuelloduro y lo había visto muy bien, porque con el cuerpo de Sonsoles y la cara de Marisol habría salido una mujer estupenda, pero como eran dos, cada una tenía que conformarse con su mitad y el mote correspondiente.

Doña Concha la Michelina, quinta hija de una familia de la burguesía malagueña venida muy a menos por la desmedida afición del padre a los tapetes verdes de las mesas del casino, se había criado en un hogar muy distinto de las habitaciones que regentaba con ínfulas burguesas en la casa cuartel. Le gustaba contar que no podían mudarse a una vivienda independiente y más confortable porque lo prohibían las ordenanzas, pero no era verdad. Si la parte que había heredado de las rentas que su madre logró arrebatar de las viciosas garras de su marido hubiera dado para tanto, no habría dudado en cambiar de alojamiento con sus hijas, dejando allí al teniente, que era el único sujeto en realidad a las normas que ponía como pretexto. Así que, para su desgracia, las Mediasmujeres vivían en la casa cuartel, igual que los hijos de los demás, aunque tenían el doble de espacio, y hasta una criada que doña Concha había aportado al matrimonio junto con un comedor de caoba, un aderezo de coral y dos mantones de Manila que, en conjunto, eran la única cosa de este mundo que hacía palidecer de envidia a mi madre. Áurea no, porque estaba tan viejecilla ya, que cualquier día iba a tener que dejar de cuidar a sus señoritos para meterse en la cama a que la cuidaran a ella, aunque de momento, eso sí, la Michelina no tenía que hacer la compra ni lavar la ropa, como las mujeres de los otros guardias.

—Cualquier día se nos muere esta pobre en el lavadero —decía mi madre cuando llegaba a casa con un barreño lleno de ropa húmeda, tan pesado que ya no sabía en qué cadera ponérselo—, y esas tres, ahí siguen, la madre dándole al abanico, y las hijas, que no tienen ni veinte años, tocándose...

Nunca terminaba de decir lo que se estaban tocando, pero eso también me lo podía imaginar, aunque no sabía casi nada de la vida de las Mediasmujeres, sólo que se lavaban el pelo con manzanilla en el vano intento de volver a tenerlo tan claro como cuando eran niñas y rubias de verdad, y que, aparte de ser castañas, emprendían constantemente empeños que nunca llegaban a culminar, siempre, en su opinión, por culpa del provinciano erial donde les había tocado vivir. Así habían conseguido llenar su casa de trastos inútiles, un piano, un arpa, un maniquí, una caja para hacer bolillos, una máquina de coser, bastidores de varias clases y tamaños diferentes, y una colección de partituras, libros de patrones y literatura francesa que nadie sabía leer. Su afán principal, sin embargo, era encontrar un marido mejor que el alférez del ejército con el que había tenido que conformarse su madre.

Para lograrlo, doña Concha las enviaba todos los años a pasar el verano a Málaga, a casa de su hermana mayor, la única a la que le había dado tiempo de casarse bien. Allí, Sonsoles había tenido mucha más suerte que Marisol de entrada, y mucha menos de salida, porque el estudiante universitario al que pescó en su primera visita, la dejó por carta un par de años después, cuando Áurea ya había empezado a bordarle el ajuar, airosas iniciales de hilo blanco que tuvo que deshacer con la punta de la aguja y mucho cuidado, sin poder evitar que su memoria perviviera sobre la tela en primorosas capitulares de minúsculos agujeros. En el ánimo de Sonsoles, las cicatrices fueron más hondas, duraderas. Al enfrentarse a la triste estampa de su hermana, Marisol espabiló, aprendió la parte de la lección que le correspondía, y a espaldas de su madre, empezó a mirar a su alrededor durante todo el año, sin esperar a los veranos malagueños.

—Oye, Nino... —y aunque la había visto venir de frente, cruzar el patio en línea recta desde el trozo de porche que estaba delante de su casa hasta el que correspondía a la mía, me pilló por sorpresa, porque no recordaba que nunca antes se hubiera dirigido a mí, y menos por mi nombre—. Ese que se ha venido a vivir al molino viejo, Pepe se llama, ¿no? Tengo entendido que te has hecho muy amigo suyo.

—Sí —contesté con orgullo—. Somos muy amigos.

—Ya. Me han contado que tiene una cicatriz muy grande en un costado, porque es un héroe de guerra, ¿no?

—Pues... No sé.

Yo había visto muchas veces aquella cicatriz, y sabía que habían tenido que operarle a vida o muerte durante la guerra, pero no quise reconocerlo en voz alta porque cuando intentaba averiguar dónde había estado él en abril de 1939, siempre me contestaba lo mismo, ¿pues dónde iba a estar?, en el frente, como todo el mundo, y no había manera de hacerle pasar de ahí.

—No sabes, ¿qué? —Marisol me miró como si acabara de descubrir que era tonto.

—No sé si es un héroe —precisé, porque lo que opinara de mí, me importaba mucho menos que lo que pudiera llegar a pensar del Portugués—. Una cicatriz sí que tiene, pero igual es de una apendicitis, vete a saber.

—Sí, bueno, eso da igual, porque... —se quedó un instante pensando, como si quisiera convencerse a sí misma, antes de hacer la única pregunta cuya respuesta no le daba igual—. ¿Y tú sabes si tiene novia?

—No —me tragué la risa a duras penas, pensando en la cara que estaría poniendo doña Concha si pudiera descubrir las asombrosas aspiraciones de su hija al mismo tiempo que yo—, creo que no tiene. Vive solo.

—¡Ah! Pues nada... Era sólo curiosidad.

Cuando se lo conté al Portugués, él se rió conmigo, aunque luego se quedó pensándolo y me dijo que, de las dos Mediasmujeres, ella era la que le gustaba más. Claro que eso fue antes de que una tarde de verano, a esa hora infernal en la que Curro solía advertirme que cualquier día me iba a derretir mientras suspiraba en vano por Isabel Mariamandil, Marisol se hiciera la encontradiza conmigo en la puerta del cuartel, con un sombrero de paja en la cabeza y una toalla en la mano. ¡Uy, qué casualidad!, me dijo, estaba pensando yo también en ir a bañarme, con este calor... Así que me acompañó hasta arriba, nos encontramos con Pepe en la mitad de la cuesta, y allí mismo empezó a ponerse muy pesada, desparramándose en una catarata de risitas que armonizaban fatal, la verdad, con la silueta de su cuerpo en bañador.

—¡Joder, menudo culo tiene! —Pepe el Portugués me habló en un susurro cuando ella, que se había tumbado boca abajo a tomar el sol, no podía oírnos—. Guapa de cara sí es, pero ese culo da para forrar lo menos cuatro o cinco balones...

Me reí tanto que tragué agua y me dio un ataque de tos en medio de la poza. Eso sucedió unos días antes de la muerte de Cencerro. Inmediatamente después, gracias a que Sonsoles se negó a volver a Málaga sin novio y doña Concha no se decidió a enviarla a ella sola, Marisol enganchó por fin a un hijo de don Justino, al que nadie se atrevía a llamar Mariamandil desde que el resultado de la guerra le convirtió en el olivarero más rico del pueblo, aunque fuera tan hijo de doña Angustias como el padre de Isabel. Pedrito estudiaba Derecho en Sevilla y sólo volvía a Fuensanta durante las vacaciones, pero la madre y la hija estaban tan entusiasmadas con él incluso en sus ausencias, que pensé que Mediamujer iba a dejarnos tranquilos para siempre, y no volví a ocuparme de ella hasta que unos días después de mi décimo cumpleaños, mi padre me anunció que me había encontrado una profesora de mecanografía.

—¿Quién? —cuando lo escuché, no me lo quise creer—. ¿Mediamujer?

—No, Mediamujer no, Nino —y levantó el dedo índice en el aire para dejar claro que estaba hablando en serio—. Marisol. Se llama Marisol. No la llames nunca de otra manera.

—¡Pero si esa no sabe hacer nada, padre! —protesté, sin mucha convicción—. ¿Qué va a enseñarme Mediamujer a mí?

Al final, aquella pregunta, aparte de retórica, resultó premonitoria. Marisol nunca llegó a enseñarme nada, porque cuando su padre llegó a casa diciendo que le había encontrado un trabajo fácil y cómodo, con el que podría sacarse unas pesetas para sus caprichos, su mujer le preguntó si se había vuelto loco. Ahora, precisamente ahora que la niña se ha prometido con Pedrito, ¿ahora pretendes que se ponga a trabajar?, le preguntó, mientras se abanicaba con un brío impropio del mes de enero, ¿y qué va a decir don Justino, eh, es que no has pensado en eso? Ni que fuera una muerta de hambre, ni que pasara necesidades, vamos, Salvador, por Dios, qué cosas se te ocurren... Pero, mujer, Michelín intentó defenderse como pudo, si es casi una obra de caridad, enseñar a un niño a escribir a máquina, aquí mismo, en el cuartel, con la de la oficina. No tiene por qué enterarse nadie...

Después, con la humillación atravesada en la garganta todavía, le contó aquella escena a mi padre para servirle la crisis con solución incluida, pero omitió un dato fundamental, porque la que se había matriculado en un curso por correspondencia, la que había pasado dos semanas tonteando con la máquina de la oficina, la que lo había abandonado todo enseguida con la excusa de que en un agujero como Fuensanta de Martos no había profesores, ni academias, ni negocios en los que colocarse con un buen sueldo, había sido Marisol, no Sonsoles. Y era Sonsoles, mediamujer equivocada y sin novio, quien iba a ser mi profesora.

—Dale un par de días, para que se repase el método, y listo —le pidió el teniente a mi padre—. En verano, tienes al niño escribiendo a máquina como si disparara con una ametralladora.

A aquellas alturas, lo de menos era la velocidad que mis dedos pudieran alcanzar sobre un teclado. Para Salvador Michelín, que sabía inspirar miedo, pero no respeto, y en su vida conseguiría que nadie en Fuensanta le pusiera el don por delante, mis clases de mecanografía no significaban otra cosa que un conflicto de autoridad, el enésimo, con su mujer, doña Concha la Michelina, a la que, más allá del mote matrimonial, nadie en Fuensanta se atrevió nunca a apearle el tratamiento. Él se había ofrecido a resolver el dilema de mi padre, que no tenía dinero para pagarme un curso en condiciones, ni recursos para llevarme y traerme de la academia más cercana, que estaba en Martos, por un confuso instinto paternalista, nacido de una conciencia de superioridad que no expresaba en voz alta, como su mujer, a la que le gustaba referirse a los guardias como los subordinados de su marido, pero que le impulsaba a solucionar los problemas de sus hombres con una magnanimidad que, a la larga, lo único que solía provocar eran más problemas. Eso fue lo que pasó con mis clases, en las que él había empeñado una palabra que estaba dispuesto a cumplir por encima de todo, aunque ese todo incluyera no sólo la impericia de Sonsoles sino también la desaparición de aquel método que Áurea debía de haber empleado para encender el fogón cualquier día, y del que Marisol recordaba apenas las primeras lecciones, y no mucho.

—Bueno, pues... Vamos a empezar haciendo planas.

Así me recibió su hermana una lluviosa tarde de febrero, más triste aún porque a las cinco y cuarto ya era de noche. No había pasado ni un mes desde que padre me midió por última vez, y yo todavía estaba malhumorado por aquella extravagancia que me había obligado a salir de la escuela corriendo para merendar de pie, mientras madre me atusaba con agua y un peine nervioso que su prisa hincaba en mi cabeza como si pretendiera arar el cuero cabelludo, pero al llegar a la oficina me di cuenta de que ella estaba más incómoda, más asustada que yo.

—¿Planas? —le pregunté, como si fuera tonto de verdad, para que me respondiera con la primera de una larga serie de muecas de impaciencia—. Perdona, pero es que no sé cómo se hacen planas con esto.

—Pues haciéndolas, ¿cómo va a ser? —y por fin se acercó a la máquina, pero no se sentó a mi lado—. Tú vas poniendo los dedos en las teclas, así, ¿ves?, el meñique en la Q, el anular en la W, el corazón en la E, el índice en la R, y en el otro lado, pues lo mismo... Vas pulsando las teclas de una en una con los cuatro dedos de cada mano hasta que llenes la hoja. Eso es una plana.

—¿Y no dejo espacios en medio?

—No. O sí, espera... —y se quedó pensando—. Sí, mejor deja un espacio entre la última letra que escribas con la mano izquierda y la primera que escribas con la derecha.

—¿Así? —le pregunté cuando terminé un renglón, pero ya se había marchado.

En eso consistieron mis primeras clases de mecanografía. Durante tres cuartos de hora, tres tardes a la semana, estaba solo en la oficina haciendo planas por orden, la primera línea, la segunda, la tercera, con la mano izquierda y con la derecha, o con una sola, según improvisara aquella tarde una profesora siempre ausente, porque cuando no aprovechaba el rato para irse a hacer recados, se sentaba en una silla a leer novelitas rosas, el otro género literario que servía Matilde la Piriñaca, excepto cuando a mi padre le tocaba estar de guardia. Entonces sí se sentaba a mi lado, muy diligente, para corregirme sin necesidad y sonreír al guardia Pérez, a quien le gustaba acercarse para ver qué tal íbamos.

—Muy bien —mentía con mucha soltura—, la verdad es que vamos muy bien. Nino es listo y avanzamos muy deprisa.

Desde el mostrador, que estaba en la entrada, él tenía que oír a la fuerza el eco de mis dedos torpes, lentos como el fuego de un artillero manco, pero le devolvía la sonrisa a Sonsoles en silencio y se iba sin decir nada. Mi padre sabía leer y escribir, pero apenas había podido ir a la escuela y mostraba un respeto reverencial por cualquier clase de conocimiento que sólo pudiera adquirirse en los libros, una admiración, alimentada por su complejo de inferioridad y el temor a meter la pata, que le habría impedido apreciar la ineptitud de mi maestra incluso en el caso de que yo se la hubiera señalado. Y yo nunca habría hecho una cosa así, porque la ingenuidad de mi padre me daba menos pena que la deslucida melancolía de aquella chica fea y con buen tipo, que se pasaba las tardes suspirando, deshaciéndose en un risueño y eterno lamento con los ojos entornados, esmaltados de felicidad ajena.

—¿Qué estás leyendo? —le preguntaba algunas veces, cuando la veía cerrar los ojos para apretar el libro con las dos manos contra su pecho, como si su corazón fuera a explotar, incapaz de albergar ya ni un gramo más de emoción.

—Una novela.

—Ya, pero ¿de qué trata?

—Es muy bonita, preciosa, una historia preciosa de una chica joven que se ha quedado viuda con un niño pequeño, y se gana la vida dando clases de inglés, y un millonario la contrata para que se haga pasar por la esposa de su hijo, que está muy enfermo... Bueno, y se va al extranjero, y se enamora del padre, y los dos sufren mucho, claro, porque como el hijo se va a morir y cree que ella es su mujer, pues no pueden demostrarse lo que sienten. Es muy bonita.

Todas eran muy bonitas, preciosas, y todas acababan bien, muy bien, en una boda por amor con mucho dinero de por medio, más o menos como la que le esperaba a su hermana Marisol, aunque en los primeros capítulos las protagonistas siempre malvivieran gracias a empleos miserables, floristas, costureras, institutrices, antes de conocer a los propietarios de una gran fortuna internacional, hombres maduros, seductores, políglotas y elegantes que no podían parecerse mucho al hijo de un terrateniente de pueblo como don Justino. Pero eso lo pensaba yo, no Sonsoles, que ya no podía ponerse sus vestidos de cintura de avispa con falda acampanada para salir de paseo con su hermana sobre aquellos tacones imposibles, porque como Marisol ya estaba prometida, no convenía que se dejara ver demasiado por la calle, y tampoco estaba bien visto que saliera ella sola, así que la pobre Mediamujer se pasaba las tardes encerrada en el cuartel, leyendo novelas de amor y dándole pena a un niño de diez años que leía libros mucho más largos y exigentes, más verosímiles en su delirante fantasía que aquellos copos de algodón de azúcar donde los ricos buenos se casaban con las pobres guapas y vivían felices y comían perdices, un lector de Julio Verne que escribía cada vez más deprisa palabras sin ningún sentido, qwer y poiu, asdf y ñlkj, sin saber por qué, ni para qué le iba a servir.

Y sin embargo, mis lecturas y las de Sonsoles no eran tan diferentes. Ella leía novelas rosas para cobrar por adelantado con una imaginación exaltada, casi física, una felicidad de la que tal vez nunca disfrutaría. Yo leía otra clase de novelas, relatos de naufragios y tormentas, crónicas de monstruos y cadáveres, historias de caballeros de honor intachable y mercenarios ruines, traicioneros, memorias de hombres sabios o recluidos por sus propias culpas en una misantropía radical y benéfica, para soportar la calamitosa aventura de vivir en la casa cuartel de Fuensanta de Martos en 1948. Los muertos de papel son leves, su agonía breve, su memoria corta, y en los libros que me conseguía Pepe el Portugués, sus nombres además ajenos, tan extraños que sonaban a falsos. Los muertos de papel nunca dejan viudas, ni huérfanos que lloren más de dos líneas, por eso me gustaban aquellos libros, y por eso nunca habría podido denunciar a Sonsoles, contarle a mi padre la verdad. Así, unidos en la complicidad de una fuga destinada al fracaso, entregado cada uno a su propio desaliento, llegamos hasta una soleada tarde de marzo en la que Sanchís interrumpió abruptamente una de aquellas clases que nunca llegaron a serlo en realidad.

La razón remota, como siempre, estaba en el monte. Con el presentimiento de la primavera, la partida del nuevo Cencerro, al que todos llamábamos ya Cencerro a secas, aunque nadie hubiera logrado resolver el enigma del rostro que se ocultaba tras ese nombre, había multiplicado su actividad, elevándose a niveles que no se recordaban. No se trataba sólo de los golpes económicos, ni de los billetes firmados, sino de cosas más serias, sobre todo propaganda. A mediados de febrero, algunos cortijos abandonados habían amanecido pintados de arriba abajo con consignas revolucionarias, y a principios de marzo ya circulaba un boletín con textos tan bien escritos que hasta los más escépticos terminaron por ver en ellos la mano de Elías el Regalito. A partir de entonces, la Guardia Civil no tuvo otra prioridad que encontrar la imprenta de donde habían salido aquellos folletos cuyo contenido era mucho menos importante que su propia existencia, transparente hasta para quienes sólo sabían firmar con una cruz. Aunque en teoría habrían debido mantener su propósito en secreto, todo el mundo estaba enterado de todo, como de costumbre, y yo aún mejor informado, porque mi padre se quejaba sin cesar de la presión que recibían desde arriba, aunque me limité a seguir el ritmo de sus registros a distancia hasta que un día le oí contar en la mesa que aquella tarde no le iba a quedar más remedio que ir con Romero a casa del Portugués.

—El mando ha ordenado una investigación exhaustiva y sin excepciones —aclaró, torciendo el gesto—. Ya veis, como si ellos conocieran a los que viven aquí, como si supieran más que nosotros, menuda pérdida de tiempo...

Entonces le pedí a madre que me diera la merienda al mismo tiempo que el postre, y aquella tarde de martes, libre de Sonsoles, me fui corriendo al molino al salir de la escuela, con cartera y todo, pero al llegar arriba sólo encontré a Pepe, recostado sobre la barandilla del porche y muy sonriente.

—¿Y mi padre? ¿Se ha ido ya?

—No, está abajo, con Romero, revisando la maquinaria del molino. Se van a poner perdidos, pero no podrán decir que no les he avisado.

—Están buscando la imprenta de los de arriba —murmuré en voz baja, como si le estuviera contando un secreto.

—Ya, ya me lo imagino —él me contestó sin bajar la voz—. Pero aquí no la van a encontrar. Total, que si acabaran pronto, podríamos irnos a coger cangrejos, que el otro día encontré un sitio donde hay muchos, aunque no creo, porque han venido en un plan...

Al final, tuvo razón en todo, como casi siempre. El registro duró más tiempo del que habría parecido razonable, nos quedamos sin cangrejos, y mi padre y Romero volvieron con las manos vacías, pero empapados de barro, de agua y de hierbajos, desde el cuello hasta la punta de las botas.

—Sentimos el trastorno, Pepe —se disculpó mi padre antes de despedirse—. Pero ya sabes, órdenes son órdenes, y hay que cumplirlas. Vamos, Nino...

—Yo me quedo un rato.

—No, tú te bajas conmigo, que luego tu madre se enfada y el que se lleva la bronca soy yo.

No me quedó más remedio que obedecer, y mientras caminaba a su lado, me dije que seguramente yo no era tan listo como Elías, pero que si estuviera en su lugar, el último sitio donde se me ocurriría esconder la imprenta sería en un lugar tan evidente como una casa aislada, habitada y en la falda del monte. Entonces volví a ver aquel papel escrito a lápiz, el nombre completo del traidor, una prueba que nunca aparecería porque yo la había destruido, porque yo la había roto en ocho pedacitos que había ido arrojando en ocho agujeros diferentes, «Sotero López Cuenca, Comerrelojes», un mensaje destinado a los Cabezalarga o no, nunca lo sabría. Me habría gustado preguntarle a mi padre si en casa del Portugués habían encontrado libros. A él, a quien le extrañaba tanto mi afición a la lectura, no le habría extrañado esa pregunta, pero no abrí la boca, y los guardias siguieron registrando, exhaustivamente y sin excepciones, esas casas donde a cualquiera de los militares que trabajaban en un despacho les parecería más lógico que estuviera escondida la imprenta, y donde, precisamente por eso, la imprenta no estaba. Pero no siempre fueron tan amables.

—Tira...

Aquella tarde, Sonsoles había dejado su novela en el alféizar de la ventana para ir a hacer uno de aquellos recados que siempre la mantenían ocupada hasta las seis en punto, cuando volvía para recogerlo y despedirse de mí, y yo estaba solo en la oficina, haciendo planas, sdfg y lkjh, cuando Sanchís entró detrás de Filo.

—¡Ah! —la Rubia se revolvió como una fiera—. ¿Pero vas a tener la poca vergüenza de meterme en el calabozo?

—He dicho que tires —y la empujó—. Adentro, vamos.

Aquella tarde, y aunque no estuviera previsto, Sanchís, que para eso era sargento, había ido con Curro a registrar el cortijo de las Rubias por segunda vez en diez días. El primer registro había sido tan minucioso, y tan estéril al mismo tiempo, que estaba convencido de que Catalina habría bajado la guardia. Confiaba en encontrar la imprenta y creyó que lo había conseguido, porque cuando llegó, las mujeres se pusieron nerviosas y empezaron a mirarse las unas a las otras, levantando las cejas y escondiendo las manos detrás del cuerpo, como si pretendieran hacerse señas, muy lejos de la media sonrisa irónica, cargada de soberbia, con la que se habían limitado a mirarle trabajar unos días antes. Eso le pareció un indicio prometedor, y las obligó a esperar fuera mientras se repartía la casa con Curro, que salió con las manos vacías, antes que él. Catalina, que no se había rebajado a dirigir ni una sola palabra a su compañero, le dijo que era inútil, que por mucho que buscaran no iban a encontrar la imprenta allí. Entonces escucharon un estrépito de cristales rotos, los vasos que había en la cocina estrellándose contra el suelo como una rencorosa, torpe represalia, y luego un silencio largo, prolongado, mucho más temible. Al rato, Miguel Sanchís salió por la puerta con los brazos ocupados, cargando algo que no era una imprenta, pero sí un gran rollo de pleita que había encontrado escondido al fondo de la despensa, debajo de un montón de patatas.

—¿De quién es esto? —preguntó mirando a las mujeres, para saber a cuál se iba a llevar detenida.

—Mío —Filo fue la primera en responder.

—No —Catalina la corrigió—. No es suyo, es...

—Es mío, madre —pero su hija pequeña avanzó hacia el sargento—. Yo lo he cogido, yo lo he trenzado, yo lo he cosido. Es mío.

—Pues si es tuyo, lo llevas tú —y tiró el rollo al suelo para que la Rubia se agachara a recogerlo—. Vamos, al cuartelillo...

Hacer pleita, trenzas de esparto que una vez terminadas se cosían entre sí con una aguja curva y afilada como un garfio, hasta formar una especie de estera rudimentaria que los artesanos compraban para despiezarla y trabajarla como les viniera bien, no estaba prohibido, pero sólo se podía coger esparto con una licencia que expedía la Guardia Civil, porque su venta estaba regulada.

Las razones por las que había podido llegar a prohibirse la cosecha espontánea de un junco que crecía solo en medio del monte, sin que lo hubiera plantado nadie, y que servía para hacer objetos de primera necesidad que casi todos los vecinos sabían fabricar con sus propias manos, eran más complejas que las que habían impulsado la ilegalización de la recova. Para comprobarlo, bastaba con saber quiénes tenían licencia para cosechar y vender pleita al Servicio Nacional del Esparto, al que todo el mundo tenía que acudir para comprarla. En Fuensanta de Martos eran don Justino, su hermano, Carlos Mariamandil, y dos o tres más, que ganaban dinero con cada par de alpargatas, con cada serón, con cada alforja y con cada persiana que se vendieran en el pueblo, porque quienquiera que los hubiera hecho, había tenido que comprarle el esparto antes a ellos, aunque no fuera suyo, sino del monte.

Hasta mi madre decía en voz alta que aquello era una vergüenza. A ella, incluso si no hubiera sido la mujer de un guardia civil, no le habría quedado más remedio que contribuir a la riqueza de quienes se ponían una camisa azul y una chaqueta blanca para presidir las procesiones, porque era de Almería y no sabía hacer pleita, pero los demás seguían cogiendo esparto en el monte y trabajándolo por su cuenta, para fabricar lo que necesitaran y vender el resto en el mercado negro, aun a riesgo de correr la misma mala suerte que cayó sobre Filo aquella tarde. Cuando eso sucedía, lo habitual era que les requisaran el rollo, un perjuicio más que suficiente si se tenía en cuenta la cantidad de horas de trabajo que habían invertido en él, que les llevaran al cuartelillo para tomarles declaración, y que los soltaran después de echarles una bronca. Pero aquella tarde, a Filo no la soltaron.

—Mis tatarabuelos cogían esparto en el monte...

Cuando Sanchís la empujó, estuvo a punto de caerse pero no entró en el calabozo. Cerró la puerta por fuera apoyándose en ella, se agarró a los barrotes con las dos manos, estiró el cuello para mirar al guardia con una expresión feroz y le habló como si escupiera las sílabas una por una, sin desviar los ojos ni por un instante hacia Curro, que se había quedado en el umbral, o hacia mí, que estaba sentado ante la máquina con las manos quietas.

—Mis bisabuelos cogían esparto en el monte —pero yo sí la miraba, y nunca me había parecido tan guapa como entonces, mientras la rabia la iluminaba por dentro para transformar en una máscara trágica de afiladas aristas su rostro redondo, armonioso, que reunía la gracia morena y chispeante de las gitanas con la claridad de una piel de manzana recién cogida—. Mis abuelos y mis padres lo han seguido cogiendo. ¿Y ahora me vas a encerrar tú a mí por hacer lo mismo que ellos?

—Sí —el sargento torció los labios para dibujar algo parecido a una sonrisa a la que se asomaba ya la risa gorda de un sapo—. Mira tú por dónde...

—¿Y por qué?

—Porque es un delito, y lo sabes de sobra.

—Un delito, ¿no? —ella se echó a reír, moviendo la cabeza como si no pudiera creer lo que estaba oyendo, y sus ojos echaron chispas—. Ya. ¿Y quién lo dice?

—¡Mis cojones lo dicen! —Sanchís estaba perdiendo la paciencia, y Curro se estaría dando cuenta, porque me daba cuenta yo, pero los dos seguíamos mirándoles sin hacer nada—. Entra de una vez, Filomena, y no me busques porque me encuentras. ¡Te juro que me encuentras!

Hasta madre dice en voz alta que esto es una vergüenza. Eso pensé mientras les miraba, Filo agarrada a los barrotes todavía, con la barbilla levantada todavía, la risa pintada en los labios todavía, pero Sanchís cada vez más cerca, más furioso, resoplando por la nariz con la mano derecha apoyada en la hebilla del cinturón, y ya no pude pensar nada más que una cosa, entra, Filo, entra, repetirla muchas veces con los labios cerrados, entra Filo, por Dios y por la Virgen, como si rezara para salvarme a mí, y no a ella, entra, por favor, entra de una vez...

—No me da la gana de entrar —pero Filo no me miraba, no me escuchaba, no me hacía caso—. Yo no he hecho nada malo. No soy una ladrona ni una criminal, para que me encierres en un calabozo.

—¿No, eh? Pues a lo mejor es que quieres otra cosa —Sanchís se desabrochó la hebilla del cinturón y Curro no hizo nada, yo no hice nada, pero las manos de Filo se aflojaron, sin soltar del todo los barrotes—. ¿Quieres que entre yo contigo? ¿Es eso, Filo?

Están poniendo películas, Nino, aquella noche yo me había dormido pronto, estábamos cerca de Navidad, hacía frío, pero mi hermana Pepa me despertó tocándome la cara, otra vez están poniendo películas y no me puedo dormir, entonces me espabilé y lo oí yo también, mucho más cerca que de costumbre, ven aquí, le dije, acuéstate a mi lado, que vamos a cantar, y empecé a cantar mientras ella se acurrucaba contra mí, pero les oía demasiado alto, demasiado cerca, la voz de Sanchís, la voz de Curro, estaban en su casa, tenían que estar en su casa, al otro lado de la pared, entonces canté más alto, y pensé que iba a despertar a mis padres, pero quizás eso fuera lo mejor, porque aquella escena, fuera la que fuese, tendría que estar pasando en los calabozos y no en el cuarto de al lado, mira, esa que habla ahora, mi hermana Pepa lloraba y no atendía a la canción, es Fernanda la Pesetilla, ¿no?, no, qué va a ser, le dije, y pensé que ya era casualidad, y desgraciada, porque Fernanda despachaba en la carnicería de su suegra desde que su marido se echó al monte, es una actriz, lo que pasa es que te has confundido porque tienen una voz muy parecida, y por eso, porque todos los días mi madre la llevaba con ella a la compra, la suya era una de las pocas voces que mi hermana podía reconocer sin equivocarse, hace casi dos años que no veo a Nicolás, ya lo sabéis, ¿estás seguro, Nino?, claro que sí, tonta, ¿cómo va a ser Fernanda?, pero era Fernanda y yo abracé a Pepa de otra manera, la apreté contra mí cruzando el brazo izquierdo sobre su oído para ahorrarle los diálogos de aquella verdadera y cierta película de terror, ¿y cómo es que estás embarazada, entonces?, porque el niño no es de mi marido, y seguí cantando hasta que noté que su cuerpo se ablandaba, ¿y de quién es el niño?, pues de uno, hasta que dejó de llorar, ¿y cómo se llama ese uno?, no me acuerdo, hasta que su respiración se hizo más regular, ¿y cómo puedes no acordarte?, es que no es de aquí y le vi sólo esa vez, más profunda, ¿forastero, no?, sí, forastero, ya, como siempre, y cuando Pepa se había dormido, Curro le cedió el turno a Sanchís, pues te voy a decir una cosa, Fernanda, no me lo creo, pero yo no dejé de cantar, yo creo que lo que ha pasado ha sido distinto, seguí cantando para que mi hermana siguiera durmiendo, yo creo que tu marido baja a vuestra casa a echar un polvo de vez en cuando, y seguí cantando sólo por cantar, mientras nosotros estamos en el monte muertos de frío, y de sueño, y de cansancio, pero aquella vez mi canción no sirvió de nada, ¿a ti te parece justo eso, Fernanda?, porque estaban muy cerca, demasiado cerca, ¿te parece bien que Saltacharquitos esté follando contigo, tan a gusto, mientras nosotros las pasamos putas buscándole por todas partes?, y les oía demasiado bien, oía la voz de Sanchís, pues no es justo, ¿sabes?, los lamentos de Fernanda, no me peguéis en la tripa, en la tripa no, por favor, el silencio de Curro, que me caía bien, que no era un chivato, no te preocupes, Fernanda, que aquí no te va a pegar nadie, hoy no, ya te lo he dicho al principio, Curro, que era un buen chico y estaba allí, sin hacer nada, lo que vamos a hacer es mucho más divertido, Curro, que estaba enamorado de una chica que parecía una monja y lo estaba viendo todo, ahora que sabemos que te gusta tanto que lo haces con el primero que llega, ¿quieres follar, Fernanda?, igual que lo estaba oyendo todo yo, si no nos dices dónde está tu marido, será que te apetece, el llanto de Fernanda, el ruido metálico de la hebilla del cinturón de Sanchís, y por fin su voz, la voz de Curro, apagada, débil como el piar de un pájaro recién nacido, miserable de puro blanda en el vértice de aquella dureza, ya está bien, Miguel, déjalo ya, y otra vez a Sanchís, mucho más fuerte, más seguro, más risueño, ¿por qué, si ya has visto cómo le gusta?, entonces decidí que no iba a oír nada más, y desembaracé con cuidado el brazo con el que rodeaba a mi hermana para estrellar la palma de la mano contra la pared, una vez, y otra, y otra, y otra, y otra, y otra, y otra más, hasta que llegó mi padre, muy asustado, ¿qué pasa, Nino, qué hace Pepa en tu cama?, en la casa de Curro, le dije, tienen a Fernanda la Pesetilla, y están chillando, no podemos dormir...

Él se fue corriendo y volvió enseguida, cuando ya no se oía más que silencio. No ha sido nada, me dijo, has debido tener una pesadilla, porque en casa de Curro sólo está él, durmiendo, duérmete tú también. Y habría tenido que preguntarle, ¿por qué los tapas, padre?, ¿por qué me mientes?, ¿por qué mañana no vas a ir a contarle nada de esto al teniente, ni a Izquierdo, que es cabo, ni a nadie? Pero no dije nada de eso. Sí, padre, ahora me duermo. Eso fue lo único que le dije, y él me dio un beso, y yo se lo devolví.

Eso era la vida, la única vida que yo conocía, una pesadilla rojiza y espesa, salpicada de gritos, salpicada de golpes, salpicada de sangre, que se desvanecía con cada amanecer, cuando salía el sol para que el teniente volviera a ser un pobre hombre manejado por su mujer, y Curro un buen chico, y mi padre un hombre bueno, que nos quería y cuidaba de nosotros, mientras Sanchís siguiera cargando con todas las culpas. Eso era la vida en mi pueblo, donde las mujeres se levantaban pronto para encontrarse en la cola de la compra, y Fernanda despachaba en su carnicería y las saludaba a todas por igual, buenos días, ¿qué te pongo?, con los ojos hinchados y las manos temblando todavía. Esa era mi vida, una vida casi normal mientras el sol viajaba por el cielo, aunque mi hermana Pepa no entendiera por qué algunas niñas no querían jugar con ella, por qué le daban la espalda sin saludarla, por qué madre le decía siempre lo mismo, pues déjalas, si se han ido corriendo a su casa, será que las han llamado... Eso era la vida cuando la muerte no se cruzaba por medio, y la muerte llegaba siempre de noche, en las horas oscuras, las horas largas y feroces de los cerrojos y la luz eléctrica, las horas despiadadas de las vocales interminables y los hombres sin corazón, porque lo habían dejado en medio del pijama, doblado bajo la almohada, para recuperarlo sólo de madrugada, cuando volvían a ser lo que eran antes, pobres hombres, buenos chicos, hombres buenos. Eso era la vida y padre tenía razón, el llanto de Fernanda había sido una pesadilla, y una pesadilla había sido la muerte de su hermano Laureano, y la del padre de los dos, otra pesadilla de la que Fuensanta de Martos se despertó al día siguiente y ellos nunca. Ellos nunca.

Esto no puede seguir así, Antonino, decía mi madre, así no se puede vivir, pero así vivíamos, así seguíamos levantándonos por la mañana, así nos quejábamos del frío o del calor, y cuando no habíamos podido dormir, no lo decíamos, porque la noche era una pesadilla, pero después de la noche llegaba el día, y salía el sol para iluminar la vida de un pueblo corriente, donde vivían gentes corrientes que hacían las cosas corrientes de todos los días. No se podía vivir así, pero había que vivir, y se vivía, los hombres madrugaban para trabajar en el campo, las mujeres despertaban a sus hijos, los lavaban, los vestían, los peinaban, les obligaban a terminarse la leche, cuando había leche, y los mandaban a la escuela después, y cada uno se ponía la máscara de sí mismo para interpretar su papel como si la noche no les hubiera partido el corazón, como si no les hubiera arrebatado para siempre un pedazo, como si no tuvieran que llevarlo a cuestas, eternamente roto, eternamente pesado, y maltrecho, y doloroso como una herida abierta que no quería cerrarse, y así se mezclaban con los demás, con los que no sufrían, los que dormían sin despertarse cada vez que sonaban pasos en la calle, los que no desayunaban miedo, ni comían miedo, ni cenaban miedo, en la fabulosa representación de la normalidad, la apacible envoltura cotidiana del odio, de la rabia, del terror, la farsa agonizante de los desesperados, y esas mujeres de luto que habrían preferido estar muertas, pero vivían, y seguían levantándose para vestirse de negro todas las mañanas.

No se puede vivir así, pero así vivíamos, y los paréntesis de tranquilidad, los meses sin redadas, sin detenciones, sin entierros, no tenían más sentido que la espera, los minutos, los días, las semanas que faltaban para que todo empezara otra vez, para que regresaran los camiones, y las patrullas, y la ruleta rusa de las visitas inesperadas, unos nudillos tocando de noche en la puerta de al lado, quizás en la propia, y nos llevamos a su marido a declarar, señora, pero no se preocupe que se lo devolvemos enseguida, y ya te puedes ir, pero echa por ahí delante, que te veamos bien, y los tiros de madrugada, porque su marido intentó escapar, señora, salió corriendo y no nos dejó otra salida que disparar sobre él, siempre las mismas palabras, los mismos verbos, los mismos adjetivos, la repugnante sintaxis burocrática del terror, el comedido vocabulario de los falsos pésames, la cortesía templada de los asesinos y las ropas teñidas de oscuro que retornarían sin falta a los balcones antes o después, mientras durara aquella guerra que nunca se iba a acabar porque nadie pensaba todavía en rendirse, por más que don Eusebio se empeñara en contar en voz alta los años de paz en algunas fechas señaladas.

No se podía vivir así, y sin embargo, hasta aquella torpe simulación de la vida tenía sus reglas, riesgos y certezas bien delimitados, espacios seguros pactados de antemano, como esas paredes en las que los niños podíamos poner una mano y gritar, ¡salvo!, cuando jugábamos a pillarnos los unos a los otros. En las horas del día, estábamos a salvo. Mientras el sol viajase por el cielo, a nadie le podía pasar nada más grave que perder un rollo de pleita o una cesta de huevos, pesadillas pequeñas, diurnas, que no disputaban a la noche el monopolio del miedo y del dolor. Por eso, aquella tarde, en la oficina del cuartel, cuando Sanchís se desabrochó el cinturón y acercó su cara a la de Filo hasta que sus narices casi se rozaron, sentí un miedo desconocido, un escalofrío distinto a los que me estremecían de noche en mi cama y aún más intenso, porque lo que estaba viendo no podía estar pasando, no mientras la luz del sol entrara por la ventana, mientras las ventanas estuvieran abiertas de par en par, mientras respiráramos a través de ellas el aroma manso y templado del campo en una precoz tarde de primavera. Aquello no podía estar pasando, era imposible, y por eso temí que además, y sobre todo, fuera peor.

—¿Qué pasa? —el tono de Sanchís, grave, ronco, susurrante, era el mismo que había escuchado una vez al otro lado de la pared de mi cuarto—. ¿Te lo estás pensando?

Entra, Filo, entra, entra de una vez, por favor, por Dios y por la Virgen, entra ya, por tu madre, Filo, entra, entra... Entonces miré a Curro. Haz algo, le dije con los ojos, ¿por qué no haces algo?, y él me entendió, sé que me entendió porque giró la cabeza para no volver a mirarme, para no volver a enterarse de lo que le estaban diciendo mis ojos. En ese gesto comprendí que estaba solo, completamente solo, y me levanté. No sabía qué iba a hacer a continuación, pero me levanté, y las patas de la silla chirriaron al deslizarse sobre las baldosas. Los ojos negros de Filo me miraron con asombro, me miraron con recelo los ojos verdes de Sanchís, y pensé que podía elegir entre ponerme a gritar o salir corriendo. Cualquiera de esas dos acciones bastaría para que dejara de pasar lo que no debería estar pasando, o quizás no, quizás sólo lo aplazaría, porque los demás taparían a su compañero, le ampararían como antes, como siempre, acabarían diciéndome que había soñado despierto, otra vez con pesadillas, Nino, ni que fueras un crío chico... Todo eso me dio tiempo a pensar en un segundo, de pie ante la mesa, hasta que escuché la voz de Sonsoles, y todo estalló como un globo cuando roza la punta de un alfiler.

—¿Ya te ibas? Lo siento, me he retrasa... —y sólo entonces se dio cuenta de que no estábamos solos—. ¡Uy, cuánta gente hay aquí!

Cuando terminó de decirlo, Sanchís ya no estaba encima de Filo, y ella había soltado al fin los barrotes para que yo sintiera algo parecido al alivio que hacía mi cama más blanda, más cómoda, más caliente, cada vez que despertaba de una pesadilla en la familiar oscuridad de mi cuarto.

—Sí, ya ves —el sargento cogió a su detenida del brazo, la separó de la puerta, la abrió y la Rubia entró por fin, dócilmente.

—Bueno, pues... —Sonsoles cogió su novela y no se atrevió a preguntar nada—. Yo ya me voy.

—Yo también —añadí, pero Sanchís me detuvo con un gesto de la mano cuando ya había empezado a andar hacia la puerta.

—No, Canijo, tú te quedas.

—¿Por qué? —él, que me había dado la espalda para ir a buscar algo en un archivador, no me contestó—. Mi clase ya se ha terminado.

—Sí —y vino hacia mí con un papel en la mano—, pero ya que eres tan servicial, tan decidido para tus cosas, seguro que no te importa hacerme un favor, ¿verdad? Y así, de paso, practicas un poco, que siempre conviene...

Cabrón, cabrón, cabrón, le llamé sin despegar los labios, porque Alfredo y Paquito estarían esperándome ya para jugar al fútbol, cabrón, cuando me enseñó la denuncia que iba a tener que escribir yo en su lugar, cabrón, mientras me decía que era muy fácil, cabrón, que tenía que poner Filomena Rubio donde ponía nombre, cabrón, luego la dirección donde ponía dirección, cabrón, la fecha donde ponía fecha, cabrón, y en el motivo, hallado un rollo de pleita en su domicilio, cabrón, careciendo de licencia del Servicio Nacional del Esparto, cabrón, cabrón y cabrón.

—Cuando hayas acabado, me la traes a mi casa para que la firme. ¿Está claro?

—Sí —pedazo de cabrón.

Y se fue.

Curro se marchó tras él sin atreverse a decir nada, y me quedé a solas con Filo y con su denuncia, un impreso que había visto rellenar un montón de veces y que de lejos parecía muy fácil, pero de cerca no lo era tanto porque, por mucho que girara los rodillos, nunca conseguía situar el papel a la altura exacta de la letra impresa. Al final, me resigné a escribir en un renglón sólo aproximado y fui pulsando las teclas despacio, con mucho cuidado, para no equivocarme, f, u, e, n, s, a, n, t, a, porque esta vez no estaban todas juntas. Sonsoles sólo me había enseñado a hacer planas, pero ni todas las cuartillas rellenas de qwer y poiu que había rellenado en un mes y medio juntas, me ayudaron a escribir el nombre de mi pueblo como si disparara con un simple fusil.

—¿Y tú estás dando clases de máquina?

Estaba tan concentrado en encontrar las teclas y pulsarlas sin confundirme, tan aterrado por la posibilidad de estropear el impreso y tener que ir a casa de Sanchís a pedirle otro, que ni siquiera me había dado cuenta de que Filo se había levantado y se había acercado a la puerta del calabozo para mirarme.

—Sí —dije, levantando las manos del teclado para no correr el riesgo de escribir una letra equivocada sin querer.

—¿Con quién? —la expresión de incredulidad de su cara no impedía que su voz fuera dulce—. ¿Con Mediamujer?

—Sí, con ella.

—Pues no adelantas mucho, por lo que veo —me sonrió, y yo le devolví la sonrisa, y fue como si ella me diera las gracias por haberme levantado antes, y como si yo sintiera que sólo por eso había valido la pena.

—Bueno, es que todavía no hemos empezado en serio, me parece, porque llevo casi mes y medio, pero sólo hago planas.

—¿En mes y medio?

—Sí —y mi confirmación acentuó el arco atónito de sus cejas—. Por cierto, Filo, ¿cuál es tu segundo apellido?

—Martín. Pero así no vas a escribir a máquina en tu vida, Nino.

La miré y me pareció que estaba hablando en serio, y eso quería decir bastante, porque Filo sabía muchas cosas, y madre decía que hacía cuentas de cabeza, sumas, restas, multiplicaciones y hasta reglas de tres en un periquete.

—¿Tú sabes? —le pregunté.

—Más o menos. Empecé un poco cuando Elena, la amiga de mi madre, se vino a vivir a casa. Ella trajo una máquina, pero el año pasado tuvimos que empeñarla, porque como heló en primavera, se nos echó todo a perder, y no hemos podido rescatarla todavía, así que...

En ese momento escuchamos el ruido asimétrico, inconfundible, de los pasos de Pastora, la pisada leve a la que sucedía siempre la pesada huella de su tacón ortopédico como en el ritmo de una canción mal cantada, una alerta involuntaria que animó mis dedos sobre el teclado mientras Filo se apartaba de la puerta para ir a sentarse en el banco de su celda.

—¿Has terminado ya? —me preguntó desde la puerta.

—No, pero me falta poco —mentí, y ella asintió con la cabeza antes de dirigirse a la detenida.

—Toma —le tendió un paquete envuelto en papel de periódico—. Me he encontrado por la calle con tu hermana Paula, que venía a traerte esto.

Era un bocadillo de panceta, y olía muy bien, pero la Rubia retuvo a la mujer del sargento antes de darle el primer mordisco.

—Oye una cosa, Pastora... ¿Y el rollo? ¿Sabes lo que ha hecho tu marido con él?

—No te molestes, Filo —Pastora sonrió con suficiencia mientras seguía andando hacia la puerta—. Mi marido no es de esos.

Yo ya lo había oído contar, se rumoreaba de Izquierdo, sobre todo, aunque Paquito me había asegurado que Carmona también lo hacía, su padre no, decía él, ni el mío. Nuestros padres entregaban el rollo en la oficina del Esparto, que era lo que había que hacer, pero ellos dos le revendían la pleita que hubieran requisado a su propietario original, a cambio de la mitad del dinero que consiguiera sacar por ella. Yo no me lo había creído, porque a Paquito le gustaba hacerse el enterado conmigo, presumir de que sus padres hablaban de todo delante de él, y no como los míos, que andaban siempre a vueltas con la ropa tendida y dándose golpecitos en los labios con el dedo índice cuando nosotros andábamos cerca. Estaba seguro de que se inventaba la mitad de las cosas sólo por farolear, pero acababa de descubrir que aquella era verdad, una verdad que arrojaba tanta vergüenza sobre la vergüenza, que no medí unas palabras que no debería haber dicho jamás.

—¿Quieres que lo busque yo, Filo? ¿Quieres que mire...?

—¿Tú? —y al mirarla, vi en sus ojos más miedo que sorpresa—. ¿Pero cómo vas a hacer tú...? ¡Anda, anda, termina de una vez, que a este paso vamos a dormir los dos aquí!

No entendí del todo si se refería a la lentitud de mi trabajo o a la naturalidad con la que le había propuesto algo que, y sólo entonces me di cuenta, era un delito, y me puse tan colorado como si hubiera metido la pata, como si me hubieran descubierto infringiendo una ley sagrada, como si yo, sólo por ser hijo de un guardia civil, no pudiera opinar sobre lo que era justo y lo que era injusto, lo que estaba bien y lo que estaba mal, lo que estaba aprendiendo en los libros porque la realidad se negaba a enseñármelo. No quería pensar en eso, y así terminé de rellenar la denuncia antes de lo que pensaba.

—Voy a llevársela a ese... —le dije a Filo—. Ahora vuelvo.

Ella asintió con la cabeza y salí corriendo sólo para tropezarme en la puerta con la barriga de Michelín, que acababa de enterarse de que tenía una prisionera porque se lo había contado Romero, que estaba de guardia. Ya habían dado las siete, y eso significaba que el sargento había terminado ya su jornada, pero no me atreví a dejar la denuncia en la oficina para que la firmara al día siguiente.

Me acerqué a su casa muy despacio, meditando sobre la mejor manera de abordarle. Tenía pensado anunciarme con los nudillos en la puerta, pero la encontré entreabierta, y no chirrió cuando la empujé. Nunca había pasado más allá del zaguán, un pasillo estrecho y diminuto, pero allí no había nadie. Sanchís y Pastora estaban al otro lado de la cortina que ella misma había confeccionado atando tapones de botellas de todos los colores, unos planos y otros de canto, en unos cordeles blancos. Era muy bonita, mucho más que la que teníamos en casa. Madre, que había comprado en una tienda aquellas hileras de tubos de pasta marrón que parecían macarrones quemados, decía que ella no tenía tiempo para perderlo en trabajos manuales y que el caso era que no entraran moscas en la cocina, pero aquella tarde, cuando vi a Sanchís, y vi a Pastora, y vi lo que estaban haciendo, pensé que todo era justo, que era lógico, aunque sólo fuera porque en cualquier otro lugar aquella escena sería diferente, y al otro lado de una cortina como la nuestra, yo nunca habría tenido la sensación de que un enjambre de hadas pequeñas, graciosas, transparentes, estuviera a punto de posarse sobre mi cabeza.

Lo que vi parecía un espejismo dentro de otro espejismo, pero no lo era. Un viento suave, cómplice, mecía las tiras para que aquellas medallas baratas de metal pintado brillaran a la luz de un sol exhausto como monedas preciosas de oro de colores, destellos amarillos, naranjas, rojos, blancos, que tintineaban con la delicadeza de una orquesta de campanillas. No eran más que chapas, tapones de cerveza, de limonada, de gaseosa, pero en aquel momento resplandecían como las joyas de un mundo oculto, un paraíso secreto en el que yo me hubiera colado por azar y sin permiso. Eso sentí cuando les vi entre los reflejos dorados de aquella ondulante marea de hojalata, él sentado en un escabel, ella enfrente, en una silla alta. Pastora estaba descalza y en sus dos pies, el sano y el enfermo, el blanco de las bolitas de algodón que separaban los dedos contrastaba con el rojo furioso del esmalte con el que su marido le pintaba las uñas. Eso era lo que estaban haciendo. Entonces pensé por segunda vez en el mismo día que estaba viendo algo que no podía ser cierto, y sin embargo, y aunque el protagonista de las dos escenas imposibles fuera el mismo hombre, esa imagen no me produjo miedo, sino calor, y más allá del asombro, una extraña alegría, un júbilo fronterizo con un placer que pude sentir, pero no entender.

En Fuensanta de Martos las mujeres no se pintaban las uñas de los pies. Las de las manos, sólo para las grandes ocasiones y siempre de colores claros, nacarados, propios de señoras decentes. Quizás por eso, las chicas solteras eran más atrevidas. Mi hermana Dulce iba cada dos por tres con sus amigas a la droguería con unos frasquitos vacíos y muy bien lavados, para eliminar hasta el último rastro del jarabe que habían contenido en origen, y los rellenaba con veinte céntimos de pintura rosa, pálida o chillona, según el humor del que estuviera, que escondía en su armario al volver a casa. Pero no lo hacía porque madre le prohibiera pintarse las uñas, que eso no le parecía mal aunque cuando empezó tuviera sólo doce años, sino porque luego, para hacerse el pincel, tenía que arrancar un manojillo de cerdas del cepillo de la ropa, que ya tenía más calvas que una compañía de veteranos. De eso se quejaba madre al regañarla, pero después, cuando se acercaban las fiestas, ella también usaba los pinceles que mi hermana y sus amigas apañaban con un palito y un poco de alambre.

En septiembre, para las fiestas del pueblo, don Justino contrataba todos los años a la misma orquesta de Jaén, y su cantante sí llevaba las uñas de las manos pintadas de rojo. Yo me había fijado porque don Bartolomé, el párroco, solía dedicar el sermón de ese domingo a las argucias del diablo, que corrompía a las muchachas inocentes con la falsa tentación de una belleza que los maquillajes y la ropa ceñida, en su muy desautorizada opinión, arruinaban en lugar de fomentar. Todos sabíamos que estaba censurando por anticipado a la cantante de la orquesta, y por eso nos regodeábamos luego en mirarla bien, estudiándola de arriba abajo, pero ni aun advertidos como estábamos de que aquella rubia teñida se había dejado seducir por el diablo, la habíamos visto nunca con las uñas de los pies pintadas de rojo.

El rojo, en los labios, en las uñas, en la ropa, era el color de las putas, y por eso, cuando vino Eva Perón, un año antes, mi madre y sus amigas se fijaron en sus uñas largas y oscuras, y dijeron que bien claro estaba. Sin embargo, lo que estaba sucediendo al otro lado de la cortina, en la cocina de la casa de Sanchís, no tenía nada que ver con el pecado, ni con el diablo, ni con los sermones de don Bartolomé, ni con el pasado de Eva Perón. Era algo distinto, y pertenecía a un mundo distinto, desconocido, ajeno al mío, ese mundo en el que nunca había visto ningún color en las uñas del pie sano que Pastora enseñaba en verano, cuando se ponía una sola sandalia. Si alguien me hubiera contado que un hombre de mi pueblo hacía lo que estaba haciendo Miguel Sanchís delante de mí, habría pensado que era marica. Si alguien me hubiera contado que una mujer de mi pueblo se dejaba hacer lo que se estaba dejando hacer Pastora delante de mí, habría pensado que era una puta. Pero Sanchís le estaba pintando las uñas de los pies a su mujer, y nada era lo que parecía, sino más bien lo contrario, la expresión de una armonía perfecta, cargada de dulzura, de sentido.

Él se echó un momento hacia atrás para ver el efecto de su trabajo, y se dio una palmada en la rodilla para que ella volviera a pisarla con su pie deforme, más pequeño que el otro, más torcido que nunca frente a la belleza de su igual, blanco y desnudo. El pincel parecía demasiado frágil, demasiado dificultoso entre los toscos y grandes dedos del hombre, pero Sanchís sabía usarlo, y repasó de rojo cada una de las uñas que crecían al borde de unos dedos torturados, encogidos y raquíticos, con una rapidez, una precisión asombrosas. Cuando terminó, cogió aquel pie entre sus manos y lo besó en el empeine, una, dos, tres veces, para que Pastora sonriera y dejara caer su cabeza hacia atrás, descubriéndome por fin.

—Hola —dije yo, anticipándome a cualquier pregunta.

El sargento volvió la cabeza para mirarme, y por un instante, vi a un hombre al que no había visto nunca, ni siquiera aquella noche de verbena en la que se besó con Pastora delante de todo el mundo, aunque quizás, aquella noche, antes de que sus bocas se fundieran, tenía también esa cara de arcángel que alcancé a contemplar durante un instante, y que sólo había visto en las figuras del retablo de la iglesia de Alcalá la Real. Porque sólo pude compararle con ellas cuando atravesé la cortina que nos separaba para descubrir a un hombre distinto al que conocía desde siempre, un hombre joven, risueño y relajado, iluminado y terso como una estatua antigua de carne y hueso.

—¿Qué haces tú aquí? —escuché su voz, áspera, conocida, y ya era él y no lo era, era él y otro, el de antes, el de siempre.

—He venido a traerle...

Levanté el papel en el aire y movió la cabeza en un gesto furioso.

—Pues te lo vuelves a llevar a la oficina, que pareces tonto, joder... Déjalo allí que ya lo firmaré yo mañana.

Durante un segundo, no me moví. Me quedé quieto, dividido entre el reproche y la nostalgia, sin atreverme a decir que había venido sólo porque él me lo había mandado ni querer renunciar todavía al misterio luminoso y caliente de aquella cocina.

—Vamos, lárgate ya, que pareces memo... ¿A qué estás esperando?

Crucé el patio muy despacio, abrumado por la escena que acababa de contemplar, aquel prodigio al que no sabía ponerle un nombre y que desmentía todas las cosas que yo creía saber sobre Miguel Sanchís, todas las que había aprendido y podía recordar, aunque fueran tan verdaderas como aquella insospechada sutileza. Al llegar a la oficina, me encontré la puerta del calabozo abierta. Romero me contó que el teniente había soltado a Filo, y me pregunté qué clase de hombre sería capaz de hacerle a dos mujeres cosas tan distintas como las que había hecho Sanchís en una sola tarde pero, por más que busqué en mi memoria, y en los personajes de todos los libros que había leído, todas las películas que había visto, todas las historias que me habían contado, no logré encontrar ninguna respuesta para aquel enigma, y al día siguiente, como de costumbre, los pequeños acontecimientos de la rutina cotidiana se impusieron a aquella enormidad que por una vez no era deforme, no era dolorosa, no era sangrienta, sino una extraña, misteriosa formulación de la belleza.

Lo que yo viví como un regalo de la suerte, un privilegio caprichosamente otorgado por el azar, intensificó la animadversión que Sanchís mostraba hacia mí desde la noche en que le interrumpí golpeando la pared con la mano. Hasta entonces, me miraba mal. A partir de aquel día, como si pudiera perdonarme antes mi condición de testigo de su brutalidad que mi intromisión en la extravagante intimidad que ocultaba a los ojos de todos, me miró peor, y aunque no le había contado nada a nadie, porque ni siquiera habría sabido escoger las palabras precisas para hacerlo, procuré esquivarle mientras mi vida seguía igual que antes, la escuela, los amigos, las clases con Sonsoles y mi devoción por Pepe el Portugués. Sin embargo, me costó trabajo olvidar las uñas de Pastora. Quizás no lo habría logrado si aquella primavera no hubiera traído hasta mi vida un suceso auténticamente grande, casi del tamaño de los que solían suceder en las vidas de los demás.

—Oye, Pepe...

A finales de marzo, la imprenta del monte seguía funcionando, aunque no habían vuelto a hacer un folleto, sino unas octavillas que circulaban en tales cantidades que hasta Miguel había conseguido una, pero los guardias ya no sabían dónde buscarla, y así, el Portugués pudo enseñarme por fin un recodo del río donde había tantos cangrejos que bastaba con hundir un cazamariposas en el agua para sacarlo lleno hasta arriba.

—Dime...

Luego los metíamos en una cesta con tapa y los llevábamos al molino. Él los cocía en agua con sal, una cebolla, una hoja de laurel y unos granos de pimienta, y nos los comíamos enseguida, la cabeza primero, después la cola de carne dura, apretada y caliente, exquisita.

—Si tú estuvieras loco por una mujer, pero mucho mucho, muchísimo, enamorado como en las películas... —sólo entonces, al sentir la necesidad de hacer en voz alta aquella pregunta, empecé a entenderlo, pero él, pendiente de tapar bien la cacerola para que no se le escapara ningún cangrejo vivo, asintió sin mirarme—. ¿Tú le pintarías las uñas de los pies?

—¿Yo? —y menos mal que el agua ya había empezado a hervir, porque se dio la vuelta con la tapa en la mano para mirarme con ojos de alucinado—. ¡Pero qué dices! ¿Cómo iba a hacer yo una cosa así? ¡Ni que fuera maricón!

—Ya —no esperaba otra respuesta, pero me quedé pensando igual—. Porque tú crees que una cosa así sólo puede hacerla un maricón.

—Pues claro. Hay que ver, Nino, qué cosas tienes...

Estaba equivocado. Yo sabía que por una vez estaba equivocado, pero tampoco lograba entender cómo, si Sanchís estaba tan enamorado de Pastora que le pintaba de rojo las uñas de aquel pie encogido y deforme, podía divertirse amenazando a otras mujeres con violarlas. Si yo había entendido bien, el pincel que Sanchís sostenía en la mano era una especie de garantía de amor incondicional, una manera de decirle a Pastora que no le importaba que fuera coja y aún más, que le gustaba su pie torcido. Pero a lo mejor yo no había entendido bien, a lo mejor no había entendido nada. A lo mejor, madre tenía razón, y él era solamente un atravesado, un tío siniestro que hacía cosas raras. Eso cuadraba mejor con lo que sabía de él, con su estilo, con sus aficiones, con esa manera suya de retorcer los labios al sonreír, y por eso, y aunque estaba seguro de que maricón no era, no lo dije, ni volví a sacar el tema mientras los dos nos hartábamos de cangrejos.

—Parece que hoy nos hemos pasado de listos, ¿no? —cuando nos rendimos, quedaban en la fuente casi tantos como los que nos habíamos comido—. Espera, que te voy a dar un cacharro para que se los lleves a tu madre. Después de este atracón, no voy a volver a probar los cangrejos en una semana.

Le entendí muy bien, sumido como estaba en los efectos de la misma saciedad, un placer equívoco, a medio camino entre la intoxicación y la felicidad, pero cuando metió los que sobraban dentro de una tartera de aluminio, añadió algo que se me escapó.

—Pero tráemela al cruce pasado mañana, ¿eh? Que no tengo más que esta y me viene muy bien cuando no puedo venir a casa a comer.

—¿Al cruce? —le pregunté—. ¿Y por qué vamos a ir...?

Al ver la cara con la que me miraba, renuncié a terminar una pregunta que se quedó sin respuesta.

—¡Ah! ¿Pero no te ha dicho nada tu padre?

—¿De qué?

—No, no... Mejor que te lo cuente él.

En el camino de vuelta me encontré con Sanchís, que al verme se cabreó, y dijo que si el cretino del Portugués me hubiera dado a mí la miel que tenía encargada, él habría podido ahorrarse la cuesta. Quitando lo de cretino, en lo demás tenía razón, pero yo ni se la di ni se la quité, demasiado ocupado en calcular qué tendría que hacer yo con Pepe dos días después, en el cruce donde la carretera vieja cortaba una cañada muy antigua, a la que don Eusebio, y sólo él, llamaba la calzada romana.

Aquel camino, que no conducía más que a unos cuantos cortijos diseminados por la falda del monte, era la frontera tácita entre el territorio de sus hombres y los dominios del llano, un paraje peligroso al que yo, por supuesto, tenía prohibido acercarme. Quizás por eso el Portugués iba a venir conmigo, pero seguía sin saber adónde, y sin embargo, mientras bajaba la cuesta, mi preocupación inicial se fue disolviendo a favor del risueño optimismo de todos esos excelentes muchachos que se embarcaban con rumbo desconocido hacia la aventura más extraordinaria de sus vidas, mientras yo envidiaba, página a página, desde la inmóvil ansiedad de mi cama, la travesía accidentada, erizada de peligros, que ni ellos mismos serían capaces de creer que habían vivido cuando retornaran a la plácida seguridad de sus hogares.

Y así, como si el mar llegara a Fuensanta de Martos, llegué yo a la casa cuartel aquella tarde.

En el cortijo de las Rubias vivían seis mujeres y tres niños.

Catalina, alta y corpulenta, con un esqueleto concebido para sostener unas carnes que ya no conservaba, había tenido nueve hijos, aunque uno, el más pequeño, había muerto antes de llegar a adulto. En el pueblo contaban que de joven había sido muy guapa, más que cualquiera de sus hijas, y aún era posible adivinarlo al contemplar su rostro anguloso, de nariz elegante y ojos almendrados, sumidos sin embargo entre los pliegues de una piel quebradiza, seca como el cartón, arruinada por el tiempo y la indiferencia con la que miraba todas las cosas. Esa expresión de desdén, en la que no siempre había tanta fatiga como arrogancia, la hacía más vieja que el pelo cano, desgreñado alrededor de un moño que le salía distinto cada día, un garabato mal hecho que se venía abajo sin ayuda de nadie en los tormentosos estallidos de furia que la sacudían como un rayo, desde la cabeza hasta los pies. Catalina tenía muy mal carácter, pero sólo cuando empeoraba aparentaba su verdadera edad, cincuenta años escasos, al precio de parecerse a las brujas que venían dibujadas en los cuentos.

De sus hijas, Paula, la mediana, era la que más se le parecía. Hosca y callada, perpetuamente absorta en sus asuntos, era muy orgullosa, casi altiva, y la única que había heredado de su madre la capacidad de abandonarse a la cólera por completo, aunque sus estallidos fueran más breves. Catalina, la mayor, a la que llamaban Chica, era más tranquila, a ratos hasta dulce, quizás porque pasaba mucho tiempo con su novio, que había nacido en la capital y trabajaba en Martos, en unas condiciones muy distintas al opresivo ambiente de aquel cortijo alzado en pie de guerra contra el mundo que Filomena reflejaba mejor que ninguna, aunque su rabia era más limpia, más sincera, más inocente en definitiva, tal vez porque no reaccionaba tanto a las cosas que había vivido como a las que le habían contado.

—A mí, la vida me ha pegado mucho.

Eso decía Catalina para justificarse, y era verdad, aunque en Fuensanta había otras que estaban peor. Su primogénito había sido uno de los últimos muertos del frente, su marido, uno de los primeros fusilados de la posguerra, y antes de que acabara el mes de abril de 1939, como si todavía no hubiera tenido bastante, su hijo Nicolás, que durante diez años se había criado tan sano como sus ocho hermanos, se le murió en los brazos entre convulsiones de una fiebre altísima, mientras ella lo llevaba por el pueblo de puerta en puerta, suplicando una ayuda que nadie quiso prestarle. En cincuenta días, Catalina la Rubia vivió una tragedia que muchas personas no acumulan en una vida entera, y esos cincuenta días la arrasaron por dentro y por fuera, la convirtieron en una roca de granito, un bloque de metal, una piedra distinta de la mujer que había sido hasta entonces. Nunca pudo olvidar aquellas casas cerradas a la agonía de su hijo, nunca quiso olvidar aquellas puertas que no cedieron al dolor de un niño ni a la desesperación de su madre, y nunca, ni por un instante, olvidó a Nicolás expirando en la calle cuando ella se derrumbó, cuando ya no supo qué hacer, adónde ir, a quién acudir, cuando ya lo había intentado todo, el médico, el boticario, el alcalde, el párroco, el veterinario, y se sentó en la plaza para mecerle como cuando era un bebé, para abrazarle, y cantarle, y acariciarle, y llorar con él, por él, hasta que sus hijas fueron a buscarla y le arrebataron de los brazos el cuerpo ya templado de su hermano muerto, al que su madre seguía meciendo, y cantando, y acariciando, y por el que nunca podría ni querría dejar de llorar.

No había cuartel. Eso fue lo que Catalina aprendió aquel día, que no había cuartel. En Fuensanta de Martos, en la Sierra Sur, en la provincia de Jaén, en toda Andalucía, en España entera no había piedad, no había esperanza ni futuro para una mujer como ella. Sin embargo, conservaba a sus tres hijas y le vivían cuatro varones más, desperdigados por el mundo, eso sí, uno en México, otro en Argelia, y otros dos, los más jóvenes, en Francia, adonde llegaron después de haber vivido en el monte una buena temporada.

—A mi Francisco lo sacaron en abril del año pasado, y a mi Anselmo en julio, una semana antes de lo de Valdepeñas —y entonces, sólo entonces, sonreía—. A esos ya no los cogen, no señor.

Nunca decía quién los había sacado, pero de vez en cuando, por el mismo misterioso conducto sin nombre, recibía carta de uno o de otro, a este o al otro lado del mar, y el buen humor le duraba varios días, aunque a veces daba la impresión de que la salud o la prosperidad de sus hijos no la alegraban tanto en sí mismas como por la victoria que entrañaban para una mujer que tampoco estaría jamás dispuesta a dar cuartel. Porque no era que Catalina siguiera siendo roja, sino que ahora era más roja que antes, más roja que nunca, roja de verdad, tanto como Cuelloduro, o más. Rojo había sido Lucas, su marido, y rojo Blas, el hijo que había perdido cuando su muerte ya no iba a servir de nada, roja era Manoli, la otra viuda, que al salir de la cárcel de Sevilla se fue a vivir al cortijo de su suegra con dos niños de mi edad que ya eran rojos, como los hijos de su tío Bernardo, rojos en México, como la hija de su tío Lucas, roja en Orán, como los hijos que tendrían sus tíos de Toulouse, rojos también, todos rojos perdidos por más que siempre les hubieran llamado los Rubios, haciendo un mote de su apellido.

—¿Y usted? —le pregunté a doña Elena cuando creí que tenía la confianza suficiente para hacerlo—. ¿Usted también es roja?

Ella se echó a reír y movió la cabeza antes de contestarme.

—Por supuesto que no, Nino, ¿cómo puedes pensar eso? —y su risa se deshizo en una sonrisa tierna, melancólica—. En la España del Caudillo ya no hay rojos, ¿es que no te has enterado?

—Pero Catalina...

—Catalina nada. Catalina es una patriota y una buena española, católica, apostólica y romana, como todo el mundo. ¡Pues no faltaría más!

Entonces me di cuenta de que doña Elena también era roja, aunque no se pareciera a las Rubias en ninguna otra cosa.

Para empezar, ella ni siquiera era andaluza. Había nacido en Salamanca, porque su padre, asturiano, era catedrático de Fisiología en esa universidad. Ella estudió Magisterio mientras tonteaba con uno de sus ayudantes, un sevillano que le hacía mucha gracia. Le hizo tanta que se hicieron novios, y se casaron cuando él consiguió una plaza en Carmona, donde ella también trabajó como maestra en dos etapas, antes de tener a sus hijas y mucho después, cuando las niñas ya habían crecido. La mayor no quiso hacer el bachiller, la pequeña sí, y al empezar el curso 1935/36, se fue a Madrid a estudiar Bellas Artes en contra de la opinión de su madre pero con todas las bendiciones de su padre, que sentía debilidad por aquella muchacha rebelde y modernísima, tan diferente de su primogénita, que se había empeñado en casarse por la Iglesia antes de cumplir veinte años. Su marido era un primo segundo de la rama asturiana, formal, católico y tan reaccionario que un par de días después de la boda dejó de hablarse con su suegro, con quien había tenido una bronca monumental a propósito de Darwin, los monos y el libro del Génesis.

Cuando la sublevación militar partió España en dos mitades, las opiniones científicas que el marido de doña Elena había sostenido en el casino durante toda su vida con apasionado ardor, le llevaron directamente, por ateo, a la cárcel de Carmona, en la que ingresó con la cabeza muy alta y casi de buen humor, convencido de que aquello iba a durar un par de días. Ella se quedó sola, incomunicada con su hija pequeña, que se lo pasaba tan bien de vacaciones en Madrid que había ido retrasando su vuelta hasta el primer día de agosto, y con la mayor, que estaba en Oviedo, la única ciudad asturiana que había caído en manos de los rebeldes, y cuyo cerco la mantenía aislada del resto de la zona de Franco. Cuando por fin recibió una carta suya, encabezada por el mismo ¡Arriba España! que mantenía a su padre en prisión, casi lo lamentó, porque eso significaba que era verdad que había caído el Frente Norte. Su marido seguía estando bien. Era un hombre fuerte, optimista, que irradiaba una benéfica serenidad sobre sus compañeros, a los que curaba cuando enfermaban a base de remedios caseros que ella hacía según sus instrucciones y dejaba todos los días a su nombre en la puerta de la cárcel. Así fue hasta el final de la guerra. El día que cayó Madrid, doña Elena no pudo verle, pero cuarenta y ocho horas después encontró a un hombre distinto, que ya no tenía fuerzas para sonreír y escogió un tono sospechoso, de puro solemne, para preguntarle si estaba segura de saber cuánto, cómo la había querido. Dos semanas más tarde, sin ningún síntoma, ninguna causa aparente, murió de madrugada. Aquella noche, antes de que apagaran las luces, se lo avisó a sus compañeros de celda, creo que voy a morirme, y todos le rodearon, le acompañaron, le secaron el sudor, le dieron ánimos, pero no pudieron hacer nada por él.

Tu padre se ha muerto de pena, escribió doña Elena a su hija mayor, que parece una muerte tonta, pero es la peor de todas, y ella le contestó que sólo podían esperar que Dios, en su infinita misericordia, se apiadara de su alma errada y pecadora. Aquella respuesta le pareció tan cruel que se dijo que no iba a volver a escribirle una carta nunca más, pero lo hizo enseguida, porque todas sus gestiones para localizar a su hija pequeña fueron infructuosas, y pensó que su hermana, mucho mejor situada para pedir favores, tendría más suerte. La que tuvo se agotó al localizar en un hospicio del Auxilio Social a una niña de dos años que se llamaba Elena González Manzano, aunque en su partida de nacimiento, que todavía no habían tenido tiempo de reescribir, seguía constando que era hija legítima del matrimonio formado por Felipe Ballesteros Sánchez, artillero de la IV Brigada Mixta, y Marina González Manzano, dibujante afiliada al sindicato de Artes Gráficas de UGT. De su madre no lograron averiguar nada, aparte de que la niña había llegado al Hospicio desde una guardería de la JSU donde se ocupaban de los huérfanos que dejaban los bombardeos. Cuando doña Elena fue a Madrid a recogerla, intentó averiguar el paradero de aquel yerno a quien nunca conocería, pero le dijeron que sólo informaban a los parientes. En ese momento, pensó que su marido había hecho bien en morirse y que más le valdría a ella hacer lo mismo, pero cogió a la niña en brazos, se volvió a Carmona y enseguida se alegró de haber sobrevivido.

Durante casi dos años, su nieta fue su única familia y un bien capaz de compensarla por todo lo que había perdido, pero en el invierno de 1941, una de las amigas que había hecho en la cola de la cárcel, le habló de la angustiosa situación de una presa de Sevilla que estaba viuda y había ingresado con sus dos hijos. Cuando la cogieron, el menor todavía mamaba y el otro tenía tres años. Ahora, y aunque ella siempre había contado con poder conservar al pequeño también hasta los cinco, habían decidido quitarle a los dos, y su hermano le acababa de contestar por carta que él, desde luego, no podía ir a recogerlos. Doña Elena, que iba tirando porque todavía le quedaban cosas que vender, no se lo pensó. Se hizo cargo de los niños y los tuvo en su casa más de veinte días, hasta que Catalina la Rubia recibió una carta de su nuera, consiguió dinero para el viaje y llegó por fin a Carmona.

Allí, por alguna razón que yo nunca alcanzaría a entender, porque desbordaba todos los límites conocidos de la solidaridad y de la gratitud, se hicieron amigas íntimas. En septiembre, Catalina volvió con sus nietos a casa de doña Elena y ella le acompañó a Sevilla el día de la Merced, el único del año en el que los niños podían entrar en las cárceles a ver a sus madres. En Carmona aún hacía tanto calor que, al despedirse, Catalina invitó a su amiga a pasar el verano siguiente en Fuensanta de Martos, donde el aire de la sierra refrescaba todas las noches. A doña Elena le gustó mucho el cortijo y volvió todos los veranos, hasta que en 1945 soltaron a Manoli, que antes de caer presa nunca se había interesado por la política que absorbía por completo a su marido. Blas el Rubio había participado en el asalto al cuartel donde los guardias civiles y los falangistas de Fuensanta se sublevaron sin éxito el 18 de julio de 1936 y, durante una semana escasa, la que transcurrió antes de que decidiera alistarse en las Milicias con tres de sus cuatro hermanos, fue el presidente del comité que tomó el poder en el pueblo después de ejecutar a los cabecillas de la sublevación. En otoño, ese mismo comité decidió ofrecer a Manoli el puesto que su cuñado Anselmo dejó libre al alistarse también, como un gesto de cortesía hacia una de las familias que más estaba arriesgando en defensa de la República, una deferencia que al final de la guerra le costó una pena de muerte, conmutada más tarde por veinte años de cárcel que la redención por el trabajo, docenas de mantelerías y juegos de sábanas bordados a mano para el ajuar de las señoritas sevillanas, dejó en seis.

Al volver a Fuensanta, Manoli, una chica de aspecto insignificante, baja, menuda, que cuando se fue del pueblo tenía un carácter tan apacible que la distanciaba de sus cuñadas tanto o más que su físico, demostró que había salido de la cárcel convertida en una Rubia más. A la luz del día, delante de todos, fue derecha a casa de su hermano, escupió en la puerta, y se instaló en el cortijo de su suegra, con sus hijos. Doña Elena y su nieta llegaron con ella y se quedaron allí también, como si fueran de la familia. Cuando yo las conocí, ya lo eran. Elenita tenía un acento cortijero tan cerrado como el de los hijos de Manoli. Blas y Pedrito la trataban como si fueran sus primos, y enseguida los tres empezaron a esquivarme con el mismo ahínco.

Aquella situación, incomprensible para muchos de los habitantes del pueblo, era una fuente constante de chismes y murmuraciones, casi nunca inocentes. Algunos decían que doña Elena era rica y que Catalina la tenía en su casa para servirla como criada, con la intención de heredar algún día. Otros contaban la historia al revés, convencidos de que la Rubia le estaba sacando poco a poco a su huésped el dinero que le quedaba a cambio de alojarla en su cortijo. Por supuesto, había versiones más retorcidas, que especulaban con la hipótesis de que ambas fueran lesbianas o con la posibilidad de que alguno de los hijos fugitivos de Catalina fuera el padre de Elenita. Nadie regala nada, decían, nadie da algo a cambio de nada, y tenían razón pero no la tenían, porque doña Elena no le pagaba alquiler a Catalina, pero Catalina disponía del poco dinero que le quedaba a doña Elena. Ninguna de las dos cobraba pensión y las dos trabajaban lo mismo, muchísimo, aunque la viuda del médico, las manos ásperas, callosas de hacer pleita, conservaba trazas de una vida distinta, la memoria de un antiguo bienestar.

—Es que la gente, ahora, no entiende esas cosas —Pepe el Portugués me fue contando esta historia mientras me acompañaba al cortijo—. Antes sí, antes, cuando la República, lo entendía todo el mundo, porque había huelgas, cajas de resistencia y sindicatos que prestaban dinero sin interés, que socorrían a las viudas y construían colegios para los huérfanos, pero ahora... Es como si aquello nunca hubiera pasado, como si nadie se acordara de nada, y por eso... Ahora nadie está dispuesto a dar nada por nadie, y ya ves, estas dos mujeres, que lo único que hacen es ayudarse, hacerse compañía la una a la otra, intentar sacar el cortijo adelante para criar a sus nietos lo mejor posible, y lo que va diciendo la gente...

Aquella tarde yo había llegado al cruce antes que él, tan nervioso que sólo al verle me di cuenta de que me había dejado la tartera de aluminio encima de la mesa de la cocina.

—No importa —él estaba tranquilo, sonriente y de buen humor—. Luego bajo contigo y la recojo.

—Sí —dije yo, por decir algo—, mejor... Porque...

Entonces, alertado por el temblor de mi voz, me cogió de los hombros para mirarme mejor.

—¿Qué te pasa? —y volvió a sonreír—. No me digas que tienes miedo.

—Un poco —admití.

—¿De qué? —no fui capaz de explicárselo, pero él lo entendió—. ¡Vamos, Nino! Sólo son unas pobres mujeres, ninguna te va a comer, te lo garantizo...

Entonces, para tranquilizarme, me contó quién era doña Elena y por qué vivía con Catalina, pero yo seguí estando nervioso, y tan asustado como un soldado que penetra en campo enemigo.

—¡Pero, Antonino, por Dios!

Dos días antes, cuando llegué a mi casa con los cangrejos, padre ya me estaba esperando en la cocina, pero no quiso explicarme los motivos de la cita que me había anunciado el Portugués hasta que mis hermanas estuvieran acostadas, y al escuchar su susurro, entrecortado y sigiloso como el de quien transmite un terrible secreto, su mujer se llevó las manos a la cabeza.

—Desde luego, no te entiendo —y no quiso bajar la voz para expresar mejor su escándalo—. Ni que fuera...

—Será lo que yo diga —mi padre se puso serio—. Hazme caso, Mercedes, y no me des consejos.

Así sólo consiguieron que empezara a ponerme nervioso yo, tanto que cuando madre se lanzó a hablar, a contarme que se había encontrado por casualidad con Filo por la calle, que le había dicho que iba a recoger unas madejas de lana que le había encargado a la Piriñaca, que como ella también tenía que ir a la tienda habían hecho el camino juntas, que entonces Filo le había contado que coincidió conmigo en la oficina el día que la detuvieron, que allí se había dado cuenta de que mis clases no iban bien, y que ya se imaginaba ella que Mediamujer no tenía ni idea porque mi propio padre se lo había contado, que me oía cuando estaba de guardia y le parecía que seguía escribiendo demasiado despacio para el tiempo que llevaba, y que esto, y que lo otro, y que lo de más allá, estuve a punto de zarandearla para pedirle que fuera al grano de una vez.

—No se puede enterar nadie, Nino —mi padre fue más directo—, porque, entre otras cosas, no quiero que el teniente se ofenda. Eso no estaría bien. Él sólo pretendía hacernos un favor, ya lo sabes, tenía la mejor intención del mundo, pero... —y cuando parecía que se estaba empezando a contagiar de la verborrea de su mujer, por fin me dijo algo que yo no sabía—. Le he dicho que vas a dejar la máquina, que no vales para eso, que estás cansado, en fin...

—¡Qué bien! —proclamé, y me puse tan contento al pensar que iba a recuperar mis viejas tardes libres, que no me paré a pensar qué pintaba el larguísimo prólogo de mi madre en mi flamante liberación.

—No —él me desanimó enseguida—, no vas a dejar de dar clase. No quiero que lo dejes, porque me parece importante, muy bueno para ti, para tu porvenir, ya te lo dije en enero. Es sólo que... Vas a cambiar de profesora.

—¿Filo?

—No, Filo no, pero... Una por el estilo —y se llevó la mano a la frente para pasearla después por toda su cabeza, como si quisiera enseñarme cuánto trabajo le había costado tomar aquella decisión—. Yo no puedo hacer otra cosa, hijo. No tengo dinero para pagarte una academia, ya lo sabes, y... Tienes que ser responsable, Nino, tienes que prometerme que no hablarás de esto con nadie, ni siquiera con Paquito, ni con tus amigos, prométemelo.

—Lo prometo —y lo hice sin saber a qué me estaba comprometiendo.

—Yo soy guardia civil. Y no debería hacer esto, sé que no debería, pero... Es que le he dado muchas vueltas y no se me ocurre qué otra cosa podría hacer. Los pobres no podemos elegir, ya lo sabes. Así que le he contado a Romero, y al teniente, que vas a ir a echarle una mano a Pepe el Portugués para acondicionar una tierra que ha arrendado más allá del cruce, que prefieres trabajar en el campo, ganarte un dinerillo, a estar encerrado en la oficina con Sonsoles, y ellos lo han entendido, claro, el teniente hasta se ha alegrado, creo que le he quitado un peso de encima, pero la verdad... La verdad es que vas a ir al cortijo de las Rubias a aprender a escribir a máquina, Nino.

Entonces me miró, y yo le miré, y lo entendí todo.

—Bueno, ¿y qué? —mi madre intervino cuando ninguno de los dos la esperábamos—. Es un cortijo, como los demás, donde viven personas, como las demás. No pasa nada, creo yo. Dar clases de máquina no es un delito, y recibirlas tampoco, que yo sepa. Los profesores cobran por su trabajo y los alumnos lo pagan, como es natural y lo más normal del mundo, ¿o no?

Madre tenía razón. Era natural y lo más normal del mundo, pero las cosas no siempre son lo que parecen o, al menos, no solían serlo para quienes vivíamos en la casa cuartel de Fuensanta de Martos en 1948. Por eso, antes de acostarme, volví a prometerle a mi padre que no le diría ni una palabra a nadie, y él me lo agradeció.

—Todo esto es culpa mía —dos días después, cuando ya veía el cortijo de Catalina al final del sendero, llegué en voz alta a mis propias conclusiones—. Todo esto pasa porque soy un canijo.

—No digas tonterías, Nino —Pepe el Portugués me regañó con una sonrisa en los labios—. Primero, aquí no pasa nada, y segundo... Tú todavía tienes mucho tiempo para crecer.

Sí, y para acabar trabajando de oficinista en la Diputación, estuve a punto de añadir, pero no le dije nada porque no se lo merecía. Pepe nos había prestado el dinero que las Rubias necesitaban para rescatar la máquina de escribir de doña Elena. Cuando mi padre fue a verle, a contarle cómo estaban las cosas, él no sólo se ofreció a servirme de tapadera, acompañándome al cortijo los primeros días para que cualquiera que pudiera vernos pensara que me estaba guiando hasta el terreno que acababa de arrendar. También le dijo que era una barbaridad que empeñara las cuatro alhajas que tenía mi madre para sacar del monte de piedad lo que las Rubias habían empeñado un año antes. No seas terco, Antonino, insistió, yo te lo presto, tú pagas por adelantado con mi dinero, me lo vas devolviendo poco a poco, como si pagaras las clases del niño, y en seis meses, todos contentos. Parecía que padre nunca iba a acabar de darle las gracias, pero él se encogió de hombros. ¿Por qué?, preguntó después, si yo no tengo gastos. Estoy soltero, vivo solo, así que... Para tenerlo en la cartilla, con la mierda de intereses que pagan, la verdad es que lo mismo me da, y me ahorro los viajes al banco. Por eso, y porque lo que él estaba haciendo por mí se parecía mucho a lo que doña Elena y la Rubia hacían la una por la otra en un pueblo, en una época, en un país en el que nadie hacía nada por nadie, no quise llevarle la contraria mientras recorríamos los últimos metros que nos separaban de la casa donde seis mujeres, una tras otra, fueron saliendo al porche para vernos llegar.

Hasta aquel día, yo las conocía sólo de vista con la única excepción de Filo, con la que ya había hablado algunas veces antes de la tarde que pasamos juntos en el cuartel, porque era la única que bajaba al pueblo a vender huevos y a hacer la compra. Sin embargo, poco después de aquel día, me encontré con Chica por la calle, ella con su novio, yo solo, y me saludó. No me dijo nada más que hola, pero viniendo de cualquiera de ellas, eso era bastante, tanto que no habíamos pasado de ahí. Manoli ni siquiera me miraba cuando venía a recoger a Pedrito a la escuela, y sin embargo, aquella tarde estuvieron mucho más simpáticas conmigo de lo que me habría atrevido a calcular, quizás porque yo estaba en su terreno y no al contrario, quizás porque se alegraban de haber podido recuperar la máquina y de los pequeños ingresos que podía proporcionarles, o quizás, simplemente, porque quien me había llevado hasta allí era Pepe el Portugués.

—¡Hombre, el niño perdido y hallado en el templo! —Catalina se levantó para darle un abrazo nada más verle—. Ya era hora de que vinieras a hacernos una visita, bribón...

—Pero si no tengo tiempo para nada, Rubia, ya lo sabes —y la abrazó con una sonrisa y un gesto zalamero que yo jamás habría pensado que nadie pudiera dirigir a semejante fiera—. Tú, aquí, tienes braceras de sobra, pero yo... Tengo que hacerlo todo solo.

Después, una mujer bajita, que conservaba una sombra de su antigua gordura que la distinguía de las demás, aunque todas estuvieran igual de flacas, se acercó a él para abrazarle en segundo lugar. Yo no sabía quién era, y por eso, y por la pulcritud que la envolvía como una segunda piel, limpia y transparente, la identifiqué enseguida como doña Elena.

—Pues tienes contenta a alguna que yo me sé —le dijo luego, muy sonriente.

—Es que a alguna le gusta mucho hablar —el Portugués también sonrió—, pero no creo que pueda tener queja de nada.

—Tú verás —insistió doña Elena, y las tres hijas de Catalina se echaron a reír al mismo tiempo.

Mientras tanto, yo las miraba, por primera vez juntas y de cerca, con la absoluta impunidad de los seres invisibles, porque nadie parecía haber reparado todavía en que el Portugués no había llegado solo al cortijo.

Las Rubias eran muy parecidas, pero no de la manera en que suelen parecerse los hermanos, porque daba la impresión de que sus padres habían ido ensayando en las dos mayores para triunfar al fin con la pequeña. No podía saber si con los varones pasaba lo mismo porque no había llegado a conocer a ninguno, pero ellas tenían rasgos muy semejantes, los mismos gestos en la cara, las mismas formas en el cuerpo, y sin embargo era imposible confundirlas ni siquiera de lejos. A primera vista, Chica era tan guapa o más que Filo, aunque al mirarla con atención se descubría que en su rostro había algo que fallaba, algo que estaba medio milímetro más arriba o más abajo, más a la izquierda o a la derecha de donde tendría que estar. Su cuerpo tenía las mismas proporciones que el de su madre en cuatro dedos menos de estatura, como una versión achaparrada del que su hermana Paula, la más alta de todas, paseaba sobre unas piernas larguísimas. Ella tenía el mejor tipo de las tres pero también era la menos guapa, porque había heredado la dureza de los rasgos de Catalina sin la dulzura que la templaba en los ojos de sus hermanas. Filo reunía las mismas dosis de lo mejor que les había tocado a las dos mayores en un solo esplendor, aunque con Chica a un lado y Paula al otro, tal y como la vi aquella tarde, su belleza parecía más lógica, menos deslumbrante, al menos hasta que deduje del comentario de doña Elena que el Portugués estaba tonteando con una de ellas, y pensé que no podía ser más que Filo.

—¡Buah! —y sin embargo fue Paula la que hizo un mohín antes de girar sobre sus talones para entrar en la casa sin mirar hacia atrás—. No creo que este vaya a ver hoy gran cosa...

—Aquí os dejo a Nino —él sí se volvió a mirarme antes

de ir tras ella, mientras todas se reían—. Tratádmelo bien, que es un buen chico.

Y se marchó, dejándome a solas con una perplejidad que no había parado de crecer desde que vi cómo Catalina lo estrechaba entre sus brazos. Temí que conmigo hiciera algo parecido, pero fue la única que se comportó como si yo no existiera. Doña Elena, en cambio, vino hacia mí con una sonrisa.

—Así que tú vas a ser mi alumno, ¿no?

—Sí —y avancé una mano insegura que ella apretó con decisión.

—Encantada de conocerte. Manoli ha hecho pestiños para merendar. Le salen muy ricos. ¿Quieres un agua de limón?

—Sí, muchas gracias —cuando me senté en la silla que me estaba indicando con el dedo, tenía la sensación de que en aquella casa todo era al revés de como debería ser—. ¿Pero no vamos a dar clase?

—Hoy no —y sin embargo, en ese instante empezó a caerme bien—. Hoy vamos a merendar, para empezar a conocernos. Me han contado que te gusta mucho leer, ¿no?

Los pestiños estaban tan buenos que me comí media docena, y Filo me rellenó dos veces el vaso de limonada para que terminara de sentirme a gusto en aquel porche, pero todavía estaba muy lejos de descubrir lo mejor que me pasaría aquella tarde.

—Uy, si son ya las cinco y media —doña Elena se levantó como si tuviera mucha prisa de repente—. Ven conmigo, Nino, voy a enseñarte mi casa.

—¿Su casa? —ella no perdió el tiempo en responderme, y tuve que correr un trecho para ponerme a su altura—. ¿Pero usted no vive aquí?

—No. Yo vivo en la casilla vieja, la primera que hubo en el cortijo —y señaló un sendero que parecía perderse entre los árboles—. Luego fue un establo, y más tarde un granero, pero estaba demasiado lejos de la casa grande, así que... Cuando yo llegué aquí, Catalina la usaba para guardar trastos. A mí me gustó, aunque estaba hecha una ruina, la verdad. Habían cegado las ventanas y sólo entraba luz por dos ventanucos que dan al altillo, el tejado estaba medio caído, el suelo era de tierra, pero la arreglamos entre todas con la ayuda de algunos amigos, y ahora vivo allí, con mi nieta. Siempre he sido muy independiente, ¿sabes?, y de paso, ellas tienen más sitio, que es algo que nunca sobra.

La casa de doña Elena era blanca, bonita, pequeña y limpia, igual que ella. Escondida entre los árboles y rodeada de macetas, tenía una sola habitación cuadrada, tan resplandeciente de cal como la fachada. El suelo estaba alfombrado con esteras de esparto, tan bien rematadas y encajadas entre sí que no dejaban adivinar el pavimento que recubrían, y había que acercarse mucho a las ventanas para descubrir que sus marcos, bajo sucesivas, minuciosas capas de pintura azul, estaban fabricados con distintos fragmentos de madera, a veces muy pequeños, pulidos y encolados para formar listones uniformes. Un trabajo tan primoroso sólo podía ser obra de Lorenzo Fingenegocios, que antes de subirse al monte había sido el mejor carpintero de los alrededores, aunque siguiera cargando con el mote de su abuelo, un vago que se ponía todos los días un traje y una corbata para pasearse por el pueblo de taberna en taberna, con un maletín en la mano, como si fuera un banquero muy atareado.

A la izquierda de la puerta había una cocina que su propietaria no utilizaba, porque comía y cenaba en la casa grande, y justo enfrente, entre dos mesillas con encimeras de mármol blanco, una cama de matrimonio con cabecero de hierro forjado, cubierta por una colcha de terciopelo rojo oscuro y flecos de seda que parecía haber llegado de otro mundo, igual que la mesa y las sillas de madera tallada que ocupaban el centro del cuarto. Pero ninguno de estos muebles valía nada en comparación con el tesoro que se extendía sobre la pared frontera a la puerta, debajo de un altillo corrido, tan profundo que dos ventanucos no bastaban para iluminar su contenido, y en el que doña Elena había almacenado todos los trastos que encontró desperdigados por el suelo al llegar. Debajo del voladizo de madera, encajadas contra él como si formaran una biblioteca hecha a medida, cuatro hileras contiguas de cajas de fruta, a las que les había arrancado los tablones del fondo para apilarlas una sobre otra por su lado más largo, contenían, limpios y ordenados, más libros de los que yo había podido imaginar jamás que poseyera una sola persona.

Cuando los vi, no pude decir nada. Sentí que las piernas se me doblaban solas al acercarme a ellos, y avancé los dedos de la mano derecha para acariciar con el borde de las yemas los lomos de piel y de papel, desgastados los primeros, suaves como el cuero viejo, estriados los segundos como si los hubieran abierto muchas veces. *El origen de las especies, Don Quijote de la Mancha, Novelas Ejemplares, Persiles y Segismunda, La rebelión de las masas, España invertebrada, El príncipe idiota, Sin novedad en el frente, El Lazarillo de Tormes, Robinson Crusoe, Flor de leyenda, Don Juan Tenorio, Lope de Vega Teatro, Rojo y negro, La Divina Comedia, Romancero gitano, Los papeles póstumos del Club Pickwick, La Celestina, Azul, La Comedia Humana, Cumbres borrascosas, Campos de Castilla, Antonio Machado Poesía completa, Anna Karenina, La montaña mágica, La Regenta, El sentimiento trágico de la vida, San Manuel Bueno, mártir, Veinte poemas de amor y una canción desesperada, El árbol de la ciencia, Rimas y Leyendas, Edgar Allan Poe Cuentos, Diario de un poeta recién casado, Benito Pérez Galdós Obras Completas, Episodios Nacionales, Tomo I, Tomo II, Tomo III, Tomo IV, Novelas, Tomo I...*

Leí todos estos títulos saltando de un cajón a otro, de una fila a otra, casi sin fijarme en las letras que descifraba a toda velocidad, como si temiera que fueran a desaparecer de un momento a otro, fruto de un ensalmo, un hechizo, una ilusión perversa que se desvanecería en el aire sin haber llegado a existir jamás. Hasta que logré cerrar la boca, y volví a respirar por la nariz, y mi corazón recuperó el gobierno de sus propios latidos. Entonces moví la cabeza y vi que doña Elena me miraba, muy sonriente.

—Usted debe de ser muy feliz —le dije, sin pensar muy bien en el significado de las palabras que pronunciaba.

—Pues no —y me pasó un brazo por el hombro, como si mi comentario la hubiera conmovido—. No soy muy feliz. ¿Por qué lo dices?

—No sé, teniendo tantos libros... —moví las manos en el aire para ganar tiempo, mientras buscaba unas palabras que no logré encontrar—. Yo nunca he visto tantos juntos en mi vida.

—Pues en Carmona tenía muchísimos más, y en unas librerías muy buenas, por cierto, con puertas de cristal y todo —pero acarició con ternura los lados bastos, astillados, de la caja de naranjas a la que le había correspondido custodiar lo que yo aprendería algún día que se llamaba el Siglo de Oro de la literatura española—. Aquí tengo poco más de trescientos, pero llegamos a tener casi cinco mil.

—¿Sí? —y volví a jadear sin darme cuenta—. ¿Y los ha dejado allí? Pues es una pena, porque podríamos...

—No —negó con la cabeza sin dejar de sonreír—. Allí ya no queda nada. Lo vendí todo, la casa, los muebles, los libros de medicina de mi marido, que eran los que más valían... No saqué gran cosa, desde luego, pero tuve que aceptar lo que me ofrecieron y dar las gracias, encima. Sólo me quedé con mi cama, con mi mesa, mi butaca favorita, los libros sin los que no podría vivir y los que pensé que ayudarían a vivir a mi nieta, pero, ya ves... A Elenita no le gusta leer. No hay manera de que coja un libro.

—¿No? Pues a mí...

—Ya, ya lo sé, me lo ha contado Pepe. Pero todavía no has mirado donde más te conviene. Yo, en tu lugar, me fijaría en el tercer estante de los que están al lado de la escalera.

Cinco semanas en globo, Viaje al centro de la Tierra, La vuelta al mundo en ochenta días, De la Tierra a la Luna, Escuela de Robinsones, Un capitán de quince años, Miguel Strogoff, Los quinientos millones de la Begún, Las tribulaciones de un chino en China, El testamento de un excéntrico, Por un billete de lotería, El dueño del mundo, Las aventuras del capitán Hatteras, los dos tomos de *La isla misteriosa* que yo ya había leído, y *Veinte mil leguas de viaje submarino* en la misma edición forrada en tela y con una ilustración a color pegada en la portada, mucho más bonita que la mía.

—No sé qué decir —tenía los ojos turbios y la sensación de estar tambaleándome, como si hiciera equilibrios en la cubierta de un barco o en el vértice de una inmensa borrachera—. Es increíble.

—No —ella se echó a reír—. Es una colección, nada más. A mí también me gustaba mucho Verne, de jovencita, y lo sigo leyendo de vez en cuando, no creas, aunque me sé de memoria casi todas las novelas. Así que puedes coger la que tú quieras.

—¿De verdad? —y de golpe, el corazón trepó por mi garganta para latir contra mi paladar.

—Claro —pero ella no le dio ninguna importancia a aquella milagrosa sucesión de acontecimientos extraordinarios—. Ahora nos vamos a ver mucho, ¿no? Cuando la termines, me la devuelves y te llevas otra. Porque me puedo fiar de ti, ¿verdad? *Los hijos del capitán Grant* la presté el año pasado y todavía no me la han devuelto...

Cuando escuché su último comentario, me dije que no tenía tiempo para pensar en eso, y después de mucho dudar, decidí empezar por el principio. Escogí *Cinco semanas en globo* y no lo solté ni un instante mientras ella ponía encima de la mesa una funda de cartón azul marino cuyo objeto no logré identificar hasta que la abrió para dejarme ver una máquina de escribir pequeña, más antigua pero también más liviana, más graciosa que la de la oficina.

—Aquí la tienes. Si te parece bien, le dedicaremos sólo la mitad de las clases. Durante la otra mitad, te enseñaré taquigrafía, porque saber una cosa sin la otra no sirve para nada.

Todavía me estaba explicando en qué consistía aquel sistema de escritura abreviada del que yo nunca había oído hablar, cuando Pepe el Portugués tocó con los nudillos en la puerta.

—¿Ya son las seis? —le preguntó doña Elena.

—Y veinte —contestó, mirándome a mí—. Nos tenemos que ir, pero vamos a bajar por un camino distinto, que llega directamente hasta aquí sin pasar por delante del cortijo. Así, cuando yo no pueda venir contigo, coges por allí —entonces se dirigió a mi profesora, tuteándola con una naturalidad que me devolvió a una extrañeza que ya se me había olvidado—. ¿Te parece?

—Sí, sí, mucho mejor. Por atrás nunca pasa nadie —ella me acarició la cabeza para despedirse—. Hasta pasado mañana entonces, Nino.

El camino por el que volvimos apenas merecía ese nombre. Era un sendero estrecho, casi borrado por la hierba, que apenas se distinguía por los árboles que lo flanqueaban. El Portugués me los fue señalando, orientándome para que pudiera encontrarlo yo solo, y tuve que prestarle tanta atención que no me dio tiempo a preguntarle nada. Al llegar al cruce, vimos venir a Auxi, mejor conocida por Rodillaspelás, porque se pasaba las horas muertas encogida sobre un reclinatorio, frente al altar mayor, aunque la piedad no la estorbaba para estar al acecho de cualquier chisme que pudiera repartir después, de puerta en puerta, y pensé que mi padre había hecho bien en tomar tantas precauciones. Cuando pasó de largo, ya había tenido tiempo para pensar además que, por muy extraña que me resultara la familiaridad de Pepe con Catalina, y por más que nunca hubiera querido contarme una palabra de nada, el libro que llevaba apretado contra el pecho me había puesto, una vez más, en deuda con él. Sin embargo, antes de que llegáramos al pueblo, la curiosidad pudo más.

—Tú te pasas la vida en el cortijo de las Rubias, ¿no?

Le solté la pregunta de sopetón, pero él se rió como si llevara toda la tarde esperándola.

—Hombre, la vida no... Pero sí es verdad que últimamente voy bastante.

—¿A ver a Paula? —asintió con la cabeza sin mirarme—. Pues Filo es mucho más guapa.

—Sí, pero a mí me gusta más su hermana.

—Pues es la que peor leche tiene.

—Ya —entonces sí me miró—. Por eso me gusta.

Era una respuesta tan lógica y tan absurda al mismo tiempo que los dos nos echamos a reír a la vez, y cuando llegamos a la casa cuartel todavía se nos debía notar, porque madre se nos quedó mirando con una sonrisa.

—Vaya, parece que estamos contentos...

Así, exactamente, estaba yo, contento, y contento seguí estando durante toda la primavera, abril, mayo y veinticinco días de junio, doce semanas enteras de la mejor vida que había tenido jamás, días de libros, de palabras, de risas, días cómplices de los amores del Portugués, de la casa de doña Elena, del futuro de un niño de diez años que se sintió tan mimado, tan arropado, tan seguro, que llegó a creer que nunca sería secretario de Ayuntamiento ni oficinista en ninguna Diputación, por mucho que llegaran a mejorar sus pulsaciones. Fueron días emocionantes aquellos, días aventureros y secretos, casi clandestinos, en los que me pasaron muchas cosas que no podía compartir con nadie, que no podía contarle ni siquiera a Paquito, mientras él seguía presumiendo de saber siempre más que yo, cuando nunca había sabido menos. Si tú supieras, pensaba, y él seguía hablando, que si cómo no me había enterado de que había aparecido otro billete firmado en Torredonjimeno, que si los bandoleros habían atracado la oficina de Correos en Castillo de Locubín, que si su padre estaba seguro de que la imprenta no podía estar en Fuensanta, ¡hay que ver, Nino, no te enteras de nada! Yo sonreía y le decía que no, pero de vez en cuando le daba algún susto.

—*Comment allez-vous?*

—¿Qué?

—Digo que *comment allez-vous?*

—¿Y eso qué es?

—¡Pues francés! ¿Qué va a ser? Es que no te enteras de nada, Paquito.

Doña Elena sabía muchísimas más cosas que taquigrafía y mecanografía. Yo nunca había conocido a nadie que supiera tanto como ella, ni siquiera don Eusebio, que nos enseñaba Historia a base de nombres de batallas y cuando nos preguntaba Literatura siempre decía, dando golpes en la mesa como si estuviera enfadado, ¡apellido del escritor, fecha, lugar de nacimiento y obras más importantes! Ella no era así. Ella contaba historias, y se sabía tantas que nunca se agotaban, historias verdaderas e inventadas, alegres y crueles, cómicas y tristísimas, historias completas que parecían grandes y luego eran pequeñas, porque siempre formaban parte de una historia mayor, una historia infinita que muchos adultos como ella y muchos niños como yo habían fabricado juntos a lo largo de los siglos, la historia de la sabiduría y de la curiosidad, la historia del conocimiento y del hambre de conocer, la historia que quien sabe mucho entrega a quien no sabe nada para que, en lugar de dividirse, crezca más y viva para siempre.

Doña Elena me enseñó mucho más que taquigrafía y mecanografía en la primavera dorada de mi ignorancia, y después, cuando dejé de ser inocente, me enseñó más cosas todavía. Me descubrió quién había sido Ulises y quién había sido Newton, quiénes fueron El Cid y Almanzor, por qué había habido una guerra que había durado cien años y que un músico llamado Wolfgang Amadeus Mozart terminó una misa de réquiem en la última noche de su vida. Me enseñó poemas y romances, canciones y letrillas, refranes y adivinanzas, y muchas palabras en muchos idiomas distintos pero, sobre todo, me enseñó un camino, un destino, una forma de mirar el mundo, y que las preguntas verdaderamente importantes son siempre más importantes que cualquiera de sus respuestas.

—*How do you do,* Paquito?

—¡A mí déjame de francés!

—Que no es francés, que es inglés, animal...

—Desde luego, Canijo, es que ya no se puede ni hablar contigo, de lo raro que te estás volviendo.

Era verdad que me estaba volviendo raro, y lo más raro era que me gustaba. Nunca me había sentido tan bien como en aquellos días, cuando no hacía falta que madre me castigara sin salir ni al patio, porque yo mismo prefería quedarme en casa leyendo si no podía ir al molino a ver al Portugués, ni recorrer, solo o con él, por un camino o por otro, la distancia que me separaba de la casilla vieja. Entonces, mientras ascendía por el espacio atravesando nubes de estrellas, o descendía hasta el magma incandescente de las profundidades del planeta, las novelas de Julio Verne que doña Elena me prestaba eran mucho más que libros, toda una garantía de la privilegiada condición de un niño muy bajito que nunca antes había tenido motivos para sentirse afortunado, un elemento de continuidad entre mis dos vidas, el túnel secreto que vinculaba las desnudas paredes de mi habitación de la casa cuartel con las cajas de fruta que albergaban una biblioteca viva y escogida en una pobre casilla de paredes encaladas.

Además, muchas veces, las novelas de Verne también eran el pretexto que me consentía empezar a preguntar sobre lo que no sabía, historia, geografía, física, los sextantes, los globos aerostáticos, los submarinos, las rutas de navegación, las proezas de los descubridores, las rutinas de los laboratorios, el origen asombroso, frenético y cambiante de todos aquellos científicos locos y cuerdos a la vez que acertaban al equivocarse, al cometer largas cadenas de errores que les iban aproximando poco a poco, por caminos insospechados, a los grandes hallazgos de sus vidas. Así, aquellos libros me irían llevando hacia otros libros, otros autores a quienes leería con la misma avidez, porque me descubrían mundos distintos pero igual de fascinantes, que terminaba de explorar haciendo preguntas sobre asuntos cuya existencia había ignorado siempre, a una mujer que siempre sabía cómo contestarme. Estoy preocupada, Nino, me decía ella de vez en cuando, con tanta charla no vamos a avanzar... La verdad era que yo no quería avanzar, porque no quería que aquello se acabara.

—Admirose un portugués, de ver que en su tierna infancia, todos los niños en Francia, supiesen hablar francés...

—¡Que me dejes ya, joder!

Aquella tarde, mientras Paquito cruzaba el patio muy enfadado, padre se echó a reír, pero por la noche me dijo que, cuando dominara la máquina y si podíamos ajustar un precio, quizás doña Elena pudiera enseñarme también esa lengua que los niños franceses aprenden desde la cuna. Sus palabras, que tenían el eco de una promesa, agotaron mi resistencia, y desde entonces avancé más que antes, más que nunca, tanto que don Eusebio, en la escuela, empezó a mirarme con cara de miedo, como si el destino le estuviera castigando con una inesperada reedición de Regalito.

Cuando terminó el curso, ya era capaz de escribir a una velocidad razonable textos con sentido, palabras verdaderas en el lugar de aquellas absurdas cadenas de letras, qwer y poiu, que Sonsoles me había enseñado sin decirme ni una sola vez que lo fundamental era que memorizara el teclado. En taquigrafía iba un poco más atrasado, pero de vez en cuando tomaba nota de algunas de las frases que habían dicho mis padres y mis hermanas en la comida, y les enseñaba después el cuaderno para dejarles con la boca abierta. Esperaba que mis notas de fin de curso reflejaran un progreso que a mí mismo me parecía asombroso, pero el maestro fue tan cicatero como cuando me ponía un cinco pelado por haber intentado soplarle a Paquito la tabla de multiplicar.

—Perdone, don Eusebio —unos meses antes jamás me habría atrevido a protestar, pero lo hice con naturalidad, sin medir las consecuencias, cuando me dio el libro escolar, con una columna de aprobados aún más humillante en comparación con los notables y los sobresalientes que florecían en todas las demás páginas—, pero no estoy de acuerdo con mis notas. No sé por qué me ha puesto un cinco en Historia, porque hice el examen muy bien.

Cuando estaba preparando aquel examen, doña Elena había sacado por primera vez, de su correspondiente cajón de fruta, uno de esos tomos gordos, encuadernados en una piel roja, suave, que de lejos parecía terciopelo, sus lomos blandos, suavísimos como la piel de un niño al que hubieran acariciado muchas veces.

—Ten —me dijo después de acariciarlo una vez más, mientras lo abría por el lugar exacto, como si se supiera de memoria su contenido—, *El dos de mayo*. Llévatelo si quieres, y aparte de divertirte, seguro que te ayuda a comprender mejor lo que pasó.

—No —intenté resistirme—. No hace falta, si me lo sé muy bien...

—Que sí, tonto, cógelo —y me lo puso entre las manos—. Te va a gustar, ya lo verás.

Acepté su ofrecimiento sólo por no quedar mal, pero cogí aquel libro con muchas precauciones. Primero, porque debía de ser muy caro y me daba miedo estropearlo. Después, porque no me parecía una lectura tan atractiva como las novelas de aventuras que me seguían tentando desde el tercer estante que estaba al lado de la escalera. Y por último, porque el nombre de su autor no me inspiraba ninguna confianza. Julio Verne sí que tenía un nombre de escritor, bonito y exótico a la vez, un apellido singular, elegante, que no se parecía a ninguna palabra de las que yo usaba todos los días, pero ¿Benito? Benito era nombre de campesino, o de obrero, porque el herrero de mi pueblo se llamaba justo así, y apellidarse Pérez... Yo me apellidaba Pérez, sin ir más lejos.

—Ya me lo he leído —le anuncié a doña Elena sin embargo, dos días después.

—¿El qué? —me preguntó ella, mientras apilaba las hojas de papel blanco alineando los picos para que ni uno solo sobresaliera de los demás, con la milimétrica meticulosidad de todas las tardes.

—*El diecinueve de marzo y el dos de mayo* —y con sólo pronunciar su título, me pareció que el aire olía a pólvora, a sangre, a la piel perfumada de las majas con trabuco, y escuché los gritos de los vecinos, los cascos de los caballos, el llanto de las madres, las arengas de los héroes, el eco de los besos antes de la batalla—. Me ha encantado, de verdad. Se me han saltado las lágrimas y todo. Y varias veces, no crea.

—¿A que sí? —entonces se volvió a mirarme, me sonrió—. Es muy emocionante.

—Es... —me paré a buscar las palabras que necesitaba, pero las encontré enseguida—. Es como una novela de aventuras, ¿no?, pero más real, más auténtica, porque en una historia inventada, que al final los buenos pierdan sería un problema, ¿no?, lo echaría todo a perder, pero aquí, saber que los personajes existieron en realidad, en una ciudad de verdad, en aquel momento... No sé, me ha impresionado mucho, aunque termine mal, con tantos muertos. Por eso me he quedado con el libro. Quería preguntarle si no le importa que me lea *Cádiz.*

—¡Claro que no me importa! Y léete luego *Zaragoza,* si quieres, que eso sí que es una novela de aventuras, con Agustina disparando el cañón, hecha una jabata —y se echó a reír, como si sus propias palabras le hicieran mucha gracia—. ¡Qué prodigio de mujeres, madre mía! Cómo se nota que en la vida le gustaban peleonas...

—¿A quién?

—Pues a don Benito —y ni siquiera se tomó la molestia de añadir sus apellidos, como si tomara café con él todas las tardes—, ¿a quién va a ser?

Por eso, cuando don Eusebio me dio las notas, me encontré con fuerzas más que de sobra para discutir con él, y tan cargado de razón que ni siquiera me arrugué al detectar los signos externos de su cólera.

—¿Muy bien? —porque hizo descender el puente de sus gafas sobre la nariz para dedicarme una mirada incrédula y furiosa, mientras apretaba los puños, los brazos rígidos, pegados a las piernas—. ¿A usted le parece que hizo el examen muy bien?

—Sí —contesté con un aplomo desafiante.

—Pues ya puedes estarme agradecido, botarate, porque con ese examen debería haberte suspendido, y a punto he estado, por cierto. Nunca he leído tantas insensateces juntas sobre el 2 de mayo de 1808. El pueblo en armas, los motivos de los afrancesados, el patriotismo de Jovellanos, la Revolución Francesa... ¿Es que yo había preguntado la Revolución Francesa?

—Pues no. Pero Galdós explica muy bien que la política de Napoleón...

—¿Galdós? —y escuchar ese nombre le sorprendió tanto, que por un instante hasta se olvidó de lo enfadado que estaba conmigo—. ¿Es que yo te he pedido que leas a Galdós?

—Pues no. Pero lo he leído.

—¡Pues muy mal hecho!, ¿me oyes? —y recobró en un instante el furor que en aquel momento equivalía a su compostura—. ¡Muy mal hecho!

—No sé por qué, yo no creo...

—¡Porque lo digo yo! ¡Galdós nada, y Napoleón nada, y las Cortes de Cádiz nada, y la Constitución de 1812, nada de nada! Yo no os he explicado eso, yo no había preguntado eso, yo...

Durante un instante se quedó callado, temblando de rabia. No sabía por dónde seguir y yo no quise interrumpirle, porque nunca le había visto tan enfadado, nunca había tenido tantas razones para enfadarme con él, y sin embargo, en aquel momento, con su chaleco y su levita, sudando como si tuviera fiebre bajo el despiadado sol de junio, con los ojos hirviendo, los puños apretados y los labios temblando de indignación, me pareció un hombrecillo patético, un pobre tonto solemne, tanto más tonto cuanto más solemne.

—No sé de dónde ha sacado usted todos esos disparates, pero ya puede darme las gracias por haber roto su examen, porque la próxima vez lo guardaré en un cajón para comentarlo con el inspector. Está usted advertido.

Aquella tarde, para que no me equivocara al juzgar a mi maestro, doña Elena me contó la historia de la reválida de Elías y los pantalones de Severino el Potajillo.

—En las personas valientes, el miedo es sólo consciencia del peligro —añadió—, pero en las cobardes, es mucho más que ausencia de valor. El miedo también excluye la dignidad, la generosidad, el sentido de la justicia, y llega incluso a perjudicar la inteligencia, porque altera la percepción de la realidad y alarga las sombras de todas las cosas. Las personas cobardes tienen miedo hasta de sí mismas, y eso es lo que le pasa a don Eusebio. Él no es una mala persona. Es un hombre culto, amable y considerado siempre que serlo no entrañe ningún riesgo, pero al mismo tiempo es tan cobarde que, ante la menor crisis, el miedo le domina hasta el punto de hacerle parecer tonto a los ojos de un niño de diez años. A ti, que eres valiente, tiene que hacerte más listo, más astuto, más consciente del peligro que, por ejemplo, correrás si sigues poniéndole a don Eusebio en los exámenes lo que yo te cuento aquí, donde no nos oye nadie, ¿de acuerdo?

Asentí con la cabeza y me sonrió, como si ella tampoco se hubiera dado cuenta de lo que significaba aquel cinco injustísimo que el maestro me había plantado en el examen de Historia.

—¿Pero la verdad? —le pregunté luego—. ¿Qué pasa con la verdad?

—¿Con qué verdad? —y volvió a sonreír—. Sin movernos del Dos de Mayo, por ejemplo... ¿Manolita Malasaña fue una heroína, una patriota que luchó hasta la muerte contra los extranjeros que pretendían invadir su país? Evidentemente sí. ¿Y los afrancesados? Todos esos liberales que estaban convencidos de que lo mejor que podía pasarle a España era que la invasión napoleónica acabara para siempre con una monarquía absoluta sostenida por una dinastía de déspotas corruptos y medio imbéciles... ¿Ellos no eran patriotas? ¿No querían lo mejor para su patria? Evidentemente también. Y Jovellanos, y Quintana, y Goya, y todos esos liberales que empezaron siendo afrancesados y dejaron de serlo enseguida, al comprobar que el ejército francés no venía a traer libertad, igualdad y fraternidad, sino a imponer la ambición desmedida de otro tirano a quien no le importaba asesinar inocentes, arrasar sus casas, destruir un país entero con tal de ocuparlo, y que se quedaron solos en medio de ninguna parte con sus ideales intactos, soñando con una libertad, una igualdad y una fraternidad que no les iba a traer nadie, que sólo ellos podrían fabricar con el ejemplo de sus propias vidas, ¿acaso no fueron los más patriotas de todos?

No nos habíamos movido del Dos de Mayo, y sin embargo, tan lejos como estábamos de aquel remoto día de 1808, a doña Elena se le habían llenado los ojos de lágrimas.

—Perdóname —se secó la cara deprisa, con los dedos—. Lo que quiero explicarte es que la verdad es toda la verdad, y no sólo una parte. La verdad es lo que nos gusta que haya sucedido y, además, lo que ha sucedido aunque nos guste tan poco que daríamos cualquier cosa por haberlo podido evitar. Para aceptar eso también hay que ser valiente, y como don Eusebio no lo es, no admite la parte de verdad que corresponde a hombres como Jovellanos, y seguramente no porque no la valore, sino porque sabe que reconocerla sería peligroso para él. Sin embargo, hasta las personas más valientes, las más justas, las más honradas, interpretan la realidad de acuerdo con sus propias ideas sobre lo que es bueno y lo que es malo, lo que desean, lo que temen, lo que creen, lo que detestan. Y al hacerlo, fabrican su propia verdad.

—Porque lo bueno y lo malo no son lo mismo para todo el mundo —estaba pensando en voz alta, pero ella me dio una respuesta que no le había pedido.

—Desde luego que no. Y por cierto, Nino, ahora que te han dado las vacaciones en la escuela... ¿No prefieres que también te las dé yo aquí?

Si hubiera respondido que sí, todo habría seguido estando en su lugar durante algún tiempo, tal vez para siempre. Si hubiera respondido que sí, la verdad habría seguido siendo, a lo sumo, un tema de conversación interesante para las perezosas tardes de aquel verano. Si hubiera respondido que sí, quizás habría podido seguir viviendo en aquella frágil y sonrosada burbuja que flotaba, de clase en clase, de libro en libro, sobre la erizada cordillera de espinas que la codiciaban, que asomaban a las miradas de piedra de Catalina, a la patética indignación de don Eusebio, a las exacerbadas precauciones de mi padre y al rigor de las hojas de los calendarios. Mis notas fueron el primer aviso, pero yo no lo quise registrar, porque en el dorado paréntesis de aquella primavera, me acostumbré a vivir como si no viviera en la casa cuartel de Fuensanta de Martos, en el mes de junio de 1948.

Y sin embargo, era entonces y era allí donde yo vivía. Agazapados tras mi humilde felicidad, el tiempo y el espacio me perseguían, me acechaban, constantes, sin que me diera cuenta, esperando a la menor oportunidad para someterme, para arrinconarme en el lado del mundo que me correspondía, para quitarme la manía de soñar que yo podía elegir mi propia vida y saltar cuando me apeteciera el muro imaginario que dividía los llantos y las culpas. De todas las respuestas que he dado a todas las preguntas que me han hecho en mi vida, ninguna tan errada, tan triste como aquella.

—No —pero yo, por supuesto, tenía diez años y no podía saberlo—. Prefiero seguir dando clase.

—¿Estás seguro?

—Sí.

La verdad es toda la verdad y no sólo la parte que nos conviene. El 25 de junio no pasó nada en Fuensanta de Martos. Los del monte no se hicieron notar, los del llano se comportaron como si no los conocieran, y los guardias civiles se limitaron a cumplir con sus tareas rutinarias. El cartero también, y por eso, porque aquel sobre era oficial, porque traía un membrete de la Capitanía General de La Coruña, antes de empezar el reparto de todas las tardes subió expresamente hasta el cortijo de las Rubias para entregárselo a Catalina. Dentro, una cuartilla escrita a máquina informaba en unas pocas frases ásperas, concisas, del fallecimiento de Francisco Rubio Martín, natural de Fuensanta de Martos, provincia de Jaén, hijo de Lucas y de Catalina, de 28 años de edad, que carecía de documentación en vigor por haber entrado en España por conductos ilegales y que, en la tarde del 19 de junio de 1948, conducía un automóvil que no respondió al alto de un puesto de control de la Guardia Civil instalado en la carretera de salida de El Barco de Valdeorras, en dirección Ponferrada. En el tiroteo consiguiente, resultaron muertos un guardia civil y tres de los ocupantes del vehículo, el citado Francisco Rubio Martín y dos conocidos bandoleros de la provincia de Orense. El cuarto, gravemente herido, identificó a sus compañeros antes de intentar darse a la fuga y ser abatido a tiros por la autoridad.

—A esos ya no los cogen, no señor...

Paco el Rubio, que había hecho feliz a su madre por última vez sólo dos semanas antes, cuando le mandó desde Toulouse una copia de la foto de su boda, había vuelto a España recién casado para morir en la otra punta de la península, un paisaje verde y mullido, húmedo y dulce, que nadie de su familia había pisado jamás. Quizás era la primera vez que lo hacía, quizás no. Quizás había pasado los Pirineos campo a través, quizás había venido como un señor, en tren o en coche, con documentación falsa, francesa, española o de cualquier otra nacionalidad, el caso es que había vuelto, con una pistola, un coche y el dinero suficiente para cumplir el encargo de sacar del país a tres guerrilleros gallegos, igual que otro hombre con cualquier otro acento, cualquier otro pasaporte, y otra pistola, otro automóvil, otra cartera llena de dinero de curso legal, le había sacado a él de la Sierra Sur un año y medio antes. Eso había durado la suerte de Paco el Rubio, un año y medio.

Hizo lo que tenía que hacer, madre, su hermano Anselmo también escribió a casa al conocer la noticia, aunque su carta, sin membrete, sin sellos, sin remite, no la trajo el cartero. No podía negarse a ayudar a unos camaradas que estaban en peligro y que podían poner en peligro a muchos más si caían, ni siquiera se le pasó por la cabeza la idea de renunciar a la misión, y eso que estaba recién casado. Él sabía qué era lo que tenía que hacer, y eso hizo. Puedes estar orgullosa de Paco porque ha muerto por la libertad de España, como un luchador, como un héroe del pueblo, igual que vivió, madre...

Aquella carta endulzó el duelo de Catalina, la ayudó a tragarse la amargura de una muerte tan cruel como la de su hijo Nicolás, la caprichosa muerte de un superviviente, un ser elegido, escogido, seleccionado para vivir, un hombre que podría haberse quedado en Francia o haber emigrado a América, que podría haber disfrutado de su luna de miel, haber encontrado un empleo, haber tenido hijos y una vida feliz, hasta morir de viejo y rodeado de niños en una cama grande de sábanas limpias, ese hombre que había malbaratado el regalo de su propia suerte en un acto fatal de generosidad o de locura. Paco el Rubio había llegado muy arriba en el organigrama político de la guerrilla. Por eso, y porque el precio de su cabeza era muy alto, había tenido el privilegio de salir en una fuga organizada, apoyada desde fuera, unas garantías con las que no contaban muchos otros hombres que, antes o después, se sentían abandonados por la dirección del partido por el que luchaban, por el que se jugaban la vida un día tras otro, por el que ya no se la jugarían más a partir de la noche en la que echaban a andar con los dedos cruzados para intentar llegar a Francia por su cuenta. Pero Paco no. Paco mandaba, y mandaba tanto que logró organizar la salida de Anselmo. Las mismas razones que mantenían a su hermano pequeño sano y salvo en Toulouse, le habían impulsado a volver para morir en España.

Con el tiempo, Catalina escogería la versión del único Rubio que quedaba en Francia, la generosidad sobre la locura, el heroísmo de otro hijo entregado a una causa noble y sin futuro, pero el 25 de junio de 1948, cuando yo llegué a la casilla vieja por el camino de atrás y la encontré desierta, sólo había recibido una carta, y nada, ni siquiera la suma de los seis que le quedaban, le compensaba por la muerte del que acababa de perder. Yo no lo sabía, y tampoco encontré ningún indicio de lo que estaba pasando. El segundo día que estuve en casa de doña Elena, ella me advirtió que de vez en cuando tenía que ir a echarle una mano a Catalina, acompañarla al médico o a hacer gestiones, y que procuraría liberar nuestras horas de clase o avisarme antes, a través del Portugués, pero que, por si acaso, siempre debería fijarme en una mata de tomillo que crecía justo al borde de los escalones que llevaban a su casa. Un pañuelo atado en cualquier rama significaría que había tenido que salir, que no había podido avisarme y que no merecía la pena que la esperara, porque nuestra cita se trasladaba automáticamente al día siguiente, a la misma hora. Así había ocurrido ya dos veces, pero el 25 de junio de 1948, por mucho que miré, no vi ningún pañuelo atado en ninguna rama de aquella mata. La puerta de la casilla estaba cerrada con llave y sin embargo, cuando empecé a bajar hacia la casa grande, vi que las contraventanas estaban abiertas, y por eso, aunque nadie me había dicho nunca que lo hiciera, se me ocurrió que lo más fácil era acercarme a preguntar.

No había vuelto por allí desde que Pepe me acompañó por primera vez. Habíamos subido juntos muchas otras tardes, pero yo siempre me desviaba antes de llegar a la casa grande para coger un atajo que desembocaba en el sendero que iba derecho a la casilla, y siempre me volvía, solo o con el Portugués, por la cuesta de atrás. Aquella tarde, en cambio, desanduve el camino por el que doña Elena me había guiado después de invitarme a merendar pestiños con limonada, y llegué hasta la casa de Catalina sin ver a nadie, aunque escuché algunos gritos, un rumor confuso de quejas y de llantos que provenía de la fachada delantera. Aquel sonido debería haberme inspirado una prudencia que no sentí porque yo no iba a hacer nada malo, porque sólo quería preguntar por mi profesora, porque era amigo de Pepe el Portugués y estaba seguro de ser bien recibido en aquella casa. Cuando comprobé que estaba equivocado, ya era tarde.

No vi lo que pasaba en el porche hasta que estuve dentro, mis pies clavados en las tablas del suelo, mis ojos incapaces de devolver la atención de todas las miradas que se volcaron en ellos a la vez. Todo pasó muy deprisa, pero yo sólo puedo recordarlo despacio, como si en mi memoria el tiempo se hubiera detenido de pronto para avanzar de detalle en detalle, atropellándose a sí mismo en una intermitente sucesión de imágenes bruscas, secas, violentas como golpes, y tan quemadas por el sol que se confunden con una vieja colección de fotografías abandonadas a la intemperie.

Recuerdo los ojos de Chica, húmedos y blandos, rojizos de haber llorado mucho, y recuerdo cómo se abrieron al encontrarse con los míos, y su expresión cambiante, que viajó del asombro al miedo, del miedo a la cautela en un segundo. Recuerdo que Chica estaba apoyada en la pared, en la misma esquina por la que yo entré, y que por eso la vi antes que a las demás, pero allí estaban todas, Manoli sentada en una mecedora con Pedrito encima, Paula junto a la puerta, inmóvil, abandonada contra el cuerpo del Portugués, que la rodeaba con sus brazos como si temiera que fuera a derrumbarse si la dejaba sola un solo instante, y Catalina sentada en el centro del banco de mimbre que ocupaba a su vez el centro del pequeño mundo del cortijo, Catalina muy pálida, su cabeza desmayada en el respaldo, las piernas separadas y los brazos abiertos, las manos apoyándose sin fuerza en sus rodillas, un papel arrugado en el regazo, Catalina quieta y vacía, fría y exhausta, como muerta, doña Elena a un lado, Filo al otro, y las dos mirando sus ojos húmedos y blandos, rojizos de haber llorado mucho, con sus propios ojos rojizos de llanto, tan blandos, tan húmedos como los de Manoli, como los de Paula, como los de Elenita, que al verme escondió la cara en la falda de su abuela para acabar de componer una imagen tan perfecta de la desolación que parecía ensayada, casi teatral, como si en el cortijo de las Rubias no vivieran ya personas, sino personajes, actores y actrices que representaran un papel o posaran para un cuadro, una Trinidad doliente, desgarradora, en aquel banco de mimbre, Catalina sin vida entre su amiga y su hija, que lloraban por ella y por ellas mismas, por ella y por los demás, y los demás llorando el mismo llanto propio y ajeno, desprendido y egoísta, generoso e inútil, todo eso vi yo hasta que Catalina abrió los labios, y nunca había visto una escena semejante, nunca tanta tristeza en tan poco espacio, tanta intensidad, tanto exceso, pero Catalina me señaló con el dedo mientras su nieto Blas avanzaba hacia mí al mismo tiempo, y él, que tenía doce años, ya había terminado de llorar.

¿Qué hace este aquí? Entonces comprendí que lo que estaba viendo no era un cuadro ni una foto, que no era teatro, ni una película, porque Catalina, el dedo extendido todavía en mi dirección, repitió aquella pregunta, ¿qué hace este aquí?, y Filo cerró los ojos, doña Elena movió la cabeza en el aire para pedirme que me marchara, Blas dio otro paso y Pepe cruzó el porche sin soltar nunca a Paula, llevándola siempre entre los brazos como a una rehén, os he dicho que no quería verle, Catalina siguió hablando en un tono seco, preciso, pronunciando cada palabra muy despacio, diciendo todas las eses con una serenidad, una calma inauditas, ¿os lo he dicho o no os lo he dicho?, y yo tendría que haber salido corriendo, tendría que haber obedecido las señales de aquellas cabezas que se movían rítmicamente de izquierda a derecha, de arriba abajo, para pedirme, para rogarme, para ordenarme que me marchara, doña Elena, Paula, Filo, el Portugués, tendría que haberme largado de allí pero Catalina hablaba en un tono casi hipnótico, pronunciaba muy bien cada palabra, y todo era muy lento, muy tranquilo, yo sentía que tenía los pies clavados en aquel suelo de madera y no podía imaginarme lo que me estaba jugando, el precio que tendría que pagar por cada segundo de inmovilidad, os he dicho que no quería volver a verle, pero esa frase ya no sonó como la primera vez que la escuché, ni hoy ni mañana ni nunca jamás, porque Catalina me miraba como si pretendiera taladrarme con los ojos, ya os lo advertí, os lo dije bien claro, ¿o no os lo dije?, porque Catalina apretaba los dientes para helar cada sílaba que salía de sus labios, os dije que no me gustaba que viniera por aquí, porque Catalina se apretaba las rodillas como si pretendiera hundirlas con sus propias manos, que no me gustaba y no me gusta, porque Catalina se levantó y me pareció de pronto mucho más grande que antes, más grande que nunca, aterradoramente inmensa y fuerte y poderosa como si fuera mucho más que una simple mujer, que no me gusta su dinero, que no necesitamos el dinero de un...

¡Cállate, Catalina! Entonces, doña Elena también se levantó, se acercó a ella, la agarró de un brazo, tan blanca, tan pequeña, tan pulcra, tan bien peinada, ¡no me pienso callar!, la Rubia la apartó de un manotazo y quizás le hizo daño, pero ella volvió a insistir, sí que te vas a callar, y entonces me miró otra vez, vete, Nino, me dijo, vete, por favor, vete, vete ya, y había tanta angustia en su voz, tanta angustia en sus ojos, que sin saber todavía lo que iba a pasar, lo supe al fin, y al fin mis pies obedecieron, y obedecieron mis piernas a aquella orden desesperada y benéfica que llegó muy tarde, demasiado tarde, y me puse en marcha sin pensar muy bien adónde iba, y en lugar de volverme por donde había venido, avancé unos pasos por el camino principal, y mi corazón latía tan deprisa como si quisiera prepararse para lo que se avecinaba y sin embargo pareció que no iba a pasar nada, nada pasó hasta que escuché de nuevo a Catalina, su voz mintiendo siempre una serenidad que no podía sentir mientras pronunciaba muy bien cada palabra, eso, vete tranquilo, que aquí nadie te va a matar por la espalda, como mató tu padre a Fernando el Pesetilla...

El suelo se hundió bajo mis pies, eso fue lo que sentí, que la tierra se abría y yo caía, caía, caía entre rocas incandescentes que ardían dentro y fuera de mí, y tenía los ojos cerrados, los párpados apretados como si nunca más pudieran despegarse, pero notaba el calor, un fuego sin llama, un fuego espantoso, mineral, metálico, un fuego informe y total que me mordía, que me quemaba hasta los huesos como si pretendiera devorarme por entero, no sé cómo puedes ser así, Catalina, y muy lejos, en la orilla templada de aquel abismo tan parecido al infierno, escuché la voz de doña Elena, no sé cómo puedes ser tan dura, tan cruel, y aquella voz me llamaba aunque no hablara conmigo, si no es más que un niño, ¿es que no lo ves?, me devolvía a una realidad de la que nunca me había movido, ¡un niño, sí, qué pena me da!, Fuensanta de Martos, 1948, un lugar desde el que escuchaba muy bien la cuidadosa dicción de Catalina, yo tuve nueve niños, ¿sabes?, porque ya no había elección para mí, no había ningún camino, ninguna puerta, ningún agujero por el que escapar a la verdad, yo crié a nueve niños, los vi crecer, hacerse hombres, que es toda la verdad y no sólo la parte que nos conviene, ¿y sabes para qué?, lo primero que vi al abrir los ojos fue a Blas muy cerca, jadeando a mi lado, pues para que me los vayan matando unos hijos de puta como el padre de este, Catalina seguía pronunciando todas las eses con un cuidado exquisito, así que no me vengas ahora con que no es más que un niño, como si el odio afilara la punta de su lengua, es el hijo de un asesino, y cuando crezca, será un asesino igual que su padre, como si la adiestrara, y la estilizara, y la ennobleciera, no sé cómo puedes ser así, Catalina, la voz de doña Elena era más ronca, sorda, casi opaca, no sé cómo no te das cuenta de que eres tan injusta, tan cruel como ellos, entonces escuché mi propia voz y su sonido me asombró tanto como si ya no contara con oírla nunca más, mi padre no es un asesino, como si creyera haberla perdido para siempre en mi fabuloso viaje a las profundidades, ¡ah!, ¿no?, pregúntaselo a Carmela, anda, Catalina me estaba hablando a mí, pregúntale quién la dejó viuda, y yo levanté la voz, y la cabeza, para mirarla, mi padre no es un asesino, y lo repetí a gritos, ¡no es un asesino, no es un asesino, no es un asesino!, hasta que Blas me derribó de un puñetazo, ¡sí que lo es!, y era más alto, más grande que yo, pero me levanté enseguida, le embestí con la cabeza y le hice daño, ¡no lo es!, y él me dio un puñetazo, y yo se lo devolví, y unos brazos más fuertes nos separaron, ¡ya está bien!, Pepe el Portugués intentó retenerme pero yo salí corriendo, ¡Nino!, corrí y corrí sin pararme nunca a volver la cabeza, ¡Nino, espérame!, y seguí corriendo, corrí hasta el cruce y corrí después, porque no podía hacer otra cosa, sólo correr, correr hasta agotarme delante de la verdad, que era más veloz que yo, que era más fuerte que yo y ya me había alcanzado.

—¿Qué te ha pasado, hijo? —madre se asustó al verme llegar con la cara magullada, la camisa arrugada, las piernas llenas de rasguños—. ¿Qué has hecho?

—Nada —respondí, sin mirarla a los ojos—. Es que he venido corriendo y me he caído.

—¿Seguro?

—Sí.

—¿Y la clase? Todavía no son las cinco y media.

—Doña Elena no estaba. Tendría algo que hacer.

No se lo creyó. Me limpió las heridas, me las curó y no me dijo nada, pero yo me di cuenta de que no se lo creía. Luego le dije que me iba a la cama, que aquella noche no iba a querer cenar, que me dolía mucho la barriga, y ella me miró, asintió con la cabeza y me miró, y en sus ojos leí que lo sabía todo, que sin necesidad de saber lo que me había pasado aquella tarde, sabía que yo había descubierto que no había cuartel.

Que en Fuensanta de Martos, en la Sierra Sur, en la provincia de Jaén, en toda Andalucía, en España entera, no había cuartel, no había piedad, no había esperanza ni futuro para un niño como yo.

El río me pareció más manso, más turbio, los árboles polvorientos como troncos de leña vieja, y los rayos de sol que acertaban a filtrarse entre sus ramas para dibujar sombras de luz sobre la superficie del agua, un truco barato, sin gracia.

—¿Quieres que nos sentemos aquí?

Pepe el Portugués me miró y yo me encogí de hombros. Me daba lo mismo. Todo me daba lo mismo, y no tenía ganas ni de mover los labios para decirlo en voz alta, pero cuando se sentó, me senté a su lado.

—¿No vas a volver a hablarme en tu vida, o qué?

Cuando vino a buscarme, llevaba más de un día sin hablar con nadie, aparte de madre, que entraba en mi cuarto de vez en cuando para preguntarme cómo me encontraba. Yo me agarraba la tripa con las manos, ponía cara de enfermo, le decía que muy mal, y no mentía. Era verdad que me encontraba muy mal, peor que en cualquier otro momento que pudiera recordar, porque el golpe, durísimo, no había sido más grave que sus consecuencias, la devastación fulminante, radical, de todo lo que me rodeaba, la muerte prematura de cuanto había brotado, de cuanto había crecido y madurado en mí gracias a la alegría de aquella primavera. Eso era lo que más me dolía mientras pasaba las horas muertas tendido en la cama, mirando al techo como si el techo fuera un espejo que me reflejara por dentro, que me enseñara al idiota que no había sabido quedarse en su sitio, al idiota que no había querido comprender cuáles eran sus deberes y sus lealtades, al idiota que había desafiado al tiempo y al espacio para escoger un camino ficticio, ilusorio, irreal, una vida al margen de las hojas de los calendarios, al idiota que era yo, y no era como Paquito, ni como Alfredo, ni como Miguel, no porque fuera diferente, sino porque era un idiota. Así me sentía, y vacío, hueco por dentro.

—Que si no vas a volver a hablarme en tu vida —el Portugués me dio un codazo para obligarme a mirarle.

—No —y volví a mirar al río—. Tú y yo ni siquiera deberíamos estar juntos aquí.

—¿Por qué? —le conocía tan bien, que no necesité ver su sonrisa para adivinar que estaba sonriendo—. Somos amigos, ¿no?

—No. Ya no.

—¿Y por qué? —volvió a preguntar—. ¿Porque a mí me gusta Paula y tú eres hijo de un guardia civil?

—Justo.

Entonces se echó a reír. Se echó a reír y se volvió hacia mí, me cogió por los hombros, me obligó a mirarle, y al verle, con el pelo quemado por el sol, la piel tostada, los dientes blanquísimos y una paleta partida, quebrada en diagonal como un cuchillo para completar el modelo de hombre que yo habría querido ser, sentí una punzada de nostalgia por todo lo que estaba a punto de perder, Julio Verne, doña Elena, una historia infinita de preguntas y respuestas, el verdadero origen de los cincos pelados que me ponía don Eusebio, ciertos recodos del río donde bastaba meter un cazamariposas en el agua para sacarlo lleno de cangrejos, los bocadillos de pan con tomate y cualquier cosa, y una casilla en la falda del monte, con un huerto, un olivar pequeño, unos pocos animales, unos pocos amigos, y muy pocas cosas muy bien ordenadas, para que todo pareciera limpio sin haber tenido que limpiarlo nunca. Todo eso iba a perder, todo eso estaba perdiendo ya, y se me partía el corazón sólo de pensarlo. Por eso no quería pensar en nada, no quería hablar de nada, ni con él ni con nadie.

—Pues si es eso lo que has entendido, Nino —su voz era risueña todavía—, es que no has entendido nada.

No era la primera vez que me hablaba como si tuviera el don de leer mis pensamientos, pero yo estaba seguro de que ninguna cosa que me dijera aquella tarde podría convencerme. Estuve a punto de decírselo en voz alta, de pedirle que me dejara en paz, porque mi padre había matado por la espalda a Pesetilla y eso ya no tenía remedio. La verdad es también lo que ha sucedido aunque nos guste tan poco que habríamos dado cualquier cosa por haberlo podido evitar. Yo habría dado cualquier cosa por evitar aquella muerte, pero no existía ningún remedio, ninguna solución a mi alcance, y sólo un camino para mí.

Tenía que aprender a pensar, a hablar, a llamar a las cosas con otros nombres. Tenía que aprender que un guardia civil llamado Antonino Pérez se había limitado a aplicar la ley de fugas a un delincuente que pretendía escapar, y que su hijo Elías se había fugado al monte después de faltarle al respeto al maestro, porque no era más que otro delincuente. Tenía que aprender que eran delincuentes las mujeres que vendían huevos de recova, delincuentes las que los compraban, y delincuentes los vecinos que cogían esparto en el monte, los que hacían pleita, los que traficaban con ella sabiendo que estaba prohibido. Sólo así podría aprender después que Cencerro había sido un delincuente, aunque fuera el hombre más listo, el más fuerte, el más valiente al que había llegado a admirar en su vida un idiota como yo, y que delincuente había sido su mujer por quererle, por acostarse con él, por decir la verdad y que el hijo que estaba esperando era suyo. Delincuentes eran sus amigos, sus hermanos, sus vecinos por ampararle, delincuentes los taberneros que fingían haber perdido los billetes con su firma cuando se los pedía la Guardia Civil, delincuente Cuelloduro por pagar una ronda cada vez que aparecían, y delincuentes sus parroquianos por aceptarla mientras cantaban a coro *La vaca lechera*. Fernanda la Pesetilla era una delincuente por no haber querido entregar a su marido, su madre, otra delincuente por ir vestida de luto y colgar sus ropas en el balcón cada vez que mataban a un bandolero, y ellos, los hombres del monte, más delincuentes que nadie, delincuentes hasta cuando un requeté bailaba encima de sus cadáveres. Todo eso tenía que aprender yo, todo eso tenía que meterme para siempre en la cabeza, y que los chivatos eran ciudadanos ejemplares, los traidores, ejemplares partidarios de la legalidad, los cobardes, personas tranquilas y honestas, amigas de la paz y el orden, todo eso tenía que pensar aunque no lo entendiera, aunque no lo sintiera, aunque me repugnara pensarlo, y que la verdad es sólo la parte de la verdad que nos conviene, y como ningún libro iba a querer enseñarme esa clase de cosas, también tendría que dejar de leer.

—Si tu padre se hubiera negado a disparar sobre Pesetilla —pero Pepe el Portugués había venido a buscarme para hablar conmigo, y estaba dispuesto a hacerlo por encima de todos mis silencios—, le habrían formado un consejo de guerra por insubordinación. Es posible que le hubieran condenado a muerte. Quizás le habrían ejecutado, quizás no, pero ahora estaría en una prisión militar, cumpliendo una pena muy larga, veinte, treinta años, y tu madre viviendo de alquiler, sin pensión, sin economato, sin ningún derecho a nada. Tendría que matarse a trabajar para que Pepa lograra comer mal todos los días y poder llevarle algo a tu padre a la cárcel. En el mejor de los casos, Dulce estaría sirviendo en una casa y tú, seguramente, sirviendo también en un cortijo, levantándote a las cuatro de la mañana para dar de comer a las mulas, trabajando por la comida y dando las gracias encima.

Dijo todo eso de un tirón y se me quedó mirando. Ya no sonreía, ni se burlaba de mí. Cuando le miré, me di cuenta de que nunca le había visto tan serio, pero todavía no fui capaz de decir nada.

—Tu padre no es un asesino, Nino. Eso es lo que tienes que entender. La muerte de Pesetilla fue un asesinato, pero tu padre no es un asesino, no mató porque quiso, no le salió de dentro, no actuó por su cuenta. Le dieron una orden y la cumplió. La cumplió porque él sí sabía todo lo que te he contado hace un momento, porque él pensó en todo eso, hizo sus cálculos, sus números, y disparó.

—¿Y tú cómo lo sabes? —al preguntárselo, me di cuenta de la barbaridad que estaba haciendo, porque él parecía defender a mi padre y yo cuestionar sus argumentos, pero lo que había pasado era mucho más grande que yo, y no sabía cómo manejarlo, cómo interpretarlo, cómo absorberlo, y echármelo a los hombros, y arrastrarlo conmigo para siempre—. ¿Cómo puedes saber lo que él estaba pensando, lo que él...?

—Yo sé muchas cosas, Nino —me interrumpió—. No me preguntes por qué las sé, porque no te lo voy a decir, pero sé muchas cosas. Por ejemplo, que a dos hermanos de tu madre los fusilaron en Almería, en abril de 1939. Y que a tu abuelo, y a un hermano, y a dos primos de tu padre, los fusilaron por las mismas fechas en las tapias del cementerio de Castillo de Locubín, que es adonde llevaban a los de Valdepeñas. Se dieron tanta prisa que tu padre no se enteró a tiempo, no pudo hacer nada por evitarlo, porque los que mataron a tu abuelo no sabían que uno de sus hijos llevaba el mismo uniforme que ellos. Todo eso me lo contó él mismo la tarde que vino a pedirme que os ayudara, que le dijera a todo el mundo que te había contratado para que nadie sospechara la verdad si te veían cerca del cortijo de Catalina. Yo no entendía por qué tenía tanto miedo de que se supiera, y tampoco por qué no se atrevía a pedir un anticipo de ciento treinta pesetas, por qué no podía pedírselas prestadas a nadie. Él me lo explicó, me contó lo que había pasado cuando acabó la guerra, que por eso no ha querido volver a Valdepeñas, y que sabe que nunca va a llegar a cabo, como Romero, o como Carmona, que será el próximo, ni le van a conceder un cambio de destino por mucho que lo pida. Prefieren ponérselo difícil, tenerlo aquí, bien vigilado, por si tropieza, porque no acaban de fiarse de él, y él lo sabe. Tu padre es guardia civil porque el 18 de julio de 1936 estaba en un pueblo donde triunfó el Alzamiento, porque allí nadie conocía los antecedentes de su familia, ni los de la familia de su mujer, porque pensó que alistarse era la mejor manera de que no os pasara nada a ninguno de vosotros si en algún momento llegaban a conocerse, y porque hizo la guerra entera en el bando que la ganó. Si tu padre hubiera estado en su pueblo... Bueno, él era un jornalero sin tierras, y todos los jornaleros sin tierras lucharon en el mismo bando.

Hizo una pausa y se quedó pensando, como si necesitara tiempo para escoger sus próximas palabras con cuidado, pero yo, que aún no lograba comprender el alcance de sus revelaciones, avancé el único dato que conocía de aquella historia.

—En el que perdió la guerra.

—Sí, pero él la ganó. La ganó contra sus padres, contra sus hermanos, contra sus primos, contra sus cuñados, contra sus amigos. La ganó y es posible, me figuro yo, que hasta hubiera preferido perderla, pero la ganó, y le destinaron aquí, a dos pasos de Valdepeñas de Jaén, donde todos los vecinos se acuerdan de quiénes eran los Carajitas, de que estaban afiliados al sindicato de jornaleros y de que todos votaron al Frente Popular. Tu abuelo Manuel era, además y para su desgracia, íntimo amigo de Pelegrín, el alcalde vitalicio, ¿no has oído hablar de él alguna vez?

—Sí, pero...

El desconcierto no me dejó seguir. No había oído hablar ni una, ni dos, ni tres veces del alcalde vitalicio, porque mi padre se refería a él constantemente. Eso fue en tiempos del alcalde vitalicio, decía, igual que mi madre hablaba de la Tarara, de los años, de la época, de los tiempos de la Tarara, como si fueran el Pleistoceno, una era remota, prehistórica, que no tenía más sentido que el de remitir a ella todas las cosas antiguas, los bailes, las canciones, las tradiciones irrecuperables. Eso era el alcalde vitalicio para mí, una gigantesca oficina de objetos perdidos de la que nunca había vuelto nada, ni nadie.

—Sí que lo he oído —intenté explicárselo a Pepe, resolver la interrogación que planteaba el arco de sus cejas—, pero yo creía que era un dicho, una manera de hablar... Mi padre le nombra mucho al hablar del pasado, en los tiempos del alcalde vitalicio, dice siempre. Nunca se me había ocurrido pensar que existiera alguien que se llamara así de verdad.

—Pues existió —el Portugués sonrió al escucharme—, bueno, y sigue existiendo, aunque ya no sé si se podrá llamar vida a lo que le queda... Pero al menos, está vivo, eso sí. Yo llegué a conocerle en tiempos mejores, y no hace tanto, no creas... Pelegrín Martos Peinado era el alcalde más famoso de toda la provincia de Jaén, porque fue el único del Frente Popular que siguió en su cargo desde que ganó las elecciones hasta que acabó la guerra. Tampoco es que eso fuera mucho tiempo, poco más de tres años, pero como por aquí, todos los demás duraban dos días, empezaron a llamarle así, el alcalde vitalicio. Ningún comité se atrevió a destituirle, ni siquiera lo intentaron, y cuando ganaron los franquistas, se vistió de alcalde, con traje y corbata, se fue al Ayuntamiento, como todos los días, se sentó en su silla, y allí esperó sentado a que vinieran a detenerle. Los vecinos le respetaban mucho. También le querían, porque, aparte de haber fundado el Partido Socialista en Valdepeñas, tocaba muy bien el violín, y como en ese pueblo son todos músicos... —me miró, me sonrió—. Eso sí lo sabrás, ¿no?

Asentí con la cabeza porque lo sabía, lo había sabido desde siempre, aunque nunca me había preguntado por qué. Los pueblos de la Sierra Sur estaban tan aislados, tan hundidos cada uno en su valle, que habían ido desarrollando costumbres propias, distintas, a veces incluso opuestas a las de otros pueblos de los que apenas les separaban una docena de kilómetros. Así, en Castillo de Locubín ceceaban, en Alcalá la Real, seseaban, y los que «remanecían» de Valdepeñas de Jaén, porque allí se las arreglaban para hablar español sin usar el verbo ser, sabían tocar algún instrumento.

—Tu abuelo Manuel era anarquista —siguió contándome el Portugués, como si aquella fuera la historia de su familia y no la de la mía—, pero se juntaba con Pelegrín desde chico y tocaban en las bodas, en las fiestas, y ellos solos, muchas tardes, por el simple gusto de hacer música. Siempre estaban juntos, el alcalde con su violín, tu abuelo con su acordeón, y otro, que le decían el Silbido, con una flauta travesera, de esas buenas, metálicas, que se tocan de lado —y sostuvo con los dedos una flauta imaginaria—. Sabes, ¿no? —asentí con la cabeza, sin fuerzas para contar en voz alta que mi padre me había explicado algunas veces cómo se tocaban aquellas flautas que en mi pueblo nadie había visto nunca—. Por eso, cuando acabó la guerra, no se lo pensaron dos veces. A Pelegrín lo detuvieron y lo metieron en la cárcel para juzgarlo públicamente, porque era famoso, un símbolo de la República, y les convenía hacerle fotos, sacarlas en los periódicos. Eso le salvó la vida, porque le condenaron a muerte, pero no quisieron matarlo. Les pareció mejor humillarlo para siempre, mantenerlo preso, como aviso para navegantes, así que le conmutaron la pena por cadena perpetua y ahí sigue, y ahí seguirá hasta que se muera, que tampoco creo que tarde mucho, posando ante los fotógrafos todos los años con su uniforme de presidiario, en la cárcel provincial. Pero al Silbido y a tu abuelo... A esos los mataron sin juicio, deprisa y corriendo. Les obligaron a ir tocando pasodobles por la calle hasta la plaza, los subieron en un camión, y nadie los volvió a ver, aunque alguien contó después que habían seguido tocando hasta el final, que murieron con sus instrumentos en las manos.

Pepe calló, me miró, y yo no supe qué decir, no supe qué pensar, qué creer, qué aprender y qué olvidar, pero él aún no había terminado y no necesitaba mis respuestas todavía.

—Y la noche en que alguien, y eso es lo único que no sé, lo único que seguramente nunca sabré, fue al cuartel a vender a Regalito, a denunciar que escondía armas en el desván de su casa, tu padre no había matado a nadie todavía, así que le tocó matar a Pesetilla. El teniente decidió que tenía que matarlo, igual que Carmona había matado a Chapines, igual que Romero mató a Fingenegocios, igual que él mismo mató a Laureano cuando le tocó. Era la mejor manera de asegurarse su lealtad, de hacerle cómplice de los demás, de convencerle de que nunca podría bajarse del barco al que la guerra le había subido. De convertirle en un asesino, sí, pero a la fuerza, porque él era un Carajita, seguía siendo un Carajita, hijo y nieto de Carajitas, y no podía elegir no matar a Pesetilla sin arriesgarse a que lo mataran a él. ¿Lo entiendes ahora, Nino? Tu padre no mató por deporte, no mató por placer, ni por gusto, ni porque estuviera convencido de que Fernando el Pesetilla tenía que morir. Tu padre mató porque no podía negarse a matar, mató porque estaba muerto de miedo.

—Pero él... —y sólo en ese momento pude volver a pensar, a razonar por mi cuenta—. Si las cosas son como tú dices, si los suyos habían fusilado a gente de su familia, de mi familia... —un escalofrío me heló la espalda cuando comprendí el sentido de aquel posesivo, y que yo también era un Carajita aunque acabara de escuchar ese nombre por primera vez—. Él podría haberse salido de la Guardia Civil, ¿no? Podría haber trabajado en otra cosa, mudarse a un sitio donde nadie le conociera, donde...

—Sí —pero el Portugués seguía pensando mucho más deprisa que yo—, podría haber hecho eso, desde luego, pero es difícil, ¿sabes? Tomar una decisión así es muy difícil, porque España se ha convertido en un país de asesinos y de asesinados, un país donde se detiene a la gente por capricho, y se la tortura después de detenerla, y luego, se la mata o no, según le dé al que mande en cada lugar, en cada momento. Un país donde ya no hay tribunales que merezcan ese nombre, ni jueces imparciales, ni abogados que defiendan a los procesados, ni derechos, ni garantías, nada, sólo fosas abiertas en las tapias de los cementerios —entonces se detuvo, me miró con un gesto cauteloso, se pensó lo que iba a decir a continuación—. La guerra no ha terminado, ¿lo entiendes? Esto todavía es una guerra, y la gente sigue luchando en el bando que le ha tocado en suerte. Cuando Catalina la Rubia dice que la Guardia Civil es un nido de asesinos, tiene sus razones, porque también fusilaron a su marido, porque acaban de matarle a un hijo. Pero no debería haberte dicho nunca que tu padre es un asesino, porque no lo es. Si tu padre hubiera podido elegir, habría escogido una vida distinta, pero en España ya nadie puede escoger su propia vida.

—Por eso tú y yo no deberíamos estar juntos aquí.

Eso fue lo que sentí, que el Portugués había dado un rodeo larguísimo para llegar a la misma conclusión que a mí me había partido por la mitad en un instante, que me había contado historias que yo habría debido saber y nadie me había querido contar sólo para llevarme a un callejón sin salida, un punto sin retorno, un pozo oscuro y hondo, de paredes lisas, desnudas, sin asideros en los que apoyarse para trepar hacia la luz. Y ahora entendía mejor algunas cosas, desde luego. Entendía por qué mi madre se empeñaba en proteger a Elías a su manera, entendía por qué mi padre había vuelto a casa llorando aquella noche, y por qué ella había tardado tantos años en llevarnos a su pueblo, por qué él no nos había llevado nunca, por qué mis primos de Almería me habían robado los zapatos, por qué un desconocido de sonrisa torcida me había dicho en la puerta de una iglesia que se alegraba de no ser mi padre, y la ruina de mi propia casa, la tragedia de no poder llorar, de no poder hablar, de no poder compartir con nadie la memoria de un padre, de tres hermanos muertos, la trágica obligación de tragárselo todo, las lágrimas, las palabras, las culpas, todo dentro, siempre adentro, mi padre y mi madre cuchicheando cuando andábamos cerca, dándose golpecitos en los labios con el dedo índice, y cállate, Mercedes, que te pueden oír, y calla, Antonino, que te puede oír alguien, aquella vida mala, sórdida, insana como un sótano húmedo y sin ventilar donde florecía el moho de un miedo perpetuo, un grumo polvoriento y gris, tan espeso como si fuera sólido, que taponaba su boca para que los secretos les horadaran por dentro, para que perforaran su garganta, su estómago, sus intestinos, porque las palabras que no se dicen hieren, golpean, pinchan, queman, destruyen los tejidos del cuerpo y del espíritu. Pero eso no cambiaba nada. Yo podía aceptar la versión del Portugués, podía incluso agradecérsela, comprender a mi padre y hasta compadecerle, convencerme de que había matado a un hombre desarmado por la espalda en defensa propia, de que lo había hecho por él y por nosotros, por su supervivencia, por nuestro bienestar, pero en España nadie podía escoger su propia vida, él mismo lo había dicho, y esa había sido mi apuesta, ese mi error, esa mi tragedia.

Y sin embargo, volvió a sonreír al escucharme. Luego escogió una piedra plana, la tiró al río, y cuando la vio saltar por cuarta vez, antes de hundirse en el agua, se me quedó mirando, muy tranquilo.

—Eso sólo depende de ti, Nino, tú tendrás que decidirlo. Tendrás que pensar cómo quieres vivir a partir de ahora y calcular bien las consecuencias, ¿no?

—No te entiendo, Pepe —y era verdad, no entendía sus palabras, apenas las mías, no sabía qué pensar, qué decir, qué hacer en ese momento ni en el resto de mi vida.

—Mira... Tomar decisiones, en una situación como la nuestra, la tuya, la mía, la de todos, es muy difícil, ya te lo he dicho antes. Porque eres hijo de un guardia civil y vas a dar clase tres días a la semana a casa de una mujer a la que unos compañeros de tu padre acaban de matarle a un hijo. Y porque has tenido mala suerte, Nino, todos la hemos tenido, Paco el Rubio la peor, pero... Si ayer no hubieras tenido clase, si Elena se hubiera acordado de avisarte a tiempo de que no subieras, si hubieras llegado dos horas antes o después del minuto en que llegaste, si te hubieras marchado en lugar de quedarte allí parado como un pasmarote, o si yo hubiera adivinado lo que iba a pasar, en vez de seguir en la puerta, mirándote, tan pasmado como tú, pues... No habría pasado nada, ¿no? Estaríamos aquí sentados, eso sí, pescando, cogiendo cangrejos, bañándonos o haciendo el tonto, tan tranquilos.

—Pero ha pasado —tampoco supe exactamente por qué fue en ese instante, y no antes ni después, cuando se me llenaron los ojos de lágrimas.

—Ha pasado, sí... —entonces se acercó a mí, me pasó el brazo derecho por los hombros, apretó mi cuerpo contra el suyo un momento, antes de seguir hablando, y me di cuenta de que me estaba abrazando, y de que era la primera vez que me abrazaba—. Y es una putada, Nino, una putada enorme, no creas que no me doy cuenta. Porque no eres más que un niño, porque sólo tienes diez años, porque no sabías nada, ni eres responsable de nada. No te mereces lo que te acaba de pasar, pero te ha pasado, eso es verdad, y ahora tienes que pensar en ti y en los demás.

—En ti... —arriesgué, porque todavía no entendía adónde quería llegar.

—No, en mí no —me soltó, y volvió a sonreír, y a comportarse como siempre—. Yo no tengo nada que ver con esto. A mí me gusta Paula, sí, y me gusta estar contigo, igual que me gustaba estar con mis sobrinos, en Torreperogil, y si decides que ya no quieres que seamos amigos, pues... Te echaré de menos cuando esté solo, aquí, en el río, pero no me pasará nada peor. Sin embargo, si le dices a tu padre que no quieres volver al cortijo de las Rubias nunca más, él se preguntará por qué, te lo preguntará a ti, y antes o después, se enterará de lo que ha pasado. Se sentirá muy mal, peor que nunca, porque él no mató a Pesetilla por gusto, ya te lo he dicho, porque no está orgulloso de haberlo matado, porque estoy seguro de que se siente culpable aunque se diga a sí mismo que lo único que hizo fue cumplir con su deber, y aunque eso también sea verdad, porque matar a la gente por la espalda es ahora el deber de muchos españoles. Pero él habría preferido no hacerlo, y sobre todo que tú nunca hubieras llegado a enterarte, y se sentirá tan mal, tan hundido, que es muy posible que decida vengarse de Catalina, registrar su casa todos los días, acosarla, humillarla, hacerle la vida imposible... Él puede hacerlo, tú lo sabes, y algunos de sus compañeros colaborarían con él de mil amores y sin hacer preguntas, eso también lo sabes. Y quizás pensarás que la Rubia se lo merece, que si ha sido tan mala contigo, merece que le paguen con la misma moneda, pero el problema es que entonces también cobrarán Chica, y Paula, y Filo, cobrará Manoli y cobrarán sus hijos, y Elena, y su nieta, porque todos viven juntos, ya lo sabes, y todos viven de lo mismo. Pero ni siquiera eso es lo más importante, Nino.

Hizo una pausa para mirarme y yo le devolví la mirada como pude, porque nunca le había visto tan grande, ni a mí mismo tan pequeño, tan endeble, tan inútil para sostener la inmensa carga que acababa de depositar sobre mis hombros, que me pesaba ya como un fardo insostenible, una roca tan brutal como aquella que los dioses habían condenado a transportar durante toda la eternidad a un griego cuyo nombre no podía recordar, aunque estaba seguro de que doña Elena lo había repetido varias veces al contarme su historia.

—Ahora tienes que pensar sobre todo en ti —y siguió hablando, tan fuerte, tan seguro, tan implacable como si me mirara desde la cumbre del Olimpo—. Eso es lo más importante, qué va a pasar contigo, qué clase de persona quieres ser, si vas a acatar la voluntad de los que mandan, o vas a ser capaz de no tenerla en cuenta. Hay personas que creen que en España las cosas son como deben ser, que la Guardia Civil no tiene por qué dar explicaciones a nadie de sus actos, que no hace falta ningún juicio para decidir que una persona es culpable, que toda ley debe cumplirse, aunque sea injusta, sólo porque es la ley. Otras personas, muchas más, no lo creen, pero no se atreven a decirlo en voz alta porque tienen miedo, y les gustaría vivir en un país diferente, con leyes diferentes, una policía diferente que cumpliera otra clase de deberes, pero encogen los hombros y se callan para que no les pase nada malo, porque saben la clase de cosas que pasan, y hasta qué punto puede ser peligroso llevarle la contraria a los que tienen el poder. Y hay algunas personas, pocas, que piensan por su cuenta, y dicen lo que piensan, y actúan de acuerdo con sus ideas, y no porque no conozcan el riesgo que corren, sino porque creen que correr ese riesgo merece la pena. ¿Y tú?

Volvió a detenerse, y volvió a mirarme con una atención, una intensidad que yo no creía haber inspirado jamás en nadie, pero no le contesté, porque intuí que él mismo iba a darme la respuesta a todas sus preguntas.

—¿Qué clase de persona vas a ser tú? ¿A quién quieres parecerte? Eso es lo más importante de todo, porque tú, ahora mismo, tienes la facultad de decidir sobre la suerte de mucha gente, tu padre, tu madre, seguramente también tus hermanas, y todas las Rubias, y eso es mucho para un niño de diez años, lo sé, es demasiado, pero lo peor es que no vas a tener siempre diez años, Nino. El año que viene tendrás once, y al otro doce, y luego veinte, y después veinticinco, y todos los días de esos años, y de los que vengan más tarde, te acordarás de la decisión que vayas a tomar ahora, te alegrarás o te arrepentirás, y esa clase de persona serás, un hombre valiente, que a los diez años fue capaz de cargar con un secreto terrible, que hizo de tripas corazón, y apretó los dientes, y siguió adelante para no hundir a su padre, a su madre, a cinco mujeres que no se lo merecían y a una que tal vez se lo había buscado, o un hombre cobarde que prefirió lloriquear, darse pena a sí mismo, que se escondió en su cuarto diciendo que le dolía la barriga y que no quiso hacerle mal a nadie, pero tampoco hizo nada por evitarlo. Eso es lo que tienes que pensar muy bien, Nino.

—Bueno, pero ahora... —le miré, y vi en sus ojos una sombra de preocupación que me conmovió tanto como sus palabras—. Ahora tengo ganas de llorar.

Pepe el Portugués volvió a abrazarme, y yo me abandoné a su abrazo y lloré, lloré un rato muy largo, sin preguntarme por qué, por quién lloraba, sabiendo sin embargo que lloraba por mí y por mi padre, por mi madre, que nunca más iba a volver a Almería, y por mi padre, por mi abuelo Manuel el Carajita y por mi padre, por Fernando el Pesetilla y por mi padre, por los tíos a quienes no había llegado a conocer y por mi padre, por mi padre, por mi padre, por mi padre, que era un asesino y un pobre hombre, un asesino y un hombre bueno, un asesino y un desgraciado, un asesino y su propia víctima, un asesino y ni rastro del hombre feliz que sonreía en la vieja fotografía en blanco y negro de los buenos tiempos que nunca volverían. Lloré, y mientras lloraba creí no pensar en nada, y sin embargo, tuve tiempo de pensar en muchas cosas antes de aburrirme de llorar. Pensé que no era tan difícil decidir, que fingir era fácil, que llevaba toda la vida fingiendo, mintiendo, mintiéndome a mí mismo y a los demás desde que Dulce me enseñó a mentir por mí, y por ella, y por Pepa, desde que me explicó por primera vez que los gritos que nos despertaban por las noches no eran gritos verdaderos de verdaderas personas, sino gritos de mentira de actores y de actrices que chillaban en una película. No era tan difícil decidir, porque mi padre, mi madre, sabían mentir en un instante, sin vacilar, sin descomponerse, duérmete, que no ha sido nada, has debido tener una pesadilla, y sonreían, pues deja a los niños que se vayan, tendrán algo que hacer, sus madres les estarán llamando, y sonreían. Sonreír era fácil, era fácil mentir, fingir, ocultar la verdad a los demás, ocultársela a uno mismo, estáis castigados sin salir ni al patio, y por qué, porque lo digo yo, llevaba toda la vida oyendo lo mismo, diciendo lo mismo, haciendo lo mismo. Eso no era difícil. Tampoco comprender que mi vida, nuestra vida, era una vida de mierda, una vida fea, áspera, pestilente, en la que sin embargo yo sabía vivir, porque desde que nací, no había hecho otra cosa que aprender a vivir en mi mierda de vida.

Así que decidir no era tan difícil. Cuando me cansé de llorar, me aparté del Portugués sin levantar la cabeza, me limpié la cara con las manos antes de volverla hacia él, y comprendí que cuando me había preguntado a quién quería parecerme, conocía de sobra la respuesta.

—¿Vas a ir luego a ver a Paula?

—Pues no pensaba, la verdad... —su voz era cautelosa todavía—. ¿Por qué lo dices?

—Para que le digas a doña Elena que mañana, a las cinco, estaré arriba.

Al escucharme, Pepe el Portugués sonrió, cerró los ojos un instante, y en la levedad de ese mínimo movimiento, se aflojó todo su cuerpo, se relajaron sus hombros, sus brazos, su espalda, en un grado casi imperceptible, tanto que ni siquiera estoy seguro de haberlo visto, pero sí estoy seguro de que lo noté, de que lo atrapé por los pelos con la punta de unos dedos imaginarios, como si su instantánea, brevísima transformación, acabara de activar algún sentido nuevo y desconocido para mí, una facultad distinta de las que había creído tener hasta aquel momento.

—Bueno, pues vámonos —y hablaba como siempre, sonreía como siempre, me miraba como siempre y hasta me dio una palmada en la espalda, como solía hacer siempre que estaba contento conmigo, y yo sabía que se alegraba por mí, pero había algo más y no lograba descubrir qué era—. Te acompaño hasta el cruce y luego tiro para arriba, ¿de acuerdo?

—Vale.

Y me levanté, me sacudí los pantalones, me emparejé con él y echamos a andar al mismo ritmo, pero seguí preguntándome si sería cierto que mi respuesta le había aliviado más de lo que demostraba, y por qué lo disimulaba entonces, y qué estaba en juego en realidad cuando vino a buscarme a casa aquella tarde, aparte de mi propio futuro, el horizonte inmediato de mis diez años y medio, el remoto territorio que alguna vez habría colonizado un hombre llamado Antonino Pérez Ríos y de quien yo aún lo ignoraba todo excepto su nombre. Yo confiaba en el Portugués, y no dudaba de que se preocupaba por mí, igual que yo me había preocupado por él otras veces, porque en Fuensanta de Martos, en 1948, la preocupación era el indicio más certero de la amistad, del cariño, pero no podía desprenderme de la sensación de que había algo más, otro interés oculto en aquel discurso impecable, tan bien armado, tan bien estructurado, tan sabiamente dosificado desde el principio hasta el final. Entonces, por un instante, sospeché que Pepe no me lo había contado todo, pero no logré darle una forma siquiera aproximada a esa sospecha, porque él desbordó enseguida todos los márgenes de mi imaginación.

—Pero que conste que subo al cortijo sólo por ti. No veas la que me va a caer encima si Paula está arriba y me ve aparecer —porque él sabía cómo hacer hablar a la gente, y distraerla, y despistarla, y conseguir que atendiera solamente a lo que a él le convenía—. No sé si te has dado cuenta, pero hace diez días que no me habla.

—¿De verdad? —porque sabía que, a pesar de todo, yo me

iba a dar cuenta de que hacía más de una semana que no subíamos juntos al cortijo—. Pues antesdeayer, cuando os vi en el porche, no me pareció... Estabais abrazados y eso, ¿no?

—Sí, antesdeayer sí, porque había muerto su hermano y cuando me enteré subí enseguida, y fue como una especie de tregua, pero ayer volvió a las andadas, que anda que no sois chismosos por aquí, ¿eh? —porque sabía contarle a cada uno lo que le apetecía escuchar en cada momento, sin decir ni una palabra más de las imprescindibles—. Y eso que el mes pasado, cuando fui a Jaén a comprar pienso, no tenía intenciones de hacer nada, en serio, lo último que pensaba... Pero en el almacén me encontré con uno de mi pueblo que se empeñó en invitarme a una copa, natural, ¿no?, y luego tuve que invitarle yo a otra para no quedar mal, total, que entre una ronda y otra, ya se sabe, acabamos a las tantas en una venta de las afueras que parecía normal, bueno, normal más o menos, porque dentro había unas tías que... ¡Uf, tendrías que haberlas visto! Claro que mejor... No, mejor no te lo cuento.

—¿Pero qué es lo que tendría que haber visto? —porque sabía cómo hacer que cualquier pez mordiera en su anzuelo sólo con tirar la caña al aire.

—No, que eres muy pequeño —porque sabía tirar de la cuerda ni mucho ni poco, con la fuerza justa.

—¡Que no soy pequeño, joder! —porque sabía cómo mantener a sus presas enganchadas, boqueando fuera del agua todo el tiempo que hiciera falta—. Eso no se hace, Pepe. Cuando se empieza a contar una historia, hay que terminarla.

—Eso es verdad —porque sabía que, cuando daba el último tirón, ya no había remedio, ni salvación posible—. En eso llevas razón, sí señor, pero tienes que prometerme que no se lo vas a contar a nadie.

—Te lo prometo —y todo lo demás, mi padre, mi abuelo, el Pesetilla, empezó a alejarse, a hacerse más pálido, más pequeño, más borroso sin que yo llegara siquiera a darme cuenta.

—Pues nada, que en el mostrador había una tía rubia, ¿sabes? Pero no como mi novia, que la llaman así y es castaña oscura, sino rubia de verdad, bien teñida de amarillo, y... Bueno, parecía una lancha neumática, la cabrona —empezó a dibujarla con las manos y yo ya no tenía memoria, ni cabeza, ni atención para nada que no cupiera en el hueco de sus palmas abiertas—, porque tenía el culo así, pero así, te lo juro, como una pera gigantesca —y extendía los dedos hacia delante para acariciar la silueta de aquella fruta imposible—, y las tetas como dos sacos de arena, duras y blandas al mismo tiempo, elásticas, redondas —y curvaba los dedos hacia arriba como si soportaran un peso imaginario—, estupendas, de verdad, y las piernas... En fin, que me sacó a bailar, ¿qué te parece? Me sacó a bailar y, claro, yo, pues tuve que salir, y se me pegó... Pero como una lapa, en serio —y se contoneaba muy despacio, abrazando el aire—, se me apretó tanto que se lo notaba todo, y de repente, me metió una pierna entre los muslos, te lo juro, Nino, yo no le estaba haciendo nada y ella me metió la pierna, empezó a moverla, y... ¿Qué iba a hacer yo, aunque no tuviera la culpa de nada? Pues lo que tenía que hacer, eso hice, que no te lo voy a contar porque eres muy pequeño, pero al salir... ¿A que no sabes a quién me encontré apoyado en el mostrador al salir?

—¿Te acostaste con ella? —ni siquiera Paquito, por mucho que alardeara, sabía muy bien en qué consistía aquello, pero hasta yo sabía que, de todo lo que se podía hacer con una mujer, lo más importante era acostarse.

—Que no me preguntes eso, que te he preguntado yo primero, ¿estamos? ¿A quién crees que me encontré apoyado en el mostrador? —negué con la cabeza porque no tenía ni idea, aunque ya estaba seguro de haber elegido lo mejor al elegir parecerme a Pepe el Portugués—. ¡Al Putisanto! Nada más y nada menos que al Putisanto, ¿qué me dices?

Entonces empecé a reírme como si no pudiera parar nunca, y me reí mucho, durante mucho tiempo, hasta que el estómago me dolió de tanto reírme, de doblarme sobre mí mismo de carcajada en carcajada, mientras me imaginaba el encuentro entre Pepe el Portugués y Emeterio el Putisanto, el capillitas más ferviente que jamás ha paseado tantos escapularios, tantas estampas de Vírgenes y Cristos, tantas medallas y cordones de seda y fajines morados, por las camas de las casas de putas de toda la provincia de Jaén.

—Y ya ves tú —él seguía hablando, exagerando, haciendo muecas sin dejar de mover las manos—, el Putisanto, que se pasa la vida yendo de la cofradía a la casa de putas y viniendo de la casa de putas a la cofradía, que cuando paga a las chicas, les mete una estampita de la Virgen entre los billetes, que sólo sabe ir de procesión en procesión, de día y de noche, con los pantalones subidos o con los pantalones bajados, porque no hace otra cosa, el hijoputa... ¿Qué tendrá él que ver con Paula? ¿Dónde pueden haberse encontrado? En ninguna parte, ¿no? Porque a su mujer no se lo habrá contado, por la cuenta que le trae, digo yo, así que... ¡Bueno, pues Paula se ha enterado!

—¿En serio? —y estaba claro que a él no le parecía gracioso, pero yo no podía parar de reír.

—Como coja al que le ha ido con el cuento, le arranco los huevos, te lo juro —y me reía tanto, que me miró y se rió conmigo—. Total, que el lunes de la otra semana, subí al cortijo a verla, como si tal cosa, y en cuanto me vio aparecer por la cuesta... ¡Zas! Se metió para dentro. Y Filo, que estaba en el porche, me dijo al verme pasar, mira, el compadre del Putisanto, ten cuidado, Pepito, no vayas a equivocarte hoy de puerta... Que esa, también, hay que ver...

—Y te marchaste, claro.

—¿Quién? ¿Yo? —y se señaló a sí mismo con el dedo—. No, señor. Yo me arrimé, estuve muy torero y no me sirvió de nada, esa es la verdad, pero me arrimé, entré a buscarla. ¿Qué pasa, Paula?, le dije, poniendo cara de angelito, ¿por qué me ha dicho Filo no sé qué del Putisanto? Ella estaba doblando ropa, como si tal cosa, pero tiró el cesto al suelo y se vino para mí. ¡Te voy a matar, cabrón! Eso me dijo, y después, todo lo que se sabe, el catálogo completo, de cabo a rabo...

—¿Y tú qué hiciste? ¿Le pediste perdón?

—¿Yo? —volvió a apoyarse el dedo en el pecho, pero levantó las cejas mucho más que antes, como si mi última pregunta le hubiera llevado hasta el último límite del asombro—. Ni hablar. Yo lo negué todo, pero todo, de principio a fin, pues no faltaría más... Le dije que era mentira, que yo no me había encontrado con el Putisanto en ninguna parte, que sería otro que se me parecía, y ella que sí, que sí, que hasta le había dicho adiós y todo, y yo que claro, que ese otro le habría dicho adiós, que si el Putisanto le había saludado, ¿qué quería ella que le dijera? Pues adiós, claro está. Y que yo no estaba allí, que yo no sabía nada, que yo no había hecho nada con ninguna rubia, y que no, que no y que no —volvió a extender el dedo, lo dirigió hacia mí y lo movió un par de veces, como si quisiera subrayar la importancia de lo que estaba a punto de decirme—. A las mujeres siempre hay que decirles que no, Nino. Hay que negarlo todo, siempre, todo, acuérdate bien de lo que te digo, aunque te pillen con las manos en la masa, tú di que no, y si alguna te dice, ¡pero si te he visto!, tú contestas que no, que no me has visto, y si te dice, ¡pero si yo estaba allí!, tú que no, que no estabas allí... Me lo enseñó el hermano pequeño de mi padre cuando yo tenía tu edad, y nunca me ha fallado. Siempre hay que negarlo todo, decir que no, que no y que no, porque además, luego, ellas te lo agradecen... Claro que Paula es dura de pelar, primero, porque es como es, y luego, porque, a ver, se ha hecho mujer sin padre, sin ningún hombre en la casa, igual que sus hermanas. Ella sólo tenía catorce años cuando mataron al Rubio, y entre eso, y el carácter de su madre, y que nadie la ha metido nunca en cintura, pues... Es una fiera, sí, aunque, qué quieres que te diga, cuando se pone así es cuando más me gusta, es que me vuelve loco. Por eso, aquel día, antes de que terminara de insultarme, la cogí por los brazos, la trinqué bien, empecé a besarla, y le dije la verdad, que ninguna mujer me ha gustado en mi vida ni la cuarta parte de lo que me gusta ella, pero estaba tan cabreada que cuando vio que no podía soltarse, empezó a chillar, ¡Chica, tráeme las tijeras del pescado, que le voy a cortar la polla a este en tres trozos! No seas animal, Paula, le dije, adónde vas a ir tú si me cortas la polla, pero nada, que no hubo manera. Y yo pensé, vamos a esperar un par de días, a ver si con el tiempo se amansa un poco. Estuve tres sin subir, pero cuando volví a aparecer, Chica salió a la puerta, se me puso en jarras, y me dijo, yo que tú no entraría, Pepe, la que avisa no es traidora. Yo entré de todas formas, y... ¡Buah! Más de lo mismo, para qué te voy a contar. Hasta que pasó lo de su hermano, y creí que ya, con el disgusto, se habría olvidado del Putisanto. Total, que esta mañana subí arriba otra vez, a llevarle una cajetilla, porque a Paula le gusta mucho fumar, ¿sabes?, aunque su madre se lo tenga prohibido, le encanta, y yo siempre compro tabaco para ella cuando compro para mí, pero llevaba las tijeras del pescado en el bolsillo del delantal, y las sacó nada más verme. ¿Qué?, me preguntó, mientras las abría y las cerraba, haciéndose la modosa, encima, ¿querías algo? Intenté hablar con ella, hacerla razonar, le dije que los dos sabíamos que me iba a perdonar antes o después, que no tenía sentido que me hiciera esperar tanto, pero ella se lió a gritos conmigo, y Catalina salió enseguida a echarme de allí, diciendo, a gritos ella también, que en aquella casa estaban de luto. Llevaba razón, claro, así que... —se metió la mano en el bolsillo de la camisa y sacó una cajetilla de tabaco sin abrir—. Aquí la tengo todavía, y lo peor es que, a este paso, me la acabaré fumando yo, más pronto que tarde.

Hacía ya un rato que habíamos llegado al cruce, y yo habría seguido allí, de pie, escuchando al Portugués, todo el tiempo que él hubiera querido seguir hablando, pero el paquete que tenía en la mano había puesto punto final a la última historia de aquella tarde.

—Trae, anda —le pedí, extendiendo la mano—. Dámelo a mí, y yo se lo daré a doña Elena mañana para que se lo dé a Paula de tu parte.

—Eso —y sus ojos se iluminaron para brillar de malicia en un instante—. Y dile también que le diga que estoy fatal, ¿eh? Cuéntale que tú me ves muy mal, muy pálido, que no hablo, que no como, que ando arrastrando los pies... Dile que tienes la impresión de que estoy a punto de caer enfermo, ¿te acordarás?

—Sí —me metí el paquete en el bolsillo, me eché a reír y empecé a andar de vuelta a casa.

—Mañana vengo a buscarte al cruce y me lo cuentas, ¿estamos? —el Portugués seguía de pie, en medio del camino, sonriendo con sus dientes blanquísimos—. Lo importante es que exageres mucho...

—Ya —y me di la vuelta para andar hacia atrás, sin dejar de mirarle—. Le digo que te estás muriendo, si te parece.

—¡Pero si es verdad que estoy fatal! Te lo juro, Nino, en serio... La rubia aquella estaba buenísima, pero yo me estoy poniendo malo...

Al doblar la curva, dejé de verle, pero aún pude escucharle.

—De verdad que estoy muy mal, cada vez peor...

Y cuando me encontré con mi padre y con Romero, a la altura de las primeras casas del pueblo, todavía me estaba riendo.

—¡Hombre, hijo, me alegro mucho de verte tan repuesto! —me dijo con su sonrisa de hombre bueno, antes de besarme en la mejilla—. ¿Ya estás bien?

—Sí —yo también le besé, como le había besado siempre, y fue fácil—. Ya no me duele la barriga.

—A saber qué habrás comido, todo el día vagabundeando

por ahí, en el río. Te habrás dado un atracón de moras verdes, por lo menos...

Cuando llegamos a casa, cada cosa estaba en su sitio, igual que siempre, Dulce cuchicheando con Encarnita en el patio, madre con el delantal puesto, removiendo el puré de verduras que alternaba invariablemente para la cena con pisto o sopas de ajo, a despecho del clima y de las estaciones, y Pepa esperándome para que la ayudara a pegar estampas en su álbum. Nos pusimos las manos perdidas de engrudo, nos las restregamos por la cara y nos reímos mucho, y madre se enfadó, y nos volvimos a reír. Cuando terminamos de limpiarnos en la pila de la cocina, ya era la hora de cenar, y cenamos, y luego nos fuimos a la cama, y estuve leyendo un rato muy largo, pero no conseguí desembarcar en la India con Phineas Fogg, porque un par de páginas antes de llegar, Dulce me obligó a apagar la luz, diciendo que conmigo no había quien durmiera en aquella casa.

Entonces intenté atraerme a la oscuridad, ponerla de mi parte, obligarme a pensar en el cuerpo de aquella rubia que parecía una lancha neumática, verla con los ojos cerrados, bailando con Pepe, pegándose a él, metiéndole la rodilla entre las piernas, pero fue inútil, e inútil fue pensar en Paula, imaginar su furia, sus insultos, sus vanos intentos por escapar de los brazos del Portugués. Las dos imágenes me gustaban, me parecían excitantes, divertidas, pero no logré atraparlas, no pude retenerlas ni instalarlas en el lugar de mi mente donde, al ritmo de un pasodoble, un hombre flaco, calvo, tembloroso, avanzaba de espaldas hasta que se escuchaba el eco del disparo que le derribaba, que le hacía caer una vez, y otra, y otra más, con los brazos separados del cuerpo, con las manos abiertas, con una camisa a cuadros que nunca había visto y unos pantalones pardos, anchos y remendados, que tampoco había visto jamás.

El Pesetilla murió muchas veces aquella noche, y moriría muchas otras veces, muchas otras noches, por implacable decreto de la oscuridad enemiga, la oscuridad hostil que siempre le vestiría de la misma manera, reservando para mi abuelo, a quien no había visto nunca, ni siquiera en foto, una camisa blanca, inmaculada, donde una bala hacía florecer una mancha de sangre, una mancha redonda, irregular, que al principio era bonita, como un clavel cuando se abre, pero luego crecía, se deformaba, se expandía tan deprisa que ya lo había teñido todo de rojo, la tela, el fuelle del acordeón, las teclas que aún apretaban sus dedos ensangrentados, cuando el cuerpo se desplomaba bruscamente sobre la espalda, el estrépito seco del golpe incapaz de imponerse al chirrido de un acorde interrumpido, inacabado, sólo aire y ya no música. Pero yo seguía oyendo el mismo pasodoble que mi abuelo y el Silbido estaban tocando antes de morir, una canción alegre y machacona cuyo título no conocía, pero que escuchaba todos los años, cuando don Justino contrataba a un torero muerto de hambre y compraba dos novillos para las fiestas, escuchaba esa música y veía a parejas endomingadas bailando sobre los adoquines, alrededor de un cadáver tirado en una plaza, y era Cencerro, pero era mi abuelo, y era Crispín, pero era el Silbido, y la música sonaba y sonaba, las teclas del acordeón goteaban sangre, hasta que volvían a matar a Manuel el Carajita, hasta que volvían a matar a su amigo el flautista, y sus manos soltaban sus instrumentos por fin, pero aquel pasodoble nunca dejaba de sonar.

A los fusilados los matan de frente, y por eso, y aunque no quisiera, yo veía a mi abuelo con la cara de su hijo, y era mi padre quien moría con un acordeón entre las manos, al lado de un hombre que sostenía una flauta y a quien no le veía la cara. Mis tíos, el hermano de mi padre y sus dos primos, tampoco tenían rostro, sólo él, que era mi abuelo y a la vez su hijo, mi padre, el guardia Antonino Pérez, cuando disparaba un instante después sobre otro hombre flaco, calvo, desarmado, que siempre se ponía la misma camisa de cuadros para morir. La oscuridad, que no quería ser mi cómplice, trabajaba con ellos, para ellos, los traía hasta mi cama cada noche y me los tiraba encima, vivos aún, como si acaso pudiera yo salvarlos, como si pudiera evitarles cada una de las muertes que iban a morir en mí, que les matarían muchas veces sólo por mí y para mí, en esa y en otras muchas noches pintadas de rojo.

Y sin embargo, mientras los veía caer, y levantarse para caer otra vez, también pensaba. Recordaba lo que me había dicho Pepe el Portugués y lo que yo ya sabía, lo que había sabido siempre, los gritos que escapaban de los calabozos, la voz de Laureano rompiendo el silencio de una noche cualquiera, el terror de Fernanda tras la pared de al lado, los camiones llegando por la carretera vieja, el miedo de mi madre, el de mi padre, y su estampa triste, encogida de frío, cuando entraba en la cocina de madrugada, la capa almidonada por la escarcha de otra madrugada estéril. Pensaba, y mientras mi cabeza se iba llenando de palabras, de razones, de argumentos, la sangre se iba volviendo más pálida, más clara, menos sangre, para convencerme de que, en realidad, las cosas no habían cambiado tanto. Yo siempre había sabido lo que temía saber, y nunca había querido preguntar para no correr el riesgo de descubrirlo. Ahora había descubierto algunas cosas más, que Regalito escondía armas en el desván de su casa, que mi padre no había llegado a tiempo de salvar a su propio padre, y por qué estaban viudas las madres de los ladrones de zapatos a los que había conocido en Almería, pero eso no cambiaba mucho las cosas porque yo estaba vivo, y vivía en Fuensanta de Martos, en 1948, porque tenía ojos, oídos y curiosidad, imaginación y una vida de mierda en la que dos y dos siempre sumaban cuatro, y los guardias civiles disparaban de noche sobre oscuros hombres desarmados. Yo no era como Paquito, no era como Alfredo ni como Miguel, y no sabía por qué, pero después de hablar con Pepe, había decidido pensar por mi cuenta, y eso me hacía menos idiota que ellos. Pensar era bueno, porque el pensamiento ahuyentaba a los cadáveres, transformaba en palabras y números a los asesinos y a sus víctimas, me obligaba a pensar en mí, ya no en los demás, y me imponía la necesidad de prometerme que yo nunca, jamás, por ninguna razón, ningún motivo, colaboraría, ni de cerca ni de lejos, en la desgracia, en el dolor, en la cárcel o en la muerte de nadie.

Aquella promesa me serenaba, me daba calor y confianza, y así, sin sospechar que no pasaría demasiado tiempo antes de que se convirtiera en algo más que una enfática cadena de palabras solemnes, logré por fin dormirme aquella noche. Me desperté muy tarde, casi a las once. El sol picaba ya detrás de los cristales, y el paisaje negro, sombrío, de los cuerpos sin vida desplomándose ante una tapia, parecía una ilusión hueca y tramposa, la dramática cáscara de una pesadilla incompatible con la realidad de una mañana de verano. Mientras el sol viajara por el cielo, todos estábamos a salvo, y por eso me levanté, me vestí, me zampé en un momento dos rebanadas grandes de pan con manteca y me fui a buscar a Paquito para estrenar un día corriente, un día semejante a muchos otros días, con su cartucho de pipas, y su baño en el río, y su partido de fútbol, y su propio despiste, tan parecido a los que, casi siempre, nos obligaban a volver a casa corriendo para sentarnos en la mesa cuando nuestras madres estaban ya sirviendo la comida. Sin embargo, la cuesta que subía hasta la casilla vieja se me hizo más dura que nunca aquella tarde.

Cuando llegué arriba, comprendí por qué. La puerta estaba abierta, como de costumbre, y doña Elena sentada a la mesa, esperándome. Tampoco allí parecía haber cambiado nada y sin embargo, todos los elementos que integraban aquella escena familiar, conocida, estaban tan perfectamente dispuestos que parecían falsos, como objetos pintados sobre un telón.

El tapete estampado que doña Elena utilizaba para proteger el tablero de madera barnizada, ocupaba el centro de la mesa con tanta exactitud como si hubiera medido con una cinta métrica los centímetros que lo separaban de cada extremo, y la misma sensación daba la máquina, que ocultaba el motivo central de la guirnalda de flores impresa sobre la tela en una posición escrupulosamente equidistante. A su izquierda, tres lápices recién afilados reposaban sobre una libreta como tres líneas paralelas sobre un rectángulo impecable. A su derecha, las cuartillas estaban apiladas con tanto cuidado que no parecían hojas, sino un libro blanco y sin portada, cuyo lomo, cosido con hilo transparente, no pudiera apreciarse a simple vista. Doña Elena, erguida en la silla, los brazos flexionados, las manos abiertas sobre el tapete como custodios de la máquina de escribir, parecía la suma sacerdotisa de un templo consagrado a la armonía geométrica, la expresión más pura de esa pulcritud que siempre había formado parte de ella misma y sin embargo nunca la había envuelto con tanta precisión como aquel día, desde la cabeza, donde había recogido en la disciplina de un moño severísimo hasta el más rebelde de sus cabellos, hasta los pies, que parecían uno solo, tan bien alineados estaban en sus zapatos de piel usada, brillante y muy limpia.

Todo eso vi hasta que me miró. Cuando levantó la cabeza y me miró, dejé de calcular cuántas veces habría colocado, corregido, retocado y revisado cada objeto para estrellarme con una luz oscura, caliente, sucia, que era inexacta, y torpe, y desordenada, y que nunca antes había visto en sus ojos.

—Desde que te marchaste el otro día, he estado pensando en qué podría decirte, Nino —aquella voz apagada, sin brillo, también era nueva para mí—. Desde que te fuiste, ando buscando una historia que contarte, en mi cabeza, en los libros, en todas partes... Pero no la encuentro. Eso es lo que pasa con España, ¿sabes? Este país... Lo que pasa aquí ya ha pasado otras veces en otros sitios, pero no es igual, porque nosotros siempre llegamos a todo más tarde o más temprano que los otros, nunca a tiempo, y por eso... La verdad es que no sé qué decir. Que siento mucho lo de la otra tarde. Lo siento de verdad, Nino.

Yo tampoco supe qué decir. Me quedé parado a unos pasos de la mesa, sin atreverme a avanzar ni a retroceder, preguntándome qué hacer, cómo ir hacia ella, cuando doña Elena se levantó, y al hacerlo, lo desbarató todo, la exactitud matemática, inhumana, del tapete, la máquina, las cuartillas y los lápices, y en la reconfortante tibieza de aquel desorden, vino hacia mí, abrió los brazos para que yo me metiera dentro y eso hice, apretarme contra su cuerpo, aferrarlo con las dos manos, abrazarlo y dejarme abrazar, respirar con ella, la cabeza apoyada en su pecho, hasta que los dos nos serenamos por completo. Cuando nos separamos, doña Elena tenía los ojos húmedos, yo no. Yo ya había llorado todas mis lágrimas.

—Gracias —le dije. Ella asintió con la cabeza y no quiso añadir nada, pero yo había encontrado ya una solución para romper el silencio que nos abrumaba a los dos por igual—. ¿Usted se acuerda...? Me contó una vez la historia de un griego al que los dioses condenaron a cargar con una roca inmensa por una cuesta...

—Claro —me sonrió—. Sísifo.

—¡Eso, Sísifo! —y como si ese nombre actuara como un interruptor, una palanca capaz de ponernos en marcha, empezamos a andar hacia la mesa con una naturalidad aún titubeante—. Ayer intenté acordarme de su nombre, y no pude, y tampoco me acuerdo bien de su delito, el pecado por el que le castigaron.

—Bueno, pues te lo cuento otra vez —ella ocupó su lugar en la mesa, yo el mío, y entre los dos volvimos a estirar el tapete, a apilar las cuartillas, a colocar los lápices sobre la libreta—, pero luego damos clase, ¿eh?

Aquella clase fue el final de la historia, el broche que cerró el paréntesis de horror y conocimiento que se había abierto en el porche de las Rubias apenas dos días antes, y el principio de una vida nueva para mí, una vida donde ya no cabían la imprudencia, la inconsciencia y la sinceridad que me había permitido cultivar hasta entonces, privilegios infantiles que se habían extinguido bajo el peso de un secreto y de su precio, tan alto, tan insoluble, tan duradero como la condena de Sísifo. Pero en aquel momento, ni siquiera me di cuenta, tan contento estaba de haber vuelto a lo que yo aún creía que era mi vida de antes.

—Si quieres, mañana podemos recuperar la clase de antesdeayer —doña Elena me acompañó hasta la puerta, la abrió, y vimos venir a Paula, que apresuró el paso al comprender que ya habíamos terminado.

—¿Te vas, Nino? —me preguntó cuando aún le faltaba un trecho.

—Sí —y sólo entonces me acordé de que llevaba un paquete de tabaco en el bolsillo.

—Espérame, que quiero pedirte un favor.

La miré con atención y la vi como siempre, ni de mejor ni de peor humor que otras veces, pero tranquila, menos parecida a la protagonista del cuento de las tijeras del pescado de lo que yo esperaba.

—Cuando vuelvas a casa, si no te importa —lo único extraño era que me hablara con tanto miramiento—, pasa por la de Sanchís y dile de mi parte, por favor, que no hay miel.

—Que no hay miel —repetí—. Eso le digo, ¿no?

—Justo. Que al hombre del que me habló el Portugués no le quedaba ni un tarro, que la había vendido toda, ¿te acordarás?

—Claro —y me dije que no era un mal momento para debutar como celestino—. ¿Pero por qué no se lo dices a él?

—¿A quién, a Pepe? —asentí con la cabeza y ella sonrió con un gesto que expresaba más satisfacción que otra cosa—. Porque ese no tiene cojones para subir aquí.

—¡Paula, por favor! —doña Elena la regañó sin demasiado énfasis mientras yo celebraba con una carcajada aquella prueba del amoroso infortunio del Portugués—. No hables así.

—¿Por qué? Si digo la verdad, sólo la verdad, ni más ni menos. Que no hay cojones.

—A lo mejor no —intervine, y me llevé a los labios dos

dedos entreabiertos, como si sostuviera con ellos un pitillo—, pero sí que hay un regalo para ti.

Asentí con la cabeza a la interrogación que flotaba sobre sus cejas, y cuando me despedí de doña Elena, ella me siguió por el camino trasero con una docilidad insólita.

—Mira —cuando estuve seguro de que mi profesora no podía vernos, me saqué el paquete del bolsillo y lo sostuve en el aire.

—¡Ay, qué bien! —ella me lo quitó de entre los dedos sin darme tiempo a entregárselo—. ¡Qué alegría más grande!

—Ayer por la mañana vino a traértelo, pero como estás tan enfadada con él...

No estaba muy seguro de que me estuviera oyendo mientras la veía abrir el paquete, sacar un pitillo y llevárselo a los labios para encenderlo enseguida con una cerilla de la caja que tenía escondida en el sostén. Yo nunca había visto fumar a una mujer y creía que sería un espectáculo raro, hasta desagradable, pero Paula inhaló el humo con ansia, y cuando dejó escapar la primera bocanada, en su cara se pintó un placer tan intenso que sonreí sin darme cuenta, y seguí hablando sin pensar muy bien en lo que decía.

—Y le gustas mucho cuando te enfadas, ¿sabes?, eso dice, pero...

—Que le gusto cuando me enfado, ¿no? —pero ella sí era capaz de fumar y de interrumpirme al mismo tiempo—. Pues dile de mi parte que no sabe la suerte que tiene.

—Pero si está muy mal, Paula, en serio, lo está pasando fatal. No come, no habla, yo creo...

—Que se va a poner malo, ¿no?

—Sí, eso es —admití, descolocado por aquel alarde de perspicacia—. Bueno, ya se ha puesto, está malísimo, pero... ¿Cómo lo has adivinado?

—¡Ay, ay, ay! —me cogió del cuello y me zarandeó en broma, sin hacerme daño—. ¿A ti no te da vergüenza ser tan canijo y tan embustero ya? ¡Anda que, con bueno te has ido a juntar, qué barbaridad! Todos sois iguales, desde pequeñitos, lo mismo de caraduras, que es que no tenéis remedio... Ea, me voy —apuró el pitillo y aplastó la colilla contra el suelo—, que no se te olvide lo de la miel, ¿de acuerdo?

—Sí, pero... —y cuando ya se estaba marchando, hice un último intento—. ¿Y al Portugués qué le digo?

Mientras bajaba la cuesta, iba pensando que lo mejor para él sería que no acudiera a la cita, pero al llegar al cruce, me lo encontré sentado en una piedra, esperándome.

—¿Qué? —y me sonrió, como si esperara grandes cosas de mi embajada.

—Que si te gustan las gordas —pero no me quedó más remedio que repetir el mensaje de Paula palabra por palabra—, que te las pagues.

—¡Joder! —se levantó y empezó a sacudirse los pantalones a manotazos de rabia—. ¿Eso te ha dicho?

—Tal cual. ¡Ah! Y que si te gusta tanto cuando se enfada, no sabes la suerte que tienes, porque va para largo.

—¡Pues sí que estamos bien! —entonces se paró a pensar un instante y me miró con el ceño fruncido—. Pero entonces la has visto...

—Claro.

Se lo conté todo, y sobre todo, la alegría con la que Paula había recibido su regalo, el placer con el que la había visto fumar. Pretendía animarle, darle esperanzas, pero apenas prestó atención al argumento principal de mi relato.

—Así que no hay miel, ¿eh? —concluyó por su cuenta, y lo repitió despacio, como si quisiera aprendérselo bien—. No hay miel. Qué raro.

—Pues eso me ha dicho, que el hombre que le dijiste ya no tenía —no se movía, ni me miraba, como si se hubiera perdido en la inmensidad de una noticia tan pequeña—, que la había vendido toda.

—Ya, lo que pasa es que me extraña, porque... —pero enseguida sacudió la cabeza, sonrió y echó a andar hacia el pueblo—. Me habían contado que él compraba toda la miel de por aquí, que por eso nunca le faltaba, pero qué le vamos a hacer. Vamos, te acompaño a casa.

—¿Sí? Qué bien, porque así, si no te importa, hablas tú con Sanchís, mejor.

—Si quieres... Tampoco tengo otra cosa que hacer. Pensaba acercarme al cortijo, pero...

—Paula dice que no tienes cojones.

—Pues no, la verdad. Ya comprenderás que no están las cosas como para asomar los cojones por allí —movió los dedos en el aire como si fueran las hojas de una tijera imaginaria, y nos echamos a reír—. Anda, que si no me gustara tanto, le iban a ir dando a esa bestia...

Pero le gustaba mucho, le gustaba tanto como decía en voz alta y todavía más, porque cumplió sin rechistar una penitencia tan larga como el mes de julio, más de treinta días de cautelosas aproximaciones y decepcionantes resultados en los que casi siempre anduve yo metido de por medio, porque era yo quien subía los regalos y yo quien bajaba las respuestas, yo quien sembraba ruegos y recogía negativas, yo quien transmitía palabras de amor en ambas direcciones. Las de Paula no lo parecían, pero ella casi siempre se las arreglaba para merodear alrededor de la casa de doña Elena a las seis en punto, y sonreía, complacida por la intensidad de mis súplicas antes de decirme que no, que todavía no quería volver a verle, pronunciando con mucho cuidado el acento de aquel adverbio cruel, pero esperanzador al mismo tiempo.

—Llévale esto mañana, anda, a ver si se ablanda —y a veces era un mechero, y otras, una bolsa de caramelos, un cartucho de bombones, un pañuelo, un frasco de colonia—, porque yo ya no sé...

—¿Pero tú no me dijiste a mí que los hombres como nosotros no se casan nunca?

—Pues sí, te lo dije, pero ¿qué quieres? Estoy tonto perdido, no creas que no me doy cuenta. Y lo peor es que además me estoy arruinando, que me gasto en estas chuminadas todo el dinero que me devuelve tu padre, y el mes que viene termina de pagármelo.

Al final, lo resolvió él solo, y lo resolvió a su manera, arrimándose.

—¿Sabes lo que te digo? —me advirtió cuando le conté que con la colonia tampoco había habido nada que hacer—, que ya está bien. Mañana mismo subo contigo y que Dios reparta suerte.

Al día siguiente, al coronar la cuesta, nos encontramos con que Paula había llegado antes que nosotros, y estaba sentada en la puerta de la casilla, haciendo pleita con doña Elena. Cuando nos vio llegar, se levantó, se nos plantó delante y cruzó los brazos, pero el Portugués no se arrugó.

—Mira, Paula, ya he perdido demasiado tiempo con esto, así que, o te arreglas conmigo o me vuelvo a mi pueblo, tú verás.

Ella no movió ni un músculo de la cara. Se quedó quieta, callada, mirándole sin pestañear, como si quisiera calibrar si aquella advertencia iba en serio o su novio acababa de tirarse un farol. Estaba dispuesta a estirar la incertidumbre hasta donde diera de sí, pero él no se lo consintió.

—Bueno, pues me voy —Pepe se acercó a ella y le estrechó la mano como si se despidiera de una simple conocida—. Podría haber sido mejor, pero desde luego, ha sido un placer.

A ella le gustó aquella despedida, porque sonrió como si se relamiera, pero él ni siquiera llegó a verlo. Antes había girado ya sobre sus talones para dar un paso, dos, tres, y seguir andando a buen ritmo, con los pulgares enganchados en los bolsillos del pantalón. En ese momento, creí que acababa de contemplar el final de aquella historia, pero escuché a tiempo la voz de Paula.

—¡Quieto ahí, tontopollas! —un acento risueño aligerando el insulto.

—¿Qué me has llamado? —preguntó él, volviéndose a mirarla pero sin moverse del lugar donde se había parado.

—Tontopollas —la Rubia se rió y empezó a bajar la cuesta—. Te he llamado tontopollas...

—¡Qué barbaridad! —al oírla, mi profesora cabeceó, me pasó el brazo derecho por los hombros—. ¡Cuánta tontería!, ¿te das cuenta, Nino?

Pero doña Elena también sonreía, siguió sonriendo cuando les vimos abrazarse en medio del sendero, sonrió hasta que Paula levantó los brazos, cogió la cabeza del Portugués con las dos manos y la acercó a la suya para amenazarle en un susurro mientras él la rodeaba con sus brazos, mientras la pegaba contra sí y la mantenía tan apretada como si pretendiera comprobar la consistencia de su cuerpo, o como si sus manos la hubieran echado tanto de menos que no supieran estarse quietas.

—Y te voy a decir algo más...

—¿Qué me vas a decir, a ver? —y aunque procuraba estar torero, hasta yo me di cuenta de que no las tenía todas consigo.

—No me lo vuelvas a hacer si quieres que pueda seguir insultándote... —quizás por disimularlo, decidió aprovechar aquella pausa y lanzó la cabeza hacia delante sin avisar, pero ella siguió sosteniéndola con la firmeza suficiente para mantenerse a salvo de su boca—, porque si vuelvo a pillarte, te la corto en tres trozos y se acabó lo que se daba.

A doña Elena eso ya no le hizo gracia, y en el preciso instante en que la Rubia soltaba la cabeza de Pepe, y cerraba los ojos para ofrecerle sus labios entreabiertos, me obligó a entrar en casa y tuve que imaginarme todo lo que no pude ver.

En aquel momento, pensé que el Portugués había sido el vencedor de aquella batalla, pero antes de que terminara el verano dejé de estar tan seguro de quién la había ganado, porque lo que había entrado en crisis siendo un amorío, salió de la reconciliación convertido en todo un noviazgo. Esa novedad no alteró mi amistad con Pepe, porque Paula se fiaba de mí, y prefería que su novio estuviera conmigo a que anduviera solo por el pueblo, de bar en bar. Así, el peor verano que había estrenado en mi vida, terminó siendo un buen verano de días tan largos y agotadores que a veces me bendecían con el don de un cansancio irresistible, sobre todo en agosto, cuando me dediqué a ir con el Portugués a coger esparto, la obligada contribución a la economía del cortijo que Paula le había impuesto entre otras condiciones.

La guerrilla seguía funcionando, su imprenta también, y mi padre y sus compañeros estaban demasiado ocupados como para andar a la caza de recolectores furtivos. Por eso, cuando pasaba el día entero en el monte, cortando juncos, haciendo gavillas, llevándolas al molino, me quedaba dormido después de leer un par de páginas, sin tiempo para ver nada, para escuchar nada, para pensar en nada. Otras noches eran peores, pero cuando empezó a refrescar, me di cuenta de que me estaba acostumbrando a mis propias pesadillas, a las visitas de esos sangrientos fantasmas que, con cada repetición, parecían menos reales, menos dolorosos y terribles. Al principio me sentí incómodo, casi culpable por abandonarles, por dejarles cada vez más solos, por caer dormido un poco antes cada noche mientras ellos seguían muriendo una y otra vez dentro de mi cabeza, pero luego recordé que también las viudas sobrevivían, y sobrevivían los huérfanos, y todos desayunaban, y comían, y cenaban, se levantaban por la mañana, se acostaban por la noche, y hasta se divertían a veces. Así no se puede vivir, pero así se vivía, así vivíamos todos, y yo no tenía ganas de morirme mientras me quedaran tantos libros por leer, tantas historias por escuchar, tanto monte y tanto río por explorar con el Portugués.

Parecía que todo seguía igual, pero todo estaba empezando

a cambiar aunque yo no me diera cuenta. En septiembre, cuando el calor aflojó y la luz de los atardeceres empezó a envolver el cielo en una gasa de oro pálido, templado y tierno, Pepe me compensó por todo el esparto que habíamos cogido juntos con largas sesiones de pesca y de pereza. Y una de aquellas tardes, igual en todo a las demás, de pronto se me quedó mirando con un interés para el que no encontré explicación, sobre todo porque en el rato que llevábamos en el río, ninguno de los dos había tenido suerte.

—¿Qué pasa? —le pregunté, y él frunció el ceño, pero tardó un buen rato en reaccionar.

—A ver, ponte de pie...

Me levanté, y siguió mirándome con tanta extrañeza que empecé a mirarme yo también, pero no encontré nada raro en mi ropa, en mis piernas, en mis manos, en mis zapatos. El Portugués, sin embargo, asintió con energía, como si quisiera darse la razón a sí mismo, y se levantó enseguida para colocarse a mi lado, tan pegado a mí como si fuéramos soldados en una formación.

—Estás creciendo, Nino —me explicó al fin, e inclinó la cabeza para calibrar desde arriba la distancia que separaba mi hombro del suyo—. Pero un montón...

—No puede ser —objeté, y sin embargo, al mirar yo también nuestros hombros, los encontré más cerca que de costumbre—. Los niños crecen en verano.

—¿Sí? Bueno, al de este año todavía le quedan unos días.

—Ya, pero Paquito siempre crece en julio y en agosto, cuando hace mucho calor.

—Pues Paquito crecerá en verano, pero tú vas a crecer en otoño, mira lo que te digo...

Era verdad. Aquella noche, antes de entrar en casa, me apoyé en el poste donde padre marcaba con su navaja mi estatura de cada año, y coloqué un dedo justo encima de mi cabeza. Cuando me aparté, vi que el espacio que lo separaba de la última muesca era más del doble del que mediaba entre las dos últimas señales. Me puse muy contento, pero después de pensarlo mucho, decidí que lo mejor sería no contarle nada a nadie, y esperar a que, en mi próximo cumpleaños, una alegría inesperada fulminara la desilusión de todos los catorces de enero que yo podía recordar. Quedaban casi cuatro meses, y pensé que se me harían eternos, pero todo, dentro y fuera de mi cuerpo, estaba empezando a cambiar, y pasarían muchas cosas graves, importantes, antes de que llegara a cumplir once años. La primera ocurrió a principios de octubre, cuando doña Elena me dijo que ya no podía enseñarme nada más.

—¿Qué? —le pregunté, como si estuviera hablando en un idioma incomprensible, y ella sonrió al verme con la boca abierta.

—De taquigrafía y mecanografía no, desde luego —cerré la boca, y volvió a sonreír—. Ya hemos completado el método y escribes muy bien, muy deprisa, así que, si te parece, vamos a dedicar este mes a preparar el examen. La señorita Rosa tiene un conocido que trabaja en una academia de Jaén donde están dispuestos a examinarte por libre. No te podrás sacar un título de secretariado, eso no, ni falta que hace, pero sí un diploma elemental, que te acredite como taquígrafo y mecanógrafo. Tampoco creo que, a tu edad, eso vaya a servir de mucho, pero los títulos nunca estorban. Así, tu padre estará contento, comprobará que te he enseñado bien, y yo me podré ir tranquila.

—¿Adónde?

—A Oviedo —y sus labios se fruncieron en una mueca que no pude interpretar, un gesto complejo de tristeza y de fastidio, de deber y de resignación—. Tengo una hija allí, ya lo sabes, y cuatro nietos, nada menos, a los que no conozco. Mi nieta tampoco conoce a sus primos, así que... Antes o después, teníamos que ir, porque yo soy su madre, siempre seré su madre, y... Tú ya sabes cómo son las cosas que pasan cuando se cruza la guerra con las familias, ¿no?

Asentí con la cabeza, pero no perdí ni un segundo en decir lo que sabía, porque en aquel momento, ni siquiera mi propia tragedia familiar me angustiaba tanto como la posibilidad de perder a doña Elena.

—Pero, entonces... —sus libros, sus clases, sus historias—. ¿Se va a ir a vivir a Asturias?

—No, no —y se echó a reír, como si hubiera algo divertido en todo aquello—. Como mucho, voy a estar allí un mes, nada más. Mi hija quería que me quedara a pasar la Navidad con ellos, pero... —y se puso seria para decir algo que me conmovió más de lo que habría podido calcular—. No lo voy a hacer. A principios de diciembre quiero estar de vuelta. Yo ya soy de aquí. Ahora, vosotros sois mi familia.

En aquel pronombre personal cabían tantas cosas que después de escucharlo sentí que no podía defraudarla. El diploma me importaba todavía menos que a ella, y sin embargo, preparé el examen lo mejor que pude, me aprendí de memoria la ortografía de una lista larguísima de palabras difíciles, y me esforcé por aplicar todos los recursos mnemotécnicos que me fue enseñando mientras hacíamos dictado tras dictado. Doña Elena no quiso acompañarme a Jaén. Me dijo que sería mejor que me llevara mi padre, y la eché tanto de menos al enfrentarme a una prueba mucho más sencilla de lo que esperaba que, apenas volví al pueblo, subí corriendo a la casilla vieja para contárselo.

—Ya está. Me han corregido el examen sobre la marcha y me han dicho que he aprobado con buena nota. La verdad es que ha sido muy fácil.

—¡Qué bien, Nino! —abandonó sobre la cama una maleta a medio hacer para abrir una botella de vino de Málaga que tenía preparada en una bandeja, con dos copitas y una fuente de pestiños de Manoli—. Eso hay que celebrarlo.

Me sirvió un dedo escaso de vino, para brindar es más que suficiente, dijo, y lo equilibró con tres pestiños dorados, crujientes.

—Se va usted mañana temprano, ¿verdad? —me limpió con una servilleta las comisuras de la boca, nevadas de azúcar, mientras asentía con la cabeza—. Y le importaría mucho... ¿Puedo llevarme unos pocos libros para leer este mes, hasta que vuelva? Todavía no he terminado *Escuela de Robinsones,* pero...

—¡Claro que puedes llevártelos! Los que tú quieras, aunque... Tampoco hace falta. Ven, voy a enseñarte un secreto.

Se levantó para dar la merienda por terminada y la seguí en silencio hasta el exterior de su casa, pero no entendí qué estaba haciendo mientras la veía acariciar con el dedo índice, muy despacio, el contorno del marco de la ventana más próxima a la puerta.

—Mira, fíjate bien, ¿lo ves? —entonces se volvió para enseñarme un trocito del revoco de la fachada cuya ausencia revelaba un hueco entre la madera y la pared—. Aquí siempre hay una llave. Ven, trae el dedo... —volvió a componer el muro y guió mi índice con el suyo hasta que noté una pequeña protuberancia de la que pude tirar sin dificultad—. ¿Lo notas? A ver, hazlo tú solo —y volví a tapar y a destapar el escondrijo, a coger y a dejar la llave sin su ayuda—. Muy bien. Cuando me vaya, esta llave se quedará aquí. Así que, cuando te acabes el libro, vienes, la coges, entras, te llevas el que quieras, cierras la puerta, eso sí, y vuelves a dejar la llave en el agujero, ¿de acuerdo? También podrías colarte por el ventanuco de la derecha, que no cierra bien, pero ¿para qué vas a trepar, pudiendo entrar andando, como las personas?

De todas formas, antes de despedirme, me llevé *Un capitán de quince años.* Creí que sería suficiente para llenar su ausencia, pero me equivoqué. Aquel noviembre, frío y lluvioso, se me hizo mucho más largo de lo que había calculado. El río se helaba cada noche para convertir sus riberas en un lodazal donde no se podía andar sin hundirse en el barro hasta las rodillas, y cuando salíamos de la escuela, apenas había luz suficiente para jugar en la calle. Poco después, empezaba a llover y ya no se podía hacer nada, sólo terminar los deberes y leer, o jugar a las cartas con Paquito y Alfredo y leer, o pegar cromos en el álbum de Pepa y leer. Por eso aprovechaba los días secos para ir al molino, a ver al Portugués, y hasta cuando no le encontraba, volvía a casa contento de haber hecho por lo menos eso. También subí a la casilla vieja un par de veces, la primera para dejar *Escuela de Robinsones* en su lugar de la estantería, y la segunda para nada, sólo por dar una vuelta y mirar los libros que aún no había leído. La casa estaba helada y el frío me echó enseguida. Me habría gustado coger otro tomo de los *Episodios Nacionales,* porque estaba ya cansado de mares, de navíos y de islas que parecían desiertas y no lo estaban nunca en realidad, pero me dio miedo llevarme sin permiso un libro tan caro, y me conformé con *Miguel Strogoff,* cuyo argumento, al menos, no sucedía en un barco.

Quizás por eso me gustó tanto la historia del correo del Zar, un relato interior de estepas inmensas y heladas salvajes, donde las traiciones y las lealtades, los caballos y sus jinetes, dibujaban un paisaje que me resultaba mucho más familiar, más verosímil que aquellas fantásticas travesías que no podía comparar con nada que hubiera vivido. Quizás por eso me lo leí en cuatro días, y faltaban más de siete para que doña Elena volviera de Oviedo cuando lo terminé. Al día siguiente, al salir de la escuela, me encontré con que ya estaba chispeando, pero me dio lo mismo. Le dije a mi madre que don Eusebio me había mandado mirar un montón de palabras en una enciclopedia, que doña Elena tenía una en su casa, que Filo me estaba esperando para acompañarme arriba y que volvería enseguida, y subí a la casilla con la conciencia tranquila porque, con la única excepción de la compañía de Filo, lo que le había dicho era casi verdad. Necesitaba un libro de doña Elena con urgencia porque no podía estar una semana entera metido en casa sin nada que leer. Además, y aunque yo todavía no lo supiera, Filo también iba a hacerme compañía aquella tarde.

La llave no estaba en su sitio. Por más que la busqué dentro y fuera de su agujero, no pude encontrarla. La puerta estaba cerrada, las contraventanas también, y sin embargo, cuando empecé a darle la vuelta a la casa, tuve la sensación de que pasaba algo extraño, algo distinto que no había percibido las otras dos veces. No tuve que esforzarme mucho para descubrirlo, porque enseguida vi el hilo de humo, muy débil ya, o todavía, que escapaba por la chimenea. Entonces, instintivamente, llamé a la puerta una vez, dos veces. En la tercera, el miedo paralizó mi brazo antes de que mi mano se posara en la madera. Salí corriendo sin saber por qué, y al doblar la esquina, me quedé pegado al muro, esperando, pero nadie salió a abrir. Sólo cuando me convencí de que la casa estaba vacía, me serené lo suficiente como para empezar a burlarme de mí mismo.

No tenía ningún motivo para comportarme igual que un niño pequeño, un niño tonto y cobarde, porque la dueña de aquella casa me había dado permiso para entrar allí, y las Rubias lo sabían, y tenía que haber sido alguna de ellas, y no precisamente Catalina, quien había encendido el fuego. Aquel edificio formaba parte de su cortijo, y habrían ido hasta allí para algo, para esconder un rollo de pleita o cocinar cualquier cosa, para estar a solas, lejos del barullo de la casa grande, o hasta para fumar, si la intrusa había sido Paula. Pensé en todo esto muy despacio, vi que ya no salía humo por la chimenea, y volví a la puerta, llamé con la mano y con la voz, pero nadie me abrió. Quien hubiera estado allí se había ido ya, y se había llevado la llave o la había dejado dentro, pero también se podía entrar por el ventanuco de la derecha, doña Elena me lo había dicho, que estaba estropeado y no cerraba bien.

Rodeé la casa para estudiar la fachada trasera y me pregunté cuál de los dos ventanucos habría querido señalar ella al identificarlo como el de la derecha. Entonces me acordé de haber visto otras veces, bajo el que en aquel momento estaba a mi izquierda, los restos de unos viejos travesaños de madera empotrados en la pared, que los Rubios habrían utilizado para subir la paja hasta el altillo en la época en la que el edificio se usó como granero. Pensé que lo más lógico era que doña Elena se refiriera a ese hueco, porque no había manera de llegar hasta el otro sin una escalera, y nunca había visto ninguna por allí. Tampoco tenía otra opción, así que me metí el libro dentro de la camisa y empecé a trepar.

Me costó mucho trabajo, porque ya era de noche, estaba lloviznando y no veía bien. Mis suelas de goma resbalaban continuamente sobre los peldaños húmedos, recubiertos de cal mojada, pero cuando llegué hasta arriba, me bastó con empujar el ventanuco para colarme dentro. La casa estaba caliente y en penumbra porque quien hubiera encendido el fuego, había prendido también dos velas que ardían en un candelabro, sobre la mesa, aunque su luz apenas me permitía identificar los contornos de los bultos que me rodeaban. Así, antes de disponer del tiempo suficiente para recuperarme del esfuerzo de haber llegado hasta allí, comprendí que mi escalada no iba a servirme de nada. En aquella penumbra, lo más fácil sería que me partiera una pierna antes de lograr llegar a la escalera y bajar por ella, pero recordé a tiempo que en alguna novela de Julio Verne había leído que los ojos se acostumbran a ver en la oscuridad, y decidí confiar en los míos. Con la espalda apoyada en la pared, las piernas extendidas entre algo que parecía un trillo y un bulto grande metido en un saco, esperé unos minutos, pero cuando creía estar empezando a distinguir los filos de las piedras clavadas de canto en la madera, escuché el ruido de una cerradura, el chirrido de las bisagras de la puerta que se abría y se cerraba a toda prisa, y enseguida vi a Filo con toda la potencia de la lámpara que acababa de encender.

Intenté echarme para atrás, pero ya estaba apoyado en la pared y no tenía margen para retroceder. Ahora lo veía todo muy bien, a mi izquierda la trilla, más allá unos baúles, cajas de madera al fondo, y a mi derecha, bajo una pila de sacos vacíos, un bulto muy grande, de forma más o menos cuadrada y paredes metálicas, que no supe identificar. Estaba casi seguro de que Filo no podía verme, porque desde abajo yo nunca había visto los sacos, ocultos por varias cajas de cartón con una bicicleta rota encima, pero de todas formas cogí el primero, dejando a la vista una palanca de metal con una empuñadura redonda de baquelita negra, y me lo eché por encima para poder mirar a Filo sin que ella me descubriera. Lo primero que vi, cuando se quitó el abrigo para mirarse en el espejo, fue que se había puesto muy guapa. Llevaba un vestido de lunares de colores sobre fondo blanco, escotado y con tirantes, un vestido de verano que le sentaba muy bien pero era completamente absurdo en una noche de lluvia de finales de noviembre, y se había adornado el pelo, largo y rizado, brillante, con una cinta verde. Estuvo mirándose un rato, se pellizcó las mejillas, se pintó los labios y, cuando empezó a tiritar, volvió a ponerse el abrigo y se sentó en una silla, cerca de las velas. Estaba esperando a alguien, y no hizo otra cosa durante cinco minutos, diez, más de un cuarto de hora, hasta que en el silencio absoluto que nos rodeaba, escuchó algo que yo no llegué a oír. Entonces, a toda prisa, volvió a pellizcarse las mejillas y empezó a hacer cosas raras con los labios, sumiéndolos hacia dentro para sacarlos después, como si quisiera besarse uno con otro, y la puerta se abrió, dejó ver el perfil de una figura oscura y presurosa, volvió a cerrarse. En ese instante, Filo se levantó y yo me quise morir.

—Te parecerá bonito —ella se quedó junto a la mesa, de espaldas a mí, y aunque no podía verle la cara, me di cuenta de que se estaba haciendo la ofendida—. Vine ayer, vine antesdeayer, y hoy estaba ya a punto de irme.

Elías el Regalito, que a pesar del flequillo se había convertido en un hombre maduro, grande y musculoso, como si hubiera crecido diez años en los dos que habían pasado desde que le vi por última vez, apoyó en la pared un fusil que me pareció más alto que yo, y se acercó a ella sonriendo, muy despacio.

—Eso, tú sigue metiéndote conmigo... —Filo se quitó el abrigo y lo dejó caer al suelo, para que él pudiera cogerla por la cintura cuando llegó a su lado—, que como se enteren arriba de que he bajado a verte, me fusilan.

Luego besó a la Rubia muchas veces, en el cuello, en el pelo, en la cara, por fin en la boca, y yo lo vi todo, porque tuvo el detalle de girarla para sentarla encima de la mesa y cuando se apretó contra ella, los dos estaban de perfil frente a mis ojos, pero esa fortuna se agotó muy pronto.

—Anda que... —Filo se separó un momento para mirarle—, menudo Cencerro estás tú hecho.

—Tolón, tolón —contestó él, recorriendo con las manos abiertas los pechos, las costillas, la cintura más deseada de Fuensanta de Martos, y mientras su propietaria se estaba riendo todavía, giró la cabeza y se quedó absorto un instante, antes de hablar como para sí mismo—. No sé si voy a saber hacerlo en una cama, a estas alturas.

—Pues sí que estamos bien —Filo le cogió la cabeza con las manos para obligarle a mirarla—. Si no vas a servir ni para eso...

Elías se echó a reír, la cogió en brazos, se la llevó a la cama, que estaba situada justo debajo del borde del altillo, y ya no vi nada más.

Siempre igual, pensé, mientras recordaba a Sanchís y a Pastora besándose en la verbena, mientras volvía a verlos en su casa, él pintándole de rojo las uñas de los pies, mientras imaginaba al Portugués reconciliándose con Paula delante de la puerta cerrada tras la que doña Elena me dictaba sin desmayo que don Wenceslao el quiropráctico había hecho una visita terapéutica a don Eustaquio, el otorrinolaringólogo, que se había roto el esternocleidomastoideo haciendo espeleología, siempre igual, siempre lo mismo, la misma suerte traidora que me llevaba hasta el borde del único pecado interesante para dejarme allí, colgado en el aire, abandonado a la condena de una curiosidad sin recompensa.

El vestido de Filo voló por el aire para caer en el suelo y empecé a oírles. Sus cuerpos hacían chirriar el colchón al rodar sobre la cama y los muelles crujían, el cabecero golpeaba la pared, yo escuchaba sus besos, sus palabras, sus risas, un escándalo que haría imposible que me oyeran, pensé, si me movía con cuidado, si me tumbaba boca abajo, si asomaba un poco, sólo un poco, la cabeza. Agarré aquella extraña palanca con mango de baquelita por la base, intenté moverla, y comprobé que estaba asegurada. No cedió mientras me apoyaba en ella para incorporarme con tanto sigilo que ni siquiera yo alcancé a oír mis propios movimientos, y cuando logré ponerme de rodillas, lo demás fue fácil. También inútil. Tendido boca abajo, con el saco sobre la cabeza y la nariz entre dos cajas de cartón, a unos pocos centímetros del borde del voladizo, lo único que pude ver fue una esquina de la colcha roja, luego un pie, después dos y al final ninguno, pero cuando el desaliento me impulsó a mover la cabeza de un lado a otro, lo que sí contemplé, con una abrumadora claridad, fue el fusil de Regalito apoyado en la pared.

En algún momento debía de haberme vuelto loco, y ni siquiera me había dado cuenta. Ni a un loco de atar se le habría ocurrido hacer lo que yo estaba haciendo, y al comprenderlo, empecé a sudar y sentí que me congelaba al mismo tiempo. Elías y Filo seguían a lo suyo, haciendo cada vez más ruido, y yo estaba donde no tenía que estar, porque si alguno de los dos me descubría, mi cadáver era el único que iban a encontrar en aquella casa. Eso pensé, y nada más, porque ya ni siquiera hizo falta que siguiera recomendándome precaución a mí mismo.

Mientras los amantes descansaban, y ronroneaban, y se reían, y empezaban a cansarse otra vez, no hice ruido ni ninguna otra cosa, apenas respirar. Tenía los ojos cerrados, los brazos pegados al cuerpo, las palmas de las manos me sudaban como si se me estuviera yendo la vida por ellas, me había vuelto loco, estaba haciendo algo que ni siquiera un loco de atar se habría atrevido a hacer, y pasaba el tiempo y no pasaba nada, y cada posibilidad que se me ocurría en aquella inmovilidad tan parecida a la muerte era peor que la anterior, porque ya serían las siete, y le había dicho a madre que iba a volver enseguida, y ya eran las siete y no había vuelto, y no faltaría mucho para que empezaran a buscarme, y cuando lo hicieran, el primer lugar donde me buscarían sería la casa de doña Elena, y allí me encontrarían, con Filo, con Regalito y con su fusil, y no iban a dejarle escapar, no querrían dejarle escapar ni intercambiar mi vida por la suya, nunca lo habían hecho cuando otros inocentes habían tenido la mala suerte de asomar la nariz donde nadie les esperaba, así que moriríamos todos, moriría yo, que me había jurado solemnemente a mí mismo que nunca jamás haría nada para buscarle una desgracia a nadie, y morirían ellos, el Cencerro de Fuensanta con su novia, una de las chicas más guapas de la comarca, parecía una novela, parecía una película, pero no lo era, porque todos íbamos a morir, los de dentro y quizás también los de fuera, quizás también mi madre, o mi padre, si era él quien subía a buscarme, porque Elías tenía un fusil y tendría que usarlo, yo podía comprender eso, podía comprenderlo todo, pero no podía hacer nada, nada, no podía avisarles, no podía escapar, no podía moverme, no podía salvarles ni salvarme con ellos, sólo seguir allí, boca abajo, imaginando mi propia muerte mientras escuchaba cómo se cansaban, cómo descansaban, cómo volvían a cansarse, hasta que en uno de los silencios que se abrieron después del estrépito, Elías se salvó la vida, y se la salvó a Filo, y me la salvó a mí en un solo instante.

—Tengo que irme —cuando le escuché, me entraron ganas de reírme y de llorar a la vez—. Ya deben ser más de las siete.

Si tardo, empezarán a preguntarse dónde me he metido, pensarán cosas raras y será peor. Arriba, andan las cosas muy revueltas.

—No te vayas, Elías, por favor —la voz de la Rubia, ronca y caliente, era difícil de resistir—. Todavía no, por favor...

—No me digas eso, no te pongas así, Filo... —pero él, por fortuna para todos, estaba decidido a marcharse—. Por mi gusto, me quedaría aquí toda la vida, ya lo sabes. ¿O no lo sabes?

Yo lo sabía, él lo sabía, ella también tenía que saberlo, pero así y todo, tardaron casi media hora en despedirse, y yo ya estaba más pendiente de los ruidos de fuera que de los de dentro, cuando los muelles del somier crujieron por última vez y pude ver de nuevo a Regalito, ya vestido, listo para marcharse.

—Espera... —Filo saltó desnuda de la cama, se abrazó a él, y yo nunca había visto a una mujer desnuda, quizás ninguna de las que podría llegar a ver en mi pueblo sería tan hermosa como ella, pero tenía tanto miedo que ni siquiera me fijé, la vi desnuda y no me fijé, estaba desnuda y yo nunca había visto a una mujer desnuda, pero la vi sin mirarla, sin darme cuenta de lo que estaba viendo, como si me estorbara, como si sobrara, porque en aquel momento no deseaba nada, no me importaba nada excepto verla vestida otra vez—. Me visto y salgo contigo.

—No —Elías la besó mientras se deshacía de su abrazo con delicadeza—. Conmigo no. Vístete tranquilamente y espera a oír un silbido. Cuando lo oigas, vete a tu casa derecha sin mirar para atrás, ¿de acuerdo?

Filo asintió con la cabeza, recogió su vestido del suelo y se quedó de pie mientras le veía marchar. Ya le había dado tiempo a vestirse y a calzarse, a ponerse el abrigo y a sentarse en una silla, a apoyar los codos en la mesa y la frente entre las manos como si estuviera a punto de echarse a llorar, cuando escuchamos un silbido agudo, potente y muy largo. En aquel instante se levantó, apagó las velas, giró el interruptor, salió y cerró la puerta con llave. Yo todavía conté hasta cien. Luego, volví a ponerme de rodillas, me agarré a la palanca con fuerza para levantarme, puse el saco en su sitio, abrí el ventanuco, lo cerré y bajé tan deprisa que me caí, pero no rompí las rodilleras. Había dejado de llover y me sentía tan bien, tan feliz de seguir vivo, de que todos siguiéramos vivos, que no dejé de correr hasta ver mi casa, y sólo entonces me di cuenta de cuánto me dolía la pierna derecha. Cuando me detuve para tomar aliento, el reloj de la iglesia dio las ocho en punto. No tenía tiempo que perder, pero me peiné un poco con los dedos, me saqué el libro de la camisa y entré en mi casa como si viniera de dar un paseo.

—¿De dónde sales tú con esa pinta? —mi hermana Dulce estaba sola, sentada a la mesa.

—¿Y madre? —allí no había nadie más, pero por gordo que fuera el castigo que iba a caerme, ya me daba igual que hubieran salido a buscarme—. ¿Y padre? ¿Dónde están?

—Han ido con Pepa a casa de Rodillaspelás, que se les ha muerto la abuela, pero ya deben estar a punto de llegar, así que más te vale ir lavándote bien, que hay que ver qué manos traes, a saber dónde habrás estado metido.

Me miré las manos y vi que la izquierda estaba sólo sucia, pero la palma de la derecha, la que había usado para agarrarme a aquella palanca tan rara, estaba completamente negra, recubierta por una mancha seca y compacta que parecía pintura y apenas transparentaba el relieve de la piel. Creí que no sería más que mugre, pero por si acaso la escondí en el bolsillo antes de llenar la pila, y cuando la metí dentro, vi que el agua se teñía inmediatamente de gris al entrar en contacto con mis dedos, de los que chorreaban unos hilos negruzcos que manchaban la piedra del fregadero y se volvían más negros cuando intentaba limpiarlos con la palma.

Cogí el jabón de lavar y me embadurné muy bien las dos manos antes de frotarlas entre sí como si pretendiera desollármelas. Vacié la pila, volví a llenarla, y mientras el agua que escapaba de ellas era cada vez más limpia, más espumosa y transparente, más agua y menos negra, pensé en doña Elena, en su casa blanca y bonita, tan pequeña, tan limpia como su dueña, y la boca se me llenó del sabor del vino de Málaga y esos pestiños que Manoli sabía freír mejor que nadie, y todos los personajes de todos los libros que había leído me hablaron al mismo tiempo, y vi la cara del Portugués, su pelo dorado por el sol, la piel tostada, los dientes tan blancos y uno partido, el rostro del hombre a quien yo había elegido parecerme.

Entonces, a salvo, en casa, con las manos limpias, me acordé de Elías, que también estaría en su casa, dondequiera que estuviese aquel lugar, tranquilo y a salvo, igual que Filo, atareada en los preparativos de la cena en la cocina del cortijo, y volví a verla desnuda, como si su cuerpo se hubiera grabado en los ojos de mi memoria a despecho del miedo que me había cegado los de la cara, volví a verla desnuda y sonreí, aunque de eso tampoco podría presumir nunca con Paquito, aunque nunca podría contárselo, como no le había contado ni una palabra de todas las cosas buenas que me había dado el monte a cambio de nada. Así, me aclaré las manos por última vez y las encontré limpias, a salvo ellas también de aquella mancha que no era mugre, que no era polvo, que no era grasa, que no era aceite, que no era carbón, ni óxido, ni sangre, aquella mancha que no era más que tinta negra, ni más ni menos que tinta de imprimir.

—Mira —me volví hacia Dulce con las manos cerradas—, nada por aquí —y abrí la izquierda—, nada por allí —después la derecha, para que la imprenta de la guerrilla, aquella caja tan grande, cuadrada, de paredes metálicas, que no había sido capaz de identificar cuando la había tenido delante, desapareciera con el agua que se escurría por el sumidero, dejando espacio de sobra para todos los libros que me quedaban por leer, todas las historias que me quedaban por aprender, todos los parajes que me quedaban por explorar mientras siguiera recorriendo el río con Pepe el Portugués.

No está mal, pensé luego, al darme cuenta de que había descubierto yo solo, sin la ayuda de nadie, la identidad de Cencerro y la imprenta de sus hombres en menos de tres horas, y comprendí que aquella noche iba a dormir de un tirón.

Me encontraba tan bien que, cuando Dulce volvió a preguntarme dónde había estado, ni siquiera le dije que se metiera en sus asuntos.

III
1949

Doña Elena volvió de Oviedo con muy buena cara y algunos kilos más, aunque su aspecto no mejoró tanto como el de Elenita, de la que aquel invierno me enamoré igual que un tonto, casi sin darme cuenta.

—¡Nino!

Faltaba menos de una semana para Navidad y era domingo. Aquel año, la secretaria del alcalde le había encargado a Pepe el Portugués que le trajera cortezas cubiertas de verdín, musgo y helechos de los que crecían río arriba, para decorar el belén del Ayuntamiento. Estaba dispuesta a pagarlo bien, porque los del monte se estaban moviendo mucho a pesar del frío, y ningún vecino se atrevía a subir más allá del cruce. A finales de noviembre, tres hombres con pinta de braceros desocupados, que parecían andar tranquilamente por una carretera, se habían liado a tiros con una patrulla de la Guardia Civil que les dio el alto. Consiguieron escapar, uno de ellos muy malherido, dejando a Sempere, aquel guardia de Castillo de Locubín al que le gustaban tanto los chorizos asados, con una bala fea en la rodilla y otra, horrorosa, en el abdomen. Sus compañeros buscaron al pistolero que no estaba en condiciones de seguir andando y encontraron enseguida su cadáver. Él también tenía el vientre ensangrentado, pero no había muerto de la hemorragia. Se había pegado un tiro en la sien, y antes, había entregado todo lo que llevaba a los otros dos, porque no le encontraron nada encima, ni armas, ni municiones, ni dinero, sólo un papelito muy bien doblado en el fondo de un bolsillo, donde estaba anotado un nombre vulgar y español, «Casa Inés», que no concordaba con la dirección escrita debajo, una calle francesa, de la misma ciudad, Toulouse, donde seguía viviendo Anselmo el Rubio después de la muerte de su hermano Paco.

Mi padre dijo que el encuentro había sido casual, que no habían recibido ningún chivatazo, ningún aviso de aquel intento de fuga, pero la guerrilla tomó represalias de todas formas, y en unas condiciones que convirtieron un simple ajuste de cuentas en toda una campaña de propaganda. Unos días después de la doble muerte de Sempere y aquel guerrillero anónimo, la Piñaca contó en la taberna de Cuelloduro que aquella mañana le había vendido una cajetilla de tabaco a un pastor, y que mientras se echaban un pitillo juntos, él le había contado que acababa de cruzarse con tres hombres en la falda del monte. Parecían jornaleros, porque no llevaban armas a la vista, pero uno de ellos le había llamado la atención porque era extremadamente guapo.

—Un metro ochenta, dice que medía —y en la taberna se hizo el silencio de las grandes ocasiones—, que tenía el pelo castaño claro, los ojos melaos... Yo le he pedido que me dijera algo más, cómo era la nariz, la boca, pero me ha dicho que no, que en eso no se ha fijado, que él de hombres no entiende, pero que guapo, lo que se dice guapo, sí que era. ¿Como el sargento?, le he preguntado yo. Por el estilo, me ha contestado.

La noticia corrió por Fuensanta como una llama sobre un reguero de pólvora, tan deprisa que, unas horas después, mi hermana Dulce llegó a comer tarde y con una sonrisa de boba que bastó para poner a mi padre de mala leche.

—¿Qué te dije, Antonino? —sin embargo, su mujer se alegró tanto como si acabara de ganar una apuesta—. ¿Existe o no existe?

—Un jornalero muy guapo sí —replicó él—, claro que puede existir. Pero eso es una cosa, y otra que sea el Antonio ese que se ha inventado la tonta de Paquita. Y hablando de tontas... —se volvió para señalar a Dulce con el dedo—. A ti más te vale ir cambiando de cara si no quieres que te la cambie yo de un bofetón.

Aquella fue la última discusión sobre la existencia de Antonio el Guapo que dividió a mi familia en dos mitades. Porque el pastor que le había comprado tabaco a la Piriñaca venía de Valdepeñas, y se había cruzado con aquellos desconocidos en una trocha que iba a parar directamente al cortijo de un hombre al que mi padre conocía muy bien, aunque hiciera muchos años que no le veía. Durante toda su infancia y después, hasta que se fue a la mili, los dos hijos del Silbido habían sido sus mejores amigos. El mayor se había chupado casi ocho años de cárcel por haber trabajado como secretario del Ayuntamiento en tiempos del alcalde vitalicio, y fue su mujer la que apareció muerta aquella noche, un papel, «Así paga Cencerro a los traidores», prendido con alfileres a su vestido. El hijo del Silbido no tenía ni idea, pero desde hacía más de dos años, mientras él estaba preso, era la amante del cabo del pueblo, y cuando lo soltaron, seguía metiéndoselo en la cama por las mañanas, a las horas en que su marido estaba trabajando en el campo. Después, nadie se atrevió a preguntarle cómo se había enterado, pero ni siquiera fue al entierro. A cambio, allí estuvieron el cabo y su mujer, ella a tirones, arrastrada por él y con los ojos hinchados de llorar.

—Te mato, Antonino. Tú me haces eso a mí y te mato, por mis hijos te juro que te mato. Que me peguen un tiro después, pero yo, antes, te mato.

Mi madre no quiso aclarar si se refería a la infidelidad o al numerito del cementerio, pero su marido, más afectado por la ruina de su amigo de la niñez de lo que se atrevía a confesar, decidió que podía pasarse sin esas explicaciones. No abrió la boca hasta el día siguiente, para contar que Sempere había muerto en el hospital aunque el mando había decidido mantenerlo en secreto, porque en aquel momento no era conveniente declarar bajas. A aquellas alturas, todo el mundo sabía ya, hasta en Fuensanta, que la única razón de que la nuera del Silbido no hubiera denunciado el intento de fuga que desencadenó aquella secuencia de muertes, era que no tenía ni idea. A cambio, había sido responsable de, al menos, las tres últimas redadas que había habido en Valdepeñas. En la última, su amante le había aplicado personalmente la ley de fugas al hermano pequeño de su marido.

El siniestro balance del fin del otoño fue el responsable a su vez de que aquella tarde de domingo cruzara yo la plaza empujando una carretilla repleta de las plantas y cortezas que había cogido con el Portugués por la mañana. Entonces, una voz femenina gritó mi nombre, pero miré a mi alrededor y no vi a nadie conocido, sólo una figura que avanzaba hacia mí desde muy lejos, y que no podía saber cómo me llamaba porque ni siquiera parecía real, sino una muñeca salida de un álbum de estampas, de esas que venían en las chocolatinas de cincuenta céntimos que la abuela de Miguel le regalaba de vez en cuando.

—¡Nino! —y sin embargo, yo conocía esa voz—. ¿Pero tú te has vuelto tonto, o qué?

Aquella fórmula tan poco protocolaria me permitió por fin reconocerla, identificar a la nieta de mi profesora con aquella señorita vestida con un abrigo azul marino con botones y solapas de terciopelo, que llevaba guantes de punto azul celeste, leotardos de lana a juego, una bufanda de rayas rematada con pompones del mismo tono sobre la garganta y, en los pies, unos zapatos de charol tan brillantes como si pretendieran absorber la pobre luz de un atardecer blanco y helado.

—¡Espera!

Dejé la carretilla en el suelo para correr hacia ella, y cuando ya había recorrido más de la mitad del trecho que nos separaba, fui consciente de mi propia ropa, mis pantalones verdes, viejos, con las rodilleras tan descosidas que parecían sacar la lengua para reírse de mis piernas en cada zancada, y el jersey de lana negra que me había prestado el Portugués para que no pasara frío, pero que me estaba tan grande como la levita de un payaso. Qué mala suerte, me dije, y todavía no sabía por qué.

—Hola —cuando la tuve delante, estiré con timidez la mano derecha, pero vi que la tenía tan sucia que me metí las dos en los bolsillos—. Perdona, pero no te había conocido, estás muy rara.

Al mirarla con atención, me corregí para mis adentros, porque no estaba rara, sino rarísima. Se había cortado el pelo, se había peinado con raya al lado y se había recogido el mechón que antes llevaba siempre desgreñado encima de la cara, con un lacito del mismo color que el abrigo, pero al escucharme levantó la punta de la nariz, como si mi adjetivo la hubiera ofendido.

—¿Rara?

—Bueno, quería decir que estás muy cambiada —su expresión no mejoró mucho y avancé un poco más, sin saber tampoco por qué, ni hasta dónde quería llegar—. Muy guapa.

—¡Ah! —y por fin sonrió—. Tú también has cambiado. Has crecido bastante, ¿no?

—Sí —yo también sonreí, aunque ella, que había cumplido once años en verano, me seguía sacando más de media cabeza.

—Aunque, hay que ver... —y arrugó la nariz en un mohín tan gracioso que bastó para que mi sonrisa se agrandara por su cuenta, sin que yo llegara a intervenir en el proceso—. ¡Qué pintas llevas! Estás hecho un asco.

—Ya, es que he estado todo el día en el monte, recogiendo helechos y musgo para el belén del Ayuntamiento, y... Me van a pagar, ¿sabes? Si quieres, te invito a churros.

—Bueno, sí, si quieres tú... Hace mucho frío, y eso me ayudaría a entrar en calor para subir la cuesta. Aunque no podemos tardar mucho, porque he bajado a echar unas postales al buzón y no quiero que mi abuela se preocupe.

—No tardamos nada —le prometí, envalentonado por mi propia audacia—. Tú echa las cartas y espérame aquí, que ahora mismo vuelvo.

Volví a cruzar la plaza corriendo y descargué la carretilla a toda prisa, pero aunque alabó en voz alta mi cargamento, y a pesar de que me conocía de toda la vida, porque era muy amiga de las Mediasmujeres, la señorita Ascensión no quiso pagarme.

—Prefiero arreglarlo con Pepe mañana —sentenció, sin molestarse en mirarme a la cara.

—Pero ¿por qué? —protesté—. Si en esto vamos a medias. Yo he trabajado con él, más que él, lo he bajado todo yo solo, y él me ha dicho...

—Que no —entonces sí me miró, y me di cuenta de que no había nada que hacer—. Venid mañana los dos y os lo repartís como queráis. A los niños no hay que daros dinero, que os lo gastáis en tonterías.

—Pero si yo no lo quiero todo —insistí de todas formas—, yo, con que me dé una peseta, y ni eso, con dos reales tengo bastante... Es que me he encontrado con una amiga que está esperándome ahí fuera, y le había prometido que la iba a invitar a churros.

—Pues se los dejas a deber a María.

—No es lo mismo —y de repente, me sentí dividido entre unas ganas tremendas de darle una bofetada y las mismas ganas de echarme a llorar—. ¿No comprende que no es lo mismo?

—Mañana, mañana la invitas. Total, por un día, da igual, ¿no? —se puso el abrigo para zanjar la discusión antes de volverse hacia los obreros que estaban trabajando en la plataforma donde empezarían a montar el belén al día siguiente—. Pero no estaba hablando con vosotros, ¿está claro? Como no dejéis esto terminado esta noche, mañana tampoco cobráis.

¿Y qué hago yo ahora?, pensé mientras la veía marcharse,

taconeando con tanta decisión como si pretendiera pisotear en cada baldosa el flamante envoltorio de mi aplomo recién estrenado. Pero la angustia que se pintó en mi cara debió de conmover tanto a los carpinteros, que Joaquín Fingenegocios, el primo de Lorenzo que se había quedado con su taller cuando se subió al monte, se levantó y vino hacia mí.

—Toma, Canijo. El trabajo hay que pagarlo, qué coño, que ni eso se respeta ya en este país... —y se sacó unas monedas del bolsillo para ponérmelas en la mano—. Dos reales son, no tengo más. Mañana, cuando esa tontapollas se dé el gusto de verle la cara a tu amigo el Portugués, que es lo único que quiere, vienes y me las devuelves, ¿estamos?

—Gracias, gracias, mañana sin falta...

—Deja de darme las gracias y ve a lavarte, anda, que buena falta te hace, no vaya a ser que a la chica le dé vergüenza que la vean contigo por la calle —se rió, y sus compañeros se rieron con él—. Y dile a Pepe que tenga cuidado con esa, que las meapilas son las peores...

Cuando salí, sentí que el frío helaba mi cara, mis manos empapadas todavía de agua limpia. Elenita estaba en el centro de la plaza, dando saltitos con los pies juntos para calentarse, y no parecía contenta, pero tampoco se había marchado.

—Anda que no has tardado, guapo. Estaba ya a punto de irme.

Eso mismo le había dicho Filo a Regalito un instante antes de dejarse caer en sus brazos, y al recordarlo sonreí, igual que le había visto hacer a él.

—Es que he ido al baño a lavarme —me quité el jersey de Pepe para enseñar una camisa de cuadros que estaba casi limpia, y el frío desapareció—. Como antes me has dicho que estaba hecho un asco... No quería que te diera vergüenza que te vieran conmigo por la calle.

—Qué tonto eres —pero me sonrió, como si le hubiera gustado escucharlo.

Fuimos juntos hasta la churrería, que por desgracia no estaba muy lejos. Tampoco había mucha gente esperando en la puerta, pero enseguida descubrí que Elenita tenía mucha menos prisa de la que me había anunciado.

—Dame media docena, María —entonces me volví hacia ella—. De momento, ¿no? Luego, si seguimos teniendo hambre, compramos más.

Me sonrió, pero no dijo nada, y al salir, se sentó conmigo en un banco de piedra para lanzarse sobre los churros con tanta ansiedad que no me atreví a preguntarle nada hasta que se comió el primero.

—¿Cuándo habéis vuelto? —me arriesgué mientras le daba un mordisco al segundo.

—Ayer.

—Me alegro mucho. Ya creía que no ibais a volver nunca.

—Por mí —hizo una mueca displicente con los labios—, nos habríamos quedado allí a vivir, la verdad... Oye, ¿tú no comes?

—Bueno, sí —ella iba ya por su tercer churro cuando yo me atreví a coger el primero—. Me tomaré uno...

Mientras me lo comía y después, me fue explicando cuánto le había gustado Oviedo, una ciudad preciosa, grandísima, con un parque lleno de árboles y un césped tan verde, tan suave como si fuera una alfombra, y calles repletas de tiendas elegantes, de confiterías exquisitas, de cafés con arañas en el techo y paredes de espejo que las reflejaban hasta el infinito, y gente tan bien vestida que se cambiaba de ropa hasta tres veces en un solo día, y un teatro que parecía un palacio, y una catedral que parecía un palacio, y hoteles que parecían palacios, y palacios verdaderos aquí y allá, enjoyando las calles del centro con sus viejas fachadas de piedra labrada.

—Pero en Alcalá la Real también hay palacios —intenté consolarla—, y me han contado que en Baeza...

—¿Pero qué dices, Nino? Oviedo no tiene ni punto de comparación, pero es que... —negó con la cabeza y un gesto de piedad, como si condescendiera a perdonarme por mi ignorancia—. Ya lo dicen mis tíos, que Jaén es un asco, una provincia de tercera, tan atrasada que no hay nada, ni teatro, ni comercio, ni... Nada. Catetos y más catetos, olivos y más olivos, ya ves, qué interesante. Pero como mi abuela está empeñada en que vivamos aquí, pues yo, ¡ea!, a fastidiarme.

Mientras sonreía a aquel ¡ea! que había sonado igual que los de mi madre, el aire estuvo a punto de arrancarme de las manos un papel vacío.

—¿Quieres que compre media docena más? —me miró como si no me entendiera—. De churros, digo... Seguro que en Oviedo no los hacen tan ricos.

—No, eso es verdad —Elenita también sonrió, y se le pusieron las mejillas coloradas, y me di cuenta de que me gustaba mucho verla así—. Son mejores los de aquí.

Con ese comentario tuve bastante. No sabía lo que me estaba pasando, pero tampoco me preocupaba no saberlo. Me levanté de tan buen humor, que pedí otra media docena y tampoco la pagué.

—Estoy sentado ahí fuera —le dije a la churrera, que me sonrió como si supiera lo que yo ignoraba—. Cuando nos vayamos, ya te lo pago todo junto.

Al ver los churros, los ojos de Elenita brillaron de nuevo, pero antes dijo algo con una voz que me conmovió por su delicadeza.

—Lo siento, Nino, no te enfades. No quería meterme contigo, es sólo que... Bueno, que Oviedo me gusta más que esto.

—No estoy enfadado.

—Aunque los churros... —cogió el primero, suspiró, y siguió hablando con la boca llena—. En eso sí que llevas razón, fíjate.

No sé cuánto tiempo estuvimos allí, pero acabamos con los churros y seguimos hablando, de Oviedo y de Jaén, de su abuela y de sus tíos, de lo guapa que estaba con su ropa nueva y de los escaparates de las tiendas donde se la había comprado, y a mí nunca me habían interesado un pimiento las tiendas, la ropa, los escaparates, pero la escuché como si nunca en mi vida hubiera escuchado nada tan interesante, y allí habría seguido hasta el día siguiente, hablando de volantes y de maniquíes, si no hubiera reconocido los pasos que se acercaban, un ruido agudo y otro sordo, tin toc, tin toc, tin toc, el tacón de Pastora y la cuña de su zapato ortopédico marcando un ritmo propio, irregular, inconfundible.

—Deberíamos irnos, ¿no? —y por primera vez en lo que me pareció mucho, mucho tiempo, desprendí mis ojos de los de Elenita para acechar el final de la calle, pero ya era tarde—. Si tienes prisa...

—¡Uy, sí! —y Pastora ya subía la cuesta del brazo de Sanchís—. Se me ha pasado el tiempo volando...

Aquel comentario, que estaba tan destinado a mí como a la masa que hacía Tomás, el marido de María, y al aceite en el que ella freía los churros, debería haberme gustado más que ninguna otra cosa que hubiera escuchado aquella tarde, pero la aparición de Sanchís, que cada vez me trataba peor, ejerciendo sobre mí una autoridad a la que no tenía derecho con una saña cargada de desprecio, lo había echado todo a perder. Lo último que quería era que ella le viera, que le escuchara llamarme Canijo y burlarse de mí, o mandarme al cuartel a voces, señalándome el camino con el dedo como si fuera un crío pequeño, mientras chasqueaba la lengua entre los dientes igual que si arreara a una caballería. Por eso me apresuré a entrar en la churrería, pero todo me salió mal, y a la vez, mucho mejor de lo que me habría atrevido a esperar.

—¿Qué te debemos, María? —le pregunté a la churrera con la mano en el bolsillo.

—Nada —ella sonrió con una expresión cariñosa, benevolente, que en aquel momento me estorbó más que cualquier cifra—. Ya se lo cobro yo a tus padres cuando los vea.

—Que no, que te lo pago yo —abrí la mano para enseñarle mi capital, mientras escuchaba los pasos de Pastora, tin toc, tin toc, tin toc, entrando en la churrería—. Tengo dinero, ¿ves?

—Pero que no hace falta, Nino, que ya...

—No —en aquel momento decidí arriesgarme, pagar al menos mis cuentas como un hombre en vez de salir corriendo como un niño asustado—. Cóbramelo a mí —y puse mi moneda en el mostrador, dando la escena con el sargento por descontada.

—Bueno, chico... —María me miró, miró a Elenita y se echó a reír—. Pues nada, aquí tienes.

Recogí las vueltas, apenas unos céntimos, suficientes sin embargo para comprarle dos barras de regaliz a la Piriñaca, y cerré los ojos un instante antes de volverme hacia la puerta. Cuando los abrí, Sanchís me estaba mirando, Pastora también.

—Adiós, Nino —me dijo ella, muy sonriente-, y la compañía...

—Adiós —respondí, su marido se limitó a inclinar la cabeza para saludarme, y no pasó nada más.

Cuando salimos a la calle, aún no podía creer que hubiera tenido tanta suerte, pero conté para mis adentros, uno, dos, tres, y no volví a escuchar los pasos de Pastora, ni la voz de Sanchís a mis espaldas.

—¿Qué te pasa? —me preguntó Elenita entonces—. Te has quedado con una cara, que... Ni que hubieras visto a un fantasma, hijo.

—Nada, nada —y ya estábamos tan lejos de la churrería que me atreví a sonreír otra vez—. Si quieres, te acompaño hasta el cruce. Como ya es de noche...

Pero el camino se me hizo tan corto que subí con ella casi toda la cuesta, y sólo me paré cuando ya se veían a lo lejos las luces del cortijo.

—Dile a tu abuela que mañana, cuando salga de la escuela, iré a verla.

—Se lo diré —ella empezó a andar, pero enseguida se dio la vuelta—. Gracias por todo, Nino. Hasta mañana.

—Hasta mañana, Elenita —y se volvió otra vez.

—Elena, si no te importa.

—Elena —repetí—. No me importa.

Luego volví a casa corriendo, como de costumbre, y como de costumbre llegué sin resuello, pero en algún momento de aquella tarde había perdido la facultad de medir el tiempo, porque en la torre de la iglesia acababan de dar las siete y media. Mi madre estaba de buen humor y no comentó nada cuando le anuncié que el día siguiente, al salir de la escuela, le haría una visita a doña Elena, para saludarla y enterarme de cuándo podríamos empezar con las clases de francés. A la mañana siguiente, sin embargo, me preguntó por qué se me había ocurrido vestirme de domingo, si era lunes.

—Es que hoy nos dan las notas —le expliqué.

—¿Y qué?

—Pues no sé... Que el maestro siempre dice que debemos ir a clase presentables, ¿no?, y he pensado que conviene arreglarse un poco.

—Si tú lo dices —y me besó en la frente igual que todas las mañanas.

Cuando don Eusebio repartió las cartillas que tendríamos que llevarle firmadas antes del jueves, me felicité por mi astuta reconquista de los sobresalientes que convertirían mis vacaciones de Navidad en un pequeño verano en medio del invierno. Después, no me costó trabajo despistar a Paquito, que salió arrastrando los pies, como si tuviera los tobillos encadenados a las matemáticas que había vuelto a suspender, y antes de salir, fui al baño, me mojé el pelo con agua y me lo peiné muy bien delante del espejo, pero no me sirvió de mucho, porque el único espectador de tanto esmero fue Pepe el Portugués, que me estaba esperando con los brazos cruzados delante de la puerta.

—Mira —dijo, aunque estaba solo—, el vivo retrato de don Juan Tenorio, y qué bien peinado.

—Pero... —me acerqué a él y bajé la voz—. Yo... Si no...

—No te molestes, porque lo sé todo —y se echó a reír—. Me he encontrado con Fingenegocios esta mañana, y me ha dicho que le debes cincuenta céntimos, ¿no? Así que vamos al ayuntamiento a cobrar, porque tendrás que devolvérselos y ahora, además, te hará falta el dinero. No veas lo caro que sale tener contentas a las mujeres.

—Si no es una mujer, es Elenita.

—¿Cómo que Elenita? —y volvió a reírse—. Será Elena-si-no-te-importa-gracias, porque no dice otra cosa...

Siguió riéndose de mí todo el camino, pero no me ofendí. Me sentía bien, cómodo, casi arropado por aquellas bromas tan parecidas a las que el Portugués había hecho a su propia costa aquel verano, mientras Paula llevaba siempre las tijeras del pescado en el bolsillo del delantal. Y cuando la señorita Ascensión nos pagó por fin, hay que ver, Pepe, qué caro te vendes, no sé cómo puede gustarte vivir tan solo, en el molino, sin alternar en el pueblo, no sé, sin venir al baile ni cultivar amistades, con la cantidad de solteras guapas y agradables que hay por aquí..., seguí riéndome con él. Luego se empeñó en que nos repartiéramos el dinero aunque yo no aspiraba a tanto, y me cambió una peseta para que pudiera devolverle a Fingenegocios sus dos reales.

—¿Qué tal? Bien, ¿no? Métemelos en el bolsillo de la camisa, anda —estaba techando el portal de Belén y con la mano izquierda sostenía las tablas que iba clavando con la derecha—. Muchas gracias —entonces se volvió hacia Pepe—. ¿Y tú qué? ¿Sano y salvo?

—¿Yo? —Pepe se acercó a él, se aseguró de que nadie podía verle, e hizo un gesto que yo nunca había visto, moviendo a la vez los labios y la mano derecha—. A mí, esa... —entonces lo repitió, moviendo los labios y la mano más deprisa—. Ya te digo.

A Fingenegocios le dio tal ataque de risa que se le hundió el tejado del portal en un momento, y las tablas del techo arrastraron en su caída a las paredes, levantando una nube de serrín que lo puso todo perdido.

—¿Y ahora qué, eh? —después empezó a imitar admirablemente la voz de pito de don Bartolomé mientras se levantaba, como si quisiera evaluar el desastre desde arriba—. ¿Dónde va a nacer ahora el Niño Jesús? Desalmado, que eres un desalmado.

Entonces fue el Portugués quien más rió, y al mirarle, entendí por qué me sentía tan bien. Acababa de ingresar en la cofradía de la fraternidad masculina, en la complicidad de los gestos obscenos y las palabras a medias, en el código de las blasfemias expresas y de las tácitas, en la solidaridad del hoy por ti, mañana por mí, más tiran dos tetas que dos carretas, y los curas, para las mujeres, aunque todavía no tenía más que una idea aproximada de lo que significaba aquel bautismo. Fingenegocios no quiso que nos quedáramos a ayudarle. Esto lo arreglo yo en dos patadas, nos dijo, y después, al Portugués, que más le valía marcharse corriendo. Repitió el mismo gesto que él había hecho antes, como si se llevara la mano a la boca, y añadió que no fuera a ser que la secretaria del alcalde se lo pensara dos veces, le dijera que sí y acabáramos teniendo un disgusto. Yo seguí riéndome para no parecer tonto, pero la verdad era que no lo entendí, y no fue lo único.

—Y la señorita Ascensión... —ya estábamos saliendo del pueblo cuando me atreví a preguntar—. ¿Cómo es que no sabe que eres el novio de Paula?

—Pues porque no. No lo sabe casi nadie —me cogió del brazo para obligarme a mirarle—, así que no vayas tú ahora contándolo por ahí, ¿eh?

—No, si yo no lo cuento, pero no lo entiendo.

—Pues es muy sencillo. A Paula no le gusta bajar al pueblo, yo voy sólo cuando tengo algo que hacer, y total, para bailar... —me miró de reojo y sonrió—. Mejor bailamos los dos solos,

¿no? Ya tuve bastante con el Putisanto, así que... Cuanto menos sepan, menos chismorrearán.

En aquel momento no le di importancia a esas palabras. Estaba demasiado excitado por la perspectiva de volver a ver a Elenita, aunque fue su abuela quien más se alegró de verme. Ella sí estaba contenta de haber vuelto, de haber roto la jaula de prestigio y bienestar en la que su hija mayor había pretendido encerrarla para siempre, un alarde de generosidad del que receló desde el primer momento y tras el que vislumbró a tiempo un pacto tácito que, quizás, a otra mujer en sus circunstancias le habría parecido ventajoso. A ella no.

No quiso decirme nada delante de su nieta, y la mandó a la casa grande, a por un poco de pan y de chocolate para que pudiera invitarme a merendar, como la había invitado yo a ella el día anterior. Cuando Elena nos dejó solos, me contó el viaje a su manera, sonriendo al principio, muy animosa mientras me explicaba que ella ya había criado a sus hijas y que lo había hecho muy a gusto, pero que no estaba dispuesta a irse a Oviedo a criar a sus nietos, a vivir en casa de su yerno, a su costa, como si la hubieran recogido de caridad, para hacerles de niñera mientras ellos se dedicaban a pintar la mona. Lo que a Elena le había impresionado tanto, las tiendas, los teatros, la elegancia de la gente, sólo la afectaban por el impacto que habían causado en la niña, pero también se había dado cuenta a tiempo de que los vestidos, los lazos, los sombreros nuevos con los que volvía cada vez que su tía la sacaba de paseo, formaban parte de una estrategia diseñada para convencerla de que nunca volviera a Fuensanta, a su casa. Entretanto, su alegría se había ido apagando poco a poco, hasta desaparecer del todo en mitad de una frase cualquiera que ya no quiso terminar. No me apetece hablar de eso, ¿sabes?, porque he tenido unas discusiones muy desagradables con mi hija, con mi yerno, que ahora me sale con que soy un problema para él, nada menos, que dice que viviendo aquí no hago más que perjudicarle en su carrera, y... No sé, ni siquiera estoy segura de haberme portado bien. Yo sí estaba seguro de que se había portado bien, y se lo dije, y que me alegraba mucho de que hubiera vuelto, porque la había echado muchísimo de menos. Ya, ya, ella me dedicó una mirada zalamera con el rabillo del ojo, será por los libros. Qué va, contesté, si los libros los he seguido cogiendo...

Cuando terminó noviembre y doña Elena no volvió, cuando empezó diciembre y el Portugués me dijo que en el cortijo no tenían noticias de ella, me arriesgué a subir a la casilla otra vez, y no me pasó nada más grave que descubrir, al dejar en su lugar *Miguel Strogoff*, que estaba liquidando a Julio Verne. Ya sólo podía escoger entre el capitán Hatteras y un excéntrico apasionado por el juego de la Oca, entre el Polo Norte y los Estados Unidos de América, entre la identidad anónima de un millonario que quería situar a Inglaterra a la cabeza de la exploración del Ártico, y la anónima identidad de un millonario dispuesto a dejar en herencia toda su fortuna al ganador de una partida de su juego favorito. Me incliné por este último porque pensé que aquel año, en mi pueblo, hacía demasiado frío como para navegar entre icebergs, pero todavía tuve tiempo de subir otra vez por la cuesta de atrás para coger los dos tomos que me faltaban, y estaba a punto de terminar el primero cuando volví a ver a doña Elena.

—¿Y las clases de francés? —le pregunté cuando nos acabamos el pan, el chocolate—. Podríamos aprovechar las vacaciones de Navidad para empezar.

—Si quieres... —aceptó mi proposición con una sonrisa, y se volvió hacia su nieta—. Habrá que consultarlo con Mariquita Pérez, que acaba de enterarse de que para llegar a ser toda una señorita tiene que aprender a hablar en francés.

—¡Abuela! —y antes de decirlo, ya se había puesto colorada—. Primero, no lo cuentes así porque no es verdad. Quiero aprender francés, sí, pero... Bueno, porque quiero. Y segundo, no me llames Mariquita Pérez, que sabes que me molesta.

—Pues a mí me apetece mucho —intervine para apaciguar la discusión—. Quiero decir que... Me parece muy bien que estés en clase conmigo.

Ella me sonrió, y su sonrisa me acompañó durante todo el camino, hasta que se estrelló con el gesto de cólera que contrajo el rostro de mi padre cuando me vio aparecer por la puerta. Antes de que abriera la boca, ya me había dado cuenta de que nunca en mi vida le había visto tan furioso conmigo, pero repasé a toda prisa lo que había hecho aquel día, y el anterior, y el otro, miré a mi madre, que estaba planchando sin levantar los ojos de la mesa, y no fui capaz de presentir lo que estaba a punto de pasar, ni siquiera después de haber escuchado las opiniones del yerno de doña Elena.

—Tú eres un mico, ¿entendido? —y me señaló con el dedo como todo saludo—. Y los micos como tú, ni entran solos en los bares, ni invitan a nada a ninguna chica, ni tienen por qué llevar dinero en el bolsillo. Así que, cuando seas un hombre, te portas como un hombre, pero mientras no lo seas, que no me vuelva a enterar yo de que se repite lo de ayer.

—Pero... —y ni siquiera después de aquella declaración entendí el motivo de su enfado—. Pero si yo no hice nada malo. No era un bar, era la churrería, y no sé lo que te habrá dicho Sanchís, pero te prometo...

—¿Sanchís? —aquel nombre pareció desconcertarle tanto como me desconcertó a mí su pregunta—. Sanchís no me ha dicho una palabra, pero María se lo ha contado a todo el mundo. Está muerta de risa, el hijo del guardia civil invitando a merendar a la nieta de una roja, pero a mí no me ha hecho ni puta gracia, ¿te enteras?

—No es la nieta... —pero sí lo era—. Es sólo una niña, como otra cualquiera.

—¡No! Como otra cualquiera, no. Tú vas al cortijo de las Rubias para dar clase, única y exclusivamente para eso. Que no me entere yo de que haces nada más. ¿Está claro?

No, no está claro, me contesté a mí mismo, porque yo jamás había sospechado que pudiera llegar a vivir una escena como aquella, porque ni siquiera se me había ocurrido que lo que estaba haciendo estuviera prohibido, porque no comprendía, y por tanto no podía aceptar, que no pudiera sentarme con quien yo quisiera en un banco de piedra a comer churros, una tarde de domingo, por eso nunca estaría claro.

Mi padre me miraba, yo le miraba a él, y el suelo no temblaba debajo de mis pies, pero sentía que el mundo entero estaba a punto de derrumbarse, que iba a venirse abajo de un momento a otro, igual que el portal de Belén del Ayuntamiento, mientras seguía pensando, construyendo frases que no me atrevía a pronunciar en voz alta.

No puede estar claro, padre, porque no tiene sentido, porque es estúpido decirlo, estúpido pensarlo, porque no lo puedes evitar, nadie puede evitarlo a no ser que los matéis a todos, a todos sus hijos, a todos sus nietos, a tus hermanos, y a tus primos, y a tus sobrinos, y a los de madre. Eso tendríais que hacer, matar a tanta gente que sus cadáveres lo cubrieran todo, lo pudrieran todo, y en España no se pudiera respirar, nadie podría volver a andar por las calles ni a cultivar los campos, y cuando las aguas de los ríos tiñeran el mar de rojo, y sólo entonces, por fin estaría claro, pero de momento aquí estamos todos, ellos y nosotros, de momento, aquí vivimos todos, ellos y nosotros, aquí vives tú y aquí vivo yo, que ya no sé de quién soy, pero sé que haré lo que me parezca, lo que yo crea que tengo que hacer, porque Elena no tiene la culpa de nada, porque yo no tengo la culpa de nada y bastante he hecho cargando con la tuya, con haber renunciado a mirarte a los ojos y decirte que sé que eres un asesino, para que tú ahora conviertas una docena de churros en un delito.

—Bueno, Antonino —mi padre me miraba y yo le miraba a él, nos mirábamos el uno al otro como si estuviéramos a punto de batirnos en duelo, hasta que mi madre decidió que ya no podía más—. Tampoco es que el niño haya hecho...

—¡Que no me des consejos, Mercedes! —el segundo grito fue para mí—. ¡Que sí está claro!

Tú tienes la culpa, padre, tú, con esa idea absurda de convertirme en oficinista de la Diputación, en secretario del Ayuntamiento, todo es culpa tuya, yo no quería escribir a máquina, padre, yo no quería llegar más lejos, no quería que me llamaran don Antonino, pero tú te empeñaste, tú me obligaste, y ahora ya no tiene remedio.

—Sí, padre.

También fue culpa suya que le mintiera, porque no podía arriesgarme a que me castigara, aquel día no, al borde de las vacaciones no, y añadí que podía estar tranquilo, que nunca volvería a enterarse de nada parecido, y mi propio cinismo me congeló por dentro mientras sacaba mi libro escolar de la cartera para ponerlo encima de la mesa.

—Don Eusebio me ha dado las notas. He sacado sobresaliente en todo menos en francés, que me ha puesto un aprobado, porque como hemos empezado este año y yo creo que él no sabe enseñarlo bien...

Cuanto menos sepan, menos chismorrearán. Cuando escuché aquellas palabras, no les di mucha importancia, pero a partir de aquella noche, no las pude olvidar. Así empezó 1949, un año que parecía igual que todos los demás pero fue diferente desde antes de empezar. Porque antes de que el regreso de Elena trastocara por completo el orden de mi vida, el último mes de 1948 ya trajo consigo algunos acontecimientos asombrosos, en los que nadie alcanzó a ver, sin embargo, los primeros indicios de una mudanza definitiva. Los peones ordenados en el tablero, a la espera de una partida aplazada sin ninguna fecha, decidieron ponerse en movimiento por su cuenta, y aunque en la casa cuartel ninguna sorpresa provocó tanto gasto de saliva como el noviazgo de Sonsoles con Curro, que tuvo a mi madre y a sus amigas entretenidas durante meses, en el pueblo, el embarazo de Filo, soltera sin novio conocido, causó un revuelo mucho mayor.

Aunque mis amigos se partían de risa al verles salir de paseo, porque en Fuensanta de Martos no se había visto jamás una pareja tan remilgada, yo me alegré mucho por Mediamujer. La pobre Sonsoles, que estaba a punto de cumplir veintiséis años, dos más que el único hombre soltero al que podía aspirar, se merecía un poco de felicidad real, después de haberse emborrachado hasta las lágrimas de tanto amor iluso y mal escrito, esas paginillas de papel amarillento, casi transparente e impreso de cualquier manera, donde ninguna sonrisa fue nunca tan radiante como la que iluminó su rostro cuando bajó la cuesta del brazo de Curro para enterarse del resultado del sorteo de Navidad. Ella había ganado ya el premio gordo, y él, que debía de estar harto de que Isabel Mariamandil le rechazara una y otra vez con la misma sonrisa y ninguna palabra de esperanza entre los labios, parecía contento de haber tenido éxito al fin, aunque fuera a costa de que su novia amenazara a su madre con quedarse embarazada para casarse de todas formas si insistía en oponerse a sus proyectos.

Curro era el cuarto de seis hermanos, huérfanos todos de un cabo del Cuerpo, y aparte del sueldo, no tenía donde caerse muerto, pero Sonsoles ya había perdido demasiado tiempo, y desde que el noviazgo de Marisol la obligó a quedarse en casa, mirando la calle desde detrás de un visillo, estaba claro que, si no era él, no iba a ser ninguno. Yo, que la había visto cerrar los ojos tantas veces, mientras apretaba un libro contra su pecho como si estuviera a punto de explotar de la emoción, sabía que Mediamujer era cursi, pero no tonta, y sus alardes de determinación debieron resultar tan convincentes que su novio despidió el año aposentando sus ciento setenta y ocho centímetros de altura en una de las sillas de caoba del comedor de doña Concha, justo enfrente de Pedrito, el hijo de don Justino, quien, las cosas como son, reconocería después su común anfitriona y futura suegra, iba a heredar una fortuna, pero era mucho más bajo que el subordinado de su marido y, además, se iba a quedar calvo antes de cumplir cuarenta.

Cuando la Michelina se resignó a tirar en público la toalla del buen partido, Filo ya había vomitado dos de los cafés con leche que solía tomar en la taberna de Cuelloduro a media mañana, cuando su ruta de recogida la obligaba a atravesar el pueblo. Matilde la Piriñaca, que siempre estaba allí a esas horas, se limitó a fruncir el ceño la primera vez que la vio cruzar para salir a la calle a toda prisa, con la mano derecha en la garganta y el rostro sudoroso, tan pálido como si se hubiera quedado sin sangre, y no abrió la boca cuando volvió a entrar para pagarle a Cuelloduro el café que dejó casi intacto sobre el mostrador. Pero tres días después, la escena volvió a repetirse con tanta exactitud que ya no fue capaz de estar callada.

—Tú estás preñada, Rubia —contaron que le dijo, y que Filo se volvió a mirarla con tanta violencia como si pudiera deshacerla con los ojos.

—Métete la lengua en el culo, Piriñaca.

Luego pagó y se fue a toda prisa, pero todavía tuvo que escucharlo otra vez.

—Estás preñada, no hay más que verte —y después de afirmarlo con la rotundidad de una sentencia inapelable, se volvió hacia la concurrencia—. Yo no me equivoco nunca, ya lo sabéis. Esa está preñada, pero bien preñada, y si no, al tiempo.

Filo no volvió a la taberna de Cuelloduro en lo que quedaba de año, pero su ausencia sólo sirvió para disparar un rumor cuyos principales beneficiarios fueron los flamantes novios de la casa cuartel, todos esos sí, cielo, claro, mi amor, por supuesto, mi vida, yo también, y yo a ti más, que nadie se molestó en seguir parodiando. El empalagoso almíbar de las palabritas que Mediamujer derramaba sobre Curro como un bálsamo perfumado a la menor ocasión, y que a él, a juzgar por la cara de tonto que ponía al escucharlas, le complacían más de lo que le abochornaban, no podía competir con la rabiosa declaración de independencia que la hija pequeña de Catalina lanzó al aire el día de Reyes, cuando apareció en la taberna a media mañana, con sus dos hermanas como escuderas.

—¿Qué? —se acodó en el mostrador y los fue mirando a todos, uno por uno, antes de empezar—. Estoy preñada, sí, de cuatro meses y medio. ¿Pasa algo? No me da vergüenza. Es asunto mío y de nadie más. El padre no vive en este pueblo, no es el marido de ninguna de vosotras, ni os importa una mierda saber cómo se llama. ¿Está claro?

Nadie se atrevió a decir nada. Algunos se miraron en silencio, otros disimularon una sonrisita, pero la mayoría se limitó a abrir mucho los ojos, con los labios tan cerrados como si el pasmo se los hubiera cosido para siempre. Entonces, Paula sonrió de verdad, enseñando todos los dientes.

—Pues sí, parece que está claro —y se dio la vuelta para dar una palmada en el mostrador—. Tres cafés con leche, Antonio. Y pon una copa de sol y sombra, también.

—Eso —remató Chica, igual de sonriente—. Que tenemos que celebrarlo.

Aunque ellas insistieron en pagar, Cuelloduro no sólo no quiso cobrarles, sino que sacó de debajo del mostrador una caja que nadie había visto nunca. Estaba llena de unos polvorones muy ricos que su mujer hacía todos los años con almendras y chocolate, en Navidad, para repartirlos sólo entre su familia. Sin embargo, aquella mañana, él sacó tres, colocó cada uno en un plato y se los puso a las Rubias delante.

—A esto os invito yo —dijo en voz alta, con una sonrisa elocuente de que había calculado muy bien el asombro que su gesto iba a sembrar entre la clientela—. Y a lo demás también, qué coño, que no disfrutaba tanto desde que Cencerro atracó al alcalde de Alcaudete.

Pero muchos de sus parroquianos no eran como él, libertario de toda la vida y con todas las consecuencias, y el antifascismo no les estorbó para paladear hasta el menor detalle de una escena que fue haciéndose cada vez más grande mientras circulaba de boca en boca como una bola de nieve que resbalara por una pendiente, hasta llegar a oídos del enemigo con un suplemento de dramatismo novelero que les hizo la boca agua a todas las beatas que se hacían la señal de la cruz justo después de escucharla. Mi madre, que no era de las peores, nos contó que algunos decían que Filo llevaba una pistola en el bolsillo y que entró en la taberna gritando que hijos sí y maridos no, como antes de la guerra, aunque otros decían que les había advertido que el padre del niño estaba dispuesto a bajar del monte para llevarse por delante a cualquiera que la molestara, así que no había manera de saber lo que pasó en realidad.

—Lo de la pistola, desde luego que no —resumió mi padre—. Pero la verdad es que las Rubias tienen un par de cojones.

—Eso sí —y su mujer, como siempre que él alababa el valor de cierta clase de mujeres, no le llevó la contraria.

Yo pensaba lo mismo que ellos, lo mismo que Elena y su abuela, lo que pensaban mis amigos, todo el pueblo con la única y sorprendente excepción de Pepe el Portugués.

—¡Qué cojones ni qué cojones!

Bajábamos la cuesta andando después de haber pasado la tarde en el cortijo, él con Paula, yo en clase de francés primero, y luego a solas con Elena, enseñándole los libros de Verne que había leído, explicándole los argumentos, las ilustraciones. ¿Pero en este salen chicas o no salen chicas?, me preguntaba siempre. A mí, los libros sin chicas no me gustan, porque no hay historias de amor, y sin amor, me aburro... Yo le decía que sí, o que no, pero siempre la miraba igual, con la baba colgando de los labios.

Ya llevaba casi un mes en el pueblo y se había resignado a vestirse igual que antes, con una bata de algodón encima de un vestido corriente, pero desde que volvió de Oviedo, no había vuelto a mancharse, ni a enseñar las rodillas sucias y llenas de costras, como cuando se pasaba el día cazando ranas o pájaros con los hijos de Manoli. Sus piernas, enfundadas en unos leotardos de lana fina, parecían más largas, más bonitas que antes, y seguía recogiéndose un mechón de pelo con una cinta de raso. Tenía tres, con los picos recortados en uve, una roja, una azul y una dorada, y las alternaba para que hicieran juego con los cuadritos de la bata que se hubiera puesto aquel día. Su abuela seguía llamándola Mariquita Pérez, y riéndose de sus intentos por hablar fino, pronunciando las eses como si silbara, pero estaba contenta de que por fin hubiera decidido acercarse a los libros. Decía que yo era un buen ejemplo para ella, y eso no era nada en comparación con lo que yo estaba dispuesto a ser.

Elena lo sabía, y le gustaba, y por eso algunas tardes me liberaba de buscar un pretexto para quedarme un rato, proponiéndome que la ayudara con los deberes, o que la acompañara a coger piñas para la chimenea, o que le contara las novelas de Julio Verne. No hacíamos nada más que eso, andar, hablar, sonreírnos sin rozarnos siquiera, y sin embargo, aquellas tardes yo era tan feliz que cuando salía de la casilla vieja, todo me parecía más bonito, las nubes, los matojos, los árboles pelados del invierno, y bajaba la cuesta como si mis pies no tocaran el suelo, como si se deslizaran en el aire mientras un poder invisible me mantuviera en vilo, ingrávido, inmortal. Así me sentía aquella tarde de enero, cuando el Portugués llegó a mi lado corriendo.

—¡Nino! ¿Pero a ti no te ha dicho Elena que me esperaras?

—No. Acabo de despedirme de ella... —y entonces me acordé—. ¡Ah, doña Elena!

—Sí, doña Elena, que mira por dónde, hay más de una Elena en este mundo —y al llegar a mi altura, me dio un capón en broma, sin hacerme daño—. Toma, llévale esto a Sanchís, ¿quieres? —era un tarro de miel, como siempre—. Que después del numerito que montó Filo el otro día, no me apetece mucho andar por el pueblo, precisamente.

Parecía enfadado y no lo entendí. Por eso le dije lo que pensaba, y sólo conseguí que se enfadara todavía más.

—¡Qué cojones ni qué cojones! Esto no es cuestión de cojones, sino de inteligencia. Y ya ves tú, Filo, tan lista, tan lista, tan lista, y al final, tonta de remate, que eso es lo que es.

—Pues Paula... —logré objetar al rato.

—Paula está cabreadísima con ella, como es natural, y Chica lo mismo, pero no les van a dar a todos esos cabrones la satisfacción de demostrarlo. Y ahora qué, ¿eh? ¿Qué va a hacer Filo, preñada, en este pueblo, en este momento, y...? Es una locura

—¿Porque está deshonrada? —pregunté sin disimular mi extrañeza, porque no esperaba que le preocupara algo así, pero él se apresuró a negar con la cabeza para desmentirme.

—No —y extendió el dedo índice para moverlo en el aire, como siempre que quería aclarar que me estaba hablando en serio—. Porque va a tener un hijo. Esa es la locura. La honra... La honra la inventaron los curas para joder a la gente, pero a la honra no hay que alimentarla, ni vestirla, ni mantenerla caliente, ni comprar medicinas cuando se pone mala, lo entiendes, ¿no? Filo podría haberse deshonrado todo lo que hubiera querido, es su derecho y nadie se lo puede quitar. Pero lo que no podía era preñarse, joder. Eso era lo único que no podía hacer, y eso es lo que ha hecho.

Porque el padre de su hijo es Elías el Regalito, alias el Cencerro de Fuensanta, pensé, pero me guardé mi pensamiento para mí, porque comprendí a tiempo que no hacía falta, que el Portugués lo sabía tan bien como yo, que seguramente lo había sabido antes que yo, y aquella vez mi corazón ya no latió más deprisa, no me sudaron las manos, no tuve miedo por mí, ni por él, ni por nada. Tampoco necesité preguntarme cómo, por qué, qué significaba ni adónde me llevaba aquel descubrimiento. Había una explicación sencilla y otra complicada, pero ni siquiera me paré a pensar que la novia de Elías y la de Pepe eran hermanas, y seguí andando muy tranquilo, sin juzgar al hombre que caminaba a mi lado. El Portugués lo sabía todo, siempre lo había sabido todo, y yo lo reconocí, simplemente, con la misma naturalidad con la que había aceptado todas las cosas que había sabido siempre sin querer saberlas. Aquella noche, al acostarme, me entretuve imaginando qué haría Pepe con Paula para que ella pudiera ejercer su derecho a deshonrarse sin quedarse embarazada, y me quedé frito antes de darme cuenta. Al día siguiente, cuando me levanté, madre me preguntó qué quería que hiciera para merendar el día de mi cumpleaños, y le dije que nada.

—¿Nada? —y se rió, como si lo hubiera dicho en broma—. ¿Y por qué?

—Porque si no puedo invitar a quien yo quiera, prefiero que no venga nadie.

—¿Lo dices por esa niña? —su cara se nubló al comprender que estaba hablando en serio—. Nino, por favor... ¡Pero qué tontería! ¿Es que no te das cuenta...?

—Claro que me doy cuenta. Me doy cuenta de todo, madre.

Y sin embargo, el 14 de enero de 1949 celebré mi cumpleaños dos veces. A las cinco, en la casilla vieja, me esperaba el menú de las grandes ocasiones, unos pestiños recién hechos, todavía calientes y rebozados en azúcar, la misma botella de vino de Málaga que habíamos abierto el día que aprobé el examen, y ya no dos, sino tres copas pequeñitas de cristal tallado, cada una de un color y todas supervivientes del naufragio de la casa de Carmona, porque Elena estaba con nosotros.

—Por ti, Nino —su abuela se encargó del brindis—. Por que cumplas muchos años de vida feliz y nosotras podamos celebrarlos contigo. Y ahora, los regalos...

Se levantó para ir a buscarlos y yo brindé otra vez con su nieta, uniendo mi copa verde con su copa azul con tanto cuidado que el roce del cristal produjo un sonido agudo y leve como una chispa. Luego, Elena, en una maniobra limpia y rapidísima, rellenó nuestras copas con el vino que no se había bebido su abuela, y los dos nos seguimos riendo entre dientes mientras mi profesora ponía sobre la mesa dos paquetes, uno blando y de forma imprecisa, el otro duro, un paralelepípedo perfecto de papel estampado que traicionaba lealmente su contenido. Dejé el libro para el final, y descubrí en primer lugar una bufanda jaspeada, tejida a mano con lana de muchos colores diferentes y rematada sin flecos, como las que usaban los hombres.

—Muchas gracias —era muy bonita, y más alegre que las monótonas tiras de lana gris que solía hacerme mi madre—. Me gusta mucho.

—La hemos hecho entre las dos —la Elena más joven me miró y yo sentí que mi corazón dejaba de latir.

—¿Entre las dos? —la mayor se echó a reír—. Nada de eso, la he hecho yo sola.

—Pero yo elegí los colores, ¿o no? Y he hecho un poco, lo que pasa es que me equivocaba mucho, y la abuela tenía que deshacer lo que estaba mal y hacerlo otra vez, porque este punto es muy difícil, ¿sabes? Y los colores, ¿te gustan? A lo mejor te parecen un poco chillones, pero como siempre vas de verde oscuro...

—Es que mi madre aprovecha las capas viejas de mi padre para hacerme pantalones y abrigos, pero me gusta mucho, de verdad.

—Me alegro —doña Elena empujó hacia mí el otro paquete—. Pues a ver si esto también te gusta.

Robert Louis Stevenson, leí, *La isla del tesoro.* Era un libro nuevo, más delgado que los que había cogido prestados de la caja de fruta y de una colección distinta, porque no tenía ilustración en la portada pero sí muchos grabados en blanco y negro intercalados entre las páginas.

—Ya —doña Elena me leyó el pensamiento—, ya sé que estás harto de barcos, y de islas, pero los que aparecen en esta novela no tienen nada que ver con los de Julio Verne, y te va a encantar, estoy segura. No puedes abandonar las novelas de aventuras sin leer esta, Nino. Y después, ya seguirás con los *Episodios,* no te preocupes.

—Yo quería que te compráramos otro libro, porque en este por lo visto no salen chicas, ni hay amor, ni nada, pero bueno —Elenita me dirigió una sonrisa cargada de malicia—, como a ti no te importan tanto esas cosas...

A las seis, cuando nos levantamos, doña Elena se despidió de mí con dos besos y aunque ya era de noche, y hacía mucho frío, dejó que su nieta me acompañara hasta la puerta. Ella se apoyó en la hoja para cerrarla, se metió las manos en los bolsillos, y se quedó mirándome mientras me ponía mi bufanda nueva.

—¿Cómo me queda?

—Muy bien, estás muy guapo —y entonces dio un paso hacia mí y me besó en la mejilla—. Feliz cumpleaños, Nino.

Cuando pude darme cuenta de lo que había pasado, ya se había metido en su casa. Yo me quedé en el umbral, paralizado por el asombro y por el placer de aquel beso liviano, inocente, que no significaba nada y sin embargo era el primero que recibía de una niña que no fuera mi hermana, e idéntico al que Paquito había implorado tantas veces en vano a la hermana de Miguel. Elena me había besado porque había querido, sin ningún compromiso, ninguna obligación, y me daba cuenta de que esa iniciativa resultaba menos trabajosa que coger las agujas de hacer punto y tricotar un rato, aunque fuera para equivocarse cada dos por tres, pero para mí era mucho más importante, tanto que no conseguí ponerme en marcha hasta que mis orejas empezaron a gritar de frío. Entonces me puse una mano en la mejilla derecha como si pudiera preservar ese beso, mantenerlo a salvo, vivo sobre mi piel, y cuando empecé a bajar la cuesta, casi pude sentir su calor, la presión de esos labios que le daban sentido a la conversación que había escuchado la noche anterior desde mi cama y que me compensaban por ella al mismo tiempo, nos hemos equivocado, Mercedes, yo me he equivocado, nunca debimos mandar a Nino al cortijo de las Rubias, nunca, yo no podía imaginar que fuera a pasar esto, pero ya ves, está cada día más raro, más rebelde, no parece el mismo, todo el día encerrado en casa, leyendo, sin salir ni a jugar con los otros chicos... Pero ¿qué dices, Antonino? Mi padre tenía razón, pero mi madre no quiso dársela, claro que sale, y claro que juega, lo que pasa es que estamos en enero, no sé si te has enterado, y en este maldito pueblo hace un frío de mil demonios, así que deja de decir tonterías y tengamos la fiesta en paz.

La tuvimos. Ella no había querido tomarse en serio mi renuncia a cualquier celebración que no incluyera a Elena, y me estaba esperando con el mismo chocolate, los mismos picatostes de todos los años. Los invitados llegaron casi al mismo tiempo que yo, Paquito con un cartón impreso que traía el parchís por una cara y la Oca por la otra, Miguel con una caja de madera con dados, cubiletes y fichas de varios colores, y Alfredo, con una bomba de bicicleta casi nueva.

—Gracias —le dije, menos sorprendido por la novedad de que apareciera con un regalo que por la inutilidad de aquel objeto—. Está muy bien, aunque no tengo bicicleta.

—Ya, pero así, cuando la tengas, no tienes que comprártela.

Aquella mañana, antes de ir a la escuela, mi madre me había dado un cazamariposas que me gustó mucho, porque como lo usaba para coger cangrejos, en la malla del que tenía ya no cabía ni un solo remiendo más, y una cartera nueva que no me hacía ilusión, pero sí falta desde que a la vieja se le rompió la correa y tuve que empezar a llevarla colgando de un cordel. No esperaba más regalos, pero después de merendar, mientras la ayudaba a limpiar la camilla de platos y tazas para poder estrenar el parchís con mis amigos, que nunca habían leído a Julio Verne y despreciaban el juego de la Oca, me dijo que tenía otra cosa para mí. Señaló una esquina con los ojos y vi en ella un paquete plano, rectangular y envuelto en papel de estraza, pero no adiviné lo que había dentro y ella no me lo quiso contar. Luego, me prometió, cuando estemos los de la familia a solas... Mi padre llegó pronto, mientras todavía nos estábamos persiguiendo los unos a los otros por aquel modesto laberinto de pasillos de colores, y celebró aquella escena tan tranquilizadoramente vulgar con una sonrisa que interpreté sin dificultad. Estaba contento, y después del postre lo estaría mucho más.

—¡Nino! —y a pesar de todo, me dejé arrastrar por su entusiasmo—. ¡Mira cuánto has crecido! Es increíble. Mercedes, trae el metro, que quiero medirlo, a ver... Un metro y cuarenta y seis centímetros, qué barbaridad, este año has crecido más que los dos anteriores juntos, y eso que todavía tienes once años...

En realidad, medía un metro y cuarenta y cuatro centímetros y medio. La chapa que remataba la cinta métrica que madre usaba para coser ocultaba quince milímetros que él me regaló al pisarla con el zapato, pero no quise corregirle porque me cogió por el hombro y me abrazó para volver a entrar en casa, como si nunca hubiéramos discutido antes de Navidad. Tampoco reparé en el sentido de su última advertencia. No pude pensar en eso, ni en nada, desde que madre dejó caer al suelo el envoltorio de papel de estraza, y me entregó su último regalo con un gesto solemne y una sonrisa que no le cabía en la boca.

—Toma. Y enhorabuena, hijo.

«La academia Morales de Mecanografía y Secretariado acredita que don Antonino Pérez Ríos ha superado con éxito las pruebas académicas de Taquigrafía y Mecanografía, y para que conste a todos los efectos expide este diploma en Jaén, el 2 de noviembre de 1948.» Eso era lo que había dentro del paquete, en un marco barato de listones dorados, muy estrechos. Después de leerlo, miré a mis zapatos, al techo, al suelo, a la puerta por la que no lograría escapar de mi propia casa, y por fin a ella, tan exultante de felicidad que me dio vergüenza que me diera vergüenza, y sin embargo no lo pude evitar.

—Pero, madre... —dije solamente, y ella me abrazó con tanta fuerza que a punto estuvo de romper el cristal al estrecharme entre sus brazos.

—¿A que te gusta? Ya puedes estar orgulloso, hijo, porque yo estoy muy orgullosa de ti. ¿Sabes que eres el primero, Nino? —cuando se separó de mí, tenía los ojos inexplicablemente húmedos, como si estuviera a punto de echarse a llorar—. El primero de toda la familia, de la de tu padre y de la mía, el primero que tiene un diploma de algo.

—Pero, madre —repetí, mientras mi vergüenza se trocaba en una culpa sin límites—, ¿dónde vamos a poner esto?

—Pues aquí mismo, en cualquier pared, para que se vea bien.

—Eso —y mi padre intervino por fin—. Para que lo vea el teniente y a mí se me caiga el pelo. Hay que ver, Mercedes, parece mentira...

—Bueno, pues que lo ponga en su cuarto.

—Que no, en ninguna parte es donde lo va a poner, ¿es que no lo entiendes?

—¿Y para qué me he gastado yo el dinero, para esconderlo en un armario?

—Pues sí, y si no, haberlo pensado antes.

Yo asistí a su discusión sin decir nada, en un estado de ánimo confuso, donde la culpa y la vergüenza se fueron complicando con sentimientos más difíciles, porque mi padre tenía razón, y a mí me convenía que su razón triunfara, y sin embargo, mi madre estaba a punto de llorar otra vez, pero de pena, y su decepción me parecía tan cruel, tan injusta, que al mismo tiempo me sentía dispuesto a enarbolar aquel patético diploma como una bandera para pasearlo por las calles. Quizás por eso, y porque no podía consentir que el mejor cumpleaños de mi vida terminara tan mal, fui yo quien encontró la solución.

—Callad un momento —les pedí, y por una vez me complacieron—. Ya sé lo que vamos a hacer. Vamos a colgar el diploma en la puerta de mi armario, pero por dentro. Así, madre podrá verlo todos los días, podrá enseñárselo a quien ella quiera, y lo veré yo también, pero el teniente no lo verá nunca.

—Me parece bien —él asintió con la cabeza mientras ella corría hacia mí, para apretar mi cara entre sus manos.

—Pero qué listo eres, hijo mío.

Aquella misma noche, antes de irnos a la cama, padre clavó dos puntillas en el travesaño que reforzaba la puerta de mi armario y el diploma se quedó allí, escondido y expuesto al mismo tiempo. Antes de dormirme, pensé que para estrenar mis once años sólo me había faltado Pepe el Portugués, que llevaba un par de días en Úbeda, donde habían operado a su madre de urgencia. Volveré lo antes que pueda, le había prometido a Paula, pero pasaron casi dos semanas antes de que pudiera dejar a sus padres en su casa para volver a la suya. Él también me trajo un regalo, que me habría encantado si no hubiera llegado tan tarde.

—Pero ábrelo, que parece que estás atontado...

Había venido a buscarme a la escuela, y después habíamos ido al café de la plaza, territorio neutral entre la taberna de Cuelloduro y el Casino que presidía don Carlos Mariamandil, el hermano de don Justino. Entonces puso un paquetito alargado encima de la mesa y me quedé mirándolo como si no supiera qué hacer con él. Dentro, en un estuche de cartón granate, había una pluma estilográfica de esmalte negro, con el borde dorado. Era muy bonita y yo nunca había tenido una ni siquiera fea, pero aquella tarde, ningún regalo habría conseguido animarme.

—Muchas gracias —dije de todas formas, como un niño bien educado—. Es preciosa.

—Ya está usada, ¿sabes? Se la compré a un chamarilero de Úbeda, para qué te voy a engañar, pero escribe muy bien, él la cargó delante de mí, y... —en ese momento se cansó de hablar para que yo no le escuchara—. ¿Qué te pasa, Nino?

—Que todo se ha ido a la mierda, me pasa.

—¿Todo? —y me cogió de la barbilla para obligarme a mirarle—. ¿Qué todo?

—Pues todo —contesté—. Absolutamente todo.

Mi padre había dejado pasar más de una semana antes de darme la noticia, igual que había hecho el año anterior. Como entonces, no había querido hablar conmigo hasta que mis hermanas estuvieron acostadas, pero aunque se paseó varias veces la mano por la cabeza, desde la frente hasta la nuca, como siempre que le costaba trabajo encontrar las palabras que necesitaba, aquella vez me habló más claro, sin rodeos.

—Mira, Nino, yo quería decirte... Bueno, este año has crecido mucho, ¿no?, y yo antes estaba preocupado, la verdad, porque veía que te quedabas retrasado, que siempre eras más bajo que los demás, pero ahora ya has cogido a tu amigo Miguel, estás casi igual que él, y por eso... Creo que de mayor darás la talla, que podrás entrar en el Cuerpo y tendrás la vida resuelta, así que...

—Yo no quiero ser guardia civil, padre.

—Eso no lo sabes todavía, Nino. Eres demasiado pequeño. Cuando crezcas...

Me di cuenta de que no le había dado importancia a mis palabras y le interrumpí para repetirlas en un tono más firme, seco, casi desafiante.

—No voy a ser guardia civil.

Sólo en aquel momento empezó a escucharme, y levantó la cabeza para mirarme con una expresión indefinible, en la que se mezclaban la dureza y el fracaso, la comprensión y el deseo de hacerse comprender al mismo tiempo.

—Muy bien —continuó en un tono sereno, controlado—,

eso es asunto tuyo, pero siempre tendrás esa oportunidad. Yo he tenido muchas menos en la vida, ¿sabes? Y por eso... El mes pasado, el teniente nos comunicó que, por fin, vuelve al ejército. Le han asegurado que antes del verano le ascenderán y le trasladarán, para que Sanchís ocupe su puesto de oficial responsable de la línea, que es rarísimo, pero bueno, como es un héroe de guerra y el mando le come en la mano... Eso significa que Izquierdo será sargento y Carmona, cabo. Significa también que pasarán muchos años antes de que me asciendan a mí, si es que me ascienden alguna vez, y nosotros somos pobres, Nino, ya lo sabes. Con lo que gano, llegamos por los pelos a fin de mes, y cada vez tenemos más gastos. Tu madre cree que ha vuelto a quedarse embarazada. No queríamos decíroslo hasta estar seguros, pero... —ella, que estaba sentada a su lado y no había abierto la boca, acercó su silla a la de su marido y le apretó la mano en silencio—. El caso es que hasta ahora hemos ahorrado con mucho trabajo para pagarte las clases de máquina, y luego las de francés, pero... Vas a tener que dejarlas, Nino.

—No me hagas esto, padre.

Le había oído y todavía no había comprendido del todo lo que me había dicho, no había tenido tiempo para calibrar la magnitud de aquel desastre, Elena, su abuela, los libros, la libertad de ir y volver del cruce, de subir y bajar a mi antojo, y el futuro ilimitado, neutro, desprovisto del color de cualquier uniforme, que acababa de esfumarse ante mis ojos. Todavía no me había dado tiempo a medirlo, a calcularlo, a analizarlo, y sin embargo no necesité ni un solo segundo más para comprender que aquello era lo peor que podría haberme dicho nadie aquella noche.

—No puedes hacerme esto —y busqué en su mujer una dudosa aliada—, díselo tú, madre, tú, que dices que estás tan orgullosa de mí, dile que no me haga esto, que no puede, que no...

—Lo que no podemos es hacer otra cosa, hijo —pero ella no quiso ponerse de mi parte.

—Padre —por eso me volví hacia él—, por favor, puedo dar menos horas a la semana, buscarme un trabajo para después de la escuela, puedo...

—A mí me gustaría, Nino —él seguía estando sereno, y sonrió, aunque no se esforzó en disimular que mis palabras le estaban haciendo daño—. Me gustaría que hablaras francés, inglés, que fueras a la Universidad, que le dieras la vuelta al mundo, que te leyeras todos los libros que se han escrito. Me encantaría, de verdad, pero no puedo. No puedo gastarme en ti más dinero que en tus hermanas, porque si dentro de cinco o de seis años, Dulce me dice que quiere casarse... ¿Qué le voy a contar yo? ¿Que ha habido dinero para que tú dieras clase de lo que se te antojara, pero que no queda ni una peseta para su ajuar? Eso no sería justo, ¿verdad? Y no va a hacer falta esperar tanto. El 26 de marzo, Marisol se casa con Pedrito, el de don Justino. El teniente nos ha hecho la faena de invitarnos a la boda, así que tu madre tendrá que comprarse un corte para un vestido nuevo, tendremos que hacer un buen regalo, y... Tienes que comprenderlo, Nino, ya sé que no es fácil, pero... Yo, a tu edad, ni siquiera iba a la escuela, las cosas son así y no tienen remedio. Febrero ya lo hemos pagado, marzo podemos pagarlo todavía, pero en abril... En abril, las deudas nos van a llegar hasta el cuello. Díselo a doña Elena. Dile que lo siento mucho, pero que, de momento, en abril dejarás las clases. Y cuando pase el tiempo, pues... Ya veremos.

Asentí con la cabeza, me froté los ojos con los dedos y le miré. Me habría gustado creer que no me estaba diciendo la verdad, que había vuelto a enfadarse conmigo sin motivo, que sólo quería alejarme de la mala influencia del cortijo, intentar que volviera a ser como antes, cuando no leía libros y estaba todo el día jugando al fútbol con Paquito. Me hubiera gustado creerlo, pero no pude, no pude desconfiar de él, no pude consolarme pensando que me mentía, que estaba siendo injusto conmigo por un capricho, para vivir más tranquilo, para no tener que oír chismes que no le hacían ni puta gracia, para no pasar miedo por mí, ni por sí mismo. Eso habría sido mejor, y no se habrían apagado de un soplo todas las luces, no se habrían cerrado a la vez todas las puertas, y yo estaría furioso, no vencido, furioso, no desolado, furioso, no conmovido por la expresión de aquel hombre vestido de verde aceituna que había tenido menos oportunidades que yo y que me estaba diciendo la verdad, la única verdad que podía contarme, la única que me privaba hasta del pobre consuelo de la furia y me abocaba a una ternura extraña, una compasión torpe, indeseable, lástima por mí y por él, lástima por él y por mi madre, lástima por sus padres, por sus hijas, por el hermano que me iba a nacer, tanta lástima, demasiada lástima y toda inútil, tan mezquina como mis ambiciones e igual de inservible, el miserable patrimonio de un hombre al que todo le había salido mal, la herencia que acababa de descargar sobre mis hombros y que ya no podría ignorar nunca, porque al final, después de todo, iba a dar la talla y ya no haría falta que hablara francés, ni que escribiera a máquina, ni que trabajara en una oficina para que nadie se riera de mí.

—¿Puedo irme a la cama, padre?

—No —y su voz tembló mientras tendía sus manos abiertas hacia mí—. Dame un abrazo primero.

Le abracé como no le había abrazado nunca, como nunca había abrazado a nadie, como si fuera de aquel abrazo no hubiera nada, sólo el vacío, y tras él, el mundo de los que habían nacido con suerte, de los que podían escoger su propia vida, los que no tenían que vivir en la casa cuartel de Fuensanta de Martos, en la Sierra Sur, en Jaén, en 1949. Ese mundo no era el mío, nunca sería para mí, jamás podría llegar hasta él, salvar de un salto el vacío que lo aislaba de mis brazos, fundidos con los brazos de mi padre en un nudo apretado y caliente, una tristeza sin luz y sin remedio. Eso fue lo que intenté que entendiera el Portugués tres días después, pero tampoco lo conseguí del todo.

—Pero bueno, Nino, tampoco es para ponerse así —me dio una palmada en el hombro y le miré, y vi que sonreía, pero no fui capaz de imitarle—. Anímate, hombre, que ya encontraremos una solución. Seguro que a Elena no le importa seguir dándote clases sin cobrar.

—Sí, pero ya nada será lo mismo.

Eso fue verdad. Todo estaba a punto de cambiar, y cambió en muy poco tiempo para que ya nada fuera lo mismo, ni en mi vida ni en la de los demás, porque antes de que se cumpliera el plazo de mi última clase de francés, nuestro mundo pequeño y miserable se puso del revés por última vez, y Fuensanta nunca volvió a ser el pueblo que había sido.

El 26 de marzo, cuando se paseó ante nosotros para que la viéramos con su vestido nuevo, ya era evidente que madre estaba embarazada. Pastora, que nunca lo había conseguido, la miró con envidia cuando vino a casa, vestida también de punta en blanco, para ir con ellos a la boda de Marisol, que iba a celebrarse en un hotel de la capital porque su suegro había tirado la casa por la ventana. Sanchís insistió en que no le importaba quedarse solo en el cuartel, de guardia, así que todos los demás fueron a la boda, los hombres de uniforme, para ahorrar, las mujeres más elegantes que nunca. Y aquella madrugada, mientras todos bailaban y brindaban por los recién casados, un coche que después nadie lograría identificar, porque sólo lo vio un cortijero analfabeto, que no sospechó nada y tampoco habría sabido leer la matrícula si hubiera querido, llegó hasta Fuensanta de Martos de vacío y con las luces apagadas, para marcharse cargado con cuatro mujeres, Filo la Rubia, Fernanda la Pesetilla, que se llevó con ella a sus dos hijos, María Cabezalarga e Isabel Mariamandil, aquella especie de voluntaria monja de clausura por la que Curro había suspirado en vano durante tanto tiempo, y que quizás fuera la única chica del pueblo de quien jamás nos habríamos atrevido a esperar algo parecido. La boda fue un éxito, la fuga también, porque los Mariamandiles, como otros parientes ricos de don Justino, se quedaron a dormir en Jaén, en el mismo hotel donde se celebró el banquete, y no echaron de menos a su hija hasta el lunes, día 28.

Por la mañana temprano, la muchacha que ayudaba a Isabel a cuidar de su abuela, fue a verlos para avisar de que no había podido entrar en la casa. Se había encontrado la puerta cerrada con llave y a la anciana en camisón, aporreando la ventana con los nudillos mientras lloraba como una Magdalena. Doña Felisa, más asustada por su hija que por su suegra, fue corriendo pero no encontró ni rastro de Isabel, sólo la casa recogida, varias fuentes con comida sobre la mesa de la cocina y una nota escrita a mano que decía, papá, mamá, me voy, no me busquéis, siempre habéis sido muy buenos conmigo pero tengo que vivir mi propia vida, vuestra hija que os quiere, Isabel.

—Con esto no podemos hacer nada, doña Felisa —el teniente intentó desanimarla con toda la delicadeza de la que era capaz, después de leer la nota y de mandar a Curro a la taberna, a traerle una tila—. Su hija ya es mayor de edad. Puede usted denunciar la desaparición, si quiere, pero...

—¡Claro que quiero! Tienen que encontrarla, Salvador, tienen que encontrarla y traérmela aquí, a su casa, yo no sé, no entiendo... —los sollozos no la dejaban hablar y estaba tan nerviosa que derramó en el suelo más tila de la que fue capaz de beberse, tanto le temblaba la mano que sostenía la taza—. Esto no puede ser, es imposible, ¿es que no lo entiende? La han raptado, la han secuestrado, eso es, han tenido que secuestrarla, porque por su propia voluntad, mi hija nunca habría hecho una cosa así, una niña tan buena, tan religiosa, tan dócil... ¡Si no quiso ni venir a la boda de su prima! Ya la conoce usted, y además, últimamente estaba tan despistada, tan metida en sus cosas, tan mística, en una palabra, que su padre hasta tenía miedo de que acabara metiéndose en un convento, no le digo más. De vez en cuando, tenía... No sé cómo llamarlo, una especie de raptos, que le subían los colores a la cara y le brillaban los ojos igual que a las imágenes de las iglesias. Mi marido me lo decía siempre, mírala, parece una santa... Y eso parecía, la verdad, tendría que haberla visto, todo el día encerrada en casa, abrazada a un cojín, sonriendo para sus adentros, sin hablar con nadie. Si ya ni siquiera salía, todo el pueblo lo sabe, que nunca iba al baile ni al cine con sus amigas, y no quería oír hablar de ningún chico, eso desde luego. A mí déjame de novios, madre, me decía, que no estoy para tonterías, y era verdad, no me diga que no, ella, nada, ella todo el tiempo con su abuela. Pobretica, me decía, está tan mayor, cualquier día de estos se nos muere, y se alegra tanto de verme, le gusta tanto que le haga compañía, que me quede a dormir con...

Al llegar a ese punto, el teniente levantó las cejas y doña Felisa se calló de pronto, como si hasta entonces no hubiera tenido en cuenta dónde estaba aquella finca, el cortijo que su suegra siempre se había negado a abandonar aunque estuviera más allá del cruce, y por mucho que sus hijos llevaran años insistiendo en que debería vivir en la casa que tenía en el pueblo.

—¡Ay, Dios mío! —y se puso una mano en el escote como si quisiera tapar un agujero por el que se le estuviera escapando la misma vida—. ¡Ay, Dios mío, Dios mío! ¡Asesinos, asesinos!

—Hombre —terció el teniente—, asesinos... No le digo que no, pero yo diría que a Isabel no se la han llevado para matarla, precisamente. Por ese lado, puede usted estar tranquila.

—Bueno, pues criminales... —insistió la madre de aquella dudosa víctima—. ¡Criminales, bandidos! ¡Ay, mi pobre niña!

Cuando consiguió que doña Felisa accediera a volver a casa

con su marido, Michelín se quedó mirando a Curro con los brazos en jarras y una sonrisa cargada de sorna entre los labios.

—A saber con quién dormiría Isabelita cuando decía en casa que se iba a dormir con su abuela... Así no te quería a ti, claro, ya me gustaría a mí saber quién se la estaba beneficiando. ¡Joder con los raptos! Y que estaba pensando en meterse a monja, sí, seguro... Desde luego, con las mujeres no hay quien pueda. No hay manera de fiarse de ninguna.

Después, y aunque sabía perfectamente que las familias de las otras tres no iban a denunciar, porque lo más seguro era que hubieran estado en el ajo desde el principio, pidió a sus hombres que le llevaran al cuartelillo, al menos, a una persona de cada casa, y cursó una denuncia por la desaparición de Isabel, más por quedar bien con don Carlos, el hermano pequeño de don Justino, que por otra cosa. A aquellas alturas, estaba seguro de que las mujeres se habrían separado para no llamar la atención, a no ser que estuvieran ya en Francia, o en Portugal, o que hubieran cruzado el Estrecho desde Algeciras, o desde Málaga, o desde Almería. Si no habían parado, y no lo habrían hecho, en un día y dos noches les había dado tiempo a llegar a cualquier sitio con su propia documentación, porque nadie las estaba buscando todavía. El teniente, que estaba convencido de que Isabel había sido el cerebro de una fuga organizada por amor, y no por ideas políticas, reconoció desde el principio que la Mariamandil había sabido escoger la mejor fecha, había medido tan bien los tiempos y había calculado los detalles con tanta exactitud, que la búsqueda más exhaustiva no representaría más que una pérdida de tiempo.

Esa fue su única conclusión. Nunca averiguaría nada más, ni siquiera después de la espontánea comparecencia de don Bartolomé, que aquella misma mañana se presentó por su cuenta para declarar que le daba tanta rabia ver cómo todas las rojas del pueblo se acercaban a Filo para pasarle la mano por la barriga cuando se la encontraban por la calle, que un par de semanas antes se había atrevido a hacerle una advertencia. Si estás pensando en llamar a tu hijo Tomás, le dijo en voz alta, no te lo pienso bautizar. No se preocupe, le había contestado la Rubia mientras acariciaba su propia tripa, que este se va a llamar Tomás, pero no lo va a bautizar ni usted ni nadie. Entonces no podrá vivir en España, había replicado él, y Filo se había echado a reír, ¿y quién le ha dicho a usted que mi hijo va a vivir en España?

—¿Y qué me quiere decir con eso? —le preguntó el teniente a don Bartolomé.

—¡Pues que tenía preparado el viaje de antemano! —respondió el cura, muy ufano—. ¿Es que no lo entiende?

—Ya, ya, claro que lo entiendo —y sin perder la poca paciencia que le quedaba, le acompañó hasta la puerta—. Muchas gracias, don Bartolomé, y no hace falta que vuelva por aquí. Ya le llamaremos nosotros si le necesitamos.

Los interrogatorios fueron igual de inútiles, pero cuando se cansó de que Chica, y Paula, y Julián Cabezalarga, y Remedios Saltacharquitos contestaran a sus preguntas con otras preguntas, ¿y yo qué sé?, ¿y a mí qué me cuenta?, ¿cómo voy a saber yo con quién se acostaba mi hermana?, ya era mayorcita, ¿sabe?, ¿y a mí me lo iba a contar, que soy su suegra?, ¡pregúntele usted a su madre!, reunió a sus hombres para contarles lo que todos sabían desde el principio.

—Tenemos que estar alerta, y preparados para cualquier cosa. Los del monte se han llevado a sus mujeres y eso sólo puede significar dos cosas. O que han querido ahorrarles las represalias de antemano porque están preparando algo muy gordo, no lo permita Dios, o que se van.

Se iban. Diez días después, mientras patrullaban de noche, cerca del molino viejo, Curro y Sanchís distinguieron una silueta que bajaba del monte, y le dieron el alto para escuchar una voz conocida.

—No disparéis, voy desarmado, no disparéis.

Era Juan el Pirulete, el primo de Elías, que se había echado al monte con él tres años antes. Quería hacer un trato. Los de arriba se iban a Francia, él quería quedarse en España, y estaba dispuesto a contarlo todo, cuántos eran, qué armamento tenían, cuándo querían salir y por qué ruta.

Pero no llegó a traicionar ninguno de esos secretos, porque antes de que pudiera decir una sola palabra más, Miguel Sanchís le metió una bala entre las cejas, y después se suicidó con su pistola reglamentaria.

Al abrir los ojos, no comprendí por qué me había despertado. El corazón me latía muy deprisa, como si estuviera asustado por algo, aunque en mi cuarto no había nada nuevo, extraño o fuera de su lugar. Creí que había sido una pesadilla, pero cuando estaba a punto de darme la vuelta para volver a atrapar el sueño, escuché el repiqueteo violento, casi frenético, de unos nudillos en las tablas de la persiana, encendí la lamparita enganchada con una pinza en el cabecero de mi cama, y me levanté. A la luz de la diminuta bombilla que usaba para leer, no fui capaz de reconocer la cara que estaba pegada al cristal.

—¡Por fin! —pero al abrir la ventana me encontré con Curro, tan nervioso que ni siquiera su voz parecía suya—. Ya creía que no te ibas a despertar nunca.

—¿Qué pasa? —le pregunté, mientras le veía desabrocharse el botón del cuello de la camisa para aferrarse después a su propia garganta como si le faltara el aire—. ¿Qué quieres?

—Ve a buscar a tu padre —y debería haber sido una petición, pero sonó como una orden—. Despiértale, dile que se levante y que me abra la puerta sin hacer ruido.

—¿Y por qué no llamas al timbre?

—Porque no. Haz lo que te digo, corre.

Mi padre estaba tan dormido como lo había estado yo hasta hacía sólo un momento, pero su mujer tenía el sueño más ligero y me ayudó a zarandearle hasta que entre los dos conseguimos provocar un estallido de furia que le despejó del todo.

—¿Pero se puede saber qué coño ha pasado? —me preguntó, después de encadenar un par de blasfemias de las gordas.

—No lo sé, no ha querido decírmelo —y volví a repetir lo poco que sabía—. ¿Quieres que vaya a abrir?

—Sí, anda, ve.

En un solo instante, su tono había cambiado tanto que antes de darle la espalda para ir hacia la puerta, ya me había dado cuenta de que estaba asustado. El mal humor se había disipado sin llegar a desfruncirle el ceño, que ahora presidía una expresión distinta, un gesto de preocupación que no entendí del todo pero que perdió importancia cuando abrí la puerta para encontrar a Curro tan pálido como si estuviera muerto.

—Pasa —le dije, y ya estaba dentro cuando me levantó la mano del picaporte para empujarlo él muy suavemente, sin hacer ruido.

Después, tambaleándose como si estuviera borracho, o herido, o ambas cosas a la vez, bajó la persiana de la ventana que daba al patio antes de desplomarse sobre una silla y dejarse caer de bruces sobre la mesa. Así le encontró mi padre cuando salió, vestido de uniforme, la pistola bien visible a un lado del cinturón.

—¿Tú no tendrías que estar de guardia? —Curro levantó la cabeza para mirarle con los ojos rojizos, dilatados, como un indicio sangriento en la amarillenta palidez de su piel.

—Sí, estaba de guardia, pero... —se frotó la cara con las dos manos, se la destapó, negó con la cabeza como si no supiera por dónde empezar—. No te vas a creer lo que ha pasado, Antonino. No me lo puedo creer ni yo, todavía.

—¿Queréis que haga café? —mi madre, que se había entretenido en peinarse, pero se había contentado con echarse una toquilla de lana gruesa encima de un camisón largo hasta los pies y no más sugerente que el hábito de una carmelita, entró en ese momento para acercarse a ellos con pasos cautelosos.

—Sí —su marido aceptó sin mirarla.

—Yo prefiero una copa —Curro insistió antes de que su compañero pudiera llevarle la contraria—. Aunque esté de servicio, lo que me vendría bien es una copa, de verdad, Antonino, necesito beber algo para aclararme, todavía estoy temblando, ¿es que no lo ves?

—Bueno, bueno —mi padre se levantó, se acercó al aparador, y al darse la vuelta, con una botella distinta en cada mano, debió de verme, pero no me miró—. Coñac hay, pero queda poco. Orujo...

—Lo que sea —Curro alargó el brazo para coger uno de los vasos limpios que estaban en el escurridor y vació la botella de coñac en su interior—. Me da lo mismo.

Yo estaba apoyado en la puerta de mi cuarto, esperando a que me mandaran a la cama de un momento a otro, pero ninguno lo haría antes de que Curro terminara de contar lo que había sucedido aquella noche. Él era el único que podía verme, pero hablaba con los ojos clavados en los de mi padre, que estaba sentado frente a él, de espaldas a mí, sin desviarlos siquiera hacia su derecha, desde donde le miraba mi madre. Ella tampoco pareció advertir que yo seguía allí, de pie, sin hablar, sin moverme, sin darme apenas cuenta de que respiraba, pendiente sólo de los labios de Curro, de sus palabras, de sus pausas, las frases que iban hilando aquella historia extraordinaria, confusa y caliente, misteriosa y turbia, extraña e increíble, increíble, increíble sobre todo, de principio a fin, porque era imposible creer que fuera cierta, porque ni siquiera Curro, que había estado allí, comprendió qué estaba pasando, qué había pasado cuando Juan el Pirulete cayó al suelo con un tiro entre las cejas. Yo estaba allí y lo vi, lo vi y no lo entendí, lo vi y no me lo creí, te lo juro, Antonino, que estaba allí delante y no me pude creer lo que había visto, que lo que acababa de pasar fuera verdad...

Las manos le temblaban cuando apuró el coñac, le temblaban cuando agarró la botella de orujo, le temblaron mientras se llevaba el vaso a la boca para contar que al principio había pensado que era una trampa, que había otro hombre, un tercer tirador como el que forzó la muerte de Comerrelojes, pero no, allí no había nadie más, allí estaban sólo Sanchís y él, Sanchís todavía con la pistola en la mano, moviéndola muy despacio hacia su compañero, porque había sido él, Antonino, él había disparado, él acababa de matar al Pirulete y yo no lo entendía, no sabía por qué, si venía a proponernos un trato, si estaba dispuesto a cantar, a contárnoslo todo, y se lo pregunté, le dije, ¿qué has hecho?, ¿por qué le has matado?, ¿te has vuelto loco, Miguel...? Pero Miguel Sanchís, «el ángel de las mujeres», el sargento de la Guardia Civil, el hijo de guardia civil, el nieto de guardia civil, el hermano, y primo, y sobrino de guardias civiles que acababa de matar al Pirulete, no estaba loco.

Eso habría sido mejor para Curro, para mi padre, para el teniente, habría sido más sencillo, más fácil de contar, de entender, más fácil sobre todo de olvidar, pero Sanchís no estaba loco y quiso aclararlo inmediatamente. Las manos quietas, Curro, me dijo, tira esa pistola al suelo si no quieres que te mate aquí mismo, hazme caso porque no merece la pena que mueras tú también, ¿sabes?, y no estoy loco, pero si no tiras el arma al suelo ahora mismo, te dejo igual que a este... Y yo no sé si hice bien, bueno, sé que hice mal, pero estaba cagado de miedo, esa es la verdad, que me cagué de miedo y tiré la pistola, porque él tenía la suya en la mano, porque me estaba apuntando, porque me miraba con una cara que creí que me iba a matar a mí también, te lo juro, Antonino, te juro que pensé que me iba a matar, pero no lo hizo, yo creo que sólo quería hablar, que quería estar seguro de que iba a escuchar todo lo que quería decirme, aquí abajo estoy yo solo, eso fue lo primero que me dijo, aquí abajo estoy yo solo pero arriba hay muchos más...

Entonces fue mi padre quien cogió la botella de orujo, fue él quien se la llevó a los labios, le vi inclinar la cabeza mientras bebía y después a mi madre, con las dos manos cruzadas sobre la boca, como siempre que se llevaba un susto, levantarse para rodear la mesa e ir hasta el fregadero, y creí que iba a coger un vaso, pero cogió dos, y le quitó la botella a su marido para rellenarlos, y le pegó un trago al suyo, y yo nunca había visto beber a mi madre, y menos embarazada, pero despachó en un instante medio vaso de orujo y ni siquiera me extrañó, eso me dijo, Antonino, y yo debería haber comprendido, pero no quise, no pude comprender, es que no me cabía en la cabeza, ¿que estás tú solo en qué?, no te entiendo, Miguel, ¿qué estás diciendo?, a eso ya no quiso contestarme, dile a Pastora que la quiero, me pidió a cambio, dile que la quiero mucho, muchísimo, como no he querido nunca a nadie, que la quiero más que a mi vida, y entonces se le quebró la voz como si estuviera a punto de llorar, parecía a punto de echarse a llorar pero sonrió, tú no lo vas a entender, añadió, pero ella sí lo entenderá, y en ese momento ya era él y no era él, eso dijo Curro, y mi padre no le preguntó nada, era él y otro distinto, mi madre tampoco quiso interrumpirle, era como si se le hubiera cambiado la cara, ¿sabéis?, porque ellos no podían saber de lo que estaba hablando Curro pero yo sí lo sabía, era como si se le hubieran cambiado los ojos, el gesto, la expresión de la boca, yo había visto una vez a un arcángel que se llamaba Miguel Sanchís, fue muy raro, muy extraño, no os lo puedo explicar bien, había visto la cara de estatua clásica, serena, luminosa, que ocultaba bajo una máscara cruel, pero le vi y no le reconocí, porque era él pero no se le parecía, había visto el rostro inocente, joven y terso, que respiraba bajo la impecable máscara de un impostor implacable, y ya sé que no os lo vais a creer, que no podéis entenderlo, porque hace más de dos años que Sanchís era mi compañero y sin embargo fue como si no lo hubiera visto nunca, y no entendía nada, no sabía lo que estaba pasando, por qué estaba pasando, pero él seguía apuntándome con la pistola y pidiéndome cosas con una voz muy suave, una voz amable que tampoco era su voz, dile a las Rubias que lo siento mucho, eso me dijo, me lo pidió por favor, él, que nunca le había pedido nada por favor a nadie, y aunque a lo mejor Fernanda ya lo sabe, pídele también a su madre que me perdone, cuéntale que yo sabía que aquella noche Saltacharquitos estaba en el desván de su casa con un balazo en el hombro, y que tenía que distraeros, alejaros de allí, así que hice lo que era necesario, lo hice porque era necesario, eso me pidió, y otras cosas, y al final, que hablara con Nino...

¿Con Nino? Esa fue la única vez que mi padre le interrumpió, sin ocultar su alarma pero sin volverse tampoco a mirarme, ¿con Nino por qué? Bueno, es que, desde la noche que nos llevamos a Fernanda a mi casa... Curro no quiso hacer más precisiones y nadie se las pidió, la verdad es que era muy antipático con él, no le dejaba en paz, y esa era la verdad, que era muy antipático conmigo, que no me dejaba en paz, pero en ese momento, no sé por qué, sentí que se me llenaban los ojos de lágrimas, en ese momento sentí una pena enorme por Miguel Sanchís, que era un atravesado, y un cabrón que disfrutaba maltratando a la gente, un cabrón que se divertía amenazando a las mujeres con violarlas, el mismo cabrón que sin embargo no había querido delatarme cuando me vio con Elena en la puerta de la churrería, aquella tarde de domingo, quizás por eso tuve ganas de llorar por él, por eso y porque adiviné que no llegaría vivo al final de aquella historia, de su historia, porque supe que estaba muerto antes de que Curro terminara de contarla, todo eso me dijo y al final me preguntó si me acordaría de todo, y le dije que sí, y me dio las gracias, y yo estaba tan aturdido, tan confundido todavía, que no comprendí lo que iba a pasar, no fui capaz de adivinarlo, no pude impedirlo, sólo mirarle, le miré y vi que se le caían dos lágrimas de los ojos, sólo dos lágrimas muy grandes que le resbalaron despacio por la cara mientras se llevaba la pistola a la cabeza, mientras se apoyaba el cañón en la sien, y ya tenía el dedo en el gatillo cuando gritó, ¡Viva el Partido Comunista de España!, y un instante después volvió a gritar, ¡Viva la República!, y se mató.

Luego, los cuatro estuvimos callados mucho tiempo. Todavía necesitaríamos mucho más para comprenderlo todo, para poder aceptarlo, para recordar e interpretar lo que recordábamos. Mi padre y Curro liquidaron el orujo en silencio mientras mi madre seguía sentada a su lado, con los hombros encogidos, los brazos muertos hasta que fui yo hacia ella, y me senté en sus rodillas, y me abrazó sin mirarme, sin decir nada, como movida por un resorte, un impulso mecánico, inconsciente.

Entonces pensé lo mismo que estarían pensando ellos, empecé a ordenar los episodios de una larguísima cadena de coincidencias que cobraba sentido de repente, y descubrí por qué a Sanchís le gustaba tanto chillar, amenazar, disparar al aire, por qué parecía disfrutar al exhibir tanta violencia, tanta crueldad, tanto odio acumulado, innecesario. Él sabía que, por mucha inmunidad que le garantizara su pasado, hasta el teniente le tenía miedo, sabía que siempre habría alguien encargado de estar a su lado para sujetarle la mano, y siempre hubo alguien, siempre menos la noche en la que mató a Comerrelojes y a su primo Pilatos, porque nunca había sido tan rápido, nunca excepto, quizás, cuando se desabrochaba el cinturón, tan deprisa que nadie se daba cuenta de que jamás hacía siquiera el ademán de desabrochar el primer botón de sus pantalones.

Miguel Sanchís era sargento y no tenía por qué hacer guardias, pero en los momentos difíciles, siempre había sabido convencer al teniente de que lo mejor era que en el cuartel se quedara él, que tenía más autoridad, más experiencia que los demás.

Por eso estaba solo cuando rodearon a Cencerro en Valdepeñas, cuando Elías se subió al monte mientras su madre y sus hermanas velaban el cadáver de su padre, cuando se fugaron las mujeres, pero nunca cuando había redada. Michelín no quería correr el riesgo de que aquel fanático, aquel loco sanguinario, incontrolado, acabara matando a golpes a quien no debía, y lo alejaba de los calabozos con cualquier excusa. Mi padre y Curro estarían recordando ahora cómo se le habían escapado los Fingenegocios, por un pelo, por un puto pelo, dijo él al volver al cuartel, cagándose en Dios, mientras Carmona, su compañero de aquella noche, al que él mismo había enviado en otra infructuosa dirección, le consolaba diciendo que no se preocupara, que a cualquiera se le puede encasquillar una pistola en el momento menos oportuno. Miguel Sanchís nunca le había aplicado la ley de fugas a nadie. Y nadie llegaría nunca a saber cuántos hombres, cuántas mujeres le debían la vida o la libertad, a cuántos habría salvado antes de salvar a muchos más con su propia muerte, aquella noche.

—¡Joder! —mi padre estrelló el puño cerrado sobre la mesa mientras yo recordaba, además, la imprenta de los del monte, el registro irregular del cortijo de las Rubias, el rollo de pleita que le había requisado a Filo para salvar la máquina escondida en el altillo de doña Elena, la escena del calabozo y el miedo que pasé, puro teatro aquella vez, por fin y de verdad una película—. ¡Joder, joder, joder!

—Ay, Nino, siéntate ahí, anda... —mi madre me obligó a levantarme, como si mi peso hubiera empezado a molestarla, y arrimó una silla a la suya sin dejar de mirar a su marido—. Pero no lo entiendo, la verdad es que no lo entiendo —y se volvió hacia Curro—. ¿Por qué no te dijo que se le había disparado el arma?

Él la miró como si no hubiera oído bien la pregunta, y tardó algunos segundos en contestar.

—¿Por accidente? —mi madre asintió—. ¿Pero cómo iba a

decirme eso, Mercedes, si acababa de hacerle un agujero entre las cejas a un blanco que estaba a doscientos metros a las tres de la mañana? Es imposible. Sabía que yo no me lo iba a creer, nadie se lo hubiera creído.

—Pero, de todas formas, si era comunista... Es eso, ¿no? Que era comunista, parece mentira, Sanchís comunista, es que me pongo mala sólo de decirlo... ¿Por qué no te mató también a ti? ¿Por qué no se escapó?

Curro la miró como si no se le hubiera ocurrido pensar en eso hasta aquel mismo momento, pero mi padre negó con la cabeza antes de hablar, y ya era el más tranquilo de los tres.

—¿Adónde, Mercedes? No lo tenía fácil, ¿sabes? No tenía muchas oportunidades... —se quedó un momento pensando y sonrió con tristeza—. En realidad, no tenía ninguna. Él trabajaba en secreto, tenía que trabajar en secreto. Los del monte no sabían nada, estoy seguro, porque no lo sabían en el pueblo. Todo el mundo le odiaba, no sólo los rojos, todos, todos le temían miedo, ya lo sabes, así que, ¿adónde iba a marcharse? Si hubiera intentado irse para arriba con el uniforme, le habrían matado los suyos antes de que pudiera abrir la boca, y si le hubiera dado tiempo a explicarse, le habrían matado igual, porque no se fiarían de él, ellos no pueden fiarse de nadie. ¿Y qué otra cosa podía hacer? Venir aquí, vestirse de paisano, llevarse a su mujer... ¿Adónde? Al monte desde luego no, con las piernas de Pastora no iban a llegar muy lejos. Y si se hubiera marchado él solo, cuando encontráramos los cuerpos... Ya lo has oído, a nadie se le dispara por accidente un arma capaz de abrirle un boquete entre las cejas a un hombre, y menos a dos, porque habría tenido que matar a Curro antes de huir, así que habríamos descubierto lo que había pasado más pronto que tarde, y... ¿Quién habría pagado por él?

—Pastora —fue su compañero quien contestó a esa pregunta—. Ya lo he pensado. Si hubiera huido, lo primero que habrían hecho sería detenerla.

—Detenerla, encerrarla, incomunicarla, y... —mi padre no quiso seguir, tampoco hacía falta—. Quién sabe qué más.

—Y él la quería —afirmó mi madre.

—Claro que la quería —Curro lo aseguró, aunque no hiciera falta, porque esa era la única verdad que conocíamos de Miguel Sanchís—. La quería mucho. Muchísimo.

—Por eso no tenía ninguna oportunidad, ¿lo entendéis? No podía correr el riesgo de que el Pirulete contara nada, eso era lo más importante para él, proteger a los de arriba, por eso le cerró la boca con un tiro mortal de necesidad, y después... No podía irse al monte, no podía volver aquí, no podía llevarse a Pastora ni marcharse sin ella. Lo único... —y volvió a quedarse pensando—. Lo único habría sido esconderse en casa de su enlace, correr el riesgo de que le viera alguien, ponerle a él, o a ella, o a ellos, también en peligro, pero...

—Sanchís me dijo que estaba solo aquí abajo. Lo repitió varias veces.

—Ya, pero eso no puede ser, Curro —mi padre sonrió—. Ya sé que te lo dijo, te lo diría para encubrir a quien sea, pero es imposible. Alguien tenía que saberlo, alguien tenía que darle información y tenía que recibirla, ¿no lo entiendes? Si no, ¿para qué querrían tenerle dentro, de qué les serviría? No podía trabajar solo, en secreto sí, pero no completamente solo, lo que pasa... Seguramente, su enlace no vive aquí, eso sería demasiado arriesgado. Vivirá cerca, pero en otro pueblo, en Martos, quizás, en Los Villares, o... Vete a saber. Le vería una vez a la semana, o cada diez días, una vez aquí, otra allí, en una venta, en la otra, o tendrían un sistema para comunicarse sin verse siquiera. Eso explicaría por qué no intentó huir. Habría necesitado un coche, y aquí no tenemos ninguno. Matarte, venir al pueblo, robar un motocarro, o el coche de don Justino, recoger a Pastora, llegar a otro pueblo, deshacerse del coche... Era demasiado complicado. Le habría visto alguien y no podía arriesgarse a que le cogiéramos vivo, eso no, eso, de ninguna manera. Si le hubiéramos cogido vivo... En fin, él sabía lo que le habría pasado y que lo habrían fusilado al final, aunque hubieran tenido que sacarlo en una silla, con la columna rota en dos mitades, que tampoco sería el primero. Aunque le hubieran torturado hasta matarle, aunque antes le hubieran obligado a ver cómo moría Pastora de una paliza, después habrían fusilado a su cadáver, y él lo sabía.

—Por eso me perdonó la vida —concluyó Curro—. Al fin y al cabo, estoy vivo por...

—Estás vivo para que puedas contarlo —pero mi padre seguía siendo el único capaz de ver las cosas con claridad—. Estás vivo porque muerto no le servías de nada. Tampoco tenía motivos para matarte, desde luego, pero todo lo que te dijo, lo de las Rubias, lo de Carmela, todo lo que te contó que había sabido, que había hecho... Para él, eras mucho más útil vivo que muerto, porque gracias a ti sabemos la verdad, que teníamos un comunista dentro, que seguramente no será el único, que no podemos saber cuántos son, ni dónde están, ni estar seguros de nada, nunca. Sanchís sabía que podía acabar así, estoy seguro de que lo sabía, de que lo tenía planeado. Y escogió la muerte que más le convenía, una muerte instantánea, sin dolor, buena para él y buena para los suyos, porque la convirtió en un acto de propaganda. ¿Para qué te crees que gritó, si no?

—¿Y qué va a pasar ahora?

Mi madre miró a mi padre, a Curro, mientras ellos se miraban entre sí, como si fueran incapaces de responder a esa pregunta.

—Pues no lo sé —su marido volvió a reaccionar primero—. No tengo ni idea, nunca ha pasado nada parecido, así que... Pero, de momento, tendríamos que recuperar los cuerpos, ¿no? Son las cinco y cuarto de la mañana, dentro de una hora empezará a amanecer. ¿Dónde están?

—Donde cayeron, en la cuesta del molino. Los puse juntos,

los tapé con la capa de Sanchís y les eché unas ramas por encima —y entonces, Curro hizo un gesto de extrañeza, como si le pareciera ridículo lo que acababa de decir—. No sé, me pareció que era lo mejor.

—Sí, sí —mi padre se levantó, cogió su guerrera del respaldo de la silla, se la puso—. Vamos.

—Habrá que despertar al teniente, ¿no?

—Hombre, claro. Al teniente y a los demás, a todo el mundo —se despidió de mi madre con un beso y me cogió por los hombros para mirarme a los ojos, antes de irse—. Y tú, ahora, a la cama, ¿entendido? Y, mañana, por mucho sueño que tengas, a la escuela. Y ni una palabra a nadie, ¿está claro? A nadie. Ni a Paquito, ni al Portugués, ni a nadie. Aquí, esta noche, no ha pasado nada.

Negué con la cabeza y le abracé, le estreché con mucha fuerza sin saber muy bien por qué, como si necesitara abrazarle, simplemente, y cuando se separó de mí, sonreía.

—No tengas miedo, Nino —me dijo, y yo no tenía miedo, pero tampoco me importó que lo pensara—. Los muertos no hacen daño, hijo.

Y sin embargo, cuando nos quedamos solos, le pregunté a madre si podía acostarme en su cama y ella me dijo que sí, aunque no creía que fuera a dormir en lo que quedaba de noche. Eso mismo pensaba yo, pero me dormí enseguida.

A la mañana siguiente, cuando fuimos juntos a la escuela, Paquito no me contó nada, no me hizo ninguna pregunta ni me animó a que se las hiciera, y el resto de la mañana fue igual, rutinaria, aburrida, tan tranquila como si nadie hubiera matado a nadie de madrugada, en la cuesta del molino. Cuando volvimos a casa para comer, me di cuenta de que en la taberna de Cuelloduro ya sabían algo, pero no pude adivinar de qué se habían enterado exactamente, porque casi todos estaban dentro, y en la puerta, dos hombres nos miraron muy mal al pasar. No lo entendí. Deberían estar contentos, me dije, porque el Pirulete era un traidor y Sanchís uno de los suyos, el héroe que había impedido que la traición se consumara antes de suicidarse por la causa. Eso era lo que había pasado en realidad, y sin embargo, antes de llegar a casa, ya pude respirar en el aire una verdad distinta.

Mi hermana Dulce, que al cumplir catorce años había abandonado la escuela sin pena ninguna, para entrar en un taller donde recibía por las mañanas clases de corte y confección a cambio de coser gratis por las tardes, siempre llegaba antes que yo, y aquel día me estaba esperando con la mesa puesta, mi plato cubierto con otro para que conservara el calor.

—Madre no va a venir a comer. Está en casa de Pastora. Han matado a Sanchís.

—¿A Sanchís? —pregunté, con los ojos muy abiertos, y ella, hasta entonces más pendiente de Pepa, que se ponía perdida cada vez que había sopa, que de mí, me miró con atención.

—Sí. Madre me ha dicho que lo sabías.

—Claro, pero estaba tan dormido... Anoche vino Curro, y... —mi padre me había pedido que no le dijera nada a nadie, pero Dulce era mi hermana, y además, todo eso le daba igual—. ¿Qué pasó? No me acuerdo.

—Pues nada... —y volvió a limpiar a Pepa, a regañarla, antes de seguir—. Que anoche los del monte les estaban esperando, y en la emboscada, Sanchís mató al Pirulete pero otro le pegó un tiro en la tripa, y cuando Curro volvió, ya se había desangrado, y estaba moribundo, tan mal, y con tantos dolores, que le pidió que le matara.

No me lo puedo creer, me dije, no es verdad, no puede ser verdad, no me lo creo. Y sin embargo, esa fue la verdad oficial, la que empezó a circular por el pueblo a mediodía, la que acaparó todas las conversaciones en la taberna de Cuelloduro, la que publicaron los periódicos del día siguiente. Había sido una decisión del alto mando, del mismísimo teniente coronel, porque aquella mañana, cuando fue a Jaén a informar y a pedir instrucciones, el jefe de mi padre había planeado algo distinto. Había mandado a Carmona a custodiar el cadáver del Pirulete, para que nadie lo descubriera antes de tiempo, y se había llevado a Sanchís a la capital dentro de una ambulancia, como si siguiera estando vivo. Tampoco le había contado nada a Pastora, porque habían salido antes de las siete y el turno de su marido no terminaba hasta las ocho.

—Yo he pensado que lo mejor sería decir que los bandoleros le asaltaron por sorpresa, que los combatió valientemente pero quedó malherido, y que se ha muerto por el camino, en la misma ambulancia —le dijo el teniente a su jefe inmediato, delante de Izquierdo y de mi padre, a quienes había escogido como escoltas—. Podríamos enterrarlo aquí mismo, sin prensa ni ceremonia, no hay que temer ninguna filtración, su compañero, el único que sabe lo que pasó en realidad, es mi yerno, el novio de mi hija mayor...

Al comandante le pareció un buen plan, astuto, discreto, y lo dijo en voz alta, pero no se atrevió a aprobarlo sin consultar con la superioridad. El jefe de la Comandancia llegó a su despacho a las diez en punto, pero no perdió más de dos o tres minutos en decirle a su subordinado que era un gilipollas, un inútil al que no se le podía dejar solo.

—Tráigame al jefe del puesto de Fuensanta —ordenó luego.

Michelín, que lo había escuchado todo desde el pasillo, entró solo en el despacho, y mi padre no oyó lo que dijo, aunque supuso que había repetido la historia de principio a fin porque, al terminar, pudo escuchar los insultos del teniente coronel, a un volumen más alto que antes.

—Usted ya no piense más, teniente, déjelo, que no hace falta... Ya le voy a decir yo a usted lo que va a hacer —y en ese instante, su voz creció, se encrespó, traspasó la frontera de los gritos—. ¡Ahora mismo!, ¿me oye?, pero ahora mismo... ¡Se lleva usted ese cadáver por donde lo ha traído, le monta una capilla ardiente en la sala de banderas de la casa cuartel, con honores de caído por Dios y por España, congrega a todos sus hombres, a sus familias, a las fuerzas vivas del pueblo, para que lo velen como es debido, y mañana me lo entierra por todo lo alto, de uniforme, con el tricornio en la cabeza y las medallas encima del corazón! ¿Está claro?

—Sí, señor, pero... —Michelín acató la orden sin entenderla—, no sé si usted ha comprendido... Al parecer, Miguel Sanchís era republicano, comunista, mi teniente coronel, era un traidor, ¿y le vamos a enterrar...?

—¡Naturalmente que sí! Como a un héroe, pero de los nuestros —y en el pasillo, nadie se atrevía ya a levantar la vista de las baldosas del suelo—. ¿O qué es lo que quiere usted? ¿Que todos los rojos de esta provincia lleven flores a su tumba los domingos por la mañana, como si fuera un héroe? ¡En España ya no hay héroes comunistas, teniente, a ver si se entera de una puta vez! Ni siquiera existen los comunistas, no existen los socialistas ni los anarquistas, no queda ni un solo republicano, hemos acabado con ellos, con todos los rojos, héroes o cobardes, parece mentira que tenga que repetírselo...

—No, no, señor —y Michelín, que ya temblaba por dentro al pensar en su ascenso, se hizo un lío—, o sea, sí, señor...

—¿Qué habré hecho yo, Dios mío? —el jefe del puesto de Fuensanta de Martos abrió la puerta para escapar de aquella fiera, e Izquierdo y mi padre vieron al teniente coronel Marzal mirando al techo con las manos abiertas, como si fuera un cura oficiando una misa—. ¿En qué te habré ofendido para que me obligues a trabajar siempre rodeado de imbéciles, de cretinos, de...? ¡Cierre usted esa puerta, coño!

Al recibir aquella última orden, que su jefe subrayó pegándole un puñetazo a la mesa, concluyeron todas las dudas, las vacilaciones de Michelín, y se puso en marcha la solemne maquinaria de la mentira, la segunda muerte heroica de Miguel Sanchís.

—Por lo visto, antes de morir, le pidió a Curro que le pusiera la medalla en los labios, para besarla, como hace Alfredo Mayo en las películas —me contó mi hermana cuando yo, sin saber qué había pasado en Jaén por la mañana, ya me imaginaba lo que iba a pasar en Fuensanta de Martos por la tarde—. A mí, cuando estaba vivo, me caía muy mal, pero cuando me he enterado... Qué pena, ¿verdad? Con lo guapo que era.

Eso mismo debieron pensar los directores de los periódicos, porque todos publicaron su foto muy grande, y dedicaron el resto de la página a resumir una biografía ejemplar. Miguel Sanchís Rodríguez había nacido en 1916, en Toledo, donde su padre, miembro de una larga y honorable estirpe de guardias civiles, servía a las órdenes del Delegado Provincial de Orden Público. El joven Miguel ingresó en el Cuerpo en 1934, pero cuando se produjo el Glorioso Alzamiento Nacional estaba completando su formación en la Comandancia de Ciudad Real, permaneciendo en zona roja hasta el final de la contienda. La liberación de la ciudad le halló en la cárcel, salvándole del fusilamiento inminente al que había sido condenado en los primeros días de marzo de 1939. Porque sólo entonces, los criminales rojos lograron desenmascararle, descubrir que, durante los tres años que duró la Cruzada, había realizado, con tanto riesgo como coraje, una magnífica labor de enlace entre la quinta columna de Ciudad Real y la de Madrid, donde su trabajo, arriesgado y fecundo, le valió el sobrenombre de «ángel de las mujeres», por el que todavía es recordado con especial admiración y afecto. Por este motivo, don Miguel Sanchís Rodríguez fue distinguido tras la Victoria con la Medalla Militar con distintivo rojo, una condecoración de Sufrimientos por la Patria, y otra destinada a premiar sus Méritos contraídos en zona roja. Pero, como un auténtico soldado y un verdadero patriota, no se resignó a disfrutar de la paz en la retaguardia, y renunciando a ingresar en la Academia de Oficiales del Ejército de Tierra, siguió trabajando por ella en primera línea. Destinado por petición propia a nuestra provincia, combatió a los bandoleros en la sierra de Cazorla desde 1940 hasta 1942, cuando pidió el traslado al puesto de Fuensanta de Martos, para convertirse en la pesadilla de los forajidos de la Sierra Sur, capitaneados por aquel delincuente de infausta memoria que tuvo por mal nombre el de Cencerro. Recientemente promovido a teniente, aunque por desgracia su ascenso nunca llegará a hacerse efectivo, en la madrugada del pasado martes fue vilmente asesinado por los criminales del monte, en una emboscada donde también resultó muerto el peligroso pistolero Juan Sánchez López, conocido como «El Pirulete». Descanse en paz don Miguel Sanchís Rodríguez, escoltado por la gratitud y el reconocimiento de todos los jiennenses.

—¿Te has enterado? —cuando nos encontramos en la puerta de la casa cuartel para volver a la escuela, Paquito estaba excitadísimo por la noticia.

—Sí —contesté—, ya me lo ha contado mi hermana.

—¿Y sabes que Curro tuvo que darle el tiro de gracia? Mi padre me lo ha contado, que Sanchís estaba malherido, que le habían metido dos balazos en la tripa y sabía que estaba listo. Por eso le pidió a Curro que le disparara en la cabeza, le dijo que no quería sufrir más, y él tuvo que hacerlo, claro, mi padre dice que lloraba como un niño. Qué horror, ¿verdad? —se paró de pronto, me cogió del brazo, me miró con los ojos muy abiertos—. ¿Te imaginas que a nosotros, de mayores, nos pase algo así?

—No —contesté después de unos segundos—. La verdad es que no me lo imagino.

Al llegar a la escuela, don Eusebio nos dio el pésame y nos dejó tranquilos, sin preguntarnos ni sacarnos al encerado durante toda la tarde. Luego, cuando volví a casa, me encontré a mi madre vestida de luto, con el velo ya puesto, a punto de salir. Ella fue la que me contó lo que había pasado por la mañana, y que Michelín estaba furioso, no tanto por la humillación que le había infligido su superior, como por la sospecha, muy bien fundada por cierto, de que el suicidio de Sanchís, y los enormes errores de apreciación que había cometido antes y después de que se produjera, le iban a costar el ascenso, ese anhelado traslado a la capital con el que su mujer soñaba desde hacía tantos años.

—Te he dejado ropa limpia encima de la cama —y señaló la puerta de mi cuarto con el dedo, para no tener que mirarme—. Tu padre quiere que vengas a la capilla ardiente. Dulce ya está allí.

—No pueden hacer esto, madre —le dije en un murmullo, para no asustarla más de la cuenta—. No tienen derecho.

—Claro que pueden, hijo, claro que pueden —ella vino hacia mí y me abrazó muy fuerte, como hacía siempre que tenía miedo de que alguien nos oyera—. Mira, Nino, ellos pueden hacer lo que quieran, ¿comprendes?, lo que quieran, siempre, lo que les dé la gana, y nosotros vamos a pasar esto lo mejor posible, por favor te lo pido. Sanchís se lo buscó, es culpa suya, él sabía de sobra el riesgo que corría, y... Tú no digas nada, hijo, no hables con nadie de lo de anoche, tú ahora vas, le das un beso a Pastora, te estás un rato, dices que te tienes que venir a hacer los deberes, y mañana será otro día, ¿de acuerdo?

—Pero esto no está bien —insistí, y ella me apretó todavía más—. No es justo, madre.

—Nino, por Dios, por lo que más quieras, te lo pido por lo que más quieras, por favor, no hagas... La justicia sólo aprovecha a los vivos, hijo. A los muertos, ya todo les da lo mismo.

—No te preocupes —y renuncié a aclararle que había hablado pensando en los vivos, no en los muertos—. No te preocupes, que me voy a portar muy bien. Te lo prometo.

Cumplí esa promesa. Me porté muy bien porque no hubiera podido hacer, decir ninguna otra cosa. Al entrar en la sala de banderas, me encontré con una escena imponente, el ataúd en alto, sobre una tarima, rodeado por los grandes candelabros de metal labrado de la parroquia, que don Bartolomé no había dudado ni un segundo en aportar. Los cirios encendidos, tres a cada lado, proyectaban una luz fantasmagórica sobre el cadáver de Miguel Sanchís, amortajado con su uniforme y envuelto de cintura para abajo en la bandera nacional, sus tres condecoraciones prendidas sobre el lugar del corazón, sus dedos entrecruzados, sosteniendo un rosario. El tricornio dejaba ver a medias un vendaje muy aparatoso que cubría la mitad de la frente, como si pretendiera disimular la exacta trayectoria de la bala suicida, pero a pesar de todo, su rostro tenía una expresión serena, plácida, ni rastro de la rigidez que solía agarrotarle las mandíbulas, tensarle los labios en aquella fabulosa representación de la ira. Miguel Sanchís era un muerto tranquilo rodeado de vivos muy nerviosos, porque el teniente, mi padre, sus compañeros, estaban desencajados, muy pálidos, muy asustados, y todos permanecían en sus puestos sin hablar, sin moverse, sin mirarse entre sí, tan tiesos como una hilera de soldados de plomo, una actitud que contrastaba con la naturalidad de los civiles, don Justino, don Carlos y doña Felisa, el boticario, el alcalde y unos pocos más, que hablaban entre ellos, y se levantaban, salían, fumaban, volvían a entrar, sonreían, y hasta contaban un chiste de vez en cuando con una copa de vino en la mano, como suele hacer todo el mundo en todos los velatorios.

Pastora estaba sola, sentada justo detrás de la cabecera del ataúd, y tampoco se parecía a las viudas que yo había visto en otras ocasiones, porque no chillaba, no sollozaba, no maldecía a los asesinos de su marido, no se agarraba al ataúd ni se llevaba las manos a la cabeza sin dejar de moverse, como las demás. Ella también parecía tranquila, tan serena como si estuviera muerta, a no ser por las lágrimas que se caían de sus ojos muy despacio, sin perturbarla, sin alterar su inmovilidad, las piernas juntas, las manos abandonadas sobre el regazo, la mirada perdida, fija en alguna baldosa del suelo, la cabeza tan quieta que ni siquiera la levantó cuando empecé a andar hacia ella.

—Pastora... —le dije, y entonces me miró, dejó caer los párpados, los volvió a levantar, asintió apenas—. Lo siento.

Madre me había enseñado que en los velatorios había que decir una cosa distinta, más fina, te acompaño en el sentimiento, pero a mí no me salió, porque al mirar a Pastora de cerca, encontré que tenía los ojos líquidos, tan transparentes como si me permitieran mirar en su interior, y comprendí cómo estaba sufriendo, cuánto le quedaba por sufrir, y que sólo la muerte pondría fin a un sufrimiento tan largo como su existencia, porque ella lo sabía, tenía que saberlo, ella lo sabía todo, menos que su marido le había pedido a Curro que le dijera que la quería más que a su vida, que había pensado en eso antes de quitársela.

Ella lo entenderá, eso había dicho, y ella lo entendería, ella comprendería aquel sinsentido, la amorosa preocupación de un suicida, y podría descansar si alguien le contara la verdad. Pero nadie iba a hacerlo, porque no sobreviviría otra verdad que aquel ataúd, aquel uniforme condecorado, aquel rosario entre los dedos de Miguel Sanchís, el guardia civil al que ella debía de haber conocido en Ciudad Real cuando aún se llamaba Ciudad Leal, en plena guerra o antes incluso, el hombre que nunca la había sacado de ningún prostíbulo, porque ella no había sido puta, sino roja, tan roja como él, y por eso la habrían detenido tantas veces, por eso le habría tocado entrar y salir de tantas comisarías, por eso le había asombrado tanto a aquel criador de caballos que la conocía de vista que hubiera acabado viviendo en una casa cuartel.

Y todo para esto, leí en sus ojos líquidos, casi transparentes, todo para acabar presidiendo el duelo de un caído por Dios y por España, para enterrarle envuelto en la bandera del enemigo, para no poder llorarle de verdad, ni maldecir en voz alta al traidor que había precipitado su muerte, ni refugiarse en el orgulloso consuelo de ser la viuda de un héroe. Pastora no sabía nada de lo que había pasado, no sabía cómo, ni por qué había muerto su marido, y ya nadie le pintaría de rojo las uñas de los pies, nadie volvería a besarla en el empeine de aquel pie deforme, al borde de sus dedos torturados, raquíticos, nadie le daría a beber de su copa de coñac ni bucearía en su boca con la lengua a la luz de las bombillas de una noche de verbena, y ni siquiera sabría por qué, dónde, cuándo, cómo había perdido todo eso, quién era el culpable de que él ya no pudiera volver a cogerla del brazo sin hablar, para llevársela hasta una cama donde harían cosas que nadie era capaz de imaginar. Todo eso pensé al verla allí, hundida y humillada, sola y engañada, más muerta que viva, condenada de por vida a la angustia de una pregunta que nunca tendría respuesta.

—Lo siento mucho, Pastora —y lo sentía de verdad, inundado de pena, inundado de rabia, cuando le cogí una mano y se la apreté para comprobar que estaba helada, no mucho más caliente que aquellas manos que ya no la acariciarían jamás—. De verdad que lo siento.

Me incliné hacia ella, la besé y ella me devolvió el beso moviendo apenas sus labios resecos. Y me fui para mi sitio pensando que no había derecho, que no era justo, que no podían hacer lo que estaban haciendo, traicionar de aquella manera la última voluntad de un hombre que le había perdonado la vida a uno de ellos antes de morir, porque aquello era peor que traer una banda de música, peor que tocar pasodobles, peor que salir a bailar alrededor de un muerto, peor que subirse encima de un cadáver a llevar el ritmo. Era peor, pero mi padre ni siquiera me miró cuando pasé delante de él.

—¡Qué aburrimiento!, ¿no? —Paquito me habló al oído cuando ya llevaba un buen rato sentado a su lado—. Es un velatorio muy raro, el más raro de todos en los que he estado.

Por una vez, él no sabía nada y yo lo sabía todo, y sin embargo, el hijo de Romero tenía razón. Estábamos en un velatorio muy raro, respirando un ambiente ominoso, un aire turbio, tóxico como el de una charca, porque aquello no sólo era duro para Pastora, también era duro para los demás, esos hombres uniformados que cumplían con la inconcebible obligación de rendir honores al enemigo, tan inmóviles, tan marciales, tan bien formados, un orden impecable que se estrellaba con la confusión de sus sentimientos, de sus recuerdos, de sus sospechas.

Quizás, aquella ceremonia no fuera tan humillante para ellos como para Pastora, pero lo estaban pasando mal, y no había más que mirarles para descubrirlo, para adivinar lo que estaban pensando, la leyenda de Sanchís, el héroe de la quinta columna, aquella condena a muerte tan oportuna, aquella liberación tan milagrosamente puntual, esa tontería de que los rojos no le habían matado porque no les había dado tiempo, como si ellos no conocieran el brevísimo plazo en el que se puede matar a cualquiera, las condecoraciones que llevaba prendidas en el pecho y la muerte de Martínez, que era su compañero, que siempre había sido su compañero y siempre había sido falangista, el único falangista de la casa cuartel. Y tal vez no le hubiera matado él, sino la gente de Cencerro, pero lo más seguro era que lo hubiera matado él en nombre de la gente de Cencerro, eso ya no llegarían a saberlo nunca, como nunca sabrían desde cuándo habían tenido al enemigo en casa, a cuánta gente habría matado Miguel Sanchís antes y después del fin de la guerra, cuántos habrían pagado con sus vidas todas las vidas que había logrado salvar. Y de momento, allí estaban, vestidos de verde, con las botas brillantes, los botones relucientes y el tricornio bien encajado sobre la frente, cumpliendo con su deber, porque también les habían prohibido hablar, comentar siquiera entre ellos la verdad de aquella muerte asombrosa, y la estrategia del teniente coronel, la orden terminante de fingir dolor y admiración por un traidor, un impostor, un comunista, no hacía más que incrementar su angustia, la asfixiante incertidumbre que apenas se aliviaba recelando de todo, recelando de todos, aquella noche y al día siguiente, y al otro, y después, por siempre y para siempre. En eso, Miguel Sanchís se había salido con la suya, y hasta Paquito, que no lo sabía, se dio cuenta a su manera.

—Vámonos —le dije—. Mi madre me ha dicho que con estar media hora era suficiente, y ya debemos llevar aquí más tiempo.

—¿Se lo digo a Alfredo?

—Sí, pero vamos a salir de uno en uno, para no llamar la atención.

A la mañana siguiente, sin embargo, todos fuimos al entierro juntos, como si perteneciéramos a la misma familia. Era una orden. Las mujeres de todos los guardias esperaron con sus hijos en el centro del patio a que llegara Pastora, que no salió de su casa, sino de la oficina. El teniente, que ya la había interrogado el día anterior, volvió a interrogarla a primera hora, y cuando la vi salir, flanqueada por mi padre y por Romero, pensé que la habían detenido, pero no era así. Ellos la escoltaron hasta el cementerio para que no fuera sola, y aquello, que también había sido una orden, evitó que se cayera al suelo un par de veces, porque andaba sin mirar dónde ponía su pie sano, su pie enfermo, sin mirar al suelo, ni al cielo, sin mirar la calzada, las aceras, los edificios, como si ella no pretendiera en realidad mover las piernas, como si no fuera una mujer, sino una muñeca, una autómata que caminaba porque le habían dado cuerda, y tenía los ojos abiertos porque nadie había activado el mecanismo preciso para cerrarlos, y estaba estropeada, rota, desajustada, y por eso andaba así, sin disimular su cojera, sin tirar de su pierna derecha, sin esforzarse por equilibrar con el resto de su cuerpo el desnivel de sus caderas irregulares. Aquella mañana se había equivocado al ponerse los zapatos. Llevaba la cuña que solía usar con los de tacón, pero se había calzado una zapatilla corriente en el pie izquierdo. Nunca había hecho eso antes, y su dejadez me conmovió tanto como el gesto exhausto de su rostro sin lágrimas, porque ya le daba igual quién la mirara, porque ya no quedaba nadie en el mundo para mirarla.

Recorrimos muy despacio, al ritmo de Pastora, y en silencio, las calles del pueblo, vacías de gente, todos los niños encerrados en casa sin salir ni al patio y ropas negras colgando en algunos balcones para llorar al Pirulete, porque en la taberna de Cuelloduro no se sabía otra verdad que la que se había inventado en un despacho de la Comandancia de Jaén. Carmela la Pesetilla estaba apoyada en el quicio de su puerta para vernos pasar, como hacía siempre, pero no se dio cuenta de que Curro y mi padre volvían la cabeza al mismo tiempo para no tener que verla. Yo sí la miré, y volví a sentir mucha rabia, mucha pena por ella, por mí, por nuestra mierda de vida.

La iglesia, donde don Bartolomé dirigió un responso por el eterno descanso de Miguel Sanchís, estaba casi vacía. Las fuerzas vivas habían decidido ahorrarse el entierro, porque con el velatorio habían tenido bastante, y sólo habían acudido los chivatos, los soplones de la Guardia Civil. Pepe el Portugués estaba también, solo, en el último banco. Tenía muy mala cara y me dio miedo vérsela al pasar a su lado, pero él mismo la justificó después de la oración, al acercarse al teniente para darle el pésame y excusar su presencia en el cementerio.

—Creo que he cogido la gripe —le dijo también a mi padre, con esa voz pequeña y vacilante que le hacía parecer un pobre hombre—. Me encuentro fatal. Siento la cabeza como si la tuviera llena de agua, y me duelen las piernas.

—Ya se ve —asintió la mujer de Izquierdo, tocándole la frente—. Yo creo que tienes fiebre y todo.

—Pues vete a casa y métete en la cama, Pepe —sentenció su marido, y cuando ya se alejaba, después de estrechar la mano de Pastora, murmuró para sí—. Hay que ver, qué mirado es este hombre...

Después del entierro, los niños fuimos a la escuela aunque eran ya casi las once, porque era otra orden. Tres horas después, cuando volvimos, el único taxi de Valdepeñas, porque en mi pueblo no había ninguno, estaba aparcado en la puerta del cuartel, y su dueño acomodando media docena de bultos entre el maletero y la baca. Mi madre estaba en el patio, con las demás mujeres, pero antes de tener tiempo para preguntarle qué pasaba, vi a Pastora, sin sombrero pero con el abrigo puesto, en el zaguán de su casa, abierta de par en par, y ni rastro de aquella cortina de chapas que me gustaba tanto. Era lo único que se había llevado consigo, aparte de su ropa, su colección de zapatos desparejados, su costurero y poco más, porque hasta un par de días después no llegaría un camión para trasladar los muebles.

—¿Se va ya? —susurré al oído de mi madre, y ella asintió con la cabeza—. ¿Tan deprisa?

No llegó a repetir aquel gesto, porque en ese momento la viuda de Sanchís cerró los ojos, se acercó al umbral de la puerta, inclinó la cabeza muy despacio hacia el marco de madera y lo besó, aplastó los labios contra él y mantuvo la presión un segundo, quizás dos, para besar el tiempo que había vivido en aquella casa, la felicidad que había conocido en aquellas habitaciones prestadas, o quizás sólo el rastro de su marido, su olor, sus huellas, el aire que habían respirado juntos. Aquel beso tristísimo e inútil, cargado de un amor que la madera no podía apreciar, nos trastornó a todos, pero apenas tuvimos tiempo para interpretarlo, porque Pastora apoyó un instante la mano izquierda en la pared, como si se hubiera mareado de repente, abrió los ojos, dejó escapar las últimas lágrimas que veríamos en ellos, se puso el sombrero y, moviendo apenas la mano en el aire para despedirse de nosotros, se fue muy deprisa, forzando el ritmo asimétrico, desigual, de sus dos piernas como solía hacer antes, sin molestarse ya en disimular que estaba escapando en lugar de marcharse. Los que nos quedamos en el patio escuchamos el ruido de la puerta del coche al cerrarse, el estrépito del motor que arrancaba, el chirrido de las ruedas deslizándose sobre el empedrado, y seguimos quietos, callados, mirándonos los unos a los otros sin atrevernos a decir, a hacer nada, como si la huida de Pastora nos hubiera atrapado en una maldición imprevista.

—Bueno —dijo por fin la mujer de Carmona, en voz alta—. Pues ya está.

—Sí —mi madre le dio la razón mientras cogía a Pepa de la mano—. Esto ya se ha acabado.

—Eso —la madre de Paquito también se puso en marcha—. Todos a casa, que es hora de comer.

Tenían razón, pero no la tenían. Sanchís estaba muerto y enterrado, Pastora había desaparecido tras él, pero las consecuencias de aquella muerte, los efectos de su verdad y sus mentiras, durarían mucho más tiempo, para sobrevivir incluso al final que se avecinaba.

Los compañeros de Miguel Sanchís nunca le olvidarían. Seguirían recordándole muchos años después de que se hubiera desvanecido en su memoria el rostro de sus auténticos caídos, el nombre de sus viudas, de la viuda de Martínez, que estaría cobrando una pensión inferior a la que Pastora recibiría todos los meses, con el complemento reservado a quienes han sufrido mucho por la patria, a quienes contrajeron en la zona roja méritos que consintieron a Franco ganar la guerra desde dentro, a las viudas de los titulares de medallas militares pensionadas. Eso fue lo que todos los habitantes del reducido mundo de la casa cuartel creyeron que iba a pasar, porque las órdenes de la superioridad habían sido tajantes, y no habían tomado en cuenta la justicia o la injusticia, las dudas o las hipótesis, los sentimientos ni los rencores de nadie. En la Sierra Sur ya había habido demasiados héroes rojos y no hacía falta ninguno más. El mando estaba dispuesto a pagar cualquier precio a cambio de enterrar la verdad sobre la heroica muerte de Miguel Sanchís.

Muchos años después, yo acabé enterándome, por caminos que jamás podría revelar a mi madre, y mucho menos a mi padre, de que en realidad no había sido así. Pastora llegó a Madrid, se instaló en casa de su hermana, y vivió tranquila poco más de tres meses, hasta que recibió una notificación de la Dirección General de la Guardia Civil que le informaba de que había sido investigada en orden a confirmar su derecho a percibir los haberes que se le habían venido abonando hasta entonces. Dicha investigación había determinado que su conducta previa al Glorioso Alzamiento Nacional, no sólo la hacía indigna de seguir percibiéndolos, sino que la obligaba a devolver todo lo que había recibido hasta entonces, incluida la liquidación de Socorros Mutuos, por la que su marido había cotizado todos los meses de todos los años que sirvió en el Cuerpo. La viuda de Sanchís vendió todo lo que tenía para saldar la deuda económica, con sus correspondientes y ruinosos intereses, pero nunca terminó de pagar la otra. Condenada sin juicio a una inhabilitación civil que la impedía trabajar, poseer bienes o abrir una cuenta en cualquier banco, sujeta a la obligación de presentarse todos los días en la comisaría de policía de Lavapiés, obligada a vivir siempre en la misma casa, sin derecho a moverse de Madrid ni siquiera para ir a comer al campo los domingos, Pastora, presa en el número 16 de la calle Buenavista, vivió una vida muy diferente de la que le envidiaban las mujeres de los guardias de Fuensanta, aunque nunca escribió a ninguna para contárselo. El comisario, de cuya buena voluntad dependía hasta para dormir por las noches, le había advertido expresamente que pagaría muy caro el menor indicio de semejante clase de comunicación, y a Pastora ya no le quedaba nada con que pagar, excepto una verdad que jamás traicionaría.

Michelín la había interrogado antes del entierro pero no se había atrevido a hablar claro, no había podido preguntarle qué sabía, y ella se había limitado a decir que no a todo, que no tenía noticias de que Miguel estuviera envuelto en ninguna actividad irregular, que nunca había sospechado que pudiera morir en un ajuste de cuentas, que no conocía ningún dato de la actuación de su marido durante la guerra que no figurara en su hoja de servicios, la carpeta en la que constaba que ambos habían pertenecido al Partido Comunista a partir de 1937, papel mojado, porque esa había sido la imprescindible cobertura del «ángel de las mujeres», la coartada que le había permitido moverse a su antojo entre Ciudad Real y Madrid, llevar a cabo planes arriesgadísimos, organizar fugas improbables, conectar entre sí a grupos tan precarios, tan amenazados, tan aislados, que a nadie le extrañaba que acabaran cayendo. Por eso había sido tan valioso que Sanchís hubiera logrado salvar a tantas personas, tantas inofensivas esposas y viudas de militares rebeldes de alta graduación a las que lograba pasar al otro lado o cobijar en alguna embajada para granjearse la eterna gratitud de los compañeros de armas de sus respectivos maridos, mientras los grupos armados, los falangistas, los francotiradores, los oficiales rebeldes emboscados en el Ejército Popular y los civiles que cobijaban sus redes, eran descubiertos y fusilados sin compasión, uno tras otro.

—¿Y qué iba a declarar Pastora? —le dijo mi padre a su mujer aquella noche, en la cama, sin sospechar que yo estaba escuchando al otro lado de la pared—. Si ella lo sabrá todo, si conocerá al enlace de su marido, a los miembros de su grupo, si será tan comunista como él... ¿Qué iba a decir? Pues que no, claro está.

—Pero esto no puede ser, Antonino, esto no puede acabar así.

—Pues así va a acabar, Mercedes. Lo único que les importa es que no se sepa la verdad. ¿Te acuerdas del pobre Sempere, que lo enterraron de mala manera para que nadie se enterara de que se había muerto, porque no les convenía declarar bajas? Pues esto, igual.

Pero no fue igual, porque ni la Dirección General de la Guardia Civil, ni el teniente coronel Marzal, ni los oficiales que trabajaban a sus órdenes en la Comandancia de Jaén, podían contar conmigo. Ninguno de ellos sabía que aquella noche, mientras escuchaba la conversación de mis padres, el ejemplar de *La isla del tesoro* que doña Elena me regaló cuando cumplí once años, ya estaba roto. No podían saber que yo había recortado con mucho cuidado una tira de la guarda posterior para escribir un nombre, una dirección que recuerdo todavía.

A la hora de comer, cuando mi padre trajo aquella nota, como un indicio cierto de que nunca llegaría a saberse la verdad, mi madre la guardó en un cajón con otras parecidas, nombres y direcciones de otras viudas del Cuerpo que habían perdido a sus maridos en acto de servicio, en Fuensanta de Martos, en los años cuarenta. Cuando volví de la escuela, ella estaba en la azotea, tendiendo la ropa, y Pepa, que pintaba con sus lápices, ni siquiera me preguntó qué estaba haciendo. No me arriesgué a pedir permiso para salir, porque sabía que madre me iba a decir que ni al patio, pero antes de que volviera con el cesto vacío, cogí uno de los lápices de mi hermana, las tijeras de la cocina, y recorté con mucho cuidado aquella tira del único papel del que nadie en mi casa descubriría jamás que faltaba un trozo. No me importó estropear el libro, porque sabía que Jim Hawkins era un niño valiente, y que lo habría entendido. Después de copiar su contenido, volví a dejar la nota en su sitio, le devolví el lápiz a mi hermana, las tijeras al cajón, me tiré en la cama a leer otra vez la historia del pirata Flint y su tesoro escondido, y volví a pensar que Elena, a la que echaba tanto de menos desde que había dejado de subir a la casilla vieja tres días a la semana, no tenía razón. Ya se lo había dicho una vez, una de aquellas tardes en las que nos quedamos juntos y solos, hablando de novelas de aventuras, en casa de su abuela. Todos los libros tratan del amor, aunque no haya chicas, ni besos, ni boda al final. Todos los libros tratan del amor, aunque el amor no sea más que la fascinación, la difícil lealtad de un niño bueno y valiente hacia un valiente y codicioso pirata con una pata de palo y un loro en el hombro.

Al día siguiente, a madre hasta le pareció buena idea que le hiciera una visita a Pepe el Portugués al salir de la escuela, y me dio cuatro limones para que se los llevara a cambio de todos sus regalos. Dile que se haga un zumo, me dijo, que le sentará bien. Cuando empecé a subir la cuesta, pensé que aquella tarde sería fácil encontrar a Elena en el cortijo, porque a ella también le habría afectado la resaca de los dos entierros sucesivos, pero ni siquiera sentí la tentación de cambiar de rumbo, porque había decidido servir a otro amor, y en aquel momento comprendí que era más fuerte. El Portugués estaba en su casa, sentado a la izquierda del muelle que sobresalía del centro del sofá, y seguía teniendo muy mala cara, peor quizás que la del día anterior.

—Mi madre me ha dado unos limones —anuncié, sacándomelos de los bolsillos—, para que te hagas zumo.

—Qué bien —pero su acento desmintió esa fingida alegría—. Llévalos a la cocina, y luego...

—No —dejé los limones en la mesa y me senté en el sofá, al otro lado del muelle—. No he venido por eso. Yo...

Me callé de pronto, pero no porque tuviera miedo, ni porque me costara arrancar, escoger las palabras justas para reventar un secreto que tanto esfuerzo, tanta rabia, tanto dolor había causado ya, sino más bien por lo contrario, porque me asombró estar tan tranquilo, no tener la boca seca, no escuchar los latidos de mi corazón, no dudar ni por un momento de lo que iba a hacer, ni de que era exactamente lo que tenía que hacer.

—Juan el Pirulete era un traidor —y Pepe, que estaba derrumbado sobre el respaldo, mirando a la pared como si allí hubiera algo que ver, se enderezó de repente para volverse hacia mí, con los ojos muy grandes, la boca abierta—. El martes, a las tres de la mañana, Sanchís y Curro estaban patrullando cerca de aquí, y se les presentó diciendo que quería hacer un trato. Les dijo que los del monte se iban a Francia, y que estaba dispuesto a contárselo todo a cambio de quedarse en España y de que le dejaran en paz, pero Sanchís no le dejó hablar. Le metió un tiro entre las cejas y le dijo a Curro que aquí abajo estaba él solo, pero que arriba había muchos más. Después gritó viva el Partido Comunista y viva la República, y se suicidó.

Dije todo eso de un tirón, con los ojos fijos en el Portugués, que ya no me miraba. Inclinado hacia delante, con los codos apoyados en las rodillas y las manos sobre la cara, como si yo no hubiera hablado, como si él no me hubiera oído, como si se le hubiera olvidado que yo estaba allí, hablando a su lado, no quiso acusar mi pausa ni las palabras que la sucedieron, y me dejó seguir hasta el final. Sólo entonces, cuando ya conocía la historia completa con su colofón de mentiras y silencios oficiales, se destapó la cara muy despacio, se echó para atrás con tanto esfuerzo como si tuviera que obligar a su espalda a ponerse derecha, y me dirigió una mirada turbia, empañada por unas lágrimas que nunca llegarían a rebasar la frontera de los párpados, antes de hacerme la pregunta que yo esperaba desde el principio.

—¿Y por qué me cuentas todo esto? —en su voz comprendí que estaba emocionado.

—Porque yo no puedo escribir a Pastora —yo también me emocioné al verle, al escucharle, pero había preparado muy bien aquella respuesta—. Porque tengo once años, porque soy hijo de un guardia civil, porque vivo en una casa cuartel y no puedo mandarle una carta, pero alguien tiene que hacerlo, alguien tiene que contarle la verdad, ¿no lo entiendes? —asintió con la cabeza varias veces, pero aún no quiso decir nada más—. Sanchís le pidió a Curro antes de morir que le dijera que la quería muchísimo, más que a su vida. Le dijo que él no lo entendería pero que ella sí lo iba a entender, y nadie se lo ha dicho. Pastora no lo sabe, y no sabe cómo murió su marido, por qué murió, y cuando la vi en el entierro... Yo creo que no hay derecho, que no tienen derecho a hacer lo que han hecho. No está bien, no me parece justo, pero yo no puedo decírselo. Tú sí, tú puedes, Pepe, y por eso... —me saqué del bolsillo de la camisa la tira de papel que le faltaría para siempre a uno de los dos únicos libros que había tenido en mi vida—. Mira, esta es su dirección. Se ha ido a vivir a Madrid, a casa de su hermana, Carmen Bueno Carbonero se llama, ella se apellidará igual, digo yo, vive en la calle Buenavista número 16, Madrid. Arranz, que ha vivido allí, dice que está por Lavapiés, pero no creo que eso haga falta ponerlo...

Le tendí el papel y él lo cogió con cuidado, lo leyó, volvió a doblarlo, se lo guardó en un bolsillo y no me atreví a decirle que, si no sabía escribir, podía escribirle la carta yo en un momento, porque los dos acabábamos de traspasar esa línea, yo con mis palabras, él con su silencio, y los dos nos habíamos dado cuenta al mismo tiempo. Por eso, no me costó trabajo seguir hablando.

—Lo que no puedes hacer, Pepe, es hablar a las Rubias, ni contarle a Carmela que Sanchís sabía que Saltacharquitos estaba en su casa la noche que fue a detener a Fernanda y todo eso, porque entonces sabrían que he hablado yo. Bueno, podría haber sido la mujer de otro guardia, pero de todas formas...

—No te preocupes —me interrumpió, y sonrió para volver a ser el de siempre, el mismo que había sido desde que llegó a Fuensanta de Martos al molino, a mi vida—. Aparte de Pastora, nadie se va a enterar de nada. Te lo prometo.

Luego se levantó, se estiró, se sacudió los pantalones con las manos como si así pudiera desprenderse también del momento que acabábamos de vivir, y cuando me miró estaba sonriendo, enseñándome todos los dientes, una paleta partida, quebrada en diagonal como un cuchillo.

—Bueno, pues vamos a hacer limonada, ¿no?

—Claro —yo también sonreí, y le seguí hasta la cocina para decirle lo único que aún no sabía—. Mi padre está seguro de que Sanchís no trabajaba solo, de que tenía que tener un enlace con su partido.

Él dejó de mover el limón a un lado y al otro sobre el exprimidor de vidrio y se quedó quieto, los ojos clavados en la corteza de la fruta.

—Pero dice que no puede vivir aquí, en este pueblo, porque sería demasiado peligroso. Está seguro de que vivirá en otra parte, en Martos, dijo, o en Los Villares.

Su mano volvió a estrujar, muy lentamente, medio limón en el que ya no quedaba ni una gota, y cogió la otra mitad para volver a empezar, más deprisa.

—Dijo que igual ni se veían, que lo más fácil era que tuvieran un sistema para comunicarse sin llegar a verse, pero no tiene ni idea. Vete a saber, eso fue lo que le dijo a Curro, que fuera a saber... —e hice una pausa antes de dar el paso definitivo—. Yo creo que él ni siquiera sabe cuánto le gustaba la miel a Pastora.

El Portugués recopiló todas las cortezas, las colocó una dentro de otra como si quisiera hacer una torre, las tiró a la basura, sirvió el zumo en dos vasos, los rellenó con agua fría, y por fin se volvió a mirarme.

—¿Quieres azúcar? —sonreía.

—Sí, por favor —yo también sonreí.

—¿Tres cucharadas? —me dijo mientras las ponía en mi vaso.

—O cuatro, me gusta muy dulce.

—Es fatal para los dientes, ¿sabes? —y los dos nos echamos a reír.

Después, como si no hubiera pasado nada, salimos al porche y nos tomamos el zumo al sol. Me preguntó si había visto a Elena últimamente, en qué había quedado con su abuela, y le conté que ella me había dicho que no me preocupara, que ya encontraríamos una manera de seguir con las clases, y que no le importaba no cobrar, aunque después de la marcha de Filo, las cosas en el cortijo habían cambiado. Ahora, Chica hacía la recova, Paula seguía ocupándose del esparto, Manoli se había convertido en la encargada del huerto, y ella iba a tener que echarle una mano a quien la necesitara. La primavera es mala fecha, me había dicho, pero después del verano, ya hablaremos.

—De todas formas, subo a verla de vez en cuando, para charlar un rato y para coger libros, aunque de Julio Verne ya no puedo, porque me los he leído todos —le devolví el vaso y me puse el jersey, el sol ya se había escondido—. Tengo que irme, Pepe. Gracias por el zumo.

—No —él se acercó a mí y me abrazó, apretándome fuerte con las dos manos—. Gracias a ti, Nino. Muchas gracias por todo.

Asentí con la cabeza, le miré y no le dije nada. Al volver al pueblo, lo encontré todo muy tranquilo, poca gente en las calles y nadie en las puertas de las tabernas, tampoco en el patio de la casa cuartel. Todos necesitábamos descansar, y eso hicimos, porque Pepe el Portugués cumplió todas sus promesas con una sola excepción. Al día siguiente, cuando subí a la casilla vieja por la tarde, me di cuenta de que a Paula sí le había revelado nuestro secreto, pero aunque estuvo todo el tiempo con nosotros, mirándome con unos ojos distintos, casi dulces, comprendí que ella tampoco me traicionaría nunca.

Sin embargo, la paz duró poco tiempo, ni una semana. A mediados de abril, Michelín recibió una comunicación oficial que anulaba las anteriores, dejando sin efecto los ascensos prometidos. El documento, que no daba explicaciones, se limitaba a anunciar la llegada de un nuevo sargento, José Luis Mariñas, para restablecer la cadena de mando del puesto de Fuensanta de Martos, a cuya cabeza seguiría estando él, con el empleo de teniente, hasta nueva orden. No figuraba la menor alusión al carácter extraordinario de su cargo, ni a su provisionalidad, ni a su condición de responsable de un área a la que también pertenecían los cuarteles de Los Villares y Valdepeñas de Jaén, y por primera vez sus superiores se dirigían a él como teniente de la Guardia Civil, y no del Ejército de Tierra en comisión de servicio.

Era una represalia tan previsible como injusta, porque Miguel Sanchís era un héroe de guerra, porque había llegado al pueblo con esa intocable aureola, porque no había sido Michelín quien le había condecorado, quien le había distinguido y mimado, quien no había recelado de que solicitara un puesto tan humilde, tan insignificante en relación con sus posibilidades, quien había interpretado aquel aparente sacrificio como una muestra excelsa de su valor y su patriotismo. El jefe del puesto de Fuensanta no era más responsable de la traición de Sanchís que los hombres que acababan de arruinar su carrera, pero, como dijo mi padre, así son las cosas y así van a seguir siendo. Eso mismo pensaron Carmona, cuando se enteró de que no iba a ser cabo, e Izquierdo, al saber que tampoco llegaría a sargento, pero ninguno de los dos tenía en casa a doña Concha, abanicándose como una fiera de la mañana a la noche, sus mujeres no les llamaban fracasados a todas horas, no les acusaban de haber convertido su vida en un infierno ni les obligaban a dormir en un sofá. Y sin embargo, ni siquiera eso bastó para explicar el acceso de furia que convirtió a aquel hombre generalmente tranquilo, resignado a la tiranía de su mujer, en el monstruo que desató una violencia indiscriminada, brutal, que Fuensanta de Martos no había conocido jamás, ni siquiera en vida del primer Cencerro.

—Ha enloquecido —dijo mi padre cuando vino a cenar, después de haber contribuido a llenar los calabozos, repletos como nunca habían estado—. Se ha vuelto loco, no hay otra explicación. Le ha dado un ataque de algo raro, una locura transitoria de esas. Y esto no va a servir de nada, de nada, sólo para que las cosas se pongan peor de lo que están, para que bajen una noche los del monte y nos maten a todos...

—¡Ay, Antonino, no digas eso, por Dios!

—¿Y qué quieres que te diga, Mercedes? Que no me esperes despierta.

El 19 de abril, doce días antes de que el sargento Mariñas se incorporara a su nuevo destino, Salvador Michelín ordenó la detención de todos los vecinos del pueblo, hombres, mujeres, ancianos, adolescentes, que hubieran estado relacionados por cualquier motivo y en cualquier momento con la partida de los dos Cencerros, el viejo o el nuevo. Aquella misma mañana había recibido la visita del jefe del puesto de Los Villares, que ya no tenía muy claro si el teniente seguía siendo su superior o había dejado de serlo, pero en cualquier caso prefirió traer las malas noticias en persona.

Aniceto Gómez Gutiérrez, más conocido como Burropadre porque, aparte de la apicultura, se ganaba la vida con dos asnos sementales a los que los dueños de yeguas de toda la provincia solían acudir para que las cubrieran y criaran mulos, había fallecido de muerte natural a mediados de marzo. Por eso había faltado a su cita con Pepe el Portugués, quien se presentó voluntariamente en la casa cuartel para hacer la declaración que desencadenaría la redada que pretendía evitar. Antes vino a casa a buscarme y me pidió que cogiera mi cazamariposas nuevo. ¿Vamos al río?, le pregunté. Sí, bueno, ya veremos, ahora lo primero es ir a ver al teniente, me contestó. Y entonces, ¿para qué quiero esto? Le enseñé el cazamariposas levantándolo en el aire, y ni siquiera lo miró.

—Es que yo no me doy mucha maña con las colmenas silvestres, ¿sabe, teniente?, y como por aquí no hay nadie que se dedique a eso, el sargento me dijo que ya había hablado él con ese hombre, y que ya vendría por el molino a venderme la miel a mí, porque entre su mote y el oficio que tenía... Porque, anda que el tío, también, menudo trabajito. Por lo visto, cuando los burros no atinaban solos, él los ayudaba con la mano, así que...

Al entrar, me había dejado plantado en la puerta de la oficina, como si pretendiera que contemplara desde allí, sin intervenir para nada en aquella escena, cómo le largaba a Michelín aquel discurso de un tirón, con su mejor cara de tonto y esa vocecilla de jilguero desorientado que hacía brotar de su garganta a su antojo. Sin embargo, en aquel momento, se volvió a mirarme y bajó la voz.

—Ya sabe usted a lo que se dedicaba el pájaro, ¿no? Es que hablar de esto con el niño ahí delante... —el teniente asintió con la cabeza sin mirarme—. Total, que a la que le gustaba la miel era a la señora del sargento, pero él no quería que ella tratara directamente con él, que es natural, ¿no?, y como además me dijo que era una mala persona, un delincuente con quien prefería que tampoco le vieran los vecinos... Yo le dije que bueno, porque a mí me daba igual, la verdad, a mí, aquí, como estoy soltero y a mi familia no la conoce nadie... —y se encogió de hombros antes de arriesgar su verdadera apuesta—. Total, que el mes pasado quedamos para vernos antesdeayer, y no vino a la cita. Hoy tampoco ha venido, y como el guardia Carmona me dijo que les informara por favor de cualquier novedad o cosa rara que pudiera estar relacionada con el sargento Sanchís, que era muy importante, pues... Se me ocurrió que a lo mejor él... No digo yo que lo matara, ni nada, válgame Dios, pero... Como el pobre sargento, que en gloria esté, decía siempre que era un indeseable, un canalla, será una tontería, pero se me ha ocurrido... Es una tontería, ¿verdad? —y en ese instante se levantó, muy apesadumbrado, y echó a andar hacia mí, pero se dio la vuelta antes de alcanzarme—. Perdóneme, teniente, que con todas las cosas importantes que tendrá usted que hacer, no tendría que haber venido yo a molestarle con esto. Lo siento mucho.

Michelín estuvo de acuerdo en que era una tontería, pero por si acaso llamó a Los Villares, y le extrañó que no quisieran decirle nada sobre la marcha. Cuando tuvo delante el expediente de Burropadre, un abrumador historial de detenciones por actividades subversivas en el que había debutado a los doce años para concluir hacía sólo dos, al salir de la cárcel por última vez, entendió la discreción de sus subordinados. Sin embargo, se negó a aceptar que en aquella carpeta, junto con la identidad del enlace del sargento traidor que el Portugués le había servido en bandeja, estuviera enterrado para siempre su futuro, su ascenso a capitán, su reingreso en el ejército, su recompensa en un cuartel tranquilo, un buen empleo con mando de tropa en cualquier agradable capital de provincia. Y aquel hombre apocado, casi pusilánime, que nunca había sido valiente, ni capaz de la serenidad con la que Sanchís había elegido la muerte, sabiendo, entre otras cosas, que iba a llevarse su carrera por delante, reaccionó con una rabia feroz y universal, como una bestia herida, prisionera en la jaula de su propio futuro miserable. Se juró a sí mismo que, ya que no podía entregar vivo al compinche de Sanchís, ofrecería algo, lo que fuera, al precio que fuera, en su lugar, y en lugar de comunicar a Jaén el frustrante hallazgo que acababa de realizar, guardó el expediente de Burropadre en un cajón. No lo soltaría, volvió a jurarse, hasta que pudiera envolverlo en la información que el Pirulete había querido venderle, los planes de huida de los bandoleros que alguien, por fuerza, tenía que conocer en Fuensanta de Martos. No tenía mucho tiempo, porque la incorporación de Mariñas consolidaría una situación que después sería mucho más difícil cambiar, y desde luego, no perdió un segundo.

Pepe el Portugués, aquel alarde de sangre fría que congeló la mía en mis venas mientras le escuchaba mentir, fingir con una maestría que dejaba corto el concepto que tenía Paquito de su cobardía, sólo pretendía cerrar aquella crisis, escribir un epitafio sin violencia y sin víctimas para la doble muerte de Miguel Sanchís. Pero su treta no sólo no sirvió para que el teniente olvidara al traidor, sino que avivó furiosamente su recuerdo, y lejos de mejorar las cosas, las empeoró.

La redada duró casi una semana, porque como los sospechosos eran tantos que no cabían en los calabozos, hubo que detenerlos por turnos, y en el monótono infierno de cinco noches iguales, mi hermana Pepa, que ya había cumplido seis años, sólo vino a mi cama una vez, como si quisiera prepararse para el papel que dentro de otros seis le tocaría desempeñar con el hermano que nos iba a nacer al final del verano. Cuando se agotaron los golpes, los gritos, los insultos y las amenazas, Salvador Michelín no parecía él. Había adelgazado varios kilos y tenía los ojos dilatados, la mirada perdida, le temblaban las manos y sudaba como si tuviera fiebre. Había cosechado, además, un odio infinito, y mucha más información de la que le convenía, una maraña de datos contradictorios donde las mentiras se mezclaban con las verdades en una proporción tan inescrutable como el número y la brutalidad de los golpes que le habían permitido obtenerlas. Y aunque sabía de sobra que la información que facilita la tortura nunca es fiable, lo apuntó todo en una libreta que llevaba siempre encima y consultaba a cada paso, mientras paseaba por el pueblo sin cesar, pendiente de cualquier dato, por nimio que fuera, que pudiera confirmar alguna declaración.

Así empezó la última semana de abril de 1949, que sería la última semana de tantas cosas, de la vida, del mundo, de la realidad que habíamos conocido hasta entonces. El domingo por la tarde soltaron a los últimos detenidos, con una sola excepción. Vida, la hija de Cuelloduro, a la que en el pueblo todo el mundo seguía llamando así, por más que don Bartolomé la hubiera bautizado diez años antes con el nombre de Patrocinio de la Inmaculada Concepción de la Santísima Virgen María y toda su mala hostia, fue a preguntar por su marido, que era el único que no había vuelto a casa, y le dijeron que estaba bien, que no se preocupara, que lo pondrían en libertad en cualquier momento. Ella no se lo creyó, y acertó, porque mi padre, que fue quien salió a decírselo, no estaba muy seguro de que Joaquín Fingenegocios llegara vivo al día siguiente.

Aquella noche, Michelín consintió por fin en que llamaran a un médico, y el primero que encontraron fue uno muy jovencito, que acababa de llegar al pueblo con la carrera recién terminada y ni la menor idea de lo que le esperaba, aunque cuando logró tranquilizarse lo suficiente como para reconocer al enfermo, fue un poco más optimista. Joaquín no tenía más que veinticuatro años, dijo, y era muy fuerte. Si había aguantado hasta entonces, se podía esperar que sobreviviera. Después, pidió yodo, alcohol y trapos para hacer vendas, porque con las que había llevado no le iba a alcanzar, y cuando se quedó a solas con Fingenegocios, le dijo que tenía roto el brazo derecho, que no le iban a dejar escayolárselo pero que iba a colocárselo bien, que le iba a doler, que no lo moviera, que mandara a alguien a buscarle en cuanto volviera a casa, y que le pondría una escayola en condiciones para que pudiera seguir trabajando normalmente. Lo de las costillas no tenía más arreglo que la cama y el tiempo, y eso valía también para la herida de la cabeza, y para la de la rodilla, aunque esas sí se las iba a coser en un momento, porque cuando se las vendara, el teniente no iba a darse ni cuenta. Del ojo izquierdo no quiso decirle nada aunque se dio cuenta enseguida de que nunca volvería a ver por él, porque el derecho estaba tumefacto pero entero. A la mañana siguiente, volvió al cuartel para cambiarle los vendajes, le dio más calmantes, le preguntó si creía que aquella tarde ya estaría en condiciones de volver a su casa, pronosticó que cuanto antes mejor, y su paciente le contestó que sí.

Y aquella tarde, cuando volvíamos de la escuela, Alfredo, Paquito y yo vimos correr a Vida por la calle y corrimos tras ella para quedarnos todos parados al mismo tiempo, nosotros en la acera, ella en el centro de la calzada. Joaquín Fingenegocios acababa de salir del cuartel y avanzaba de frente, muy despacio. Tenía una venda en la cabeza, un ojo cerrado, un brazo en cabestrillo, una pernera del pantalón cortada a la altura de la rodilla, vendada también, y heridas en la cara, en el cuello, en una oreja, en las dos manos, en el pecho, en las piernas. Su cuerpo entero era una herida, una herida inmensa fragmentada en muchas pequeñas heridas conectadas entre sí por la hinchazón de la piel, por la sangre coagulada de los hematomas, por las gotas de un rojo más vivo que salpicaban su ropa. Yo nunca había visto a nadie así, Paquito jamás se había enfrentado con nada parecido, Alfredo tampoco había llegado a contemplar un destrozo semejante, pero ellos salieron corriendo y yo no, porque cuando Vida intentó imitarles, su marido la detuvo con una voz pastosa y extraña, la huella cavernosa, gutural, de las muelas que también había perdido, las mejillas, las encías inflamadas por los golpes.

—No corras, Vida.

Eso le dijo, y ella, que parecía una niña porque era todavía más joven que él, baja, menuda, con la cara muy redonda y el pelo aún recogido en una trenza, le miró como si no le entendiera, pero le hizo caso, y se paró para seguir escuchando aquella voz que le hacía daño en los oídos.

—Y no llores, por favor, Vida, no llores. No les des a esos hijos de puta el gusto de verte llorar.

Yo seguía en la misma baldosa de la acera donde me había quedado cuando vi a Joaquín, y distinguí a lo lejos la silueta de Michelín, que había salido a la puerta con Izquierdo para despedir a su último prisionero, tan claramente como ellos me estaban viendo a mí.

—Muy bien —cuando volví a mirar a Fingenegocios, su mujer ya se había limpiado las lágrimas con las manos—. Ahora levanta la cabeza, mírame, ven hacia mí, andando, despacio, muy bien... Ponte a mi izquierda, así, te voy a coger por el hombro, cógeme tú por la cintura, pero ten cuidado porque tengo las costillas rotas, no, no me pongas la mano ahí, pónmela más abajo, muy bien. Ahora mírame, y sonríe —ella le sonrió con los ojos llenos de lágrimas—, como yo te sonrío a ti, ¿ves? Bésame, Vida, bésame con cuidado, en la cara —y Vida le besó, y él la besó a ella—. Lo estás haciendo muy bien, y ahora vamos a echar a andar, vamos a andar despacio, los dos juntos, pero tú no dejes de sonreír, tú sonríe, Vida, y cuéntame algo, lo que sea, lo que hiciste ayer, lo que has hecho esta mañana, sonríe, y háblame, porque esto es lo único que me ha hecho aguantar, esto ha sido lo único —y mientras Vida le miraba, y le sonreía, y le besaba de vez en cuando, fue él quien empezó a llorar—, yo pensaba que iba a llegar hasta aquí, y que íbamos a hacer exactamente esto, lo que estamos haciendo ahora mismo, y me acordaba de mi padre, de mi tío Lorenzo, de mis primos, que se van a ir, que se tienen que ir, que tienen que llegar a Francia, me cago en la hostia puta una y mil veces... Pero sobre todo pensaba en ti, Vida, y sabía que iba a aguantar, que no iban a poder conmigo, y no han podido, Vida, no han podido...

Joaquín Fingenegocios ya era huérfano de madre cuando su padre murió en el frente de Córdoba, en los primeros meses de la guerra. A partir de aquel momento, y hasta que le aplicaron la ley de fugas, su tío lo había tratado como si fuera un hijo más, y desde que tenía once años, Lorenzo y Enrique habían sido sus hermanos mayores sin haber dejado nunca de ser sus primos, pero el Pirulete también se había criado en casa de Pesetilla, y su infancia no le había estorbado para intentar vender a Elías. Eso fue lo que pensé cuando ya estaban muy cerca, y por eso no me moví, y seguí mirándole como si nunca hubiera llegado a pagar la deuda que tenía con él, como si no le hubiera devuelto nunca aquellos cincuenta céntimos con los que invité a Elena a merendar aquellos churros que le gustaron tanto.

—Adiós, Joaquín —le dije cuando pasó por mi lado, y él se detuvo, se volvió a mirarme, y me sonrió.

—Adiós, Canijo.

Después seguí mirándoles, vi cómo él se negaba a torcer a la izquierda para ir a su casa, cómo se empeñaba en seguir adelante, vamos a ir a la taberna de tu padre, Vida, eso es lo que vamos a hacer, hazme caso, quiero que me vean, que vean que se puede aguantar, y además me apetece mucho tomarme una caña... Ella se resistió, intentó tirar de él, le preguntó si se había vuelto loco, pero les perdí de vista cuando doblaron la segunda bocacalle a la derecha, y sin embargo, no tardé mucho en enterarme de lo que había pasado porque al día siguiente en mi pueblo no se hablaba de otra cosa.

Al llegar a la taberna, Joaquín se apoyó en el mostrador, le pidió a su suegro una cerveza, y Vida le dijo que no, que no se la pusiera, pero su yerno le miró a los ojos, asintió con la cabeza y él comprendió, y cogió un vaso, lo llenó, y se lo puso delante.

A Antonio Cuelloduro no le había gustado nada aquella boda, y si no la había prohibido era solamente porque para él no había nada más sagrado que sus principios, y no estuvo dispuesto a violarlos ni siquiera cuando su única hija decidió casarse por amor, a los diecinueve años, con el hijo de un comunista. A él le gustaba presumir de que nunca había tenido que prohibirles nada a sus hijos, pero habría dado cualquier cosa a cambio de que Vida siguiera en casa, pelando la pava con otro cualquiera, un buen muchacho de familia anarquista a ser posible, como las novias de sus dos hermanos. Que lo prohíban ellos, dijo, ellos, a los que les gusta tanto reglamentar, y mandar, y prohibirlo todo, que para eso son como los fascistas, exactamente iguales... Pero en casa de los Fingenegocios ya no quedaba ningún hombre comunista aparte de Joaquín, y él no iba a prohibirse a sí mismo su propia boda.

Por eso, a Cuelloduro no le quedó otro remedio que aceptarla, y sin embargo, aquella tarde, cuando su yerno se llevó el vaso a la boca y le dio un sorbo, se sintió orgulloso de él, orgulloso de Vida. Y cuando le vio tambalearse, intentar apoyar el codo izquierdo en el mostrador, advertir en voz alta, un segundo antes de desmayarse, que no sabía lo que le pasaba pero que las piernas no le sostenían, fue él quien lo cogió en brazos, él quien lo llevó a casa, él quien lo acostó en su cama, él quien fue corriendo a buscar al médico. Los que le vieron aquel día contaron que iba llorando por la calle a lágrima viva, y en Fuensanta de Martos, nadie, nunca, había visto llorar a Antonio Cuelloduro. Quizás por eso, él siempre lo negó, aunque a Joaquín, a quien trató desde aquel día como a cualquiera de sus hijos, le gustaba mucho recordárselo para tomarle el pelo.

Pero aquella tarde, cuando yo entré por fin en la casa cuartel, aquel final feliz estaba muy lejos y mi madre fuera de sí, furiosa y aterrada al mismo tiempo.

—¿Qué te crees, que no nos lo van a hacer pagar? Un día de estos me matan a tu padre, como si lo viera, a tu padre o al que sea, a cualquiera menos a ese cabrón, sádico de mierda...

Yo nunca la había oído hablar así del teniente, y sin embargo, no me sorprendió. Tenía razones para tener miedo, aunque aquella vez la represalia de los guerrilleros sería muy diferente.

Los Fingenegocios no abandonaron a Joaquín. Durante mucho tiempo, todo el que hizo falta, le fueron mandando poco a poco una pequeña fortuna, el dinero necesario para que le reconstruyeran la dentadura, para que volvieran a ponerle el tabique nasal en su sitio, para que lo operaran de la rodilla y para que fuera varias veces a Valencia, donde un oftalmólogo especializado en ojos de cristal, y tan rojo como ellos, le fabricó a la medida uno perfecto y perfectamente coordinado con el derecho, hasta el punto de que nadie que no conociera su origen llegó a apreciar jamás la diferencia.

Así, lograron desmentir lo que había sucedido, eliminar sus huellas, imponer su voluntad sobre la del enemigo con tanta energía como la que la Guardia Civil había derrochado en el entierro de Miguel Sanchís.

Pero no mataron a nadie, porque ya no tenían tiempo ni siquiera para eso.

Eran las cinco y media de la tarde, y hacía mucho calor. Las calles estaban desiertas, las puertas cerradas, las persianas bajadas como una protesta silenciosa e inútil contra el calor de agosto, que no había cedido ni un ápice de su ferocidad aunque los calendarios hubieran entrado ya en la tercera semana de septiembre. Por eso nadie me vio entrar. Dentro, cuatro abuelos jugaban al dominó y ninguno desatendió la partida para mirarme. Las cosas habían cambiado mucho, y ya no hacía falta mirar, escuchar, espiar, vigilar, calcular, advertir, proteger y protegerse, controlar a todos para llegar a controlarlo todo. Eso ya había dejado de ser importante.

—Hola, Canijo —Cuelloduro se limpió las manos con un trapo antes de apoyarlas en el mostrador—. ¿Quieres algo?

—Sí. Me gustaría ver la foto.

Se volvió sin decir nada, la sacó del marco del espejo donde estaba encajada, y me la dio.

Lo que más me impresionó fue su parecido con aquella vieja fotografía que mi madre guardaba en un cajón para sacarla de vez en cuando y cerrar los ojos en vez de mirarla. Sólo después me di cuenta de que en realidad no se parecían tanto, porque aquella había sido tomada al aire libre y esta no. En aquella, mi madre sostenía en brazos a un bebé recién nacido al que no se le veía la cara, como un bulto entre mantillas, y el niño que aparecía en esta estaba recostado en el regazo de su madre, con los ojos abiertos, aunque no podía tener más de tres meses. En el retrato familiar que dormía entre la ropa de la cómoda, mi padre estaba inclinado hacia delante, el brazo izquierdo apoyado en un velador, para posar con la cara pegada a la de su mujer, pero en el que tenía entre las manos, el hombre se había sentado en el brazo de un sillón, curvando el cuerpo como un arco protector sobre la mujer y el niño. Sin embargo, las sonrisas eran idénticas, idéntica la expresión de placidez, de felicidad, de aquellas dos parejas separadas por el tiempo y por la historia, mis padres en su casa de aquel pueblo de Granada que se llamaba Valderrubio, antes de la guerra, con mi hermana Dulce, Elías y Filo en su casa de Toulouse, hacía sólo unos días, con su hijo, que se llamaba Tomás aunque no lo hubiera bautizado ningún cura.

En el pueblo había dos copias de aquella foto, que habían llegado al cortijo de las Rubias en un sobre que no trajo ningún cartero, pero Carmela la Pesetilla se guardó la suya y no se la enseñó a nadie. Paula, en cambio, le llevó la otra a Cuelloduro al día siguiente, y él la encajó en el espejo que tenía detrás del mostrador, para que todo el mundo pudiera contemplar el pequeño éxito que había coronado aquel largo y terrible fracaso.

—Gracias —le devolví la foto y él volvió a ponerla en su sitio.

—De nada —me dijo después.

Al salir a la calle, me crucé con Rodillaspelás y la saludé, adiós, adiós, sin inmutarme ante el espanto de sus cejas, el asombro que agrandó sus ojos al verme salir de un lugar prohibido. Los lugares prohibidos ya eran sólo leyenda, igual que el monte, pero había algo más. Mi padre no iba a decirme nada. No podía castigarme, ni regañarme, nunca se atrevería a hacerme ningún reproche después de lo que habíamos vivido juntos, antes de que amaneciera el último miércoles de abril de 1949.

Aquella noche, la segunda que Joaquín Fingenegocios pasaba en su cama después de la paliza, me acababa de acostar cuando oí que alguien llamaba a la puerta. Madre, que se había quedado cosiendo en la cocina, como siempre que se disponía a esperar despierta el regreso de su marido, se quedó quieta, una mano sosteniendo la aguja, la otra en la tela, y no movió ni un músculo durante un instante más de lo que parecía razonable, antes de levantarse para ir a abrir. En los segundos de silencio absoluto que transcurrieron entre su repentina parálisis y el nervioso repiqueteo de sus pies sobre las baldosas, pude absorber su miedo, su angustia, el negro presagio que los inspiraba, y me levanté yo también, para esconderme detrás de la puerta.

—¡Nino! —mi hermana Dulce se incorporó en la cama para regañarme, pero no se atrevió a levantar la voz—. ¿Adónde crees que vas?

—¡Calla!

Yo tampoco me atreví a hablar en voz alta, pero me volví hacia ella con un dedo sobre los labios, y al girar la cabeza de nuevo, vi a Michelín vestido de uniforme, con su libreta en la mano y esos ojos de loco que tenía desde que se enteró de que no iba a ser capitán. En ese instante, al verle así, pensé lo mismo que estaba pensando mi madre, que los Fingenegocios se habían vengado, que el guardia Pérez ya no era más que un cadáver al borde de un camino, su mujer otra viuda y yo el único hombre de mi casa, pero el teniente se apresuró a desmentir nuestros temores.

—A Antonino no le ha pasado nada, Mercedes, te lo juro —ella se llevó las dos manos a la boca igual, pero tuvo que darse cuenta de que el teniente estaba diciendo la verdad, porque me di cuenta yo, que estaba mucho más lejos—. No he venido por eso, puedes estar tranquila.

Ella necesitó de nuevo algún tiempo para reaccionar, para recobrar la calma que había perdido tan deprisa, para apartar sus manos de la boca, y llevárselas a la tripa, y acariciársela despacio con movimientos lentos, circulares, como si la criatura que llevaba dentro lo necesitara más que ella, pero por fin sonrió, miró al teniente, le ofreció asiento con la mano, y no quiso registrar la expresión sombría de un hombre que no se atrevió a mirarla a los ojos, ni a declarar sin rodeos el verdadero propósito de su visita.

—He venido a verte porque... Necesito que Nino me haga un favor.

—¡Ah, pues muy bien! —mi pobre madre respiró, aliviada—. Voy a llamarle, todavía debe estar despierto —y cuando ya venía hacia mí, se dio la vuelta—. Perdóneme, Salvador, no le he ofrecido nada, me he asustado tanto al verle, la verdad. ¿Quiere tomar algo? Un café, una copa... Tengo un aguardiente casero muy bueno, de uvas con anís.

—No, nada, muchas gracias, Mercedes, estoy de servicio.

La aplazada cortesía de mi madre me dio tiempo de sobra para volver a acostarme, pero no apagué la luz ni me hice el dormido, y cuando la vi aparecer al otro lado de la cortina verde, ya estaba sentado en el borde de la cama, con los pies en el suelo.

—Nino, ahí fuera está el teniente, que quiere hablar contigo, pero cálzate, por Dios, hijo, que cualquier día de estos te vas a coger una pulmonía.

Al ponerme las zapatillas estaba tan tranquilo como ella, y sin embargo, para comprender mi error, y sobre todo el suyo, me bastó con mirar a Michelín a la cara.

—Bueno, pues... —él me miró a mí, luego a madre y a mí otra vez, como si hubiera perdido la habilidad de fijar los ojos en un solo objeto—. Acabo de recibir una denuncia esta noche, es decir... —miró el reloj, después a madre, a mí, a ella—. Mejor dicho, esta tarde, porque todavía no eran las diez, y... El caso es que en el cuartel estoy yo solo. No tengo efectivos, porque sospechábamos que los bandoleros estaban a punto de ponerse en marcha, o sea, de huir, ¿no? Eso ya lo sabréis, supongo, porque como nos han traído un jeep de la Comandancia de Jaén, y todo... Pero lo que no podíamos imaginar era que fuera a pasar tan pronto, que fueran a salir esta misma noche, y todos mis hombres están patrullando... —volvió a mirarnos por turnos, en plazos cada vez más breves, sus ojos oscilando frenéticamente entre mi madre y yo—. Acabo de enterarme de que ya han empezado a marcharse, de que se están yendo en grupos de tres, de cuatro, con intervalos de una media hora, y por la información que acabo de recibir, me he dado cuenta de que estábamos equivocados, de que no hemos sabido relacionar...

Hizo una pausa para buscar refugio en su libreta, y se concentró en sus anotaciones, moviendo sin cesar las mismas hojas de delante hacia atrás y de atrás hacia delante, como si allí fuera a encontrar algo que no supiera o la inspiración que no lograba reunir por mucho que la necesitara. Luego resopló, inspiró aire ruidosamente un par de veces, y siguió hablando.

—En fin, Izquierdo y Carmona están en el monte, en el cerro de los Pajaritos, vestidos de bandoleros, Curro y Arranz igual, pero en la otra punta, porque yo creía que iban a salir por el alto del Moreno, estaba seguro, y por eso he mandado a Antonino, con Romero y con el jeep, al cruce, que es el punto intermedio más cercano al cuartel, porque pensaba... —negó con la cabeza varias veces, como si no quisiera acordarse de lo que había pensado—. Cada pareja lleva una radio, para poder comunicarse entre sí. Si Izquierdo y Carmona veían algo, cualquier movimiento por pequeño que pareciera, tenían orden de comunicarlo inmediatamente. Entonces, Curro y Arranz tomarían posiciones mientras el jeep regresaba al cuartel con su radio, para que yo pudiera pedir refuerzos y avisar a la Comandancia de las posibles rutas de escape. Era un buen plan, un buen plan, en Valdepeñas estaban avisados, en Los Villares también, en Jaén tienen las tropas acuarteladas, el único riesgo, el único, porque todo lo demás estaba previsto, todo, yo lo había estudiado, lo había analizado todo y era un buen plan, un buen plan, aunque tenía un riesgo, uno solo, porque si pasaba algo, que no podía pasar, porque quién iba a imaginar...

Por fin se atrevió a cerrar su libreta, y la puso encima de la mesa para mirar a madre, pero enseguida se volvió hacia mí, para empezar a estudiarme con tanta ansiedad, tanta dedicación como la que invertía en sus notas.

—El caso es que no tengo radio. No puedo comunicarme con mis hombres. Sólo tenemos tres aparatos, y se los han llevado ellos, y todos están en un sitio equivocado, en una posición donde no van a ver nada, donde no van a enterarse de nada, porque, por lo visto, el hijo de puta de Cencerro va a salir dando un rodeo, ha ordenado retroceder en lugar de avanzar, se va a desviar hasta el cortijo de la Bizca, va a cortar hasta la laguna, y va a bajar por la cuesta de la Mona para torcer luego a la derecha e intentar cruzar la comarcal por el camino viejo de Torredonjimeno. Eso es lo que quiere hacer, y si le sale bien, puede llegar a Jaén antes de que amanezca, y si logra llegar a Jaén, y puede esconderse unos días para que sus hombres vayan saliendo de uno en uno, o por parejas, hacia lugares distintos, entonces, ya... Lo más fácil es que no los encontremos en la vida. Nosotros, por lo menos, no.

Nos miró al dar por concluido su discurso, y madre levantó las cejas, encogió los hombros, frunció los labios como si no comprendiera dónde estaba el problema, la emergencia que había llevado al teniente a nuestra casa a aquellas horas, en aquellas condiciones.

—Pues llame a Jaén —su voz, clara, tranquila, desprovista aún de cualquier intuición de peligro, sonó como un latigazo de cordura sobre un tiro de caballos desbocados.

—¿Qué? —pero Michelín se volvió hacia ella con la mirada perdida, como si no la hubiera entendido.

—Que llame por teléfono a Jaén, a la Comandancia, ¿no? —repitió, antes de mirarme con una interrogación en los ojos a la que yo asentí enseguida con la cabeza, porque su sugerencia, simple, precisa, era además transparente para cualquiera—. Que manden tropas a la comarcal, a la altura del camino viejo de Torredonjimeno, y que los esperen allí.

El teniente esquivó su mirada, cerró los ojos, negó con la cabeza.

—No puedo hacer eso.

—¿Por qué?

—Porque no, Mercedes. Porque no tengo suficiente información, porque no sé hasta qué punto puedo confiar en la denuncia, porque la persona que ha venido a hablar conmigo se lo ha oído decir a Jesús el del Machillo, el hermano de Asun, ya sabes, la mujer de Cabezalarga, y no me fío. No puedo montar un operativo de esas características, involucrar a tantas fuerzas, sin estar seguro de lo que está pasando ahí arriba. Si esto es una trampa... —había empezado a sudar, y se frotó la cara, el cuello, la nuca, con las dos manos, hasta lograr que su cabeza entera reluciera de humedad—. Si es una trampa, después de lo de Sanchís... No puedo hacer eso.

En ese momento, volví a mirar a madre para descubrir que ella ya me estaba mirando a mí y que los dos estábamos pensando lo mismo, que Michelín no estaba persiguiendo a Cencerro, que no estaba persiguiendo a sus hombres, que no perseguía a la guerrilla, ni el comunismo, ni la subversión, tanto como su ascenso. Eso era lo que más le importaba, mantener la ilusión de que en el hilo fragilísimo que conducía a un chalet con jardín, en las afueras de una plácida capital de provincias, aún quedaba una hebra intacta, alimentar la fantasía de que todavía existía un futuro para él, más allá de los muros de la casa cuartel de Fuensanta de Martos, en eso estaba pensando, sólo en eso.

Eso le había llevado a llenar los calabozos de gente, a dejar a Joaquín medio muerto, y a tragarse la información que Cencerro acababa de colocarle a través de una denuncia tan oportuna que, naturalmente, no podía ser otra cosa que una trampa. Él mismo, que no conocía el monte ni la mitad de bien que yo, y yo lo conocía incomparablemente peor que los hombres que llevaban diez años viviendo allí, se había dado cuenta, aunque no quisiera admitirlo. Que Cencerro hubiera ordenado retroceder en lugar de avanzar, era verosímil. Que pretendiera salir dando un rodeo por donde menos se lo esperaban, también. Pero que hubiera organizado a un centenar de hombres, quizás incluso más, en grupos pequeños, de dos o tres, para cruzar una carretera por uno de sus puntos más transitados, eso era tan increíble como que todos fueran a llegar hasta allí por la misma ruta, el cortijo de la Bizca, la laguna, la cuesta de la Mona. Michelín nunca había estado en ninguno de esos lugares, no conocía sus características, los senderos, las distancias que los separaban, ni siquiera entendía lo que estaba diciendo. No sabía nada, excepto que después de la denuncia, sabía todavía menos que antes, y que esa hebra solitaria, enfermiza, que le conectaba con el dorado sueño de su futuro, estaba empezando a resquebrajarse.

—Entonces... —madre intentó sacarle del ensimismamiento en el que le había sumido su última reflexión—. ¿Qué va a hacer?

—Necesito una radio. Necesito comunicarme con mis hombres, informarles de la situación. Tienen que abandonar sus posiciones y desplazarse a lugares más favorables, puntos desde donde puedan confirmar o desechar la información que acabo de recibir. Necesito una radio y necesito el jeep —hizo una pausa para mirarme—. Necesito que vayas al cruce a avisar a tu padre, Nino.

—¡No! —madre se levantó, se inclinó sobre la mesa, acercó su cabeza a la del teniente y volvió a chillar—. ¡No, no y no! ¿Me oye? No lo voy a consentir, mi hijo no va a salir esta noche de casa para ir a ninguna parte.

—Tiene que hacerlo, Mercedes —él no levantó la voz—. Es la única...

—¡No! —ella estrelló los puños sobre la mesa, furiosa como nunca, una sombra oscura, tenebrosa, acechando en sus ojos por detrás de la cólera—. Vaya usted. Vaya usted a por su jeep, y a por su radio, con mil pares...

—Eso no puede ser. Las ordenanzas...

—¡Y una mierda las ordenanzas! —y esa sombra creció, se hizo más negra, más compacta—: Las ordenanzas no pueden mandar que se juegue la vida un niño de once años.

—¡Yo también sé chillar! ¿Sabes, Mercedes? —Michelín se levantó con tanta brusquedad que la mesa se tambaleó, y cayeron al suelo su libreta y un dedal que rodó por todo el cuarto, tintineando con la inerte alegría de una campanilla hasta que se topó con una pared—. Yo también sé chillar y yo soy el que manda aquí.

—En mi hijo, no —ella aún conservaba intacta su firmeza.

—En tu hijo también, porque soy el jefe de su padre. Supongo que no hace falta que te explique lo que significa eso.

—Me da lo mismo.

—¡Ah! ¿Sí? Pues...

Y mientras el teniente escogía una amenaza que pudiera expresarse en voz alta, yo entré por fin en aquella conversación.

—Déjame ir, madre —y me acerqué a ella, le cogí de la mano, apoyé la cabeza sobre su tripa abultada—. A mí no me va a pasar nada.

—Ni hablar —me miró con ojos que echaban chispas, y frunció el ceño al ver que yo estaba tan tranquilo—. Tú no vas a ir a ninguna parte.

—Pero si a mí nadie me va a hacer nada —insistí, apretando su mano con la mía—. A mí no, madre.

—Ya le estás oyendo, ¿no? —Michelín aprovechó mi intervención para cambiar de tono hacia una blandura más persuasiva—. Si él se pasa la vida en el monte, si va al molino viejo cada dos por tres, si hasta hace nada subía y bajaba él solo desde mucho más allá del cruce, para ir a echarle una mano al Portugués. Nino es casi más de allí que de aquí, así que... ¿A quién le va a extrañar verle salir del pueblo por el camino de siempre?

—¿De siempre? Mi hijo nunca está fuera de casa a estas horas.

—¿Y qué? Tampoco es tan tarde. Las farolas todavía están encendidas, y es un trayecto corto, veinte minutos.

—Pues vaya usted. Llame a don Justino, a don Miguel, a alguien que tenga coche. Que venga a recogerle y que le lleve al cruce. O que vayan ellos. Si es tan corto, seguro que...

—No puedo pedirle eso a ningún civil, Mercedes.

—Mi hijo es un civil.

—Ya, pero es distinto. Nino vive aquí, es de los nuestros, como si dijéramos... —su acento aún conservaba un equívoco rastro de suavidad, tan inestable como el que había impregnado las últimas frases de mi madre—. Y ya te he dicho que yo no puedo abandonar el cuartel.

—¡Claro que no! —ella estalló antes que él, y me apartó de su cuerpo para abalanzarse sobre Michelín con una violencia renovada y aún más pura—. Porque es usted un cobarde, por eso no puede salir, porque no se atreve, porque sabe que ahí fuera, solo, no iba a durar ni cinco minutos —estaba chillando a un palmo de su cara, tan cerca que él tenía que sentir su aliento, la furia de aquella mujer acorralada, desarmada y frágil, que le estaba diciendo lo que nadie se había atrevido a decirle todavía—. Porque si saliera de noche y sin escolta, cualquier vecino le mataría por la espalda, que es lo que se merece, después de haberle hecho lo que le hizo al pequeño de los Fingenegocios. ¡Por eso no puede ir usted! —y mi madre me dio miedo, me dio miedo verla, escucharla, me dio miedo entender lo que estaba diciendo—. Y por eso manda a un niño de once años, porque para matar de una paliza a una criatura es usted muy valiente, ¿no? Para eso sí, pero para salir a la calle en una noche como esta no, para eso, mejor que vaya mi hijo. Y si me lo matan, ¿qué? ¿Me van a pagar una pensión, me van a dar una medalla, me...?

—A mí no me va a matar nadie, madre —y ya sólo quería que se callara, que no siguiera hablando, pero no me hizo caso.

—¡Cállate! —me gritó, un instante antes de que pasara lo que tenía que pasar.

—¡No, cállate tú, Mercedes! —Michelín, el rostro acartonado, lívido, pálido como el de un muerto, recogió su libreta del suelo, se irguió, se ajustó el uniforme, se peinó con la mano—. Tú no sabes lo que estás diciendo, no sabes lo que te estás jugando. A este niño no le va a pasar nada, pero como digas una sola palabra más, al que llevas en la tripa lo vas a parir debajo de un puente —hizo una cruz con el índice y el pulgar de la mano derecha, y la besó—. Por estas te lo juro. No sabes lo nerviosos que están los jefes después de lo de Sanchís. No tienes ni idea de cómo nos están presionando para que les entreguemos información, cualquier cosa que tenga que ver con la guerra. Y hay una ley, muy famosa, por cierto, la 12 de 1940, la conoces, ¿no? Esa ley ordena investigar los antecedentes de todos los miembros del Ejército Nacional y de la Guardia Civil, para procesar a cualquiera cuyo comportamiento, o el de su familia, resulte dudoso durante los años previos al Alzamiento. No te puedes imaginar lo útil que les está resultando últimamente para llenar los calabozos. Franco no quiere sospechosos en el Cuerpo y... No te digo más.

Mi madre volvió a sentarse. Se dejó caer en la silla muy despacio, dejó caer los hombros, los brazos, las manos yertas a los lados del cuerpo y no dijo nada, no miró al teniente, no me miró a mí. Miraba hacia la cocina, como si estuviera intentando leer los números del calendario que tenía colgado al lado del fogón. No podía estar haciendo eso, y sin embargo, seguía mirando al calendario como si aquel rectángulo de papel fuera una ventana, como si ella supiera mirar a través de él, ver otra casa, otro paisaje, quizás otro tiempo, luminoso o cruel, yo no lo sabía, pero la miraba como si también pudiera ver yo a través de ella, y veía su pueblo, en Almería, las casas blancas, mis primos huérfanos, sus madres enlutadas, veía a aquel hombre que se alegraba de no ser mi padre y a mi abuelo, Manuel el Carajita, tocando el acordeón con una camisa blanca en la que se abría una mancha de sangre que al principio era bonita, como una flor, y un instante después ya lo había teñido todo de rojo, la ropa, las teclas, su rostro, mi imaginación y mi conciencia, todo eso podía ver, una mancha de sangre roja, inmensa, los fusiles humeantes, el frío de las madrugadas, los tacones presurosos de las mujeres que corrían hacia los cementerios, todo eso veía a través de mi madre, y la veía a ella, que entonces tenía treinta y seis años y me parecía muy mayor, como si fuera mucho más joven, una niña perdida, desamparada, una muchacha sola que lloraba como si no supiera por qué lo hacía, como si no necesitara un motivo, una razón concreta para llorar, o como si le sobraran tantas que no supiera con cuál quedarse, hasta que apartó la vista del calendario, me miró, volvió a sollozar, y miró al teniente.

—Déjeme ir con él —y hablaba con la voz de mi hermana Pepa, una niña asustada, presa en una trampa de la que no pudiera escapar.

—No —la voz de Michelín era otra vez blanda, su acento comprensivo daba asco—. Llamaríais demasiado la atención. Si os viera alguien, sería peor para vosotros, mucho más peligroso. Hazme caso, Mercedes, que sé lo que me digo.

Y después, hasta se atrevió a alargar el brazo para posar la mano en su hombro.

—No me toque.

Madre se sacudió entera, se levantó, me abrazó, me apretó contra ella.

—Vamos, Nino. Tendrás que vestirte.

Empezamos a andar despacio hacia mi cuarto y él avanzó unos pasos detrás de nosotros, pero no se atrevió a seguir porque en el umbral de la puerta estaba mi hermana Dulce, y tenía los ojos llenos de lágrimas aunque siempre nos hubiéramos llevado fatal. Al pasar a su lado, le cogí de la mano y me la apretó, pero ni siquiera eso me conmovió tanto como ver a Pepa llorando sin consuelo, sentada en la cama.

—¿Y tú por qué lloras? —fui hacia ella, me senté a su lado, la abracé.

—No lo sé —me dijo con la nariz llena de mocos, como siempre.

—Pues si no lo sabes, no llores, Pepica —y la cogí en brazos, la abracé muy fuerte, le di muchos besos seguidos para hacerle cosquillas al final, hasta que se rió—. Duérmete, tonta.

Luego le dediqué una sonrisa a cada una, recogí mi ropa, empecé a vestirme y me di cuenta de que tenía que hacerlo deprisa, porque si tardaba un segundo más de lo imprescindible, yo también iba a echarme a llorar, pero no de miedo, sino de pena, una pena oscura, tan tenebrosa como la negra luz que encharcaba los ojos de mi madre, y no podía llorar porque mi llanto no iba a servir de nada, porque mis lágrimas no tenían poder para detener tanta violencia, las lágrimas no iban a evitarnos aquella humillación, una tortura que dolía más que los golpes, la tristeza de aquel cuarto de paredes desnudas, mi diploma de taquigrafía y mecanografía encerrado dentro de un armario y la angustia sin nombre de mi hermana Pepa, aquella vida de mierda de la que ninguno de nosotros podía escapar.

Nosotros no, pero ellos sí, pensé, y miré al teniente, que me miraba desde más allá de la puerta. Y si aquella misma noche no hubiera entendido por fin cómo pudo mi padre matar por la espalda a Pesetilla, si no hubiera comprendido la exacta dimensión de la violencia, de la humillación y la tristeza a la que todos estábamos sometidos, en el cuartel y en el pueblo, en mi casa y en las de los demás, si no hubiera identificado el origen del terror que se expandía de arriba abajo para infectarlo todo, todo acto y todo pensamiento, como un virus venenoso del que sólo se podía huir por un camino, creo que aquel hombre hasta me hubiera dado un poco de pena, la guerrera tensa sobre la barriga, los botones a punto de explotar, el poco pelo despeinado, untado de sudor, más Michelín que nunca y la mirada vacía de los cobardes, que son crueles porque son cobardes, que son torpes porque son cobardes, que son mezquinos porque son cobardes.

Así no se puede vivir, decía mi madre, pero así vivíamos, así vivía ella, así vivía yo, y mi padre, y mis hermanas, así vivían todos los que no se habían atrevido a escoger el camino del monte para sobrevivir como animales, sí, pero con sus propias reglas humanas. Nosotros no podíamos escapar porque habíamos aceptado aquella mierda de vida, habíamos bajado la cabeza para ofrecerle el cuello a aquella violencia infinita, nos habíamos acostumbrado a soportar todos los días aquella humillación, tanta tristeza, pero ellos tenían una oportunidad. Entonces me acordé de Joaquín Fingenegocios, porque se van a ir, porque se tienen que ir, me cago en la hostia puta una y mil veces, y me di cuenta de que su enemigo y el mío, el hombre que estaba haciendo llorar a mi madre, eran el mismo. Joaquín había aguantado, le había pedido a Vida que levantara la cabeza después de mantener la suya erguida, había escogido su propio camino por encima del dolor, del sufrimiento, y no habían podido con él, pero a mí ni siquiera iba a pegarme nadie. Yo no iba a poder escapar, pero ellos sí. Así logré serenarme, contener la violencia sobre la violencia, la humillación sobre la humillación, la tristeza sobre la tristeza, y no llorar.

—Ya voy —dije, y el teniente asintió con la cabeza—. No tardo nada.

Madre también se volvió a mirarle, y después se acercó a mí para hablarme en un murmullo.

—No vayas a ninguna parte, Nino, ¿me oyes? No salgas del pueblo, anda un poco por la calle, busca un sitio donde esconderte, espera media hora y vuelve. Voy a dejar la ventana de tu cuarto abierta, así...

—No, madre —yo también susurraba, oculto tras su cuerpo mientras me vestía—. Tengo que ir a buscarles. Si me quedo en el pueblo, será peor, mucho más peligroso. Entonces sí que me puede pasar algo, pero no te preocupes. Lo voy a arreglar todo, madre, ya lo tengo pensado.

—Tú no pienses —y me cogió de las muñecas y me las apretó muy fuerte—. No pienses, Nino, no hagas nada, tú...

—Que no. Que yo sé lo que tengo que hacer. Mira... —cogí *La isla del tesoro,* que estaba en la mesilla, y se lo di—. Léete esto, madre, lee este libro. Así te darás cuenta de que no me va a pasar nada. Porque yo soy amigo de Silver el Largo. John Silver el Largo es mi amigo, madre, y todos lo saben.

—¿Pero qué estás diciendo, Nino? —y mi madre ignoró el libro que le había puesto entre las manos para mirarme como si me hubiera vuelto loco.

—No lo entiendes porque no lo has leído. Léelo, hazme caso. En Fuensanta también tenemos un John Silver, y nadie lo sabe. Todos confían en él, pero es de los otros, de los piratas, madre, aunque no es malo. Él es bueno y cuida de mí. Se ocupará de que nadie me haga daño, los del monte no me van a tocar, madre.

—No digas tonterías, hijo, yo...

—¿Ya estás listo, Nino? —la voz de Michelín se impuso sobre nuestro cuchicheo.

—Sí —contesté, y besé a madre en los labios, como cuando era pequeño—. Ya voy.

Intenté salir sin mirar atrás, pero antes de alcanzar la puerta escuché el eco de un llanto ruidoso, los sollozos descontrolados, impúdicos, de una mujer embarazada que lloraba sentada en una cama, mientras apretaba contra su pecho un libro de tapas azules, y no pude gobernar mi cabeza.

—Ve con ella, dile que no se preocupe —le pedí a mi hermana cuando pasé a su lado, aunque sabía que madre no estaba llorando sólo por mí, sino por todo, por lo mismo que había estado a punto de provocar mi propio llanto un poco antes—. No me va a pasar nada, Dulce, te lo juro.

El teniente intentó ponerme una mano en el hombro pero la esquivé a tiempo, y mantuve la puerta de mi casa abierta hasta que le vi salir por delante de mí. Después, me marché sin decir nada.

Jim Hawkins rescató la *Hispaniola* sin la ayuda de nadie, me recordé a mí mismo cuando perdí de vista la casa cuartel. Él solo se subió al barco, se enfrentó con un par de marineros traidores, los venció, y pilotó la goleta hasta ponerla a salvo. Ya eran más de las once y en las calles de mi pueblo no había nadie, pero las tabernas estarían abiertas y por si acaso, las fui esquivando una por una. Eso hizo Jim Hawkins en una isla repleta de piratas violentos, asesinos armados hasta los dientes, y las farolas se apagaron de golpe, todas a la vez, antes de que dejara atrás las últimas casas. Y si él solo hizo todo eso, no se me había ocurrido coger una linterna pero había luna, ¿no voy a ser capaz yo de llegar al cruce?, y conocía tan bien aquel camino que podría haberlo hecho con los ojos vendados, ¡venga ya, hombre...!

Pero en ese momento, antes de terminar de pensar que en el fondo había sido una suerte que doña Elena no tuviera más que quince novelas de Julio Verne y no sus Obras Completas, porque de lo contrario quizás no hubiera llegado a leer a Stevenson a tiempo, me di cuenta de que lo que estaba viviendo no pasaba en un libro, sino en la realidad, una noche de abril de 1949, España, Andalucía, la provincia de Jaén, un pueblo llamado Fuensanta de Martos, una sierra ocupada por la guerrilla y sus hombres en marcha, armados, dispersos, avanzando sigilosamente en grupos de dos, de tres, por una ruta que apenas ellos mismos conocían. Sólo entonces lo entendí, entonces comprendí que estaba viviendo en otro libro, *El diecinueve de marzo y el dos de mayo,* aquella guerra sucia de civiles mal armados y mamelucos a caballo, y eché a correr sin pensar en nada más, y corrí, y corrí, y seguí corriendo, corrí tan deprisa que no tardé más de seis o siete minutos en distinguir la silueta del jeep en lo alto de la cuesta, y a su lado, el débil e inquieto resplandor de la brasa de un cigarrillo encendido.

Me detuve al borde del camino, me doblé sobre mí mismo para recuperar el aliento, y después, al mirar hacia atrás, descubrí que también se puede arder de vergüenza a solas, sin testigos. Era de noche y no tenía linterna, pero reconocía cada piedra, cada mata, cada árbol, podría haberlos descrito con tanta seguridad como si fuera de día y Pepe el Portugués me estuviera esperando sentado en una peña. Ya no entendía qué podía haberme impulsado a correr de aquella manera sin haber visto nada peligroso, sin haber escuchado ningún sonido amenazador, sin haberme cruzado con nadie, ni conocido ni desconocido, pero hasta sin entenderlo, sabía que había llegado corriendo porque estaba muerto de miedo. En teoría, ya había contado con eso, pero nunca me habría atrevido a imaginar que la realidad desbordara de tal manera mis cálculos. Y sin embargo, en ese instante la vergüenza se transformó en aplomo, porque al fin y al cabo yo sólo era un niño, porque sólo tenía once años, porque acababa de comprobar en mí mismo, y más allá de mi propia astucia, hasta qué punto la noche, el silencio, la soledad, el monte, asustan a los niños de once años, que se ponen nerviosos, y se olvidan de lo que saben, y dudan, se confunden, se equivocan.

Mi madre me había pedido que no pensara, pero no había dejado de pensar desde que Michelín me pidió aquel favor que era una orden. Mi primera idea coincidía con las instrucciones que ella me había susurrado, dar una vuelta, esconderme, volver a casa sin avisar a nadie, pero enseguida me di cuenta de que no era buena. En una noche como aquella, todos los vecinos que tuvieran algún contacto con los de arriba estarían encerrados en casa, esperando con los dedos cruzados a que amaneciera, pero los demás, los que no supieran nada, harían su vida normal, y entre los adúlteros, los borrachos, los que no tenían a nadie esperándoles y los que tuvieran que hacer algo a escondidas, cualquiera podía verme y contarlo al día siguiente. Mi pueblo era pequeño. Los únicos escondrijos seguros que se me ocurrían estaban al borde del monte y no eran menos peligrosos que el cruce, pero además, si yo no veía a mi padre aquella noche, lo más lógico era que el teniente se enterara por él mismo cuando volviera al cuartel, y que todos, él, mi madre, mis hermanas y yo, pagáramos las consecuencias. Yo también conocía la ley 12 de 1940, nadie que viviera en una casa cuartel podía dejar de conocerla. Tampoco me gustaba la idea de que Paquito fuera contando por ahí que yo era un cobarde, pero, por encima de todo, si me quedaba en el pueblo, no podría hacer otra cosa que frustrar los planes del teniente.

Podía hacer mucho más, y ya lo había pensado antes de que mi madre me pidiera que no pensara, antes de acordarme de la solitaria hazaña de Jim Hawkins, antes de que al verme solo, a oscuras, lejos de la última casa, mis piernas decidieran prescindir de la teórica protección de Pepe el Portugués para echar a correr sin consultarme. Porque yo sí conocía el monte, y aunque no supiera por dónde quería marcharse Cencerro, sabía de sobra por dónde nunca se le ocurriría hacerlo, y cómo evitar un peligro que nos acechaba a todos por igual, a ellos, pero también a nosotros, porque si los guerrilleros lograban escapar sin tener ningún encuentro con la Guardia Civil, mi madre no tendría por qué recibir nunca una bandera, una pensión, una medalla.

—¡Padre! —y nadie diría nada, porque los niños de once años se ponen nerviosos, se asustan, se equivocan—. ¡Padre, no te preocupes, que soy yo!

—¿Nino? —vi cómo se movía la figura asociada a la brasa del pitillo.

—¡Sí, soy Nino! Voy para allá.

—¿Pero ha pasado algo? —entonces se encendió una linterna.

—No. Bueno, en casa no, ahora te lo cuento...

Él ya había empezado a bajar cuando yo me puse en marcha, y nos encontramos a mitad de camino, antes de lo que había calculado.

—¿Pero qué haces tú aquí? —el haz de luz que dirigía con la mano derecha me alumbraba a mí, y sin embargo, su resplandor fue suficiente para descubrirme a un hombre casi tan asustado como había estado yo aquella noche.

—Me ha mandado el teniente.

—¿El teniente? —de pronto me abrazó, me besó en la mejilla como si acabara de darse cuenta de que se le había olvidado hacerlo antes, y me soltó enseguida—. ¿Y por qué?

—Bueno, es que parece... —hice una pausa—. No me he enterado muy bien, no creas, porque madre se ha puesto nerviosa y ha empezado a chillarle que no, que no, que yo no iba a ir a ninguna parte... —me echó un brazo sobre los hombros, empezamos a subir la cuesta y enseguida distinguí a Romero, que nos alumbraba con su propia linterna—. Se ha liado una buena, ¿sabes?, pero él me ha obligado a venir al final, porque por lo visto alguien ha ido al cuartel a denunciar, a avisar de que Cencerro se quería ir esta noche. Y como no tiene radio, no podía deciros nada. Y entonces...

—No me digas que, entonces, ha decidido que vinieras tú a buscarnos —Romero acabó la frase por mí y yo le di la razón con la cabeza—. ¡Qué hijo de puta!

No esperaba aquella reacción, pero el silencio de mi padre, concentrado y absorto, los ojos perdidos en el horizonte mientras me guiaba hasta su compañero como si llevara un fardo, un bulto ajeno, insensible, y no a su hijo, me sorprendió todavía más.

—Es increíble, desde luego —Romero seguía desmenuzando su asombro en voz alta cuando nos reunimos con él—. Mandar a un niño de once años y quedarse en el cuartel, tan fresco... ¿Qué te parece, Antonino?

Él apretó los dientes y no contestó. Siguió mirando a ninguna parte con una expresión neutral, imperturbable, hasta mucho después de que el padre de Paquito empezara a reaccionar.

—¿Y qué te ha dicho?

—Que se van a ir por la cuesta de la Bicha —mentí sin dificultad, porque, total, entre Bizca y Bicha no hay más que dos letras, pero cortijos y cuestas había tantos—, para intentar subir por el camino viejo de Torredonjimeno.

—¿Qué? —Romero no se lo podía creer, y no me extrañó, porque el itinerario que me acababa de inventar era disparatado, mucho más inverosímil que el que se había tragado Michelín—. ¿Pero cómo van a ir por ahí? ¿Qué pretenden, cruzar la sierra por las crestas?

—Pues no lo sé, pero eso ha dicho.

—Y por el camino viejo de Torredonjimeno... ¿Adónde piensan llegar?

—A Jaén.

—¿A Jaén? ¿Por ahí? —y de repente se echó a reír—. Este se ha creído que Cencerro es tan tonto como él. ¿Has oído, Antonino?

Miré a mi padre, esperando a que hiciera cualquier gesto de asentimiento para equivocarme por última vez. Tenía pensado terminar diciéndoles que Michelín quería que avisaran por radio a los demás, que los recogieran para irse todos juntos a la cuesta de la Bicha, que estaba a bastantes kilómetros y en dirección opuesta a cualquier camino que llevara a Jaén, y que esperaran allí a recibir refuerzos. Al día siguiente, diría que me había hecho un lío, que con el susto se me había olvidado lo de la radio, que sólo me acordaba de la ruta que nos había contado el teniente y había confundido cortijo con cuesta, Bizca con Bicha, porque estaba muerto de miedo. Eso pensaba decir, pero no hizo falta, porque mi padre nunca llegó a asentir a la pregunta de Romero.

—No —esa fue su respuesta—. No lo he oído y no voy a oír nada más.

Entonces hizo una pausa, encendió un cigarrillo y siguió hablando en un tono sereno, casi pacífico, indiferente a la expectación, la inquietud con la que le escuchábamos.

—Dime una cosa, Paco. ¿Tú cuántos hijos tienes?

Me volví hacia él para mirarle con asombro, casi con miedo, porque aquella pregunta no tenía sentido. Él sabía perfectamente cuántos hijos tenía Romero, los había visto nacer, aprender a hablar, a andar, los seguía viendo por las mañanas, por las tardes, por las noches, todos los días. Y sin embargo, y aunque su compañero tenía que saber igual de perfectamente lo que mi padre sabía, vi cómo afirmaba con la cabeza antes de contestar.

—Los mismos que Sempere —tampoco entendí esa alusión—. Tres.

—Yo, dentro de nada, cuatro —el guardia Pérez seguía pareciendo tranquilo, un hombre cuerdo, seguro de lo que sabía, de lo que pensaba, de lo que decía—. ¿Y cuánto ganas tú, Paco?

—Lo mismo que tú —Romero sonrió—. Una puta mierda.

Mi padre se acercó a él, le encendió el pitillo que tenía entre los labios, y siguió hablando como si yo no estuviera delante.

—Y por una puta mierda... ¿vamos a dejar dos viudas y siete huérfanos, ahora que lo único que quieren es marcharse?

—Yo, desde luego, no —al escuchar eso, fue mi padre quien asintió con la cabeza—. Por mí, que se vayan y que les vaya bien, que lleguen muy lejos y que no vuelvan nunca.

—Y a ver si algún día podemos volver a vivir como personas.

—Todos.

—Sí. Ellos y nosotros.

Y sólo después de rematar aquella conversación inesperada

y extraña, que acababa de reunirme con ellos en un punto al que jamás habría pensado que pudiéramos llegar juntos, mi padre dio una palmada en la espalda de su compañero y por fin se volvió hacia mí.

—Tú has llegado aquí pero no nos has visto. ¿De acuerdo?

Y de repente me abrazó, pero no como me había abrazado antes, como solía abrazarme siempre, sino como solía hacerlo mi madre, rodeándome del todo con los brazos, apretando bien las manos contra mí, hablando con los labios en mi pelo.

—Eso es lo que tienes que decir, que llegaste y no encontraste a nadie, sólo el jeep, y como estaba abierto, te metiste dentro porque hacía frío, y como nosotros no llegábamos, te tapaste con una manta y te quedaste frito, ¿entendido? —se separó de mí, cogió mi cabeza entre sus manos, me miró.

—Sí, padre.

—Muy bien —y mientras yo me dejaba invadir por una paz sigilosa y completa, muy parecida al cansancio, me besó en la cabeza—. Pues hala, a dormir.

Me acompañó hasta el jeep, me ayudó a acomodarme en el asiento trasero, me arropó con una manta y me dio las buenas noches, antes de encender la radio para contactar con Curro y preguntarle si no acababan de oír tiros en el monte. Recuerdo que al quedarme solo sentí que las piernas todavía me temblaban, y después de eso, nada hasta que me despertó el traqueteo del jeep en marcha. Cuando Romero lo aparcó en el patio del cuartel, le pregunté a mi padre qué hora era.

—Son las cinco y cuarto de la mañana —y sonrió—. A la cama, vamos.

Madre le advirtió que nunca le perdonaría por no haber encontrado una manera de avisarla durante las seis horas que yo había pasado fuera de casa, pero él volvió a sonreír, y al verle, ella dejó de abrazarme, de besarme como si fuera una máquina averiada, incapaz de hacer otra cosa, para ir hacia él, y besarle, y abrazarle con la misma intensidad, lo siento, Antonino, no debería haberte dicho eso, de verdad que lo siento, perdóname, pero es que he pasado tanto miedo, pero tanto, tanto miedo... Cuando él nos dejó solos para ir con Romero a ver al teniente, ella me abrazaba ya de otra manera, el ceño fruncido de preocupación, pero no le di la oportunidad de preguntar primero.

—¿Y el libro? —porque eso fue lo primero que pensé al volver a casa—. El libro que te di anoche, ¿lo has leído?

—¿Qué ha pasado, Nino?

—Que si has leído el libro, madre —insistí, porque más allá del miedo y de la rabia, latía mi propia preocupación por el destino del Portugués.

—Pues no —contestó al fin, y sonreí, aliviado—. ¿Cómo iba a ponerme yo a leer, hijo, con la que se me había venido encima?

En aquel momento, mi padre y Romero estaban declarando que unos minutos antes de las once habían escuchado un tiroteo, que les había parecido que provenía de las inmediaciones del alto del Moreno y que habían contactado por radio con Curro y Arranz, quienes al parecer no habían escuchado nada, pero les advirtieron que el viento estaba soplando en contra de su posición. Entonces, antes de que yo tuviera tiempo de llegar hasta el cruce, comunicaron a sus compañeros que iban a subir a investigar, y dejaron el jeep abierto porque a ninguno de los dos se le ocurrió sospechar que el otro no lo hubiera cerrado antes. Subieron hasta muy arriba sin ver nada extraño, y cuando ya estaban a punto de bajar, a Romero le pareció distinguir una sombra a su derecha, así que se entretuvieron en reconocer el terreno exhaustivamente, aunque sin resultado, pero si habían tardado tanto en volver, era porque no se habían dado cuenta de que yo estaba dormido dentro del jeep hasta que se quedaron sin tabaco, y cuando me despertaron, lo único que fui capaz de decirles fue que el teniente me había mandado a buscarles.

Michelín se puso como una fiera, insistió en que tenían orden terminante de no alejarse de la radio, les recordó que para ellos estaba vigente el estado de guerra que no se había hecho público para no alarmar a la población civil, les amenazó con un expediente disciplinario por abandono del puesto de combate y ellos lo aceptaron con mucha tranquilidad. Muy bien, dijo mi padre, que Izquierdo nos tome declaración cuando vuelva. E Izquierdo se la tomó, anotando con mucho cuidado que el teniente don Salvador Rodríguez Blanco, jefe del puesto de Fuensanta de Martos, de cuarenta y nueve años de edad, había decidido permanecer en el cuartel después de encomendar, en contra de la expresa voluntad de su madre y tutora, a un civil de once años de edad, el niño Antonino Pérez Ríos, la peligrosa labor de enlace con la posición de los agentes denunciados. Después, firmaron todos menos Michelín, que guardó aquella declaración en el mismo cajón donde el historial delictivo de Burropadre seguía durmiendo mucho tiempo después de que Elías y Filo posaran con su hijo en su casa de Toulouse.

El día que vi su foto, no habían pasado ni cinco meses desde aquella noche, y sin embargo todo era ya tan distinto como si Fuensanta de Martos no fuera mi pueblo, ni sus habitantes nosotros mismos. Aquella guerra que no iba a acabar nunca, se había acabado, y se había llevado tantas cosas consigo que apenas podíamos reconocernos. De momento, las redadas se habían terminado, se habían terminado los paseos de madrugada por el campo y el sueño ligero de quienes se despertaban cada vez que escuchaban pasos en la calle. Todos deberíamos celebrarlo, en el fondo yo estaba seguro de que todos lo celebrábamos, y sin embargo, en la taberna de Cuelloduro también se habían acabado los conciertos a dos voces y las rondas a cuenta de la casa. Cada uno pagaba lo suyo, Carmela ya no se apoyaba en el quicio de su puerta para vernos pasar, y nadie encerraba a sus hijos en casa sin dejarles salir ni al patio. La paz, esa paz que don Eusebio llevaba una década celebrando en vano y en ciertas fechas señaladas, había llegado por fin hasta nosotros. Todos deberíamos estar contentos y seguramente todos lo estábamos, pero quienes ahora tenían un hijo, un hermano, un padre, un amigo en Francia, antes tenían una esperanza, una luz frágil, pequeña, inservible y raquítica, pero una esperanza, y la habían perdido.

Poco a poco, a lo largo del verano, fueron llegando dos clases de noticias, buenas y malas, de los que habían huido en primavera, porque muchos habían caído por el camino, pero otros habían llegado hasta Toulouse. Estos últimos inundaron el pueblo de cartas, fotos y recortes de periódicos desconocidos, pero hechos en español, por españoles, que publicaban retratos de grupo o de familia, donde hombres limpios, sonrientes y bien vestidos, posaban bajo un titular que les identificaba como bravos guerrilleros andaluces que habían logrado escapar de las garras del fascismo asesino. Pero así y todo, hubo gente, y de los dos bandos, que se negó a aceptar aquella realidad.

—Que esos no han salido de aquí, hombre —Paquito fue de los más insistentes—, que siguen en España y les cogerán cualquier día, ¿que no? ¿Tú no te has fijado en la foto esa que Carmona le incautó a Julián Cabezalarga? ¿No la has visto?

Sí que la había visto, no habría podido no verla porque estaba en una pared de la oficina, clavada con cuatro chinchetas. Era un retrato de grupo, unos quince hombres vestidos de paisano, entre los que se reconocía muy bien a Elías, por el flequillo, a Celestino, por esa frente tan ancha que había dado lugar al mote de su familia, a los dos Fingenegocios, y a algunos más, posando con tres o cuatro mujeres, entre ellas Fernanda la Pesetilla, que llevaba un uniforme blanco, como de cocinera, y estaba colgada del brazo de su marido, Nicolás Saltacharquitos. En aquel retrato había también dos desconocidos, uno altísimo, con el pelo rizado y unas gafas que debían de estar muy sucias, porque de sol no eran, pero tampoco dejaban ver bien sus ojos, y otro que no lo era del todo, porque medía un metro ochenta, tenía el pelo claro, los ojos de color miel, y era muy, muy guapo, aunque en mi opinión no tanto como Sanchís. Todos ellos estaban plantados en una acera, delante de la puerta de un bar, o un restaurante, en cuyo toldo aparecía un nombre que cualquiera de nosotros sabía leer de un tirón, «Casa Inés, la cocinera de Bosost». No se veía nada más que eso, ni coches, ni otras personas, ni placas con el nombre de la calle, ningún indicio de que aquella foto hubiera sido tomada en el extranjero. Por eso, porque todo en ella era inconfundiblemente español, Paquito no era el único habitante de Fuensanta de Martos que desconfiaba de que los guerrilleros hubieran logrado huir, aunque nadie sabía qué pintaba una palabra tan rara, Bosost, en todo aquello.

—Será el nombre de un plato, ¿no? —decía mi madre, apoyándose la labor en la tripa—. Como torrijas, o algo por el estilo, la especialidad de la casa...

—Seguro —la mujer de Romero asentía con la cabeza—, y luego será un potaje de judías, o algo así de corriente, no creas.

—No sé —terciaba la mujer de Carmona—, a mí, con tantas eses, me suena más a nombre de dulce, ¿no?, como si fuera un pastel, o un postre, algo así.

—Puede ser —concedían las otras dos, mientras seguían haciendo ganchillo a la sombra—, sí, como los petisús...

Yo las escuchaba sin decir nada, pero no desperdiciaba ninguna ocasión de llevarle la contraria a Paquito cuando nadie podía escucharnos.

—¿Pero no te acuerdas de que ese nombre era el que llevaba escrito en un papel aquel guerrillero que se suicidó a finales del año pasado? Y la dirección era de una calle de Francia, acuérdate...

—Sí, pero allí no aparecían los bosost por ninguna parte —me respondía él—. ¡Y anda que no debe haber «Casas Inés» en el mundo! Pero un montón, y además... ¡Joder, Nino! Cualquiera diría que te alegras de que se hayan escapado.

—No, si no es eso —reculaba yo—. ¿Cómo me voy a alegrar? Es sólo que, me guste o no, creo que no lleváis razón...

Al final, le hice una visita a doña Elena para mirar el significado de Bosost en la enciclopedia, pero ella me ahorró el trabajo con una sonrisa.

—Dile al animal de tu amigo Paquito —anunció, mientras yo todavía estaba pasando páginas— que Bosost es el nombre de un pueblo del valle de Arán, que, aunque él no lo sepa, está en Cataluña, en la provincia de Lérida.

Pero yo no quise decírselo, ni a él ni a nadie, y no tanto por precaución sino porque aquel dato sólo serviría para afirmarles aún más en la esperanza, o en el temor, de que Regalito volvería a Fuensanta de Martos con los pies por delante en cualquier momento. Hasta que, a finales de agosto, empezó a estallar, de mano en mano, una bomba que disipó hasta el último recelo de los más recalcitrantes.

Lo que llegó entonces a casa de Joaquín Fingenegocios y Vida Cuelloduro, no fue un recorte, sino una página de periódico entera, con una cabecera escrita en español, *Nuestra Bandera,* que no sólo era bien conocida para la mayoría de los adultos que la vieron, sino que además llevaba debajo, y bien clarita, una inscripción inequívoca, París, 2 de agosto de 1949. Pero ni siquiera eso resultó tan concluyente como su contenido, un reportaje que ocupaba toda la página bajo el titular *Una historia de película.*

«A mí, él siempre me había gustado, la verdad, desde que éramos niños, aunque sólo podíamos mirarnos de lejos, porque los dos sabíamos que mi familia jamás habría tolerado nuestra relación. Y aquella noche, cuando los perros ladraron, y salí tras ellos, y me lo encontré detrás de un matorral, con la pierna ensangrentada, y tan débil... Me dio igual que estuviera apuntándome con una pistola, porque ni por un momento pensé en entregarle, sólo en la alegría de estar con él. Así que le dije, guárdate eso, anda, no vaya a ser que me dispares sin querer y vayas a matarme precisamente ahora, que es cuando podemos estar juntos sin que se entere nadie. Y él me sonrió y se guardó la pistola, claro está.»

Quien hablaba así, con un desparpajo que le costó a doña Felisa unas fiebres imaginarias que le impidieron volver a salir a la calle hasta después de Navidad, era ni más ni menos que Isabel Mariamandil, o mejor dicho, la mujer desconocida y mundana, nueva y resplandeciente, hermosa, que había resultado de aquella jovencita mística y sin color a quien habíamos creído conocer cuando no teníamos ni idea de que Enrique Fingenegocios ya había entrado en su vida como un elefante en una cacharrería.

«Yo sabía adónde tenía que ir», declaraba él en la misma entrevista, «aquella tarde, cuando me hirieron, tenía más cerca otro cortijo de confianza, pero me arrastré como pude para llegar al de la abuela de Isabel. Sabía que ella estaba allí porque me gustaba vigilarla desde arriba, mirarla con unos prismáticos.» Ella le arrastró hacia la casa, le encaramó en la mesa de la cocina, le lavó la herida, le sacó la bala con el mango de una cuchara, y hasta le cosió, siguiendo las instrucciones que le iba dando el propio herido. «Fue el peor momento de mi vida, el peor, tener que hurgarle en la herida y cosérsela después... No quiero ni acordarme, ¡tenía tanto miedo de que se infectara! Pero tuve mucho cuidado, todo salió bien, y subí un colchón al desván, le hice la cama allí, y le tuve... No sé, más de un mes, ¿no?, hasta que se puso bien del todo.»

Para saber lo que había pasado en aquel desván, bastaba con ver la foto que ilustraba aquel reportaje y en la que, como si presintiera el regocijo que sería capaz de levantar durante un instante el ánimo de los suyos, Enrique Fingenegocios había posado un brazo sobre los hombros de Isabel Mariamandil, aunque su mano derecha, mucho más abajo de lo necesario, se apoyaba descaradamente en uno de los pechos de aquella mujer florecida, irreconocible en su vestido ceñido, escotado, en los rizos de su pelo suelto, en la vivacidad de su sonrisa de labios pintados, tan semejante a la del hombre feliz que la acompañaba.

—Y pensar que la he tenido tan cerca todos estos años... —se lamentó el Portugués una tarde mientras bajábamos juntos desde el cortijo de las Rubias, porque me había pedido que le acompañara a ver a Manolo el Sereno, un hombre de Frailes al que quería comprarle aceite para el restaurante de una conocida suya—. Pero ahí mismo, ¿eh?, al alcance de la mano, como quien dice, y que no me haya dado cuenta de nada, hay que joderse... ¡Qué tía!, ¿no? Qué lista, qué valiente, y lo buena que se ha puesto, además, menudo par de tetas, ¿de dónde habrán salido, si antes no se le veían por ninguna parte? Joder con Fingenegocios, qué ojo clínico tuvo el muy cabrón, ya me habría gustado a mí...

—¿Qué? —y Paula, que había bajado corriendo detrás de nosotros, porque se había olvidado de decirle a su novio que se había quedado sin tabaco, irrumpió en nuestra conversación dándole un capón en la cabeza—. ¿Qué te habría gustado a ti, Pepito?

—¡Coño, Paula, qué susto me has dado! —al principio, él se conformó con llevarse la mano a la coronilla—. Y me has hecho daño, encima.

—¿Daño? Una brecha es lo que tendría que hacerte, por golfo, así que contéstame de una vez, ¿qué es lo que te habría gustado a ti?

—¿Y a ti? —Pepe el Portugués se revolvió, rodeó a su novia con los dos brazos para inmovilizar los suyos, la levantó en vilo, inclinó su cabeza hacia ella—. ¿Qué es lo que te gusta a ti, Paulita?

—Ni se te ocurra, Pepe —Paula intentaba zafarse, movía las piernas en el aire, los brazos en el reducido espacio que la presión de los brazos de su novio le consentía, y le dio una patada, luego otra, hasta que él cruzó las piernas y ella ya no pudo mover más las suyas—. Que está el niño delante...

—¡Ah!, claro, para darme de hostias no importa que esté el niño aquí delante, pero ahora que te tengo trincada... —y yo creía que se estaban peleando, parecía que se estaban peleando, pero justo en ese instante, ella se echó a reír como si nunca se hubiera divertido tanto—. Pues no te vas a ir de rositas, ¿sabes? Lo menos que puedo hacer es chuparte la nariz.

—No, no, no, no... —Paula seguía riéndose, echaba la cabeza para atrás, se apartaba de él tanto como podía y no podía dejar de reír—. No me chupes la nariz, por favor, por favor, ni siquiera la punta, que me da mucho asco.

—Con que te da asco, ¿eh? —él se reía tanto como ella, y si yo no lo hubiera sabido ya, la forma en que la miraba habría bastado para demostrarle a cualquiera por qué aquella cabra montesa le había gustado siempre más que su hermana Filo, más que aquella lancha neumática de Jaén, más que cualquier retrato de Isabel Mariamandil—. Joder, Rubia, eres muy chulita tú, ¿no?, para tener tantos ascos. Bueno, pues te chupo un ojo, qué le vamos a hacer...

—¡Que no! Un ojo, menos, por lo que más quieras, no me chupes un ojo... —y cuando Pepe sacó la lengua, la risa apenas le consentía articular lo que estaba diciendo—, por favor te lo pido, que eso sí que no lo soporto...

—Pues vamos a tener que hacer un trato —su novio la besó en los labios y no la soltó, aunque dejó que sus pies se posaran de nuevo en el suelo—. A ver, ¿por qué me lo cambias?

—Te lo cambio...

Paula movió la cabeza hacia arriba y se quedó mirando al cielo con su propia lengua apoyada en el filo de los dientes. Estaba pensando, pero antes de que llegara a avanzar una oferta, Pepe se volvió hacia mí.

—Vete, Nino, que eres muy pequeño.

—¿Y el aceite? —le pregunté, para intentar alargar mi papel en aquella escena.

—¿Qué aceite?

En ese momento, Paula escondió la cara en su cuello y le dijo algo al oído que yo no pude oír, pero que a él le encantó, a juzgar por la risita que dejó escapar mientras levantaba la cabeza para que ella sembrara su piel con muchos besos pequeños y repetidos, lentos y húmedos, desde el hombro hasta la mandíbula.

—¿Te parece bien? —le preguntó después con una voz distinta, salvaje y mansa a la vez.

—Sí —contestó él, con la misma súbita ronquera—, me parece muy bien.

—Pues el aceite que íbamos a comprar en Frailes —insistí yo, a riesgo de ponerme pesado—, para esa amiga tuya que tiene un restaurante.

—Pero estarás en deuda conmigo —ella le miró y se echó a reír como si ninguno de los dos me hubiera oído—. Lo sabes, ¿no?

—¿Cómo que en deuda? Joder, tú sí que eres lista, Paulita. Yo no sé cómo haces las cuentas, que siempre acabo debiéndote algo...

—¿Has visto? —y volvió a reírse.

—Que qué pasa con el aceite... —insistí, y no esperaba que ninguno de los dos me respondiera, pero me equivoqué.

—Que te largues, Nino —porque Pepe rodeó la cintura de su novia con un brazo para devolverle los besos uno por uno mientras extendía el otro con el índice tieso, señalando al camino que llevaba al pueblo—. Pero cagando hostias, ya, vamos...

Levantó la cara del cuello de la Rubia para mirarme y me hizo un gesto con la cabeza que era una amenaza, pero me regaló al mismo tiempo una risa tan tonta, tan frenética como las suyas. No había entendido el sentido de las palabras que acababa de oír, y sin embargo, lo había entendido, porque aquella escena me había excitado más que los dos únicos besos en la boca, el de Sanchís y Pastora, el de Filo y Elías, que había logrado ver en mi vida. Por eso no me resistí, y eché a andar hacia el pueblo con un humor mejor que bueno, un júbilo físico, puntiagudo, placentero y doloroso a la vez, que no me estorbó para comprender que una vez más, y ya había perdido la cuenta, el Portugués acababa de salirse con la suya. A pesar de las secretas ventajas que lograra extraer de la aritmética, Paula no volvería a mencionar a Isabel aquella tarde, estaba tan seguro de eso como de que algún día tendría que morirme, pero de todas formas, al llegar a la primera curva conté hasta diez, retrocedí un par de pasos sin hacer ruido, y pude verles al fin también a ellos, besándose en la boca en medio del camino.

Aunque ningún otro vecino de Fuensanta sabría explotar con tanta astucia esa debilidad, Pepe no fue el único hombre del pueblo que pensó en Isabel Mariamandil de una sola manera durante las últimas semanas del verano de 1949. Pero aquella historia de película tuvo una consecuencia mucho más importante, porque ni el más desconfiado de los fuensanteños, de un bando o del otro, se atrevió a sospechar que un periódico español, ni siquiera clandestino, pudiera publicar una entrevista tan descarada, una foto tan impúdica como aquella, que bien se veía que no podía ser más que francesa. Así, la leyenda de Cencerro se escurrió sin remedio, para lo bueno y para lo malo, por el canalillo del escote de Isabel, un esplendor que al menos devolvió una efímera malicia a las sonrisas apagadas de quienes no tenían más remedio que conformarse con una paz que no era más que otra derrota, un fracaso menor y sin embargo más cruel tal vez que el primero, porque era el último, el definitivo. Y al día siguiente, cuando volví a casa a la hora de cenar después de acompañar al Portugués a Frailes, donde por fin le compró al Sereno noventa litros de aceite virgen que vendría a recoger un camión de una empresa de transportes de Madrid, la página de *Nuestra Bandera* ya había circulado incluso por la casa cuartel, para que los hombres respiraran aliviados mientras las mujeres sacaban sus propias conclusiones.

—Claro —fue la de mi madre—, así dice la pobre doña

Angustias que desde que se fue Isabelita no ha vuelto a dormir bien. Como que la atiborraría de pastillas mientras estaba arriba, con el otro, dale que te pego.

Pero no se acabaron ahí las consecuencias de aquel episodio, que en la casa cuartel hizo feliz a otra mujer que se lo merecía.

—No es que ahora nos corra prisa, ni nada, no penséis mal —le dijo Curro a mis padres, anticipando la hipótesis de un embarazo de su novia para desviar la atención de su propio despecho, como si ninguno de los tres supiera que en la taberna de Cuelloduro se consolaban del final de *La vaca lechera* haciendo coplas todas las noches sobre su infortunado amor por Isabel—, pero Sonsoles y yo vamos a casarnos en cuanto don Bartolomé nos eche las amonestaciones.

—¡Qué bien! —contestaron ellos a coro—. Enhorabuena.

—Sí, bueno, no va a ser una boda como la de Marisol, vamos a celebrarlo aquí mismo, en el pueblo, una ceremonia sencilla, pero el caso es casarse, ¿no?

—Claro —asintió mi madre, y apenas le vio salir por la puerta, se volvió a mirar a su marido con una cara de lástima que apenas aguantó el embiste de la primera carcajada—. Qué pena, pobrecillo...

—Sí —mi padre asintió, procurando reírse sin hacer ruido—, pero yo creo que esto va a ser peor... Por lo de las coplas, digo, que hay que ver la gracia que tienen algunas, además.

Sus pronósticos se cumplieron, porque Cuelloduro, lejos de renunciar a hacer rimas a costa de la vida sentimental de Curro, intensificó su producción, pero a Sonsoles eso le dio lo mismo. El día de su boda amaneció feo, con el cielo encapotado, amenazando lluvia, pero ella hizo todas las tonterías que hacían las protagonistas de esas novelas que le gustaban tanto, obligó a Curro a salir del cuartel dos horas antes, se puso una mantilla de su abuela, unos pendientes de su madre, algo nuevo, algo viejo, algo azul, algo prestado, dejó escapar unas lagrimitas al salir de su cuarto de soltera, escogió un ramo de florecillas blancas, que parecían baratas, campestres, pero tenían un nombre francés y eran lo más elegante que podía llevar una novia, según ella, y llegó un cuarto de hora tarde a la iglesia. Y cuando salió de allí, por fin casada, el sol salió también, como si no quisiera estropear el día más feliz de la vida de la novia más romántica y tontorrona que jamás se hubiera casado en Fuensanta de Martos.

Sin embargo, no todas las historias de amor de aquel año tuvieron un final feliz. A finales de septiembre, Elena me escribió para contarme que había convencido a su abuela y se quedaba a vivir con sus tíos, en Oviedo. Te voy a echar de menos, Nino, decía en la última línea, escríbeme, por favor, un beso. Nunca lo hice porque no habría sabido qué contarle, excepto que cuando se marchó, en junio, ya me imaginaba que iba a pasar algo así. Por eso, la última tarde que pasamos juntos, le pedí que me besara, por si no nos volvíamos a ver. Ella aplastó su boca contra mi mejilla y me atreví a pedirle más. No, así no, bésame en los labios, anda. ¡Ay, Nino, no seas pesado!, me contestó, y subió la cuesta corriendo, sin volverse a mirarme. No contesté a su carta y no me envió ninguna más, pero tampoco me importó demasiado. Ella había vuelto a decirme que no le gustaba el monte, ni vivir en un cortijo, y que era una pena, pero que al final seguro que acababa casándose con un médico o un abogado de Oviedo. Yo ya había decidido que quería ser como Pepe el Portugués, y mientras fantaseaba por mi cuenta, a solas y en secreto, con el desván del cortijo de doña Angustias, me daba cuenta de que, por mucho que me gustara, una chica como Elenita, con sus lazos, y sus leotardos, y sus melindres, no pegaba bien en una vida como la que yo quería vivir. Mejor una cabra montesa, a la que trincar en la mitad de una trocha para proponerle tratos que sólo se podían hacer al oído, a cambio de no chuparle la punta de la nariz.

—No sé cómo voy a arreglármelas para vivir sin ella —me

dijo doña Elena, sin embargo, cuando volvió de Asturias, sola, a primeros de octubre—. Era lo único que tenía, y ahora...

Entonces pensé que antes o después acabaría marchándose ella también, pero me equivoqué. Doña Elena fue la única que se quedó, lo único que conservé de aquellos años intensos y terribles. Y cuando fui yo quien se marchó, ella siguió estando en el mismo sitio, aquella casa pequeña y limpia, bonita y pulcra, que tanto se le parecía, y en la que siguió invitándome a merendar pestiños y vino de Málaga, en las mismas copitas talladas de cristal de colores, cada vez que volvía a un pueblo que para mí ya era sólo ella, la casa de mis padres y la engorrosa obligación de todas las vacaciones.

Porque Pepe el Portugués también se fue, con sus dos piernas enteras y ningún loro en el hombro. Me lo anunció él mismo, una de esas tardes en las que el otoño se hacía invierno, porque el aire se afiló de pronto, y se volvió más limpio, y luego viento. Aún no había terminado octubre, pero aquel año, el hielo también sabría burlarse de los calendarios.

—Deberíamos dejarlo, ¿no? —estábamos en el río, pescando—. Hace frío.

—Sí —me levanté y me abroché la chaqueta—. Me parece que este año se ha acabado lo bueno.

—Se ha acabado lo bueno, sí —repitió, con un acento misteriosamente grave, y empezó a recoger sus aparejos muy despacio—. Me voy, Nino.

Al escucharle, a pesar del frío, la humedad que nos había calado hasta los huesos, volví a sentarme a su lado.

—¿Adónde?

—A Sevilla, creo —me miró y se echó a reír, como si ni siquiera él creyera lo que me iba a decir—. Me voy a llevar a Paula, voy a casarme con ella, a tener hijos, a trabajar en una fábrica y a vivir de otra manera, en un piso, en un barrio obrero, en fin... Sé que Sevilla no me va a gustar tanto como esto, pero ¿qué quieres? Así es la vida.

Me quedé en silencio, mirándole, esperando a que me mirara, pero no lo hizo, y mientras le veía enrollar el sedal, asegurar el carrete, recoger las cajas de los anzuelos, de los cebos, intenté echarle la culpa a Paula, convencerme de que aquella vida absurda que lo iba a apartar de mí era sólo un proyecto, una idea pasajera, un simple propósito sin plazo ni certeza alguna, pero no lo logré.

Pepe el Portugués se marchaba, me dejaba solo, huérfano con padre y madre, huérfano de río, de monte, de tardes perezosas y baños en las pozas, de meriendas memorables y conversaciones íntimas, tontas o trascendentales. Se marchaba, y era la persona más importante de mi vida, un amor más fuerte que el amor, pero se marchaba, y sin embargo se quedaba en mí, porque yo sería otro niño, otro Nino, si no le hubiera conocido a los nueve años, cuando sólo era un canijo al que nunca le había pasado nada más importante que ver el mar, haberse quitado los zapatos para que sus primos se los robaran mientras jugaba al fútbol en la playa. Él me había convertido en alguien distinto, en alguien mejor, me había enseñado qué clase de hombre quería llegar a ser, a quién me gustaría parecerme. En aquel momento, la vida sin él me pareció tan imposible que comprendí que yo también me marcharía, que algún día me iría de Fuensanta de Martos para aplicar lejos del río, de ese monte que se había quedado desnudo, vacío y yermo, todos los trucos de hombre solo que el Portugués me había enseñado. Porque Pepe se marchaba, era verdad, y yo sabía por qué, y aunque no quisiera ni pensarlo, llevaba meses esperando su partida.

—Aquí ya no tienes nada que hacer —nunca se me había ocurrido que la paz pudiera llegar a ser tan amarga también para mí—. Es eso, ¿no?

—Justo —entonces por fin me miró, y en su boca se dibujó una sonrisa indecisa, melancólica—. Eso es lo que pasa.

Porque viniste a sacar al primer Cencerro, seguí hablándole con los ojos, los labios cerrados, viniste a enlazar con Sanchís, a organizar aquella huida que no salió bien, y te quedaste para ayudar a los que seguían arriba, para encargarte de las muertes de Comerrelojes y de Pilatos, para supervisar el trabajo de la imprenta, para escribir los textos, consultando esos libros que tienes tan bien escondidos, para que el segundo Cencerro lograra terminar lo que apenas llegó a empezar el primero. Para eso viniste y por eso te vas, porque tu trabajo ha terminado, porque el monte está vacío y aquí ya no haces falta.

No necesitaba hablar para que me entendiera, y él tampoco necesitó palabras para darme la razón. Los dos nos levantamos a la vez, y no sé cuál fue el primero en abrazar al otro, sólo que los dos nos abrazamos con la misma fuerza, y que yo estaba llorando, él no.

—Acabarás siendo más alto que yo, Canijo.

—Te voy a echar mucho de menos, Pepe.

—Y yo a ti, camarada —pero en esa palabra se le quebró la voz—, y yo a ti...

IV
Esto es una guerra y no se va a acabar nunca

Pasaron otros once años antes de que alguien volviera a llamarme camarada.

La cita era a las cinco y media, en Pedro Antonio de Alarcón esquina con Recogidas. Llegué diez minutos antes, porque sólo llevaba unos meses viviendo en Granada y no conocía bien el centro de la ciudad, pero después de localizar la esquina, entré en el bar de enfrente, pedí un café y abrí el periódico. Ella llegó casi un cuarto de hora tarde, con la actitud de quien no tiene por qué tomar precauciones, y no se disculpó.

—¿Por qué quieres unirte a nosotros? —me preguntó de sopetón, después de presentarse como Nieves y señalar vagamente con la mano hacia delante, para indicarme que prefería caminar.

—Bueno, no se trata exactamente de eso —sonreí al comprobar que mi respuesta la había asustado—. Quiero decir que no necesito unirme a vosotros porque yo siempre he estado dentro.

Ella levantó mucho las cejas para mirarme mientras yo escuchaba la voz de Pepe el Portugués, ¿qué clase de persona vas a ser tú, Nino?, ¿a quién quieres parecerte?, mientras volvía a ver sus ojos, fijos en los míos, aquella tarde, en el río.

—A mí me reclutó un hombre de mi pueblo cuando tenía diez años —aquella aclaración no la impresionó.

—Mira, camarada, aquí no estamos para tonterías —y me dedicó una sonrisita de superioridad para demostrarlo.

—¿Tonterías? No estoy diciendo tonterías. Mi pueblo está en Jaén, en la Sierra Sur, y estoy hablando de la guerrilla, de la resistencia armada, de hombres como Cencerro, ¿te suena?

—No —sentenció con un acento a la altura de su sonrisa, el aire de suficiencia en el que enseguida descubriría que se refugiaba cuando estaba nerviosa—. Lo único que sé de la guerrilla es que fue un grave error estratégico.

—Un grave error estratégico... —repetí, mientras la miraba. Era más joven que yo, que en 1960 era muy joven, y mucho más baja, pero en aquella época ya estaba acostumbrado a que las chicas casi nunca me llegaran más allá de la barbilla. Tenía los ojos muy azules, el pelo castaño, rizado, y una cara interesante, porque sin las gafas habría sido una chica mona convencional, con cierto aire anticuado y la boca muy pequeña, como las muñecas de porcelana, pero ellas le daban fuerza, gravedad, y prestaban una consistencia desafiante a su mirada. Qué pena, me dije, mientras pensaba que ya no teníamos nada más que hablar, pero en ese instante, me cogió por el brazo y cambió de tono.

—Lo siento —era una chica lista, además—. No quería ofenderte.

—Pues me has ofendido —y en un instante, toda mi infancia desfiló delante de mis ojos—. Me has ofendido mucho.

—Lo siento —repitió, y apretó los párpados mientras se mordía el labio inferior—. ¿Seguimos andando?

Asentí con la cabeza y avancé unos pasos en silencio, mientras sentía que entre ella y yo cabía mucha gente, Joaquín tuerto, con los huesos rotos y la cabeza alta, Cuelloduro llorando por la calle con su cuerpo desmayado entre los brazos, Laureano chillando para que lo mataran de frente, su padre cayendo de espaldas con esa oscura camisa de cuadros en la que solían envolverle mis sueños, Sanchís con la pistola en la sien, Pastora presidiendo el duelo de un caído por Dios y por España, Saltacharquitos herido en el hombro y su mujer suplicando que, por lo que más quisieran, no le pegaran en la tripa, Catalina la Rubia sosteniendo la notificación oficial de la muerte de su hijo Paco y de los tres guerrilleros gallegos que murieron con él, Carmela la Pesetilla apoyada en el quicio de su puerta para vernos pasar, ropas negras tendidas en el balcón de su casa, y en la de Chapines, y en la de Fingenegocios, el luchador anónimo a quien nadie logró identificar con la dirección francesa de un restaurante español que llevaba en el bolsillo, la banda sonora de todas las películas de terror que había escuchado mientras mi hermana Dulce cantaba para mí, y después, cuando me tocó a mí cantar para mi hermana Pepa, y Tomás Villén Roldán, y José Crispín Pérez, vivos y muertos, antes, durante, después y en el exacto centro de su leyenda, mucha gente, mucho dolor, mucho heroísmo, mucha sangre, mucho coraje, demasiado sufrimiento para sólo cuatro palabras, un grave error estratégico.

—Tú haces Psicología, ¿verdad? —pero ella no podía entenderlo—. Nos interesas mucho, porque esa facultad es pequeña, y allí tenemos poca gente. Lo malo es que estarás terminando, ¿no?

—No. Estoy en primero.

—¿En primero? Pero... —me miró, abrió la boca, la cerró, seguía sin entender nada—. Me habías parecido mayor. ¿Cuántos años...?

—Veintitrés. Bueno, todavía tengo veintidós, cumpliré veintitrés en enero, dentro de un mes y medio —hice una pausa para mirar sus manos blancas, suaves, de dedos estilizados, delicados, dedos de señorita con un solo callo, el de escribir, en el corazón de la derecha—. Pero estoy en primero porque mis padres no tienen dinero para pagarme la carrera, y hasta ahora no he podido pagármela yo. Hice todo el bachiller por libre, preparándome con una maestra de mi pueblo, una republicana represaliada a la que el régimen nunca ha querido rehabilitar. Ella no me cobraba, pero yo intentaba pagarle como podía, vareando olivos, recogiendo esparto, haciendo pleita... —volví a mirarla, primero a las manos, después a la cara—. Claro, que tú no sabrás lo que es la pleita —tampoco quiso preguntármelo, aunque se había puesto muy colorada, y a mí seguían gustándome las chicas que se ponían coloradas—. Total, que en junio iba a Jaén, a examinarme en el instituto, hasta que terminé, a los diecisiete años. A los dieciocho me fui a la mili de voluntario, a los paracaidistas, para ganar un poco más de dinero, y me chupé dos años en Alcalá de Henares. Después tuve que volver a mi pueblo, a trabajar en lo que salía, que no era mucho, hasta que encontré trabajo en Jaén, en un taller de motos, y el año pasado por fin pude hacer Preu allí, en una academia que tenía turno nocturno. Soy un buen mecánico, y mi jefe me recomendó para el taller de un amigo suyo, aquí, en la carretera de la Sierra, pero no me contrató hasta abril. Por eso estoy en primero.

Podría haberle contado más cosas. Que mi padre era guardia civil, por ejemplo. Que cada vez que iba al pueblo me recordaba lo bien que estaba Paquito en el cuartel de Castillo de Locubín, total, a dos pasos, y ganando un sueldo mucho mejor que el mío, y Alfredo ya no digamos, porque había tenido la suerte de que lo mandaran a Ceuta, y allí cobraban todavía más, un dineral, y con todo más barato porque era puerto franco. Podría haberle contado que para él, para mi madre, yo era una precoz especie de fracasado, que ninguno de los dos sabía deletrear correctamente el nombre de la carrera que había escogido, ni explicarse para qué servía, ni por qué tenía que dejarme casi la mitad del sueldo en el alquiler de un cuarto diminuto en un piso compartido, en el Zaidín, cuando podría estar tan ricamente, con tres habitaciones para mí solo, en cualquier pueblo de la Sierra Sur, vestido de verde aceituna.

Podría haberle contado todo eso, pero no me convenía, y además, estaba disfrutando de su sonrojo, la marea turbia, caliente, que ya había colonizado sus orejas, su garganta, y empezaba a extenderse por su escote cuando se atrevió a hablar por fin.

—No lo estoy haciendo nada bien, ¿verdad?

—No —la miré y sonreí, pero escogí un acento suave, pacífico, para regañarla—. Lo estás haciendo muy mal.

—Ya... —volvió a apretar los párpados, a morderse el labio inferior, y terminó sacudiendo varias veces la cabeza, como si quisiera borrar todo lo que había dicho hasta entonces—. Lo siento.

—Eso ya lo has dicho antes.

—Sí —y por fin sonrió ella también—, ya lo sé, pero...

—Mira, vamos a hacer una cosa. Entramos en un bar, nos sentamos tranquilamente, nos tomamos una copa y empezamos otra vez, desde el principio, ¿de acuerdo? Yo invito. Hasta las ocho no tengo clase.

Mi flamante responsable política se dejó guiar como una corderita desorientada hasta la penumbra de un piano-bar, y allí todo le salió mejor.

—Necesitarás un nombre nuevo —me dijo al final—. ¿Cómo quieres que te llamemos?

—Carajita —contesté, y ella se echó a reír.

—¿Carajita? Eso no puede ser... Te hace falta un nombre normal, Juan, Pedro, Miguel...

—No —hice una pausa para que comprendiera que había vuelto a hablar en serio—. Mira, no es la primera vez que trabajo para el Partido, ¿sabes? Siempre me he llamado así y nunca he tenido problemas, ni siquiera en Jaén, donde a todo el mundo le conocen con otro nombre. Carajita era el mote de mi abuelo, pero mi padre nunca lo usó, para que no le relacionaran con un fusilado.

—Bueno —y volvió a ruborizarse, como si ella tuviera la culpa de que en su familia no hubieran fusilado a nadie después de la guerra—, pues Carajita, si te empeñas... Aunque la verdad es que...

Se echó a reír y se calló de pronto.

—La verdad es que ¿qué? —le pregunté, porque sabía de sobra lo que iba a decir y me apetecía escucharlo.

—No, nada, nada... Bastante he metido ya la pata contigo.

—Pues por eso —y me eché a reír—. Dímelo, mujer, total, por una más...

—Bueno, iba a decir que... No sé, pero me parece que ese nombre, aparte de raro, pues... El diminutivo no te favorece nada, la verdad.

—No creas —me levanté para ir a pagar y ella me siguió hasta la barra—. En mi pueblo somos así de chulos, ¿sabes? A mí siguen llamándome el Canijo —y la miré desde arriba—, porque era muy bajito de pequeño, así que cuando quieras probar... No tienes más que decirlo.

No tardó mucho en querer, ni en contarme que se llamaba Maribel. Tampoco en descubrir que mi padre era guardia civil, pero siguió queriendo. Yo también quería, y la quería. Nos casamos en 1964. Diez años después, en la cárcel, oí hablar de Camilo por primera vez.

Cuando yo caí, por un mínimo, desgraciado error de cálculo, ya era profesor en la Universidad, ganaba más que Paquito, Maribel me había pillado con otra, se había ido de casa, yo le había repetido un millón de veces que no, que no, que no y que de ninguna manera, me había dejado manejar como un muñeco, hasta que conseguí hacerla volver, estaba mucho más enamorado de ella que el día que nos casamos, y habíamos tenido un hijo. Había llegado, además, a ocupar un cargo importante en la dirección del Partido en Granada, en parte por mi propio y peculiar prestigio, en parte porque todos los secretarios de Organización que habíamos tenido antes, habían ido cayendo como moscas, uno detrás de otro. Faltaban pocos días para la Navidad de 1973, y desde hacía más de trece años, trabajaba en la clandestinidad sin haber tenido ni un solo tropiezo. Habían estado a punto de cogerme varias veces, pero siempre me había salvado un sexto sentido, una intuición inexplicable para todos los que no se hubieran criado en un pueblo como Fuensanta de Martos, en una época como la segunda mitad de los años cuarenta.

Yo había abandonado el monte, pero el monte nunca me había abandonado a mí. Su memoria seguía viviendo en mi cabeza y en mis tripas, me protegía, me amparaba, afilaba mis instintos, mis reflejos, congelaba mi sangre dentro de las venas y me recordaba siempre a tiempo el número y el nombre, los rostros y los hechos de los traidores. Era el monte quien me hacía agacharme para atarme un zapato cincuenta metros antes de llegar al lugar de una cita, el monte quien me convencía de que aquel tío barbudo, con pinta de estudiante progre y trenca azul, que estaba a la izquierda, miraba demasiado el reloj para no ser policía, el monte quien me susurraba que ni se me ocurriera darme la vuelta, que entrara en la primera tienda a preguntar el precio de cualquier cosa, que comprara algo barato y saliera despacio, con la bolsa bien visible en la mano y sin correr.

Después, cuando volvía a casa, tres o cuatro horas después de lo habitual, Maribel, tan despierta, tan desencajada y llorosa como había visto tantas veces a mi madre en la cocina de la casa cuartel, me contaba que habían detenido a mi contacto, que habían caído cinco o seis más, que era un milagro que no me hubieran cogido a mí. ¿Cómo lo haces?, me preguntaba mientras me desnudaba con dedos veloces, ansiosos, y yo la desnudaba a ella con la misma ansiedad mientras le contestaba que no lo sabía, un instante antes de que los dos dejáramos de hablar a la vez para embarcarnos en otro de los polvos furiosos, memorables, que brindábamos a la eficacia policial de la Brigada Político-Social.

Aquella tarde de diciembre de 1973, el monte también me avisó. Y sin embargo, y aunque nunca me había encontrado con una chapuza comparable a aquella reunión, cuando ya había cruzado la calle y avanzado unos metros, me di la vuelta, entré en aquella ratonera de portal, y subí hasta arriba, porque creí que todavía estaba a tiempo de desconvocarla. Santi era alumno mío, yo le había metido en el Partido y no quise dejarle solo aunque no hubiera cumplido ni una sola de las normas de seguridad que le había estado machacando obsesivamente desde hacía meses. No pretendía hacer nada más que eso, subir, llamar al timbre, decirles que renunciaran, que fueran bajando de uno en uno para salir en direcciones distintas, pero apenas tuve tiempo de decirlo. La Social nos había metido a un hombre dentro y fue él quien me esposó, joder, así que tú eres el Carajita, me dijo, anda que no teníamos ganas de verte la cara... Luego me advirtió que podía irme preparando, pero eso se lo podría haber ahorrado. Primero, porque llevaba muchos años preparado y porque, hasta cierto punto, aquella detención era un alivio para mí. Después, porque cuando sus superiores descubrieron que mi padre era cabo de la Guardia Civil, se limitaron a preguntarme si no me daba vergüenza, y no me tocaron un pelo ni siquiera al escuchar que no.

Cuando ingresé en la cárcel, mis camaradas todavía estaban sobrecogidos por la detención de Camilo, un militante legendario, todo un héroe de la clandestinidad, desconocido incluso para la mayoría de los dirigentes del interior, al que la policía había capturado unos meses antes que a mí. Dicen los de Carabanchel que el tío está hasta contento de haber caído, contaban, porque se sentía fatal por llevar tantos años salvándose siempre, y tenía miedo de que pensaran que era un traidor, un infiltrado, o algo parecido. Eso lo entendí muy bien, aunque no lo dije en voz alta. Tampoco sospeché que aquel hombre y yo pudiéramos tener algo más en común, porque nunca supe de dónde había salido la noticia que me dio un camarada en el patio, en la primavera de 1974.

—Oye, Nino, ¿tú eres de un pueblo de Jaén? —asentí con la cabeza—. Entonces debes ser tú, sí...

—¿Yo? —no le entendí—. ¿Yo, qué?

—Nada, que esta mañana he visto a mi abogado y me ha pedido que te diga que la semana pasada, un hombre que se llamaba Toribio no sé qué, amaneció asesinado en un olivar, a más de cien kilómetros de su casa. Por lo visto le habían ahorcado, pero no sé... ¿Eso significa algo para ti?

—Sí —asentí con la cabeza y sonreí, porque nadie llora nunca jamás por un traidor—. Le llamaban Carambita, y significa mucho para mí.

En el juicio me cayeron veinte años pero, a pesar de que tuve que celebrar la muerte de Franco en una celda, en total no cumplí más que dos y medio, porque en julio de 1976 me aplicaron la amnistía parcial por delitos políticos. En aquella época ya me había olvidado de Camilo, y una de las primeras noches de abril de 1977, cuando me senté delante de la televisión con Maribel, después de cenar, porque nos habían avisado de que en un programa de reportajes de la segunda cadena iban a emitir imágenes de la salida de los últimos de Carabanchel, me costó trabajo entender lo que veía.

Al principio, no quise reconocer a Paula la Rubia entre las señoras que esperaban de pie, tensas y concentradas, con un gesto serio, emocionado, muy diferente de los gritos, el júbilo de los jóvenes militantes que las habían acompañado hasta la puerta de la cárcel. Pero la cámara volvió a enfocarlas en planos sucesivos, más cortos, y la más alta era Paula, y hasta dos veces Paula, porque a su lado había una chica joven, que debía de ser su hija y era igual que ella, con la misma edad que tenía su madre cuando la conocí.

—No puede ser —murmuré, reconociendo también, sin haberle visto nunca, los rasgos del adolescente que la flanqueaba por el otro lado, y en ese instante, Maribel empezó a chillar.

—Mira, Simón... —era Simón, pero yo ni siquiera podía decir que sí—. ¡Es Simón! Y ese debe de ser Lobato, ¿no? ¡Nino!

Me dio un codazo y tampoco respondí, no logré reaccionar de ninguna manera. Ni siquiera la miraba, no podía mirarla, no podía hablar, ni moverme, apenas respirar, porque allí, ante la cámara, también estaba él, Pepe el Portugués, porque le estaba viendo en el televisor de mi casa, treinta años más tarde, un primer plano en blanco y negro donde cabían todos los colores del mundo, sus dientes blanquísimos, una paleta partida, quebrada todavía en diagonal como un cuchillo, y hebras blancas donde antes el sol las pintaba de amarillo, la piel pálida, arrugada, el brazo derecho en alto y el puño cerrado al fin, para que lo viera todo el mundo. Todo eso veía yo, y Fuensanta de Martos, el molino viejo, los olivos, el río, los cangrejos, las truchas, los libros de Julio Verne, un amor más fuerte que el amor, y a aquel niño que se había convertido en mí, aunque entonces no supiera qué clase de hombre llevaría algún día su nombre, sus apellidos. Todo eso pude ver, todo eso sentí mientras la voz impersonal del locutor hablaba de Camilo, de su larga trayectoria de luchador por la libertad.

—Nino, ¿qué te pasa? —en la pantalla ya no había más que anuncios de coches, de electrodomésticos, de detergentes, de colonias, pero ni así podía yo dejar de mirarla—. ¿Por qué lloras, Nino? Háblame, dime algo, por favor...

Aquella misma noche hablé con Pepe por teléfono por primera vez en mi vida. En la sede de Madrid me dijeron que estaba descansando, que sería imposible, que no estaban autorizados a darme su número, pero les dejé el mío y mi nombre, Nino, y me llamó enseguida.

—Estoy muy orgulloso de ti, Carajita —me dijo, y a punto estuve de echarme a llorar otra vez porque lo sabía todo, seguía sabiéndolo todo, después de tantos años.

Aquella noche, la emoción no me dejó dormir. Intenté explicarle a Maribel durante horas lo que aquel hombre había representado para mí y tuve la sensación de no haberlo conseguido, pero me dijo que quería ir conmigo a Madrid para conocerle, y creo que entonces, mientras nos escuchaba hablar de los vivos y de los muertos, lo entendió mejor.

En las primeras elecciones democráticas, José Moya Aguilera, alias Pepe el Portugués, alias Francisco Rojas, alias Juan Sánchez, alias Miguel Montero, alias Jorge Martínez, alias Camilo, ocupó el primer lugar de la lista que presentó el Partido Comunista de España por la provincia de Jaén, y en la que mi nombre ocupaba el último lugar.

Fue una manera de honrar la presencia de los vivos y la memoria de los muertos, una corona de laurel simbólica para el monte y para el llano, el definitivo final feliz que merecían los que se fueron, y aún más los que se quedaron.

Debió de ser, también, un grave error estratégico, porque ninguno de los dos llegamos nunca a ser diputados.

La historia de Nino
Nota de la autora

En la primavera de 2004, unos meses antes de empezar a escribir *El corazón helado,* hice un viaje en coche por el norte de Marruecos —el territorio del antiguo Protectorado español—, con mi marido, Luis García Montero, y un viejo, excelente amigo suyo, después también mío, Cristino Pérez Meléndez.

Cristino, catedrático de Psicología de la Universidad de Granada y enamorado de aquella zona, fue nuestro chófer y nuestro guía a lo largo de unos días memorables de los que yo sólo esperaba la emoción de conocer Asilah —o Arcila, como decían en mi casa—, una ciudad norteafricana, entonces también española, que tiene mucho que ver con mi propia historia.

En Asilah se crió mi abuela Francisca, a la que su madre, mi bisabuela Isabel García, llevó hasta allí cuando era una niña desde un pueblo de Málaga, Alhaurín el Grande, por motivos que nunca en mi vida he logrado averiguar, por más que lo haya intentado, y sin mi bisabuelo Rafael Martín, una brumosa ausencia de quien apenas conozco el nombre y una leyenda dudosa, susurrada con medias palabras y quizás por eso cierta, que sostiene que se ganaba la vida con el contrabando. Y mucho tiempo después, esta vez por el abrumador motivo de la guerra civil, en Asilah se crió también mi madre, Benita, *Moni,* Hernández, que abandonó a pie Madrid, la ciudad donde había nacido y a la que volvería años más tarde para no abandonarla durante el resto de su vida, con sus seis hermanos, su abuela Isabel, experta ya en esta clase de viajes, y su madre. Mi abuela Paca dejó a su marido preso en España con la intención de instalarse en Casablanca, en casa de su suegra, la formidable e imponente aventurera que fue mi bisabuela Benita Alonso de la Iglesia, todo un regalo de personaje para una bisnieta novelista. Cuando esta posibilidad se frustró —por razones que no conozco del todo, y aun así, apenas podría contar en otra novela que seguramente escribiré algún día—, Francisca cogió a su madre y a sus siete hijos, y se cruzó medio Marruecos, desde Casablanca hasta Asilah, para buscar refugio en casa de una amiga de su infancia.

Cuando nos estábamos acercando a esta última ciudad, por alguna razón que no logro explicarme pero tampoco precisa de mucha explicación, me puse a llorar, y lloré durante mucho rato, pensando en aquellas dos mujeres solas, mi bisabuela y mi abuela, cargadas de niños, tan lejos de casa, y también en sus hijas, dos niñas españolas, mi abuela y mi madre, que de repente me parecieron más pequeñas, más perdidas, más conmovedoras que nunca al situarlas en aquella belleza tan esplendorosa como extraña. Quizás mi llanto creó una atmósfera propicia a las confidencias, porque en el viaje de vuelta a Tánger, donde nos alojábamos, Cristino me contó una historia de su infancia en la que yo vi inmediatamente, con esos ojos que ven mucho más, con mucha más precisión y a mucha más distancia que los que tengo en la cara, una novela.

El lector de Julio Verne es esa novela, la novela de Cristino, que aquella noche me habló de Cencerro, de su valor, de su arrogancia, de la leyenda de los billetes firmados y de su muerte heroica, y me contó cómo era la vida del hijo de un guardia civil en una casa cuartel como la de Fuensanta de Martos, donde las paredes no sabían guardar secretos y los gritos de los detenidos llegaban hasta las camas de los niños, igual que llegó hasta sus oídos, una noche, la preocupación de su padre por un hijo tan bajito que no iba a dar la talla de mayor, y al que por eso obligó a aprender mecanografía, con un guardia que sólo sabía ponerle a hacer planas.

Cuando empecé a pensar seriamente en escribir esta novela, busqué a Cencerro en los libros, y descubrí con asombro que había muerto dos años antes de que Cristino naciera. Después de un instante de desconcierto, porque nadie que hubiera escuchado aquella voz cargada de emoción y de sinceridad, podría sospechar que no relatara una historia vivida en primera persona, me di cuenta de que precisamente por eso tenía que contarla. Porque Tomás Villén Roldán, que murió el 17 de julio de 1947 en Valdepeñas de Jaén, no había muerto en realidad, no todavía, cuando un fuensanteño nacido en 1949 podía hablar de él, más de cincuenta años después, igual que si lo hubiera conocido.

Aunque con esa confirmación me hubiera bastado, en julio de 2009, meses después de terminar la primera versión de *El lector de Julio Verne,* que escribí entre enero y noviembre de 2008, recorrí los pueblos de la Sierra Sur gracias al coche, y a la complicidad, de Juan Carlos Abril. Y cuando él, que nació en Los Villares y se mueve por aquella sierra como por su casa, se acercó a unos señores mayores que tomaban el sol a media mañana en la plaza de Valdepeñas de Jaén, para preguntarles si sabían cuál era la casa en la que mataron a Cencerro, uno de ellos se apresuró a contestar, «a Cencerro no lo mató nadie, Cencerro se suicidó», antes de señalarnos la manera de llegar a un lugar que, en Valdepeñas, siguen conociendo hasta los niños de diez años.

En la casa contigua a aquella donde terminó la vida y comenzó el mito del guerrillero más célebre de la Sierra Sur, un señor muy amable cuyo nombre no puedo consignar aquí, porque con la emoción se me olvidó preguntárselo, me invitó a pasar, me enseñó el río, me indicó hasta dónde llegaban las fachadas traseras de las casas en 1947, y me reveló el mote del hombre a quien los vecinos de Valdepeñas han considerado siempre el traidor, Pilatos, un vecino que no volvió a pisar el pueblo en su vida y acabó trabajando de guardacoches en Jaén, antes de regalarme algunos detalles que nunca había podido leer en ningún libro. Que Cencerro y Crispín vieron a lo lejos a unos molineros que eran guardias civiles disfrazados. Que su madre contaba siempre que Cencerro —que al echarse al monte, en 1940, tenía ya 37 años, y por las pocas fotos que se conservan de él, de joven habría sido guapo pero no precisamente un galán de cine— era un hombre espectacular, guapísimo, muy alto, muy fuerte, muy rubio. Que un tío suyo pudo ver los cadáveres de unos cuantos vecinos, enlaces de la guerrilla, a los que dejaron tirados en la calle después de matarlos a plena luz del día, y nunca se recuperó de la impresión. Y que las autoridades llevaron a los guerrilleros muertos a la plaza para lavarles la cara con una manguera, y allí mismo, ante la sonrisa complaciente de las autoridades, un vecino registró a Cencerro, encontró su reloj, y se quedó con él.

Fuensanta de Martos es, ciertamente, un pueblo de la Sierra Sur de Jaén. Pero la Fuensanta de Martos que ha conocido el lector en estas páginas, es una invención mía. He respetado su situación geográfica, algunos topónimos y poco más. Si he mantenido su nombre, ha sido como un tributo al regalo que me hizo mi amigo Cristino aquella noche, en Marruecos, porque a él le apetecía que apareciera su verdadero pueblo, con su verdadero nombre, y aquí está. Sin embargo, y aparte de los datos biográficos de su vida con los que he construido a Nino, muchas de las historias que aparecen en esta novela de ficción son rigurosamente ciertas, y reflejan personajes, fechas y situaciones que he tomado prestados de la realidad.

Así sucede, en primer lugar, con la legendaria vida y la heroica muerte de Cencerro y de Crispín, en las que me he limitado a transferir al requeté que verdaderamente bailó sobre el cadáver del primero, en Castillo de Locubín, al cadáver del segundo, en Martos. Todo lo demás es cierto, desde los billetes firmados hasta las rondas que se pagaban en los bares a la salud de Cencerro, pasando por la novelesca muerte de su primer lugarteniente, Hojarasquilla —en algunas fuentes, Hojarasquín—, en un prostíbulo de Frailes. Desde las 150.000 pesetas que Cencerro y Crispín se entretuvieron en romper en pedacitos durante su última noche —muchos años antes de que Ricardo Piglia escribiera *Plata quemada*— hasta el abrazo en el que se fundieron antes de suicidarse con sus dos últimas balas.

Mi única aportación personal a la crónica de aquellos hechos —que Francisco Moreno Gómez narra con tanto rigor como exhaustividad en su obra *La resistencia armada contra Franco. Tragedia del maquis y la guerrilla*— es el capitán del ejército que manda parar la música. Porque, en la realidad, nadie se atrevió a molestar a las dos bandas que tocaron pasodobles, una en el pueblo natal de Cencerro, la otra en el de Crispín, para que los vecinos bailaran alrededor de sus cadáveres. Algunos oficiales del ejército se enfrentaron, sin embargo, a la Guardia Civil para protagonizar episodios parecidos en contextos semejantes, e incluso más delicados. Quiero recordar aquí el caso de un teniente de Infantería que, en octubre de 1944, y movido por la admiración que le había inspirado su valentía, susurró en el oído de un guerrillero de dieciocho años llamado Carlos Guijarro Feijoo que, por mucho que insistiera el cabo de la Guardia Civil que le llevaba detenido en que se adelantara unos pasos, no se le ocurriera separarse de él ni un centímetro, porque lo que quería era matarlo por la espalda o, en el siniestro argot de la época, «aplicarle la ley de fugas».

Algo parecido ocurre con Miguel Sanchís, que también es un personaje de ficción, aunque refleja una realidad, cuidadosamente sepultada por el aparato de propaganda franquista, que afloró en las situaciones más diversas, a veces tan dramáticas como el suicidio, otras, como la que reproduce Ramiro Pinilla en su espléndido libro *Antonio B, el Ruso* —el guardia que, mientras comparte con él su bocadillo, le recomienda a Antonio Bayo que siempre que le detengan cuente que roba para comer, y no para ganar dinero, porque aunque no se lo crea, hay comunistas hasta en la Guardia Civil—, mucho más amables.

El libro de José Luis Cervero, *Los rojos de la Guardia Civil,* analiza detalladamente la trayectoria de muchos mandos y números del Cuerpo que siguieron a rajatabla las ordenanzas del duque de Ahumada, quien prohibió a los miembros de la institución por él fundada sublevarse contra el poder legalmente constituido. El golpe de estado de 1936 triunfó sólo en aquellas provincias donde la Guardia Civil apoyó la rebelión. En los lugares donde sus jefes se mantuvieron leales a la legalidad y a sus propias obligaciones, se desató después de la guerra una represión feroz, que tendría cobertura legal a partir de la promulgación de la ley de la Jefatura del Estado del 12 de julio de 1940, que pronto fue conocida en los cuarteles por el nombre abreviado de ley 12 de 1940.

Inspirada por la voluntad expresa de Francisco Franco, dicha ley impulsó la depuración de todos los miembros de las Fuerzas Armadas que hubieran mostrado el menor indicio de simpatía, e incluso de neutralidad, por las instituciones o partidos republicanos antes de la sublevación de 1936, incluso aunque más tarde hubieran luchado en el bando rebelde. Como sucedió con otras leyes de la época, la de Responsabilidades Políticas a la cabeza, la ley 12 de 1940 no sólo tuvo consecuencias penales, que fueron desde la expulsión hasta el paredón, pasando por la cárcel, sino también económicas. Así, en su nombre, se denegó a las viudas y huérfanos de los guardias fusilados o encarcelados, la pensión que les pudiera corresponder por la salida del Cuerpo del cabeza de familia, por muchos años que este hubiera cotizado en los Socorros Mutuos de la Institución. Y en muchos casos, en los que el guardia murió por causas naturales o luchando contra el Ejército Popular, se invocó la «mala conducta» de su viuda, o de sus hijos, para denegarles el derecho a percibir las cantidades que les correspondieran.

A partir de entonces, para formar parte del Cuerpo, sólo existió una condición inexcusable, la lealtad ciega e incondicional al régimen de Franco. Eso bastó para que, a despecho de todos los reglamentos existentes desde su fundación, pudieran formar parte de la Guardia Civil individuos de cualquier calaña, desde los analfabetos a los que Ahumada había tenido tanto cuidado en excluir cuando fundó la Benemérita en 1844, hasta ex delincuentes comunes, cualquier cosa con tal de que pudieran acreditar su ideología fascista. Ellos fueron quienes convirtieron a la Guardia Civil en el martillo de la población civil, torturadores y verdugos como nunca antes. Y a su cabeza, figuras tan despiadadas pero, por desgracia, verdaderas como la del teniente coronel Luis Marzal Albarrán, que se bastó solo para aplicar la ley de fugas a más de un centenar de civiles, sólo en la provincia de Jaén y sólo entre 1947 y 1949, el periodo que algunos historiadores de la guerrilla han bautizado como el «Trienio del Terror».

Otras provincias españolas, casi todas las montañosas, sufrieron durante los mismos años una represión igualmente atroz. Entre ellas, está León, y en León, una aldea con un nombre tan hermoso que parece inventado, Corporales. Allí, el 16 de enero de 1951, un enlace de la guerrilla llamado Mariano, hijo de Manuela Liébana Arias, de veintiséis años de edad, se negó a consentir que le aplicaran la ley de fugas. Para lograrlo, se dio la vuelta, levantó el puño, gritó «¡Antes muerte que traición!», y dio vivas a la República y al Partido Comunista hasta que obligó a sus asesinos a matarle de frente. Su muerte, que conocí en el libro de Santiago Macías *El monte o la muerte. La vida legendaria del guerrillero antifranquista Manuel Girón*, me impresionó tanto que la he tomado prestada para Laureano, el hijo de Pesetilla.

Aunque parezca mentira, y en esta novela hay muchas cosas que ahora parecen mentira pero fueron verdad en los años cuarenta del siglo XX, la persecución de las mujeres que cogían esparto en el monte, de las que hacían pleita, y de las que vivían de la reventa de los huevos de los cortijos en los pueblos serranos de Jaén, es también cierta. Tan cierta como el heroísmo cotidiano y nunca reconocido de tantas mujeres solas —viudas de la guerra o de la guerrilla, esposas de hombres presos o en el monte—, que consiguieron alimentar a sus hijos, a sus nietos, criarlos, verlos crecer y sacarlos adelante en unas condiciones de hostigamiento feroz, sistemático, que hoy parecen incompatibles con cualquier grado de prosperidad.

Para quienes, como yo, padecen una obsesión sentimental casi enfermiza por la guerra civil y la posguerra, quiero aclarar que la novela rosa cuyo argumento resume Sonsoles Mediamujer para Nino en la oficina de la casa cuartel, es *Cristina Guzmán, profesora de idiomas,* de la falangista Carmen de Icaza, una obra que alcanzó una enorme popularidad y difusión en las trincheras del ejército rebelde, mientras en las trincheras de enfrente, el Ejército Popular de la República Española repartía entre sus soldados ediciones de bolsillo de, precisamente, los *Episodios Nacionales* de don Benito Pérez Galdós.

Elías el Regalito es un personaje de ficción, aunque en la realidad, el prestigio de Tomás Villén Roldán impulsó a algunos de sus hombres a resucitarle en diversas ocasiones. La más notable fue protagonizada por Adriano Collado Cortés, alias Zoilo, quien en diciembre de 1947 detuvo, en nombre del «Ejército Guerrillero de la República», al propietario de un cortijo, haciéndose pasar por Cencerro. Cuando su prisionero contestó que era mentira, porque le habían matado cinco meses antes, sonrió y le hizo una pregunta: «¿Usted es de los que se creen todo lo que cuenta la Guardia Civil?». Eso bastó para que su interlocutor le pagara 300.000 pesetas, el rescate más alto jamás obtenido por un secuestro en la provincia de Jaén. Sin embargo, nunca llegó a haber un segundo Cencerro en la Sierra Sur, tal y como el lector lo ha conocido en esta novela.

Con Pepe el Portugués, mi Long John Silver particular, ocurre lo mismo. Él tampoco existió, pero en la historia contemporánea de España hay centenares, quizás miles, de hombres y de mujeres cuya trayectoria se cruza con la suya en uno o en muchos puntos, durante algunos años o durante toda su vida. Por eso espero que Armando López Salinas, que sabe muy bien en qué consiste escribir una novela, me perdone por haberle cedido el puesto de cabeza de lista del PCE en las primeras elecciones democráticas, un puesto que en la realidad le correspondió a él, que tampoco llegó nunca a ser diputado.

Sin embargo, Pelegrín Martos Peinado, el alcalde vitalicio, socialista y violinista, de Valdepeñas de Jaén, no sólo existió como tal, sino que llegó a ser, además, el abuelo de Carmen Rodríguez Martos, una de mis más antiguas amigas de Rota. Ella fue quien me contó la historia irresistible de Pelegrín, que tocaba el violín en un pueblo donde, por alguna razón que nadie acierta a explicarse, hay muchísimos más músicos por habitante que en ningún otro lugar de la provincia, y no abundan menos los inventores de palabras que, como el verbo *remanecer,* no se usan en ningún otro lugar. Carmen nunca llegó a conocer a su abuelo. El alcalde vitalicio permaneció en la cárcel de Jaén, cumpliendo cadena perpetua, hasta 1952, cuando la enfermedad que padecía llegó a su fase terminal. Entonces las autoridades decidieron dejarle volver a morir a su casa, lo que efectivamente sucedió a los pocos días de su liberación.

Quiero agradecer especialmente la ayuda de Antonio Negrillos, sobrino nieto de Gregorio, *Gregorete,* Lendínez, el amigo de Cencerro en cuya casa de Valdepeñas de Jaén se refugió con Crispín el 16 de julio de 1947, y de la que ya no saldría con vida. Gregorio Lendínez, que cruzó los Pirineos en el invierno de 1939 sólo para ser capturado, recluido en un campo francés, y enviado después por el gobierno de Vichy al campo de concentración de Mathausen, desde donde logró volver a Francia vivo, no estaba, obviamente, en Valdepeñas durante aquella época, pero su hermana Beni acogió y protegió a Tomás Villén durante todos los años que estuvo en el monte, para padecer después, junto con su familia, las consecuencias de su lealtad, una persecución que duró tres décadas. Su sobrino Antonio evocó toda su historia para mí en una larguísima y memorable comida, en Frailes, donde también conté con la memoria privilegiada de Manuel Ruiz López, más conocido por Manolo el Sereno, quien, con más de ochenta años, todavía fabrica su propio, exquisito aceite de oliva, con una prensa de mano y técnicas tradicionales. Manolo recuerda a Cencerro tan bien como todos los acontecimientos que vivió en aquella época, por lo que se ha ganado el derecho de aparecer, aunque sea de refilón, en este libro.

Pero el principal capítulo de mis agradecimientos no puede ser sino para Esther Estremera Villén, hija de Rafaela, la primogénita de Tomás Villén Roldán, único y genuino Cencerro, a quien tuve la fortuna de conocer en el invierno de 2011, gracias a la no menor fortuna de contarla entre mis lectores. Esther se encontró por sorpresa con el nombre de su abuelo en la lista de los «Episodios de una guerra interminable» incluida en la novela que abre la serie, *Inés y la alegría*, publicada en septiembre de 2010. Así, en vísperas de la presentación de aquel libro en Rivas Vaciamadrid, mi amigo Juan Manuel Llorca, jefe de gabinete del también viejo amigo mío y alcalde de Rivas, Pepe Masa, me llamó para decirme que tenía delante a la bisnieta de Cencerro, porque trabajaba frente a él, en otra mesa de la misma oficina. Y que su madre, vecina de Rivas desde hacía muchos años, quería hablar conmigo.

Esther me contó muchas cosas, y averiguó después muchas otras para mí, preguntando a su madre y a su tía Virtudes. A ella le debo la crónica del entierro de su abuelo, y la inconcebible historia de Carmen la Rosa, que estuvo nueve años y medio presa, entre la cárcel de Jaén y la de Málaga, por decir la verdad, que el hijo que esperaba era de su marido. Sus recuerdos, y los de su familia, salpican aquí y allá esta novela que se nutre tanto de la memoria de la represión que padecieron los Villén, como del orgullo con el que nunca, ni en los peores momentos, dejaron de recordar a Tomás.

A Esther le debo también el regalo de un libro que me ha resultado muy útil, la biografía de su abuelo que el historiador jiennense Luis Miguel Sánchez Tostado publicó en junio de 2010 con el título *Cencerro. Un guerrillero legendario*. En sus páginas descubrí algunas anécdotas que no conocía, como la inverosímil prohibición de cantar, silbar o tararear *La vaca lechera* en la Sierra Sur, aunque fue la propia Esther quien me contó que los falangistas que exhibieron el cadáver de su abuelo entraron en Castillo de Locubín entonando el estribillo. Igual de sorprendente resulta que el origen de esta prohibición estribara en la actitud de un grupo de guerrilleros, que en el feroz combate que libraron contra la Guardia Civil en Alcaudete, el 25 de diciembre de 1946, no dejaron de cantarla mientras disparaban sus fusiles.

Sánchez Tostado propone otra identidad para el traidor que vendió a Cencerro. Si mi hospitalario anfitrión de Valdepeñas se basaba en la memoria de sus vecinos para culpar a Pilatos, el biógrafo de su víctima esgrime los recuerdos de los vecinos de Castillo de Locubín para adjudicarle la traición a Toribio Baeza Palomino, alias Carambita, de quien asegura con certeza que mantuvo negociaciones con la Guardia Civil al más alto nivel, llegando a contactar con Marzal a través de un capitán con quien a su vez le puso en contacto un guardia castillero amigo suyo, apellidado Román y conocido por el mote de Tórtolo.

Yo he optado por fusionar ambas versiones en una traición múltiple, representativa de la clase de funestas casualidades, a menudo con mujeres de por medio, que le costaron la vida a muchos hombres en todas las zonas de España donde floreció la guerrilla antifranquista.

La muerte tardía que Carambita encuentra en el epílogo participa de la misma naturaleza. No sé cuándo ni dónde murieron él o Pilatos, pero Sánchez Tostado cuenta que en noviembre de 1973, un hombre indocumentado, de 73 años de edad, apareció ahorcado en un olivo del cementerio de Almodóvar del Río, un pueblo de Córdoba situado a más de cien kilómetros de Torrequebradilla, Jaén, donde estaba su casa. Se llamaba Antonio Cano Aceituno, era conocido por el mote de Enriqueto, y había vivido semiescondido, lejos de la Sierra Sur, durante 26 años, desde que, en 1947, guió a la Guardia Civil hasta un cortijo de Noalejo donde se hallaba un grupo de hombres de Cencerro. Así se hizo responsable de la muerte de, al menos, siete personas, un pastor que actuaba como enlace, cuatro guerrilleros, el casero y su hijo. La muerte de este último fue especialmente cruel, porque los guardias no habían previsto detenerle, pero cuando vio que se llevaban a su padre, insistió en acompañarle. Así, en lugar de protegerle, lo que logró fue que lo asesinaran por la espalda al mismo tiempo que a él, porque a ambos les aplicaron la ley de fugas en medio del monte, horas después de que el combate hubiera concluido. Enriqueto tenía motivos para esconderse, pero alguien le encontró, y le ajustó las cuentas cuando hacía ya más de dos décadas que la guerrilla no era más que un grave error estratégico para la dirección del PCE.

Por último, quiero agradecer a mis amigos de Jaén, y soy una mujer tan afortunada que tengo muchos, el entusiasmo y la generosidad con la que han colaborado conmigo para tejer la estructura de motes y apodos reales en la que he podido sustentar esta obra de ficción. Con muy pocas excepciones —Regalito, Pocarropa, Pleitista, Salsipuedes, Saltacharquitos, sobrenombres de auténticos guerrilleros de la zona que encontré en los libros que ya he citado—, todos los motes que aparecen aquí provienen de distintos pueblos de Jaén (Villacarrillo, Los Villares, Úbeda, Campillo del Río, Alcalá la Real), y son tan auténticos como la anécdota que les da origen, incluso en casos tan aparentemente literarios, de puro sofisticados, como los de Burropadre, Fingenegocios o Putisanto.

Aunque desde el principio dejé fuera de este proceso a Cristino Pérez Meléndez, para evitar identificaciones erróneas, o suspicacias indeseables, entre los vecinos de la verdadera Fuensanta de Martos y la Fuensanta de ficción donde sucede mi novela, Cándido Méndez, Alfonso Martínez Foronda, Juan Carlos Abril, Joaquín Sabina y Ángeles Moya, la madre de mi amiga Ángeles Aguilera, me permitieron reunir en un par de días muchos más motes de los que he sido capaz de utilizar.

Estoy segura de que, aunque contara lo mismo, sin todos esos nombres esta novela sería mucho peor, y desde luego, mucho menos verosímil.

A ellos, y sobre todo, y una vez más, a Cristino, y a Maribel, más que su ayuda, debo agradecerles el privilegio de su amistad.

Almudena Grandes
Madrid, diciembre de 2011

Libros de Almudena Grandes en Tusquets Editores

ANDANZAS

Te llamaré Viernes
Malena es un nombre de tango
Modelos de mujer
Atlas de geografía humana
Los aires difíciles
Castillos de cartón
Las edades de Lulú
Estaciones de paso
El corazón helado
Inés y la alegría
El lector de Julio Verne

LA SONRISA VERTICAL

Las edades de Lulú

TEXTOS EN EL AIRE

Mercado de Barceló

FÁBULA

Las edades de Lulú
Te llamaré Viernes
Modelos de mujer
Malena es un nombre de tango
Atlas de geografía humana
Mercado de Barceló
Castillos de cartón

MAXI

Los aires difíciles
Atlas de geografía humana
Malena es un nombre de tango
Estaciones de paso
Modelos de mujer
El corazón helado
Castillos de cartón
Las edades de Lulú
Te llamaré Viernes
Inés y la alegría